乌思藏风云

次仁罗布 著

西藏人民出版社
浙江文艺出版社

图书在版编目（CIP）数据

乌思藏风云 / 次仁罗布著 . -- 杭州：浙江文艺出版社, 2025.1（2025.3重印）
ISBN 978-7-5339-7582-1

Ⅰ.①乌… Ⅱ.①次… Ⅲ.①长篇历史小说 - 中国 - 当代 Ⅳ.①I247.5

中国国家版本馆CIP数据核字（2024）第071132号

出版统筹	虞文军　许龙桃	责任印制	吴春娟
	王宜清　计美旺扎	装帧设计	棱角视觉
图书策划	柳明晔	营销编辑	周　鑫
责任编辑	邵　劼　扎西欧珠	数字编辑	姜梦冉　诸婧琦
责任校对	萧　燕		

乌思藏风云

次仁罗布 著

出版发行	浙江文艺出版社
	西藏人民出版社
地　址	杭州市环城北路177号
邮　编	310003
电　话	0571-85176953（总编办）
	0571-85152727（市场部）
制　版	浙江新华图文制作有限公司
印　刷	浙江新华印刷技术有限公司
开　本	710毫米×1000毫米　1/16
字　数	293千字
印　张	24
插　页	1
版　次	2025年1月第1版
印　次	2025年3月第3次印刷
书　号	ISBN 978-7-5339-7582-1
定　价	78.00元

版权所有　侵权必究

目 录

01 第一章 — 001 —

02 第二章 — 027 —

03 第三章 — 053 —

04 第四章 — 083 —

05 第五章 — 106 —

06 第六章 — 135 —

07 第七章 — 164 —

08 第八章 — 193 —

09 第九章 — 221 —

10 第十章 — 246 —

11 第十一章 — 272 —

12 第十二章 — 298 —

13 第十三章 — 325 —

14 第十四章 — 347 —

15 第十五章 — 362 —

第一章

倘若那些自然征兆属实的话,那他应该是个大成就者①的投胎身,要不人们也不会这样长久地念叨,曾经出现过的那些个奇异现象,甚至有人把其中的一些征兆用文字记录下来,刻进地方史里。

"他即将诞生的时候,村子东面的岗巴拉山上,一头巨大无比的纯白狮子,呼啸着猛冲下来,惯性卷起的石块,在它身后漫扬浓浓的尘土,巨大的声响淹没了整个谷地。那头狮子的四爪刚踏到山脚缓坡地,就化成一缕白烟,径直飞向娘卓·觉龙的屋顶,从那扇洞开的天窗里钻进去。翻滚的巨石落到山脚,伴着巨大的轰鸣声,依次顺势垒叠出一座巨大的石塔。塔底呈现莲花瓣状,达到五人叠加那般高。这一切吉兆完成后,娘卓·觉龙的屋子里传来了一声清脆的婴儿啼哭声……"

也有人说:"那婴儿从白廓宁珠的子宫里出来时,身上没有沾一点污

---

① 大成就者,梵语"大悉达"的意译,藏语称为"珠托钦",是古印度和西藏密宗(怛特罗)对禅定修行获得"悉达"(不可思议的力量)者的称谓。

迹，洁净得像是刚从牛奶里打捞出的一坨酥油。母亲用腰刀剪断脐带，将啼哭不止的他揽入怀抱，倚靠房柱喘气时，从柱子端上滴下洁白的奶子来，它们落入婴儿的嘴里，哭声也就戛然而止。这时，白廓宁珠听到从天窗里灌进来的法螺声，闻到屋子里飘散的檀香气息。她觉得生下的这个婴儿有些异样，不知他今后给家族带来的是福还是祸，想着想着，她就疲倦地沉入到梦乡里。可是，这种檀香味在娘卓·觉龙的屋宇里飘散了整整七天……"

"我说的是让你往上瞧。娘卓·贡佩出生时，岗巴拉山上的石块卷着草屑和尘土滚落下来，山腰处显现出一块凸现的宝瓶。只要你仔细观察，就会发现那个白色的宝瓶肚子上，镂刻着青色的'吽'字。从那刻起，我们这个地方就风调雨顺，人们和睦相处……"

关于娘卓·贡佩的灵异传说还有很多很多。但是，娘卓家族刚到这个地方来落脚时，他们倒显得穷酸和落魄。这些可以从他们带的家什里得到佐证。

那天，娘卓·贡佩的爷爷——娘卓·韦登——牵着一头牦牛，它的背上驮了一顶破旧的牛毛帐篷和几床脏兮兮的藏被，放在最上面的牛皮褡裢里，露出一小袋糌粑、一只羊腿和一口陶罐。除此之外，只有娘卓·韦登腰间佩带的那把木质刀鞘的长刀和白廓宁珠驱赶的一头白色绵羊。

这就是他们初次进入圭塘谷地时的所有家当。

村子里的人，第一次看到娘卓·贡佩的爷爷时，就被他脸上的那道刀疤给深深吸引住了。再仔细瞧，顺着那道长长的疤痕寻过去，发现他右耳的下半截不见了。他那双粗壮的手臂上，愈合的伤口像是附在其上的小蠕虫一般，一条一条的，让人看着心里发怵。村人从娘卓·贡佩爷爷的身上，觉察到这人不是个善茬儿。

娘卓·贡佩的爷爷让牦牛停下来，对着围观的人群打听："这里是谁在做主？"

村人不安地望着他，没有人接茬。但他们心里在想：这两人肯定是来逃难的。

一头毛驴从坡地上，"嗡儿——嗡儿——"地嘶鸣起来，这声音把人们的注意力全吸引了过去。那驴儿伸长脖子，张嘴露出发黄的牙齿，自顾自地欢心叫唤着。

村人望着驴儿会心地发出笑声来，在他们那张张赭色的脸上，堆起了一道道深浅不一的褶皱来。他们的笑声里含着讥笑，也含着不屑。

等笑完，人群才发现娘卓·贡佩的爷爷依旧板着那副脸，目光里多了一些不耐烦，腰板却笔挺挺的。

"这里是谁在做主？"他再次发问时，声音是如此的咄咄逼人。

村人没有应答。

他见人群许久都不张口，就牵着牦牛离开村民居住的房屋，向岗巴拉山走去。

白廓宁珠默然地赶着那头绵羊紧随其后，她的脸色有些苍白。可男人们见了白廓宁珠后，心里却荡漾开一阵涟漪，只因这张苍白面色下掩藏的娇艳，热烘烘地要把男人们给消融掉。

村人情不自禁地撵随在他们身后，确切地说，是跟在了白廓宁珠的身后。村里的几条狗边跑边对陌生的他俩汪汪地狂吠。

娘卓·贡佩的爷爷迈着大步全然不顾，白廓宁珠听到身后的脚步声，不时要回头看看。这么几次回头看，这张脸把男人们的魂都给勾走了，他们惊艳世间还有这么标致的女人。

娘卓·贡佩的爷爷停在一块开阔的草坪上，开始从牦牛背上卸东西，着手搭建牛毛帐篷。

村人这才发现这块地方的绝美之处，它顺着岗巴拉山脚的缓坡延伸下来，然后平整地铺展过去，雪水融化成的溪流汩汩地从上面流淌。阳光下，溪流里闪耀出无数个光斑，它们晶亮晶亮地扑闪，前面是一片开阔的草甸，上面各种颜色的花儿"袒胸露背"，五彩缤纷，像是铺了织锦一般。

黑色的牛毛帐篷支立在了草坪上，上面几处漏洞白花花地绽开着，阳光从那里面跌落进去，把不规则的光斑泄露在帐篷内，看着温馨又惬意。白廓宁珠开始把那些放在草地上的东西，抱进牛毛帐篷里。

"你们不能在这里搭建帐篷。"有人冲娘卓·贡佩的爷爷喊。

娘卓·贡佩的爷爷停下支帐绳的活，扭过头来在人群中寻找说话的人。他脸上的那道疤痕狠毒地让所有人都不敢吱声，他们怯怯地望着娘卓·贡佩的爷爷。

娘卓·贡佩的爷爷停下手里的活，跨到人群跟前，将手搭到腰间的刀柄上，厉声问："刚才是谁在跟我说话？"

村人沉默着，没有一个人敢接话。尾随来的狗汪汪地吠叫几声后，看到村人畏畏缩缩的样子，索然无味地丢下人群，往村子方向走去，那左右摇摆的尾巴离村人越来越远。

"之前我问你们是谁在这里做主，你们嘴里像是含着屎，懒得张口说一句话。我自己做主住下来，却又开始叽叽喳喳了。"娘卓·贡佩的爷爷停顿一下，目光扫过眼前的每一张脸，接着又说，"你们离我的帐篷远一点，今天我可不想再看到你们中的任何人。"

村人有些骚动，他们肯定没见过这么霸道的人。再说，他占据了这么个好地方，村人自然对他心怀嫉妒和仇恨。

午时阳光的映照下，村人迈动步子，鞋底发出吧嗒吧嗒的声音，离开了这顶破旧的黑色牛毛帐篷。

娘卓·贡佩的爷爷根本不顾及这帮人的感受，拿着陶罐去溪边打水。他那花白的头发，在阳光的抚摸下显得光泽油亮。

牛毛帐篷里，白廓宁珠支起三石灶，将一缕淡白色的烟子给升了起来。此时，远处响起了一阵紧似一阵的狗吠声。这声音由远而近，还能隐约听到男人的叫骂声。

白廓宁珠心慌慌地望了一眼娘卓·贡佩的爷爷，嘴唇微微动了一下，却没有发出声音来。

娘卓·贡佩的爷爷盘腿蹲坐在灶石旁，从褡裢里取出羊腿，放在绿茵茵的地上，旁边开着几朵细碎的黄花。

白廓宁珠水灵灵的大眼睛里透露出一丝恐惧，目光从娘卓·贡佩的爷爷身上移开，低下脑袋，把洁白如奶的修长脖颈抻直。更多淡白色烟子从陶罐的底部飘上来，只能看到她长长的睫毛和挺挺的鼻尖，黑得如夜色一般的头发。

狗吠和叫骂声越来越逼近，娘卓·贡佩的爷爷这才不情愿地从地上站起来，撑开牛毛帐篷的门帘走了出去。

白廓宁珠的手紧张地抖动，将半块干牛粪掉在地上。之后，两行泪水顺着瓷实的脸颊淌落下来，在下颌处垂挂着，摇摇欲坠。

牛毛帐篷把她和外面隔离开，只能听到那些嘈杂的声音。

娘卓·贡佩的爷爷站在帐篷的门帘前，两手悠然地搭在胸口，目光却迎向了浩浩荡荡、嘈嘈杂杂的人群。

他们怨怨的脚步在土路上掀起一阵灰尘，手里的刀、枪、锄头、木棍等在半空中挥舞，滚滚向帐篷这头碾压过来。

离娘卓·贡佩的爷爷十步之遥处村人停下来，他们像半扇形一样散开去，嘴里不住地谩骂着。几只狗见村人如此地愤怒，借着这股声势疯了般冲娘卓·贡佩的爷爷吼叫。

娘卓·贡佩的爷爷鼻子里喷出一股轻蔑的气息来，怒目注视这帮人。

他说："我说过，今天不想再看到你们。"

"你从我们圭塘滚走！"

"这里是我们的地盘，外地来的野狗不准待在这里。"

"把女的留下来，我们会让你乖乖地离开这里的。"

……

村人的叫嚣声一阵高过一阵，他们手里的武器与阳光触碰，闪耀出令人胆寒的光束来。

四条狗往前冲，龇牙咧嘴，犬牙旁流着口水，凶狠地吠叫。其后五六只狗也在卖命地狂吠。

娘卓·贡佩的爷爷把上半身的暗红色氆氇衣服脱掉，长长的袖子在腰间扎个结，伸手把银白色的发辫从脑后拽过来，用牙齿咬住，再从刀鞘里抽出那把细长的刀来，双手紧紧攥住刀把。他的右脚迈向前，身子顺势前倾，等待狗和村人来进攻。

村人看见他的胸口和手臂上到处都是伤口，黑黢黢的，令人恐惧。这些伤口像是魔咒，使村人不敢贸然向前。

四条狗领着其他狗向娘卓·贡佩的爷爷逼近。忽然，它们飞身跃起，率先发动了进攻。

娘卓·贡佩的爷爷将刀迅疾横扫过去，一道白光掠过之后，半空中绽开了朵朵鲜红的花朵，狗纷纷哀嚎着坠落下去，重重地摔在地上，扬起一片尘土。

村人看到有些狗的头和身子离异，有的被刺破肚皮，血和肠子只往外淌，还有一只前爪给砍去，痛苦地抽搐哀鸣。

血的腥味辛辣地被吹进村人的鼻孔里，也使他们看到了自己即将到来的下场。其他的狗见到这种惨状，夹着尾巴呜呜地逃离了现场。

村人不敢出声，望着那几条不断痉挛的狗，心头聚积起深重的恐慌来。

风把血腥味揉进空气里捎向了远方。几只乌鸦闻到了腥味，兴奋地发着刺耳的声音，来寻找气味源。它们飞临到人群的头顶上，把黑色身子的阴影和令人厌烦的声音投向人群，急不可耐地等待一顿血肉的饱餐。

"你要是离开圭塘，我们就不会为难你。"终于有人这样喊话了，但声音里透出他们的虚弱。

娘卓·贡佩的爷爷一句话都没说，低下身子，做好了再次迎击的准备。

"杀了他！"

"我们一起去杀这魔鬼。"

娘卓·贡佩的爷爷又向前挪动了一步，身子顺势压在左腿上，那把沾着狗血的刀也移到了身体的左侧。

站立的村人见势向后退了几步，叫骂的声音也消停下去。村人的目光落在眼前这个上了岁数的老头身上。他身上的每一处伤口，都在销蚀着人群的意志和决心。

娘卓·贡佩的爷爷又向前移动几步，村人像退却的海潮般节节向后移。

"你们还配叫男人吗？一群披着虎皮的绵羊。"娘卓·贡佩的爷爷厉声斥骂。

这句话仿若一记巴掌扇在这些人的脸上，他们的面颊开始烧得发紫，气得身子微微发颤。

"我来刺死你！"村人中有人握着长矛向娘卓·贡佩的爷爷刺过来。

娘卓·贡佩的爷爷左腿向后滑过去，身子侧倾，刀贴在胸前划出半个圆形，借势把长矛从自己的胸口推了出去。他顺势旋转身体，刀在空中划出一道圆弧，带着呼呼的风声砍在握长矛人的脊背上。那人一下被扑倒在地，手里的长矛被甩出几丈远。

又有三个人拿着刀，向娘卓·贡佩的爷爷围拢过来。

"我好久没有杀人了，今天好好过把瘾。"娘卓·贡佩的爷爷双手握住刀把，边喊边冲向正中央的人。

娘卓·贡佩的爷爷使刀的速度比他们都快，第一刀落下就砍在正中央人的脖子上，他趔趄着倒在地上。刀顺势往左边的人扫过去，两把刀在半空中相撞，发出脆亮的"嗵嗵"声，同时迸出了火星。娘卓·贡佩的爷爷大脚一踹，击在这个人的腹部上，他的身子向后仰去，刀也掉落在地。

第三个人不敢过来进攻，握着刀显得犹豫不决。

"我刚才用的都是刀背，要不这些人早就没命了。我说过，今天不想看到你们这些人。"娘卓·贡佩的爷爷把刀插进刀鞘里，往地上啐了一口唾沫，转身往牛毛帐篷走去。

村人见娘卓·贡佩的爷爷进入牛毛帐篷，马上跑去扶那些倒在地上的人。

他们相互搀扶着要往村子那头走去。

"我警告你们，如果再胆敢来这里滋事，我就踏平你们的村子。还有，把这些死狗也带走，它们的血就算是我祭给山神的贡品。"

听到声音，村人回过头，看到娘卓·贡佩的爷爷手搭在腰间的佩刀上，怒气冲冲的。村人不敢搭话，只想尽快离开这顶黑色的牛毛帐篷。他们缩着脑袋，拖着狗的尸体，悄无声息地离开了。

走到离那顶黑色的帐篷较远时，有人这样提议："我们派人到酋长那里去求救，要不这蛮子会越来越猖狂的。"

"干脆让酋长带着侍卫来，要了这老头的命。"

"我们可不能为了酋长的一块地，无缘无故地把命给赔进去。"

说到酋长，这些垂头丧气的人脸上，又重新焕发出了一丝生机来。他们把狗的尸体扔在一旁，热烈地讨论起来。被刀背砍过的人，嘴里开始哼唧个不停。人群一下沉默了，看到他们的下场，大伙心里都在庆幸那老头没有使用刀刃，要不他们扶回去的就是三具尸体。

三名伤者被送回各自的家里，村人就集中到村口的那株歪柳树下，商讨该怎样处理这件棘手的事。

歪柳树的树冠为他们遮蔽了午时的阳光，落在枝头上的麻雀啁啾着，不时拉些鸟屎下来，啪嗒砸在村人的肩头和脑袋上，碎裂成各种形状的图案，他们全然不当回事。

村人认为，那老头肯定是个强盗，说不准那女的也是被他掳来的。看刚才老头敏捷的身手，即使全村人合起来，也未必能够打得过他。为了不让村里的人丢掉性命，一定要派人去请酋长过来结果这个老头，免得后患无穷。他们推举出一个叫晋巴的上了岁数的人，让他领着一名年轻人去给酋长报告。

日头偏西时，被选出的这两人离开村子，顺着圭塘谷地向东走去。谷地中央流着一条河，水质清澈见底，河床里遍布不规则的鹅卵石，河的两岸是草甸子，上面散落着一些牦牛和绵羊，对岸一个牧人站在远处等着他们走近。

"太阳就要落山，你们这是要去哪里？"牧人隔着河水问他们。他的左手臂上缠着一圈羊毛，捻线轮握在右手里。

"今天我们这儿闹鬼了，他把村子搅得鸡犬不宁，还生吃了四条狗。"晋巴手里握着一根木棍说。

"那可真是个厉鬼啊！"牧人用戏谑的口吻附和道，接着又说，"你们是被厉鬼放生了的人吧！"

"两只眼睛长在你的脸上，回去准能瞅到那个鬼的。"晋巴用紫黑色的舌头舔了下嘴唇。

"白天都能撞见鬼，这世道是怎么了！"牧人感叹道。

"不跟你瞎扯了，我们要赶到仲子去。"晋巴说完挂着木棍继续赶路。年轻人小跑着与他并肩同行。

"你们去了仲子也是白搭，厉鬼只能靠僧人施法来降服。"牧人站在原地，脸上挂着讥笑从背后喊。

他们俩没有理会，向着仲子方向走去。

牧人望着他们的背影，脸上浮现了一丝诡秘的笑。

周遭的景物变得模糊，唯有他们的脚步声回响的时候，晋巴才开口责怪:"嗨,你脸上带着一张嘴,难道它不是用来说话的吗?"

"该死的老头!"年轻人脱口而出。他脸上的表情已经看不清了,周围开始变得黑乎乎的。

"你在咒我,该死的桑桑!"晋巴把当作拐杖的木棍狠狠地击打在桑桑的背上,发出了一声沉闷的"噗"。

"我没有咒你,凭什么打我?"桑桑愤愤地问。

"刚才你咒我了。"晋巴大声说。

"我说了,我没有咒你,你弄疼我了。"桑桑回应他。

"嗨,我让你开口可不是让你来咒我的。"晋巴又打了一下桑桑。

"你再打我,我就不跟着你去了。该死的老头!"桑桑说。

"这不是又在咒我?"晋巴停在那里怒气冲冲地吼。

"该死的老头,我咒的是那个打伤我们的人。"桑桑辩解道。

"那真是个该死的老头,可他明天就没命了。"晋巴想到酋长会宰了那个霸道的老头,一下开心了起来,面部肌肉松弛,迈开步子向前走去。

月亮从山脊头悄悄爬了上来,周围的一切开始清晰起来,他们还没有走出这块谷地。

走过一两个村子后,桑桑说腿疼要休息一会儿,一屁股就坐在了地上。晋巴开始抱怨他,说这样走下去什么时候才能赶到酋长那里。桑桑干脆躺在地上,连句话都不跟他说。晋巴被惹恼了,他赌气地用手里的木棍敲打地面,几下之后,咔嚓一声,木棍被折断成了两截。

桑桑根本不理会晋巴,开始唱起了歌:

春天三个月,我是多么快乐,

　　　　两匹母野马，领着一匹小马驹，
　　　　小马驹不停吸吮着妈妈的乳汁，
　　　　多舒畅啊，正因为这样，
　　　　我才唱起一首舒畅的歌！

　　　　夏天三个月，我是多么快乐，
　　　　每一片草叶，都挂着一颗露珠，
　　　　雨珠儿不停飘落在天地之间，
　　　　多舒畅啊，正因为这样，
　　　　我才唱起一首舒畅的歌！
　　　　……

　　这歌声把晋巴惹得暴跳起来。他骂道："走路你说累，却有力气唱歌，这分明就是在跟我作对。"

　　晋巴想到这里就怒不可遏，他蹦跳了几下，一脚踢在桑桑的屁股上，两手剪到背后，气呼呼地往前冲去。他的身子不是很高，那颗小脑袋上的头发梳理得紧贴着头皮。

　　桑桑停止了唱歌，咧嘴笑起来，他为自己能把晋巴惹恼成这样，心里有种说不出来的高兴。但是想到晋巴离他有段距离时，桑桑才从地上爬起来去追赶。

　　桑桑一路在想，要是那个该死的老头和漂亮的女人不来圭塘的话，他就不用辛辛苦苦地跑这么远的夜路去给酋长报信，而且偏偏还是跟这么一个暴脾气的晋巴同行。他也知道自己不能太招惹晋巴，晋巴的女儿总是让他有些心智迷乱，有些莫名的冲动。晋巴的女儿虽然长得没法跟今天来村里的那个女人相比，但她的模样跟他桑桑倒是很匹配的。想到这里，桑桑的脸上挂上了笑容，今年庄稼收割后，他得抓紧时间把晋巴的女儿弄回家去。

桑桑看到前方那点蠕动的黑影，疲劳顿时消去了一半，他加快步子去追赶晋巴。

他俩赶到仲子的时候，已是深更半夜。

月光下房屋的剪影层层叠叠，每户都黑漆漆的一片死寂，望过去像是走到了一座鬼城前。

"你知道酋长的府邸吗？"他们走在通往仲子的林荫道上时桑桑问。

"十多年前我来过一次，可以找得到吧。"晋巴回答。

"要是找不到，我们该怎么办？"桑桑再次问。

晋巴狠狠地瞪了桑桑一眼，好像胸有成竹似的准备进入仲子城。桑桑紧紧贴在晋巴的后面，眼睛四处张望。

"你有多讨厌，就有多讨厌。别把嘴贴在我的后脑勺上，那黏糊糊的臭气让我直痒痒。"晋巴走了几十步，转过身来大声责骂桑桑。

桑桑向后蹦跳了几下，免得被晋巴踹上一脚。

他们的争吵声惊扰了仲子城里的狗，从各处爆发出阵阵的狂怒声。

"我们会被狗给吃掉的。"桑桑提醒晋巴。

"都怪你，路上不招惹我的话，手里还有个挡狗的木棒呢。"晋巴埋怨起桑桑来。

"我可不敢进城去，野狗会咬碎我们的。"桑桑说。

"你这孬种，跟在我后面。"晋巴说完从路边捡了两块石头。桑桑也学他从地上捡了石头。他们一前一后,走在柳树掩映的道路上。

前方的狗吠声狂轰乱炸了过来,里面充满血腥的气息。

"我不想把命给丢了,要去你自己去!"桑桑扔掉手里的石块,拼命地往回跑。

晋巴回头一看,桑桑飞也似的离他远去;再往前看时,几十只狗正迎面向他冲过来。

晋巴扔掉手里的石头,挺着胸脯,挥动双臂,循着桑桑的背影拼命追赶,嘴里不住地喊:"你不能把我一个人给丢下!"

晋巴跑着跑着,前方不见了桑桑,狗的喘息声已经挨在他的屁股上。他想这次完了,会被这些狗给撕烂吧。

"快爬树!"桑桑的声音从一旁响了起来。

晋巴赶紧往路边的一棵树跑去,手脚并用开始往上攀爬。只听一声嘶啦,有只狗咬烂了他的裤子。他用劲向上爬,到了树顶上狗就够不到了。他坐在树枝上,惊魂未定,全身吓得发软。几十只狗围在树底下狂吠,不时试着往上跳跃。

"你被咬伤了吗?"桑桑的声音从另一棵树上传过来。

一听到桑桑的声音,晋巴的怨气就冒上来,他说:"你还算是个人吗?存心是要让狗咬死我。"

"你真不赖,虽然腿那么短,跑起来却比狗还快!"桑桑反而这样调侃。

晋巴听了这话就知道桑桑是在取笑自己,但他还没有从惊恐中缓过神来,也就忍住没有破口大骂。狗吠声中,晋巴看清他跟桑桑隔着几棵树,一些狗在桑桑待的那棵树下,仰头冲树上吠个不停。晋巴希望脚底下的这些狗也全跑到桑桑那里去，把他吓个半死，这样才觉得心情舒畅。

晋巴的情绪稳定了下来，看到树下的狗没有撤离的意思，就对桑桑说："桑桑，你不是很能唱歌吗？现在就给这些狗唱首歌吧。"

听到说话声，狗的情绪又被刺激了，它们疯狂地在树底下吼叫。

"现在离天亮还有些时间，我要睡上一觉。"桑桑回答。

晋巴再怎么跟桑桑说话，桑桑都不再理会，跟晋巴互动的只剩树下的那些狗了。

也许是上了岁数的缘故，这一夜晋巴一直都不能入睡，他睁大眼望着天上的星星，心里想着今年的收成和母牛怀胎，以及一对儿女的婚嫁事情。

从另外那棵树上，桑桑发出鼾声来，所有的狗都跑到那头去，仰头拼命地狂吠。晋巴想：他睡着后会从树上掉下来吗？如果这样的话我可救不了他，只能让野狗把这讨人厌的瘦子给吃掉。

到后头，桑桑的鼾声刺激不了狗了，它们陆陆续续地往城里跑去，这条路上只剩下月光和一片死寂。

天空开始泛白时，晋巴有些犯困，闭上眼入睡了。迷迷糊糊中，他听到从远处袭来的叮当声。他睁开布满血丝的眼睛，模糊地看见几头骡子迎面走来。他揉揉眼睛再看时，看到跟在骡子后面的两个男人。

"喂——喂——"晋巴从树上晃着两条腿喊。

赶骡的男人发现了他，站在路中央一脸迷惑地望着晋巴。

晋巴担心这两人不搭理，笨拙地从树上爬下来，匆忙向他们跑去，说明了自己来这里的原因。

桑桑也被吵醒了，跳下树来跑到他们跟前。

其中的一个男人带着他们进城。他边驱赶狗边把他俩带到了酋长府邸的院门口。桑桑这才注意到晋巴的半块屁股露在了外面,被狗咬烂的那块氆氇像尾巴一样,轻轻地在他的小腿上晃动。

酋长的院落很大,地面上铺着青色的岩石板,岩板的缝隙间长出了茂密的青草。迎面是一间东西走向的石头房屋,有三层高,房屋的窗口下宽上窄,窗框是木制的,上面用鲜艳的颜料绘着花。屋顶中央竖立一把长缨枪,枪头下耷拉着一簇黑布,屋顶的两头挂着旌旗,颜色已经没有那般地鲜艳。院子中央有口水井,旁边很多人在忙活,这些人看到他俩时都停下手中的活,把目光投射到这两个陌生人的身上。桑桑一下拘谨起来,本想提醒晋巴裤子被扯烂了,此刻竟把这事给忘掉了。

"这两个人是干什么的?"二楼上有个人这样发问。

"他们说是昨晚从圭塘过来的,要给酋长禀报重要的事情。"赶骡人汇报。

"带上来!"楼上的人发话下来。

他俩跟着赶骡人上木梯,到了二楼的回廊上。院子里的人抬头望着他俩窃笑,想必这些人看到了晋巴被撕烂的裤子和露出的屁股。

楼上喊话的人让赶骡人回去,由他引着穿过回廊,向那间正房走去。

太阳还没有出来,晨风打在脸上冰冷冷的。这冷意从晋巴的眼睛里榨出几滴眼泪来,它们冰冰地顺着他粗糙的脸颊滑落下去。

在一间布置考究的房间里,他们见到了体态臃肿的酋长韦氏·瑟布吉。酋长坐在宽敞的木床上,头发油亮地贴着脑门向后梳理,身穿一件崭新的白色氆氇衣服,脚蹬牛皮缝制的长靴。

晋巴向他陈述了在圭塘发生的事情,请求他带着侍卫过去,宰了那个霸道的外来老头。

"圭塘有五十多个男人，怎么竟制服不了一个上了岁数的老头。"酋长不悦地嗔怪起他们来。

"他可能是个强盗，全身没有一处是完整的，到处都是疤痕。再说，他的刀术高超，谁都靠近不了。他已经用刀砍伤了我们的三个人。"晋巴说。

"敢在我的地界闹事，这强盗真是活得不耐烦了。我让总管带着侍卫把他捉回来。"酋长的眼睛瞪圆，抱在胸前的右手甩向身体一侧说。

"禀报酋长，那强盗好像认识您，还当着我们的面骂您呢。"晋巴赶紧说。

"敢骂我？我非宰了他不可。"酋长咆哮着，从座位上弹了起来，脸色涨红。

听到酋长的吼声，一个女的从门外跨了进来。她着一身黑色的氆氇衣服，脸颊上抹了一圈红。

"还有，他身边带着一个年轻的绝世美人。"晋巴说完向桑桑眨眼。

"酋长，那女的可以说是仙女下凡，我们从没有见过这么漂亮的人。"桑桑微弓着背附和。

酋长的眼睛亮了，里面闪过一丝柔和的光，他把那双肥胖的手交叉在宽大的袖口里问："他骂我什么了？"

"这……这……怎么敢说出口呢。"晋巴吞吞吐吐地说。

"他们怎敢当着您的面重复那些废话呢，还是让我带上几个人把他给宰了！"带他们进来的那位总管说。

"总管，刚才听这两个人说那人武艺高强，我倒想看看他的刀术如何了得。"酋长阴沉着脸,在房间里踱步,他走到女人的面前仔细端详她的脸。

总管心领神会地对酋长说一切由他来安排,然后带着晋巴和桑桑走出了酋长的正房。

酋长看见晋巴的半截屁股露在外面,眼睛鼓凸凸地盯着那团棕黑色的肉团。女人厌恶地呸了一声,扭身走向窗子前,目光投向远方高耸的连绵山峰。

晨光从卸下木板的窗户里灌进来,屋子里一下亮堂了起来。

酋长走到女人的身后,目光越过她的肩头,看院子里那些忙碌的用人,僵硬的脸逐渐松弛了下来。女人郁郁地抿紧双唇,脑袋向后,想贴在酋长的肩头。酋长任她倚靠,眼睛却望向了圭塘的方向。

晋巴和桑桑围坐在酋长厨房的土灶旁,喝茶吃糌粑,间隙年老的伙夫向他们打听外面的情况。之后,他们按照总管的吩咐先徒步回圭塘去。

一路上晋巴责骂桑桑,说屁股露在外面的话应该要早点告诉他,这屁股可是圭塘的脸面,说不准酋长下面的那些个长舌婆,已经编出了取笑圭塘的谚语呢。最初桑桑每看到晋巴棕黑色的屁股,就不由得要笑出声来。晋巴只能厌恶地瞪他一眼。

临到圭塘时,桑桑对晋巴说:"今天酋长都拜谒了你的屁股,说不准他从此就要走霉运呢!"

晋巴握住拳头在桑桑的脊背上捶了一下,也不再辩驳他什么。

时间已过了正午,圭塘人全聚在村子外的路口等着,当发现盼来的只有晋巴和桑桑时,村人表现出了极度的失望,他们纷纷指责他俩没有把事态的严重性告诉酋长。他俩也为自己争辩,讲自己差点被野狗咬死的事。

圭塘人的埋怨声一点都没有减弱，反而怪罪他俩没有能耐办好事情。

"我们就是两个窝囊废，你们现在重新派人去请酋长吧！"晋巴丢下人群，往自己那间灰色的房子走去。人们看着他小腿上摇荡的布片，却笑不出声来。

村人安安静静地目送晋巴走远。

片刻的安静之后，圭塘人开始抱怨酋长只会收粮收租收牛羊，全然不管他们受到的威胁。有人提议不再等酋长了，也不管那老头霸占的那块宝地。

太阳正当头，村人依然喋喋不休地争论，他们待的这个地方没有任何可以遮蔽的，村人被烈日晒得蔫不唧儿的，脸色紫里透着黑。

桑桑饿得头昏昏的，他要离开村人回家去吃饭。桑桑站起来说："我得回家去吃点东西。"

"太阳出来时我们就坐在这里等，到现在连一口饭都没有吃。"有人不以为然地说。

"派你们去是我们的失策。"又有人开始责难他们。

桑桑想起昨夜那么地辛苦，心里酸酸的，委屈的泪水涌满眼眶，而后一滴滴地掉落下来。

圭塘人觉得这很稀奇，桑桑没有理由落泪呀，跟圭塘人相比，他只是多走了一些路而已，到头来还把事情办得这般糟糕，以致圭塘人都没脸再去驱赶那可恨的老头了。

桑桑从圭塘人的不解和冷漠的目光里，感到了孤苦无助。他伤心地要转身走的时候，瞧见从远处过来的一队人马。

他们全都骑着马，有人擎着三角和四方形的旗子，走在队伍最前面的就是肥胖的酋长。

"酋、酋长来了！"桑桑兴奋地喊，脸上扫去了先前的那些个不愉快。

圭塘人从地上爬起来，望着从谷地里骑马过来的那些人。圭塘人慢腾腾地散开，满怀恭敬地站在道路两旁等待酋长的到来。

桑桑忽然冲酋长跑过去。圭塘人望着他的背影，心里开始觉得踏实了。

骑马人走近的时候，圭塘人认出了他们的酋长，那个胖乎乎的穿了一件牛皮铠甲的人。酋长的头发梳理得一丝不苟，那乌黑的发辫缠绕在脑门上，握住缰绳的手臂上套着牛皮，腰间别着一把银子镂刻的刀鞘，上面镶嵌着红珊瑚和绿松石。酋长的后面跟着六名侍卫，他们头戴的铁盔上插着几根羽毛，胸部被牛皮铠甲包得严实，右手握着长矛或者旌旗，背上背着长刀。圭塘人看到这架势，就预测到那老头将会被侍卫们砍得血肉模糊。

桑桑握着酋长马匹的缰绳，高昂着头在前面引路，圭塘人跟在后面满心期待。

走到村民房屋中间的土路上，酋长终于开口说话了。他问："我骑马走了这么远的路，你们就没想着给我个解渴的饮品吗？"

圭塘人这才想起，他们只顾着等酋长，却不曾考虑过该怎样接待。这下他们慌了手脚，不知道该怎么办。

"你们这些下贱的人，一点规矩都不懂。"一旁握着旌旗的侍卫在马背上训斥道。

圭塘人听到责骂声，低头往后退却。

"尊贵的酋长，这些乡民不懂规矩，请您移步寒舍，在那里我已经为您备好了酒肉。"晋巴迎面走到酋长跟前禀报。

马背上的酋长听到这句话，绷紧的脸舒缓下来，向晋巴投去赞许的目光。

圭塘人对于晋巴的解围心里并不感激，反倒对他这样的筹备心生嫉妒。

桑桑牵着酋长的马跟在晋巴后面。

酋长的马队经过那些低矮的土坯民房，墙壁上为采光开凿的长方形洞，此刻黑黢黢的，房门低矮且窄。

酋长一行来到了晋巴的家门口。

晋巴为了防止尘土飞扬，往地面上浇过水，用垫子在那里给酋长搭了个座位。垫子前面的矮桌上放着盛酒的陶器、一个木碗和一只羊腿。

酋长从马背上跳下来，整理身上的牛皮铠甲，迈步向垫子走去。随行的人也跳下马来快步跟紧。

"你们赶紧派人去，叫那老头过来见我。"酋长坐在垫子上这样命令。

晋巴抱起陶罐要往木碗里斟酒，一旁的侍卫过来将系在腰间皮具里的银碗拿了出来。晋巴笑盈盈地往银碗里倒酒，陶罐的壶嘴里流淌下浅黄色的青稞酒来。

酋长端起银碗呷了一口，让酒味沁入舌苔里，这才一口咽下去。

晋巴趁着再斟酒，对酋长建议道："您派个侍卫过去喊他，这样才能显出您的威严来！"

酋长啊一口酒，思量片刻，才徐徐说："巴贵你去叫那个老头，别忘了带上那个女人。"

桑桑领着巴贵穿过几座村民的土坯房，再顺着一条小道向岗巴拉山走去。不一会儿，他俩的背影就从人们的视线里消失了。

村人立在酋长的后面，等待那个霸道的老头前来认罪，给圭塘人补偿被打伤人员和狗的费用。村人的头脑里幻想着那老头哀泣求饶的各种画面，脸上现出得意的笑容来。

酋长吃着羊腿肉，酒喝到第六七碗时，人们看到桑桑惊魂未定地往村子里跑来，跟他一同去的巴贵却不见了踪影。人们隐隐感到了不安。

桑桑被土坯房给淹没了，不一会儿那颗尖脑袋又从一堵墙后探出来，接着是整个身子露了出来，细瘦的身子如被风刮过来一般迅疾。

"老头把侍卫给杀了！"桑桑冲酋长远远地喊。

酋长听到这句话，从垫子上倏地站起来，骂道："这个强盗胆敢杀我的人！你们三个过去把他的脑袋给我砍下来。"

三个侍卫从背上的刀鞘里"唑玲"地抽出刀来，飞速地往土坯房冲过去。

两个擎旗的侍卫，将旗子托举得更高一些，以便鼓舞这些勇士的斗志。可是，此刻除了炎热之外，没有一点风吹过来，旗杆顶的两面旗子耷拉着头，毫无生气。

桑桑好像被刚才血腥的争斗给吓住，身子瑟瑟发抖，不跟任何人说话。

人们看到三个侍卫提着刀急速飞奔在那条小道上，阳光从刀身上反射出刺眼的寒光来。

酋长本想问桑桑到底发生了什么，但看到他这般怯懦、失魂的样子，别过头去，望着岗巴拉山的方向。

雪线以下的山坡青绿绿的，峰顶是白花花的雪，阳光照射在上面反射出刺目的光来。蓝蓝的天际从雪峰背后坠落下去，在那空际上游弋的只有几只黑色的鹰。

晋巴端着酒杯来敬酋长，酋长不耐烦地挥挥手，目光又飘向了岗巴拉山的方向。

村人也焦急万分地等待着，不知道那三个侍卫与老头打斗成什么样了，那漂亮的女人肯定害怕地哭成个泪人了吧。

过了许久，岗巴拉山那边依旧没有一点动静，按理应该有结果了，这种安静令人躁动不安。酋长开始变得烦躁起来，他来回走动了几步，思忖着该不该过去，最后目光落在两个握着旌旗的侍卫身上。

"来了！"有人突然惊叫了起来！

他们的目光投向通往岗巴拉山的小路上。

人们惊讶地发现，娘卓·贡佩的爷爷袒胸露背，手里提着那把长刀，气势汹汹地向这头冲过来。三个侍卫却不见了人影，酋长的脸顿时变得铁青，目光也散淡了。

村人知道那三个侍卫已成了老头的刀下鬼，现在只能指望酋长的能耐了。

酋长走到坐垫前，把那碗青稞酒饮干，从腰间的剑鞘里抽出那把剑来，向前跨了几步，等待娘卓·贡佩的爷爷的到来。

娘卓·贡佩的爷爷从小路的尽头，一下扎入到土坯房中间，人们只能看到灰色的土墙和屋顶耷拉着脑袋的经幡。两个擎旗的侍卫放下旗子，手里握住长矛，上前挡在了酋长的前面。

娘卓·贡佩的爷爷从土坯房后钻了出来，他跑到与酋长间隔二十多步远的地方停下来。村人看到娘卓·贡佩的爷爷脸上溅满了血，胸口上也有指印带过去的几道血痕。

见到这情景，村人惊恐地叫喊起来。

娘卓·贡佩的爷爷手里握着的长刀上，人血已经干成暗黑色，脸上的表情被血迹遮掩，唯有那对眼睛里喷射着怒火。

"你把我的人都给杀了？"酋长大声斥问。

"你派他们来杀我。如果我不还手，早变成鬼魂了。"娘卓·贡佩的爷爷回答。

"你可知道我是这方圆几百里土地的主人，也就是这里的王——"酋长的声音粗哑且高亢。

"我就是来取你这个王的命的！"娘卓·贡佩的爷爷平静地回答。

村人听到这句话，尖叫着向后退步，这老头令他们毛骨悚然。

"我们之前有仇吗？"酋长将剑轻轻击打在地面上问。

"我平生第一次见你，我们之间没有仇。"娘卓·贡佩的爷爷回答。

"那么你跑到我的地盘上来，是想在这里落脚度过余生？"酋长再次发问，提起了剑。

"我来这里就是为了取代你，成为这里的王。在你没死之前让你知道，我的名字叫娘卓·韦登，是以前博巴[①]大将军娘卓的后裔。"娘卓·贡佩的爷爷说。

"你以为说是博巴将军的后裔，我就会被吓倒？老头，今天就是你的死期。"酋长一挥剑，两名侍卫举着长矛刺向娘卓·贡佩的爷爷。

娘卓·贡佩的爷爷左挡右劈，来来回回打斗了二十多回合。他们左突右冲，甚至打到了晋巴的家门口。

观看的村人也被冲散，他们东一群西一簇，一脸的惊骇，不时发出刺

---

① 博巴，藏语音译，是藏族人对自己的称呼，"博"为藏族居住地区，"巴"是人的意思。

耳的尖叫声。

酋长一直没有介入，他的两个侍卫与娘卓·贡佩的爷爷打得是难分难解。

长矛的枪头呼呼生着风，从两侧直戳向娘卓·贡佩的爷爷，他挥动长刀在身体两侧左挡右击。

叮当的声响中，一名侍卫的长矛被砍断了，他还没有来得及丢下手里的长矛柄，娘卓·贡佩的爷爷的刀已劈在他的右臂上，随着一声惨叫，人倒了下去。

娘卓·贡佩的爷爷就势向另一名侍卫攻击。侍卫抵挡不住这凌厉的攻势，且战且退，已被逼到了农田旁。侍卫听到娘卓·贡佩的爷爷粗重的喘气声，以为他快体力不支了，于是憋足最后的力气开始反攻。

长矛与刀撞击的声音叮当作响，他们的脚底扬起灰尘。

攻守几回合后，侍卫瞅准机会将长矛的枪头刺向娘卓·贡佩的爷爷的胸口。娘卓·贡佩的爷爷顺势仰面倒地，刀却扫向了侍卫的腿上。侍卫顺着冲劲扑倒在地，无法站立起来，腿上血汩汩地喷涌，浸入到干旱的土地里。

娘卓·贡佩的爷爷急忙爬起来，喘着粗气向酋长站立的地方走去。

酋长比划了几下剑，冲着娘卓·贡佩的爷爷说："年迈的你已经没有力气了，我来慢慢地弄死你！"他又转头对散开在四处的村人命令："你们快去拿武器，把之前这老头带给你们的耻辱，用他的血来洗刷掉。"

"昨天我就说过，你们要是敢乱动，我就会铲平这个地方。告诉你们，我的儿子正带着人马往这边赶过来呢。"娘卓·贡佩的爷爷气喘吁吁地对村人说。

酋长听到这句话，越发地气愤，也激起了他的斗志。

"老头，你替代不了我，这种兼并与杀戮不会就此结束，还是让我先结束了你的狗命。"酋长举着剑向娘卓·贡佩的爷爷冲过来。

他们挥舞着刀剑，乒乒乓乓地捉对厮杀了起来。

娘卓·贡佩的爷爷被酋长打得节节向后退去，肩宽膀阔的酋长使剑的速度也是极快。村人只看到剑光闪闪，冷风嗖嗖，这两人中谁会死去，他们已经无法预测了。

第二章

　　娘卓·贡佩的爷爷与酋长之间的这场争斗，后来被圭塘人编成了歌谣。他们说唱时，这些歌谣长出翅膀，飞向了遥远的地方。一路上钻入人们的耳朵，潜伏在他们的脑袋里，然后疯狂地发芽生长起来。人们哀叹这种争斗在博巴地域内已经持续了几百年，许多生命因此成了无辜的祭品，人人渴望过上平静的生活，不要再让杀戮和征伐陪伴他们。这歌谣也飞到了佩枯错边。

　　这一天，几个放牧的人在佩枯错边守着一群牛羊。湖水宽阔无际，碧蓝连天，习风涌来在湖面荡起微微浪波。波浪起皱处的水，碎裂成无数个白花花的珠子，然后纷纷坠落进浩瀚的蓝色里隐遁。最远方的高山犹如一条黑色的线影，从天际顺着湖的两侧慢慢延伸过来，身形渐渐拔高，丰满起来，到了近处显露出它那连绵山峰的巍峨来。峰顶的陈年积雪在阳光下熠熠生辉，上面缓慢流动形状各异的白云，有些淡如烟雾，有些庞大得如同千军万马。

细听，湖水发出的低沉呻吟，仿若仙境的一声叹息，旷远而深沉，给心灵灌入一份久远的宁静和淡泊。牛羊似断了线的念珠，散落在湖边青绿的草滩上，脖颈上的铃铛脆脆地发出娇羞的声响来，随后被风儿卷走，不见踪影。

"远处有个东西在向这边走来。"一个放牧少年警觉地喊道。他的目光一直望向远方，被风吹日晒的脸颊泛着紫黑色，从一侧看，他的鼻梁挺拔，目光清澈。

"是豹子呢还是狐狸？"一名头戴无檐毡帽的老牧人问。

"看不清，只是一个移动的黑影。"另一名放牧的年轻小子踮着脚回答。

"是个人。"少年蛮有把握地回答。

"只要不是野生动物来袭扰牛羊就行。"年老的牧人把毡帽取下，手掌搭在额头上，挡住刺眼的太阳光说。他着了一身褪色的黑氆氇装，头上的发辫缠绕在脑门上，腰间别着一把牛皮包裹刀鞘的长刀。

阳光炙烤下的青草散发缕缕清香来，这种草香让飞禽们躁动不安，长短不一的鸣声像锅里的滚水般沸腾起来。黑颈鹤扑扇着翅膀从湖水边飞跃，翅膀上沾带的水珠从半空坠落下来，在午时阳光的映射下，它们晶莹剔透，滚动着圆润的身子一头扎入湖水里。

牛羊只顾着埋头啃草，对这些细小的惊扰泰然处之。

三个牧人凑在一起，从一处草坡上凝望沿湖边向他们蠕动过来的黑点。老牧人心里在猜测那是动物还是人。

在苍茫的天地间，那黑影逐渐清晰了起来，牧人终于看清来者是个人。那人手里握着一根长棍，背上驮了一堆东西，步伐迈得倒是很轻巧。

两个年轻的牧人怀着好奇心向那个人走去,被他们的鞋压弯的青草叹着气,重新把身子给端直过来。

"呀,素昧平生的人,你经过佩枯错是要到哪里去?"老牧人嗓门高高地喊。

"我顺着湖边已经走了两天,除了野驴、野马、黄鸭之外,没有见到过一个人。"那人也远远地喊开了,他的声音低沉有力。"你们过的日子令我羡慕啊!"那人边摘下头上的布帽,边冲他们绽开笑靥补充道。

"夏天的景色,代表不了冬天的萧瑟,你可不要被假象给迷住了眼睛。"老牧人回答。

来人身子很高,可算不上壮实,一头长发从脖子后垂下去,几根发丝被风吹到了他的眉梢上。看他这行头肯定是走了很远的路,身上的布衣到处都破裂着,背上的驮物端是一件羊皮袍子。

"好心的人们,能否给我赏一碗热茶喝呢?"长发男人问。

年轻的牧人们已经站在他的左右,好奇地打量着他。

"来吧,铜锅里的茶还没有凉掉。"老牧人说完转身向前走去。

长发男人瞅瞅身旁的两个年轻牧人,咧嘴冲他们笑,随后跟着老牧人往前走。

年轻的牧人们尾随在他身后,低声议论着什么。

长发男人吃了一碗糌粑,慢慢饮着清茶,眼睛望向三石灶里的牛粪释放出的一丝淡白烟子,问:"这里是谁的领地?"

"韦氏·瑟布吉。"少年牧人急忙回答。

"方圆多少是他的地域?"

"这不好说啊。现在有个叫娘卓的正跟他抢地盘呢。流传过来的歌谣是这样说的：虎豹相互撕咬，绵羊戚戚垂泪；韦氏娘氏残杀，圭塘凄凄哀嚎……"老牧人停顿一下，接着又补充道："松啦的爸爸就是抗击娘卓的人抢占地盘时被他们给杀死的。"老牧人把目光扫向了那个放牧少年。

这句话使少年牧人的眼眶里注满了泪水，他抿紧嘴，表情沉重而伤痛。

"俺嘛呢叭咪吽！愿众生脱离战争的苦海！"长发男人双手举到额头上念诵道。他的脑海里映现出霍尔人①的千万铁骑扬起灰尘，铿锵飞驰的场景；城镇里尸体横陈，房屋焚尽，空气里到处飘散着血腥味；身穿铠甲、扎着小辫子的霍尔兵在城郭下，搭着弓箭齐射千万发箭，夺人性命的呼呼声响彻在空中……长发男人禁不住泪水啪嗒啪嗒地顺着黝黑的脸颊滚落下来。

"好在噶当派②的罗追西热堪布③出面，这两个酋长才没有继续征伐杀戮了。"老牧人给长发男人说。他又皱了皱眉，张开干瘪的嘴唇，郑重地问道："你的目的地是在哪里？"

"萨迦。"长发男人用手擦掉泪水，脸上现出一丝歉意来。

"听说那里的寺主是个很出名的人，你是冲他而去的吧？"说完老牧人以看穿别人心思的狡黠目光，得意洋洋地盯着长发男人。

"我是去送一封信，我来自很远的米酿（西夏）国。"长发男人解释道。

老牧人望着长发男人不再吭声。长发男人又解释了几句，大致是说霍

---

① 霍尔人，藏族人称蒙古族为霍尔，称蒙古人为霍尔人。
② 噶当派，阿底峡（982—1054）尊者发其宗绪，仲敦巴·杰娃琼奈（1005—1064）开其派规，是藏传佛教教派之一。
③ 堪布，又称为亲教师，为藏传佛教寺庙中的职务，相当于汉地佛寺的住持或方丈。

尔人正在攻打米酿国的肃州城,那里的战事异常地激烈残酷。

牧人听着他的讲述,心里在想这些好斗嗜血的人不会跑到这儿来吧!这种念头只是一闪而过,他们更关心的是韦氏和娘卓间的争斗。

"再给你倒杯茶吧!"老牧人手里握着一个木瓢说。

一只黑颈鹤不急不缓地从湖边的浅水里优雅地踱步过来,长长的颈项直挺挺的,两只脚掌不时溅碎平滑的水面。黄鸭一对对地在湖面上滑翔,有的猛然钻入湖水里,急速地消隐掉,不一会儿又从水底冒出来,晃动那颗小脑袋,将无数晶亮的水珠抖掉。

"你是米酿人吗?"年轻的牧人斜躺在草地上问长发男人。

"我是一名博巴僧人。"

"你今晚赶到罗追西热堪布的寺院里去借宿,那里有十几名僧人!"老牧人对长发男人说。

"寺院离这儿远吗?"长发男人问,顺手把飘在右脸颊上的头发捋到耳后去,露出一只白净的耳朵来。

"喝完茶再赶路的话,太阳落山前准能到的。"老牧人蛮有把握地说。

长发男人跟他们闲聊了一会儿,又背着沉重的包袱,离开牧人和佩枯错继续前进。

"他说的米酿国在哪里呢?"松啦问身旁的其他两个牧人。

"这跟我们没有关系。"老牧人望着长发男人的背影说。

金黄色的阳光不仅灼热,还异常地刺眼,老牧人的眼睛眯成了一条缝,额头和眼角的皱纹快乐地抱在一起,拧结成一块块。

长发男人的黑发被风给撩了起来,它们在那颗脑袋后卷起了黑色的浪涛,他拖着这股黑浪离牧人们越来越远。直到变成一个黑点时,牧人才转回身，脸上现出意犹未尽的神情来。

风儿在湖面上吹起了一道道涟漪，湖水拍击岸边的声音比先前更加地响亮。

一只黑色的鹰从湖面上飞过来，它张开翅膀滑翔着从牧人的头顶掠过去，太阳把它的阴影从他们的身上一掠而过。

鹰奔向长发男人走去的方向，从半空中又把自己的影子投射在他的身前，还发出了一声刺耳的长鸣。

长发男人停住脚步，双手握住那根长棍，仰头寻找声音的来处。他看到一只鹰在头顶上方盘旋回转，接着又发出了一声长鸣。鹰扇动翅膀借势越飞越远，向着东方的那座山一冲而去。

太阳从他身后的山脊落下去时，长发男人离之前看到的那座山越来越近了，甚至能看到矗立在山脚的那座四四方方的寺院。寺庙的院墙低矮，呈灰土色，里面的殿堂建筑有两层高，屋顶是镏铜锻造的。长发男人心里一阵喜悦，他把双手合十举到胸前喃喃地祈祷。

长发男人拄着长棍走近寺院时，气温骤然间降了下来，风刮得比先前更加地猛烈，在呜呜的风声中，布帽下的长发又飞舞了起来。

寺院门口站着一名僧人，见他走近就迎了过来。僧人靠近后告诉长发男人，堪布在屋里等他。

长发男人惊了一下，点点头，跟随这名僧人穿过石块砌成的路，顺时针围绕殿堂走到堪布的僧房门口。

领长发男人的是个中年僧人，他撩开门帘，请长发男人进去。长发男人将背上的东西卸下来靠墙放，弓身步入房门里。

里面光线昏暗，借助一盏油灯的微弱光亮，模糊地看到一位老者在盘腿打坐。长发男人靠近老者，借助油灯的光亮仔细看，那老者微闭双眼，下颌上稀疏地长着一些灰白的胡须。

"远方来的客人，你跋山涉水经过了很多的地方，见过的世面比我们都多，我很想跟你畅聊一番。可是，你一路劳累，先去洗漱吃饭，再睡上一觉，明天我有很多问题想跟你讨教。"老者睁开双眼，手里拨动的念珠嗒嗒地响。

矮小的僧房里飘绕着一阵淡淡的柏树香味。

"杰德，你把客人带到准备好的房间里去！"老者这样吩咐中年僧人，接着又问，"我们该怎样称呼你呢？"

长发男人弯下身，恭敬地回答："您就叫我衮邦确塞①吧，这是我的法名。"

"衮邦确塞！这是个很有意思的名字。我叫罗追西热。"老者发出充满黏性的笑声来，充盈着欢快的情绪。

衮邦确塞缓缓后退到门口，转身出了这扇矮小窄狭的房门。

衮邦确塞走进给他准备的那间僧房里，杰德给他备好了一碗糌粑粥和一陶壶的清茶，僧房里熏过柏树，它的清香还未散去。

这夜，衮邦确塞躺在绵软的羊毛垫子上，听外面的徐风抚弄庙檐上的垂铃，叮当的清脆声敲击耳膜，柔弱、缠绵得好似有催眠功能，只消一会儿工夫，他的身体软绵地瘫在羊毛垫子上。

等他醒来的时候，外面已经铺满了金黄色的阳光，垂铃的声音被阵阵的鸟鸣所替代。想起今天要跟那个年老的堪布交谈，他赶紧从被窝里钻出来，开始往身上套衣服。

---

① 衮邦确塞，藏语意为放弃一切，了知所有。

衮邦确塞和罗追西热的交谈是在堪布房门口进行的。

房门前铺了两张羊毛编织的方垫子，中间摆一个矮小的木桌。他们分别坐在垫子上，阳光快移动到寺院当空了。

"这寺庙是圣人阿底峡①选址的，他在从古格②去往乌思藏的路途中，发现这里的地貌呈现祥瑞，要求弟子在这里建一座寺院来度化众生。我是这寺院的第四任堪布。"罗追西热说。

"您的这座寺庙会利益众生的，这里确实是个殊胜的地方！"衮邦确塞由衷地赞叹道。

"你要来的消息是护法神提前通知我的。想必昨天在路上，你见到过一只巨大的鹰。"罗追西热面色黝黑，不多的眉毛细长而灰白，两只眼睛里透出睿智的光来。

"是一只鹰引导我来到这里的。"衮邦确塞停顿一下，接着问，"堪布，这里离萨迦寺有多少天的路程？"

罗追西热用手捋下颔上的白胡须，半眯着眼回答："大概要走个八九天吧。"

衮邦确塞欲要开口说明情况时，杰德端来两碗酸奶放在木桌上。

"请享用。"罗追西热说。他从怀兜里取出一个银质的小勺，端起木碗吃。

衮邦确塞把要说的话咽到肚子里，拿起木碗，用食指舀着酸奶吃。罗追西热望着他的这一举动笑了起来。

---

① 阿底峡，意为殊胜，法名燃灯吉祥智，公元982年出生于萨霍尔(今孟加拉国)王室，原系超岩寺首座。后入西藏传播佛教，他摄显、密两宗关要，合为修行次第，对藏传佛教后弘期起过重大作用，成为噶当派的祖师。1054年卒于拉萨聂唐寺。

② 古格，吐蕃赞普后裔逃至阿里札达建立起来的一个王朝。

午时的寺院寂静无比，偶尔一声鸟啼，也会打碎这份宁静。

"你是个经历很丰富的人，这些从你穿的服装上可以看得出来。我只是个整天念经的糟老头，很想知道外面的奇闻趣事呢！"罗追西热放下木碗，跟正在吃酸奶的衮邦确塞说。

衮邦确塞望着这张可敬的脸，想到了自己漫长的旅程，以及死里逃生的那些个时刻。他低下头，伸出舌头把碗里剩下的酸奶用舌头舔舐干净。衮邦确塞把碗放回到木桌上，去迎接罗追西热那双期待的目光。

衮邦确塞看看自己身穿的衣服解释道："这是米酿人的服装，可我是一名博巴僧人。"他说完把长发捋到后面去。罗追西热注视着这张颧骨突出的瘦长脸，预感到自己会获得很多意想不到的重要信息。杰德也盘腿坐在一旁，静静地等待衮邦确塞的讲述。

衮邦确塞望着罗追西热期待的目光，开始叙述自己的经历。

当我还是个少年的时候，一群僧人路过我们的村镇，说是要去象雄①。其中的一名僧人拿些干果给村子里的小孩吃，我发现那些僧人的马和骡子上，驮着各种佛像和经文。我问其中的一名僧人，这些佛像是要送到哪里去？那僧人回答说，他们要到未开化的地方去，让佛法开启那里的人们的心智。听完，我觉得这是一件极好玩的事，比我每天上山放牧要有趣得多。我就问那名僧人，他们可否带着我走，那僧人只是笑一笑，没有给我答案。

那夜，那些僧人被村镇里的一户请去给家里多年疾病缠身的女人作法。僧人在这家的耳房里盘腿就坐，敲着鼓摇着铃杵念起了经。

---

① 象雄，古地名。相传为苯教发源地。佛教史书《青史》记载其即古格小邦所在地，在今阿里地区札达县境内。

村镇人全跑到这家院子里,在月光的朗照下,沐浴抑扬顿挫的诵经声。我被这富有节奏感的声音所迷醉,觉得自己也应该成为他们中的一员。特别是那鼓声和铃杵声敲响的时候,我的心霎时静得没有一丝杂念,背上的汗毛都耸立了起来。

为了救治那个疾病缠身的女人,僧人连着做了三天的法。那几天里我打定了主意,要跟随他们去象雄,让自己成为一名僧人。我怯怯地将自己的想法告诉了母亲,出乎意料的是她没有反对,而是坚定地支持我的选择。母亲领着我,来到僧人们寄住的地方,取下自己耳朵上的一对绿松石,祈求僧人们带我一起走。

这样我离开了自己的村镇,经过芒域①,到达古格,然后经过西州②,进入到了米酿国。

这几个月的长途行进,让年少的我长了许多的见识,我们到达过雄壮的古格城堡,拜谒了殊胜的托定金神殿,看到了山坡上人们掏出的层层洞穴,其壮观无法用词汇言述,经过了冰封雪地的高山峡谷,踏过了漫无边际的戈壁荒滩,走过了一望无际的黄沙地带,也穿越了空旷的草原……这一次艰难的旅途中,我们得到了穿各种服装,讲各种语言的人的帮助。

我们进入到米酿国的疆界,走过了沙州、瓜州、肃州等城,经过之处看到的一切都是新奇的,我时刻都要瞪大眼睛,嘴里不时发出啧啧声。到了甘州时,仲子白芸师父给我授了沙弥戒。之后,我们要奔赴的是米酿国的中兴府。

离中兴府越来越近时,我们看到这里水草丰美的草原,零散地坐落着

---

① 芒域,又称为麻域。今西藏自治区的阿里普兰至日喀则、吉隆县一带与尼泊尔接近的地区的古称。
② 西州,当时指新疆东部地区。

一顶顶牧人的白帐篷，肥壮的牛羊悠闲地啃着叶厚汁满的青草；农田里麦浪滚滚，金色燃烧到了天的尽头；果园成片地相连，上面结满各种果实，香气飘散到十里之外。前方一队队驮着货物的骆驼，逶迤穿过农田、树林，进入到中兴府的城郭门里；城郭的里外到处都栽有柳树，微风中这些柳枝轻轻摇荡，尽显其婀娜摇曳的柔性。走入幽深、高大的拱形城门，里面人声鼎沸，店铺林立，各种商品琳琅满目，不同肤色的人聚集在这里，进行着驼毛、羊毛、编织物等的交易，亭榭、拱桥、流水随处可见。

我们投奔到国师觉本喇嘛的麾下。他在米酿国里威望很高，国王时常请他过去讲法，待他极其优厚。在米酿国里，我们衣食无忧，可以潜心学习佛法知识。只是，没过几年，霍尔人开始进犯米酿国，迫使其向霍尔称臣纳贡，米酿国时刻处在战争的旋涡之中。

听说，最初霍尔人只是偷袭边沿的村寨，抢劫羊马骆驼和人；后来，发展到进攻城堡，夺取财物，他们的势头真可称得上是来势汹汹，米酿国向霍尔称臣纳贡了。从那时开始，米酿国人与霍尔人联合举兵攻打金国，有时又与宋国开战。在这样的折腾中，米酿的国力渐渐衰落下去。米酿国的守陵人甚至发现草木都在滴血，这件奇怪的事情被传出来以后，一切开始变得越来越糟糕。

年迈的觉本喇嘛深知霍尔人的强悍与凶残，也知道米酿国人对霍尔人的积怨极深，不久这样的情绪将会招来一次更大的杀戮。于是，开春后他遣使我和另一名僧人赶赴博巴地域，将他的亲笔信转交给萨迦寺主贡噶坚赞。

我们离开中兴府赶往博巴地域的途中，如觉本喇嘛所料，霍尔人的铁骑轰隆隆地又开到了米酿国的很多郡城前，摆开阵势开始了强有力的进攻。

途经肃州城时,我们跑到城里休整几天,补充些粮食和衣物。不曾料到的是,霍尔军队也攻打到了肃州城下,我们被困在城里。

霍尔人看到城门紧闭,护城河里灌满水,就在不远的城郭外搭建帐篷,安营扎寨下来。听说第二天霍尔人派特使过来,命令全城人向他们投降。守城将士拒绝了他们的要求,说是要誓死保卫肃州城,两军开始对峙起来。

第四天,天刚破晓,霍尔人用抛石机器掷来巨大的石块,砸死了城垛上的许多守兵,城墙上被砸出很多个豁口,有些石块飞落到就近的民房,顷刻间这些房屋被毁得稀里哗啦。随后,他们射出的箭从城垛上如雨点般飞落下来,伴着呼呼的声响,夺去了很多人的性命。

我们看到守城士兵神色慌张地提着刀枪、盾牌在巷道里奔跑,不时听到领兵的呵斥声。百姓躲在房子里,偶尔从门窗里探出头来,一脸的无助与恐慌,街道上只能见到一些牛和野狗在晃悠。

城郭外霍尔人的铁骑奔腾,马蹄震出的隆隆声,一阵紧似一阵。他们的喊杀声,像海啸般涌过来,摧毁着城里人的意志。那一刻,我们就是在等待霍尔人破城冲进来,用利刃割去脖子上的这颗脑袋。

在肃州城里守兵的浴血奋战下,霍尔人的多次强攻都未能把城池攻下来。肃州城里的人每天都在喊杀声中度日,看着城墙上的将士一个个地死去,米酿人付出了惨重的代价。很多穿着牛皮铠甲的女兵也手持兵刃冲杀在城墙上。一个个娇艳如花的女兵,最后在利箭的呼啸声中死去,把凄美印刻在了我的头脑里。

第十五天,守城将帅鼓动城里人也要拿起武器,共同抗击霍尔人的入侵，还说霍尔人把沙州城里的人给全部屠杀了。肃州城里的青壮年拿起了武器，我俩也被迫参与到了其中。作为僧人，我们不能杀人，只能运送受伤的士兵进行救治。

你们无法想象，死者的血像溪流一样从城墙上流淌下来，浸湿了我们的双脚。城墙下的护城河里黑压压地漂浮着尸体，发出腐臭的气味来。

霍尔人进攻了二十多天，也没能把肃州城给攻下来。但是，双方都死伤了很多的人，这二十几天里，肃州城里城外就像是炼狱，在厮杀和哀嚎声中一个个鲜活的生命就这样没了。

霍尔人停止了对肃州城的进攻，他们突然撤退走了。

城里人议论霍尔人是在等待援军，更大规模的进攻不久就会发动。

残破的城墙被血浸染成暗黑色，炸开的豁口旁堆积着尸体，瞭望台上的木头烧焦后飘扬灰白色的烟子，人们的脸上弥漫哀伤与绝望。许多死者被丢弃在城里的路边，各处传来失去亲人的哭泣声，倒塌的房屋，紧闭的门窗，空荡的街道，让我们感受到死亡正在逼近。

接下来的几天里，霍尔人没有再来发动进攻，许多城里人觉得这是个保命的最佳时机，他们背着家里值钱的东西要出城逃命去。

在一个漆黑的夜里，守城的士兵打开了城门，我们跟随逃难人员从肃州城里跑出来，趁着夜色向博的方向逃命。

黎明时，我们听到从前方传来的马蹄声，赶紧离开大路，躲进附近的草丛中。几千名霍尔骑兵浩浩荡荡地从大路上驶过去，马蹄扬起的灰尘飘落到大路上，让我们变得灰头土脸。等到晨曦微露，再没有霍尔兵走过，我们才从树丛里钻出来，慌忙往前赶路。

这样走了几天，我们看到了一座小镇，却不敢贸然进去，躲在土堆后观察。半天过去没有一个人出来，我们这才心惊胆战地摸了进去。里面死气沉沉，街道两旁都躺着死人，有的身上插着箭，有的被刀劈开，血在尸体下凝固成块，肉体发出腐臭的气味来。很多房屋被焚毁殆尽，有的房梁上还在冒着呛鼻的灰色烟子。

前方街角的拐弯处，十几只狗正围在一起，其中的两三只还相互撕咬起来。我们拿石头砸过去，赶走那些狗。走近看到一具尸体，他被狗给撕咬得面目全非，那种惨状令人不忍直视。我们悲伤不已，泪水不住地滚落，唯一能做的就是诵经超度这些个亡魂。

我们不敢待在这里，赶忙逃离了这座小镇。

从那时起，我们白天躲在隐蔽处，夜晚趁着夜色逃命。

后来，经过戈壁滩时，我的同伴开始发烧头疼，到了第三天他没能再站立起来。

我茫然环顾四周，身旁除了砾石、黏土外，一片空茫茫的。

那时，深刻的绝望侵袭我的头脑，对自己能否走到博的疆界一点信心都没有。我坐在地上想着自己也会这样死去，或被霍尔兵给杀死，心情沮丧得无以言说。

好在这种糟糕的状况没有持续多久，我突然想起离别时上师仲子白芸叮嘱的那句话：在你感到困苦无助时，就给三宝祈祷，他们是你在世间唯一的救度主。我盘腿端坐，开始念诵《皈依经》，慢慢地把脑子里的那些个绝望情绪给平复了。我想不能这样坐以待毙，一定要把信送到萨迦寺去。我起身把同伴剩下的干粮装进自己的包袱里，抓起他的羊皮袍子，继续往博的方向走。后来我走过了宗喀王①的地域，经过阿尼玛卿神山，走到了这里……

还要告诉您的是，我在米酿国时曾听人说，西方有一个很强大的国家叫花剌子模，它的国王曾派使团到霍尔人那里，希望两国和平相处，让商人相互做生意。随后霍尔国王成吉思汗派使团去访问花剌子模国。使团回来后，霍尔人组织了一个庞大的商队，用五百头骆驼驮着黄金、白银、丝绸、驼毛制品，去花剌子模国做生意。可是，这个商队来到花剌子模国的讹答剌城时，被其城主伊纳勒术·哈依尔汗所杀害，他劫掠了商队的所有财物。商队里只有一名骆驼夫侥幸得以逃脱，他跑回去把这噩耗报告给了成吉思汗。

听到这个消息，所有霍尔人都悲愤不已，成吉思汗更是落泪哽咽，跑到山上独自一人悲伤。不久，成吉思汗再次派一个使团出访花剌子模国，要求国王摩柯末查清真相，严惩凶手。花剌子模国王不但没有惩办凶手，还把其中的一个来使给杀掉，另外两名来使的胡须剃掉，赶出了花剌子模国。

这样的羞辱使霍尔人愤怒了，他们的国王成吉思汗集结二十多万人的军队，向花剌子模国进军。他们攻陷了花剌子模国的很多城邦，荡平了讹答剌城，擒获了伊纳勒术·哈依尔汗。为了洗雪耻辱和复仇，霍尔人将银子融化，灌进这个贪婪人的眼睛和耳朵里。对花剌子模国近四年的征伐中，很多城邦被夷为平地，无数生命惨遭屠杀，花剌子模国王也因焦虑而死，一个强大的国家就这样化成了尘土。霍尔人的这种凶残报复，令人胆

---

① 宗喀王，吐蕃赞普的后裔赤德从西域辗转来到河州，拟举事、立文法，被地区两大部族首领拥立为赞普，藏史上称为宗喀王，汉史中称为唃厮啰，最终被霍尔人消灭。

寒心颤。

"如今，我坐在您的面前，向您讲述这些恐怖的事情，我想，您不会把它当成是我的妄语吧？"衮邦确塞这样问道。

"怎么会这样想呢？很多年前，霍尔兵也打到了阿里三围①一带，当时各地的统领赶着骆驼、带着金银财宝纷纷请求归顺，因而没有发生战争，之后他们再没有打过来。"罗追西热说完，把手掌搭到布满皱纹的额头上，挡住太阳的光芒。

"米酿国曾答应霍尔人去征战时协助派兵，当成吉思汗要去攻打花剌子模国时，他派使者到米酿让他们出兵。当时驻防贺兰山西侧的大臣阿沙干布看不惯霍尔人的嚣张和蛮横，说：'气力既不足，何以称汗为？'霍尔使者气愤地拂袖而去。如今，霍尔人正以此为借口派兵围攻米酿。"衮邦确塞心有余悸地说。

"他们可是一股可怕的力量，既然之前来过博的边界，今后肯定还会再来的。"罗追西热说这话时，脸上没有任何的表情。

"霍尔人真要打过来的话，会像衮邦确塞说的那样，对这里的人进行烧杀抢掠吗？"杰德不安地问道，眼睛里闪现出惊恐来。

此时，庙檐上的垂铃发出一声清脆的声响，这声音马上被风儿卷走，只剩下一片寂静。太阳金色的光，均匀地涂抹在他们的身上，呈现一种暖洋洋的氛围来。

"你想得太多了，这得看博巴人自己造下的业力了。"罗追西热脸上闪现出诡异的微笑来。

---

① 阿里三围，此处指狭义的"阿里三围"，主要是指阿里一带自南至北，分为三部。南部阿里指今普兰县至昂仁一带；中部阿里指今札达县一带；北部阿里，今新藏交界西端与克什米尔接壤一带。

衮邦确塞捕捉到了罗追西热那张老脸上一闪而过的笑,他捉摸不透怎么会有这种怪异的笑容。他再次看罗追西热时,那张脸上又充盈着慈悲和友善。

"之前,博巴人经过征战杀戮,成就了自己的一时辉煌,但这一切有如沙子搭建的塔一样,转瞬间坍塌掉,变得支离破碎。这就是业力的回报。博巴人创造的文化,如此被延续下来,它犹如我们身体里流淌的血液,维持着博巴人的生命,使我们得以绵延不绝。"罗追西热从手腕上取下念珠,一珠珠地拨动起来。

衮邦确塞又一次听到了垂铃发出的声响,它好像击中了他的某根神经,让他意识到自己不能这样闲散地跟人聊天浪费时间。罗追西热看透他心思似的说:"归心似箭,就是你此刻的命,下午你就陪我在这附近走走,我们还可以聊很多。"

罗追西热苍老的脸上,时刻洋溢的都是那种仁慈的表情。

衮邦确塞对于这位可敬的老人,不敢有辜负其心愿的念头,只能顺从地点头称是。

僧人陆续从佛堂里出来,他们的打闹声飘过巷子,钻入到罗追西热的耳朵里。罗追西热瞟了一眼声音传来的方向,脸上的那些皱纹欢快地游动起来。

"这次米酿国不知道能不能挺过去。"衮邦确塞哀伤地说。

"米酿人其实就是我们博巴人,他们是博巴四个种姓中的董的后代,一直生活在朵麦最东部的黄河边沿,由于战争后来被分成了两部分。"罗追西热说。

衮邦确塞对这一说法觉得很吃惊。

"萨迦寺主贡噶坚赞声名远播，有时我真想跟他聊一聊教义上的一些修持方法。"罗追西热把话题给转了，眼睛里闪出一丝无奈来。

"您可以去拜访他，或者邀请他过来！"衮邦确塞说。

"我都老成这样了，余生里抵达不了萨迦的。"罗追西热惋惜地说。

衮邦确塞没有吱声，毕竟他还没有见过萨迦寺主贡噶坚赞。

"要是我的岁数只有这些小僧一般大的话，我肯定会去云游四方，拜各处的大师潜心学习，以便更好地利益众生。"罗追西热望着那些消失的僧人背影说。

衮邦确塞望着年迈的罗追西热微笑，他确实老得有些衰朽了，头上花白的发根，满脸的褶皱，驼下去的背部都说明了这一切。

"愚人学问挂嘴上，智者学问藏心底；麦秸漂浮水面上，宝石总要沉水底。还有，不思利益他人者，行为犹如畜生矣；吃喝玩乐这档事，牲畜不也会享受。贡噶坚赞写的这些格言如夜幕中的油灯，照亮我们的行为与心灵。"罗追西热吧嗒着那两片干瘪的嘴唇说。

衮邦确塞被阳光烤得额头上沁出了细密的汗珠，背部也是汗涔涔的。

"看你也是累着了，回去让杰德把你这头长发给剪掉，变回个清清爽爽的僧人吧。然后，我带你去庙里拜佛。"罗追西热这样建议。

衮邦确塞低头应诺了。

罗追西热闭上眼睛，开始念诵经文。炽热的阳光底下，那声音浑圆、饱满，旋律拙朴、缠绵，仿若穿越了红尘，行进在虚空中一般地缥缈。

衮邦确塞再次去见罗追西热时，已把长发剪掉，人变得神清气爽，脸也变回了方正，还透出坚毅的刚性来。

"我带你去拜谒几件珍品吧！"罗追西热从垫子上站立起来，迈着罗圈腿的步子，对衮邦确塞说。

他们走过石块铺就的道路，杰德站在后面若有所思地望着他们的背影。

罗追西热领着衮邦确塞进入庙堂里，在黢黑静谧的空间里，油灯微弱的光照下，每尊佛显露出的那种笑容，使他忘记了世间正在进行的惨烈战争，濯净心灵积郁的阴影和哀伤，在虔诚的膜拜中，衮邦确塞的内心得到了安宁和依靠。

衮邦确塞拜谒了精致的镏铜佛像、天降的金刚杵、阿底峡的一根禅杖等，这些无价物品，对于他的加持是妙不可言的，他心底升起了无限的喜悦。

罗追西热领着衮邦确塞出了寺院的门，继续向背后的山上走去。

在金色阳光的催化下，植物们舒展叶子，吐露各种色彩的花瓣，鸟儿清脆的鸣啼声，伴着扇翅飞来的风声。沉默的岩石一簇簇地傲立在山坡上，它们铁青的颜色昭示着内心坚硬不化的孤独。罗追西热就在这种蓬勃与冷傲中驼着背，带领衮邦确塞向上攀登。

他们安静地挪动着脚步，尽量避开爬行中的小虫子。

罗追西热停在一块巨型岩石下，让衮邦确塞看岩石的表面。他仰头望上去，那光滑的石板面上若隐若现地凸出了些纹饰，再仔细看时，一只鹰的浅显浮雕显现在那上面。他想起了佩枯错边的那只领路鹰，也想起了罗追西热所说的护法神。衮邦确塞赶紧合掌，向鹰表示自己的感激之情。

他们坐在护法神雕像前的一座石头上，山脚的寺庙犹如一个方方正正的盒子，它的前面是一望无际的绿野，绿色最后从天际边消失掉。

"阿底峡大师经过这里时，让一名弟子留下来，在这儿建一座寺庙。

然后，又归化一只神鹰来当这里的护法神。阿底峡大师答应几年后再回来，住在寺院里为众生传法加持……"罗追西热带着伤感的情绪说。

"大师再没有来过吗？"衮邦确塞问。

"阿底峡大师没能兑现自己的承诺，为了利益众生，他圆寂在了卫地的聂唐寺。"罗追西热用手抹去流下来的眼泪。

"阿底峡大师选址的时候就已经加持过，这已经很圆满和殊胜了！"衮邦确塞安慰道。

罗追西热望了一眼他，目光投向那片绿色，眼角的皱纹褶皱处挂着一颗湖水般的泪珠，它在阳光的照耀下辉耀出光泽来。

衮邦确塞的目光也投向了那个方向，他的头脑里浮现的是他自己从那里经过时的情景。

"昨晚，我还以为你能待在这座寺院里，跟我们生活在一起，现在看来你无法属于这里。"罗追西热惋惜地说。

"我属于萨迦，但我们利益众生的目标是一致的。"衮邦确塞赶忙解释。

"你说得也对。"罗追西热停顿一会，目光一直凝望着西方，脸上跃上喜悦之色。他又说："我们都知道的，博巴人杀戮和征伐了几百年，这就栽下了后面平民和奴隶大暴动的种子，他们的暴动如狂风卷走枯叶般地把赞普的王朝给推翻了。赞普的后代只能向四处逃散，其中吉德尼玛衮跑到象雄，建立起了自己的王朝。之后把领地分封给三个儿子，形成了三个王朝。但他们俨然与自己的父辈不一样，舍弃了战争与兼并，倾心于传法、建寺来引度众生。古格国王拉喇嘛益西韦甚至舍弃王位，出家为僧，建造托定金神殿庙，出资派遣21名聪慧少年去天竺学习佛法和文字，翻译了大量的佛教经典著作。为了迎请高僧大德到古格来传教，拉喇嘛益西韦深陷莫卧儿国人的牢狱中，即便这样，他让古格人拿着救赎他的金子去迎请弘扬佛法的高僧。阿底峡大师被他的举动感化，才来到了这块土地上，佛法正源的火种从那块高地上星火燎原过来。佛法会让博巴人变得内敛、纯善，除去好斗、蛮狠的习性。"

衮邦确塞被罗追西热的情绪所感染，觉得博的西部是个极其圣洁的地方，他的思绪穿越前面的青草滩、湖水、雪山，抵达了曾经到达过的古格。

"帝王都是将自己的辉煌，建立在别人的血泪和生命之上，而我们僧人，试图把别人的痛苦建立在自己的心头上，为他们寻找解脱之路。"衮邦确塞若有所悟地说。

罗追西热收回目光，从石块上站起来。

他们两人沿着山坡往下走去，到了山脚又交流起践行《菩提道炬论》①的体会。

直到天上出现一轮圆月，两人对视后莞尔一笑，往月光中的寺庙姗姗走去。

早起的衮邦确塞走出房门时，天还没有亮，在月光的银辉中，罗追西热站在大殿的墙根下，他的心刹那间暖暖的。

"这次送别，此生再也不能相见了！"罗追西热尽量压低声音说。

"有机会我一定要过来当您的弟子。堪布，我们会再见面的。"衮邦确塞迈开步子走向罗追西热说。

"我能预知自己没有多少年了，也知道这是我们的诀别。"罗追西热异

---

① 《菩提道炬论》，古印度僧人阿底峡所著佛学典籍。藏传佛教噶当派主要典籍，亦称《仑菩提道次第明灯》。

常平静地说。

衮邦确塞听完眼眶湿热,他背负着东西下跪在罗追西热的跟前。

罗追西热伸出手来,掌心落在他的脑门上,喃喃地为他祈祷加持。

衮邦确塞走出寺门很远了,再次回过头去时,罗追西热依旧站在大门口。他别过头来,加快了自己的步伐。

月光下的寺庙变得越来越小,最后从地平线上消失掉。

衮邦确塞这一路走得很顺利,经过的那些个村子知道他要去萨迦,人们热情地邀请他到房里喝茶休息,使他感受到萨迦在这一带的影响力。

走在路上,衮邦确塞在想仲子白芸师父跟他说的那些关于萨迦的事。

听师父说,萨迦教派是由昆氏家族创立的。据说他们的先祖是天上下来的三位神子,在人间与其他氏族征战,统治了不少的疆域。之后,留下其中的一名在人间居住,其他两位返回了天界。他的后裔亚邦杰看上了森波嘉仁察梅的妻子雅珠斯丽玛。为此,亚邦杰发动战争,杀死森波嘉仁察梅,占有了雅珠斯丽玛。雅珠斯丽玛给亚邦杰生下一个儿子,因为结有仇怨,于是给这个小孩起名叫昆巴杰[①]。从此,他们这个家族被称为昆氏家族。这个家族的人员显赫一时,有人甚至当过吐蕃赞普赤松德赞的重臣。到后来,昆氏家族的后代们迁徙到芒域、贡唐等地求发展。

其中的昆·贡觉杰布变卖家产到卓龙去学法,拜著名的译师桂·旬努白等人,学习了新密宗法,回到察沃龙[②]建寺收徒传法。有天傍晚,昆·贡觉杰布带着弟子散步时,在夕阳的映照下,奔波山形似一头巨大的卧象,山坡右侧的土地白如玉石,现出油润吉祥的特征。昆·贡觉杰布被这

[①] 昆巴杰,结有仇怨之意。

[②] 察沃龙,村名。今属西藏自治区察隅县,位于县驻地东南。意为炎热的谷地。汉语曾译为察瓦绒。

块地所具有的祥兆征服，第二天就去找土地的主人象雄固热瓦，请求将那块土地卖给自己。象雄固热瓦极其爽快地回答说，你觉得那块地好，就拿去用吧，不用给一分钱。昆·贡觉杰布觉得这样做不是稳妥的办法，后人一定会因土地的产权而发生争执的，到时也没有证据能证明土地的所有者是谁，会生出很多争端来，还不如现在花一笔费用，将土地买下来。

几天过后，昆·贡觉杰布牵一匹白色骡马，带着一串珠宝和一套上等的女装、一副盔甲，作为费用请象雄固热瓦把土地转让给他。在村民们的见证下，将那块土地的所有权给买了下来。

后来，昆·贡觉杰布在那块白如玉石的灰白土地上建造了古绒寺，因这块土地呈灰白色，人们称这个寺庙和传的法叫作萨迦①。他的儿子贡噶宁波，孙子索南孜摩、扎巴坚赞等人的传法和不断修缮、扩建寺院，使得萨迦的影响力不断扩大。

第八天的下午时分，衮邦确塞走过一个山嘴，当前面山坳中呈现出一片开阔地来，远远地看到了位于左侧奔波山上的萨迦寺时，他清楚自己的旅程到此就要结束。

为了体面地拜访这位声名显赫的寺主，衮邦确塞离开大道，跑到下面的河水旁，脱光衣服把身子给清洗干净。当他再次踏到大路上时，碰到一名赶毛驴的年轻人。他们相互打声招呼后，一同向萨迦寺进发。

年轻人穿一件黑色氆氇藏装，辫子缠绕在脑袋顶，右耳垂上用绳子吊挂着一颗红珊瑚。年轻人是个爱说话的人，他一路上都在夸耀萨迦寺主贡噶坚赞，说他的学问多么地了不得，曾经遍访乌思藏各大名寺，拜高僧大德为师学习佛法，还掌握了高深的法力……

---

① 萨迦，为灰白色的土之意。后因昆·贡觉杰布建寺传法，被称为萨迦派，系藏传佛教的一个教派。

衮邦确塞看着年轻人嘴角边的唾沫白星，心里暗暗高兴自己找到了一位好伙伴。通过年轻人的唠叨，他知道即将要见的人是个多么了不起的大人物，心里已经对这位寺主崇拜不已。

他们走过了一些零散的民房，再往前就是密密麻麻的一座座房屋，这些房屋的墙壁上涂上了三色颜料，墙头上垒叠一饼饼的干牛粪。路中央有三头牛若无其事地晃荡着，蹲在一家房门口的狗，立身冲衮邦确塞吠了起来，却被年轻人的跺脚声给吓跑了。

旁边的农田里庄稼已经抽穗灌浆，从庄稼地里不时有麻雀飞出来，在空中留下几声娇滴滴的啁啾声。田埂边开出了碎小的黄花和红花、蓝花，旁边两只青绿色的蚂蚱蹦跳进庄稼地里。

"我到家了。你还得继续往前走，然后跨过一座木桥，顺着盘山路上去就到寺了。"年轻人一手搭在毛驴背上说。

"谢谢你！"衮邦确塞告别年轻人，循着这条砾石和土修成的道路继续往前，旁边的民房门口有人好奇地打量着他。

走到寺院门口时，衮邦确塞碰到几个上了年纪的人在转白塔，他拦住其中的一名男人，向他说明自己的情况，请求他带自己去拜见寺主贡噶坚赞。

他被这名男人带进了寺院大门，面前是片宽阔的广场，中央立着一根长杆，它的尖端直刺空际。长杆后面是座三层高的建筑，看来下面是主殿，上面是不同的庙宇。这时，从一楼的大门里传来了诵经的声音，它浑然、辽远、深沉，像是漫卷涌过来的海浪，让衮邦确塞的心湿淋淋的。

领他的男人疾步穿过广场，脚已踏上石块阶梯，衮邦确塞只得匆匆跟上去。

男人撩开沾满油渍的厚重门帘，回头告诉他在主殿门口等着。

衮邦确塞听着里面传来的诵经声和敲响的铙钹、鼓声，喜悦的泪水从眼睛里夺眶而出，鼻尖酸溜溜的。

男人带着一名僧人出来，简短的问询之后，僧人带衮邦确塞进入大殿。

大殿的几排厚垫上一溜坐着几百号僧人，他们诵着经，眼睛的余光却瞟向了他。

衮邦确塞看到殿内主供佛前的法座上，盘腿端坐的贡噶坚赞。他面前的一张矮桌上，齐整地放着一摞经书，红色的披风下面露出光膀子来。

领他的僧人从诵经的人群中间走过去。

衮邦确塞把背上的东西放下来，面向贡噶坚赞磕了三个长头。

衮邦确塞起身时，看到那名僧人在向他招手。他从胸兜里取出一个针筒似的牛皮包来，从里面抽出一张褶皱的纸，走过去双手捧给贡噶坚赞。

贡噶坚赞伸手接过这封信，那手指头上还沾着黑色的墨迹，他吩咐衮邦确塞坐在旁边的一张软垫上。

僧人们继续诵经，贡噶坚赞展开信纸默读。

衮邦确塞趁读信的间隙，偷望几眼贡噶坚赞。贡噶坚赞的眼睛大而有神，鼻梁挺挺的，两瓣嘴唇有点厚实，但它们搭配在这张黝黑的方脸上，却是极其地庄严，年龄该有四十多岁了吧。

大殿里飘扬低沉的诵经声，光线有些昏暗，衮邦确塞的鼻孔里吹进酥油灯的灯芯燃烧时散发的烟味。

"唉！"贡噶坚赞重重地叹了口气。

僧人们的目光投向他，诵经声渐渐微弱下去，最后没有了声音。

"完了，米酿国！血雨腥风的车轮，不久也会碾压到博巴人的大地上来！"贡噶坚赞手里捏着那封信，面朝众僧说。

僧人们一脸惊愕地望着法座上的贡噶坚赞，此时，殿内一片安静，静得连自己心跳的声音都能清晰地听到。

第三章

娘卓·韦登领着他的儿子和二十多名士兵乘胜追击，赶到了仲子的酋长府邸。

清晨阳光的照射下，酋长院落的大门紧闭，屋顶埋伏有弓箭手；仲子城里的民房门也是关紧的，街道上看不到一个行人。

这种安静在娘卓·韦登的印象中是极其危险的，他决定不贸然进攻。娘卓·韦登知道酋长的手下决心与他抗衡到底，他要想办法先把他们的意志给打消掉。

娘卓·韦登挥手示意士兵们向后退，自己骑马走到酋长府邸的大门前，利索地从马背上跳下，取下腰间的长刀，将它插在马鞍上，再从马背上拎起一个牛毛编织袋，向前走了五六步。

"听着，我有重要的东西要交给女主人，你们让我进去。"娘卓·韦登喊，他把手里的编织袋扔在脚旁。

里面什么动静都没有，身后突然出现了十多只野狗，拼命地围住他的士兵狂吠。士兵骑在马背上挥动刀枪驱赶这些狗。马的蹄子不安地转动，扬起了阵阵灰尘。

"我们的瑟布吉酋长在哪里？"有人从里面这样发问。

"你问酋长呀，是他让我来给你们女主人捎个东西的。"娘卓·韦登两手搭在胸前说。

"让那些兵撤到看不到的地方去，等他们走开了，我才能让你进来。"里面那个声音这样命令道。

娘卓·韦登转过身，冲娘卓·觉龙他们喊："你们撤到进城的路口等我。"

士兵的马蹄声伴着狗吠和尘土，"嘚嘚嘚"地离去，院门口只剩下娘卓·韦登和他的马匹。

屋顶上的弓箭手把身子探出来，拉满弦将箭瞄准了娘卓·韦登。

娘卓·韦登等得有些不耐烦，脸色发青，表情沉郁，那道疤痕也变成了紫黑色。

这时，院落里传来了搬东西的声音。不久，那道笨重的木门吱嘎地缓缓打开，作为背景映入他眼帘的是那座气派的房屋。娘卓·韦登的眼睛一下亮了起来，弯腰拎起牛毛编织袋，迈开大步向院落里走去。

里面的人挤在院子两旁，手里各持武器，一脸的焦虑和不安。人群中央站着一名穿暗红色氆氇衣的男人，手里握着一把长刀，目光恶狠狠地盯着娘卓·韦登。廊道和屋顶上站着全副武装的士兵，刀尖、长矛都指向了他。

娘卓·韦登往楼上望去，二楼的窗扇里有张忧郁的女人脸。

"瑟布吉酋长让你送什么东西过来？"穿红色氆氇衣的男人问。

"你是什么东西?"娘卓·韦登把牛毛编织袋扔下来,褪掉衣服的两只袖子,身体两侧各垂着一只空袖子在晃荡,花白的发丝紧紧贴在他的头皮上。

"我是瑟布吉酋长的总管,你又是什么东西?"总管厉声叱问,眼睛里火焰扑腾。

"哦,是总管呀,"娘卓·韦登把两手再次搭到胸口上,挑衅地盯住总管说,"我是宰杀你们酋长和那些侍卫的娘卓·韦登。"

两旁的人发出一声惊叫,脚步向后退去。

"你就是在圭塘撒野的那个老头?"总管瞪大眼睛问,他的脸唰的一下惨白。

娘卓·韦登轻蔑地冷笑一声,蹲下身去,把牛毛编织袋的扎口绳给解开,抱起袋子,把里面的东西给倒出来。七颗脑袋在岩板石上滚动几下后,安静地停在了那里。从中,人们辨认出了酋长的脑袋,他睁着眼睛,嘴有些歪,院落里的人一阵惊呼。

"酋长已经死了,你用不着悲伤,愿意的话,我可以娶你为妻。"娘卓·韦登突然仰起头,冲那扇窗户里的女人喊。

女人听到这句话一下隐没掉,窗户里空空荡荡的。

娘卓·韦登对总管说:"酋长死了,他的一切都归我所有。五天之后,我就要入住到这里面来。你们要是敢反抗的话,下场就跟这些人一样。"

人们被这突如其来的结果给震慑住,都在望着总管的表现。总管不知是因伤心还是害怕,身子不住地打颤,也不敢领着人们去攻击眼前这身单影只的老头。

"五天后,你们要给我准备好丰盛的宴席。"娘卓·韦登吩咐完转过身去，丢下这些人径直出了院门，把刀插在腰带里，跨上马背飞驶而去，一阵尘埃飞腾起来。

酋长的院落里这才响起了凄厉的哭泣和绝望的叫喊声。

第二天，两名僧人慢悠悠地骑着马来到了圭塘谷地，他们找到了在岗巴拉山下扎营的娘卓·韦登。在一顶大帐篷里两名僧人跟娘卓·韦登商谈和解事宜。娘卓·韦登听完他们的陈述，干脆脱掉上衣，露出一身的疤痕，怒斥道："你们以为动动嘴皮子，就能化干戈为玉帛？我从十几岁开始就游走在死亡边上，到老时发现没有一寸属于自己的土地。再说，我们家族几代人，都为博巴的赞普出生入死，现在想占有瑟布吉的这么一块领地，你们心里就不高兴了？这些是我用生命换来的，身上的刀疤，也在说明这块土地必须得属于我。你们要是想劝和，就回去告诉他们，酿好酒，煮好肉，期限一到，我就会住进酋长府邸。他们要是不服，就准备决一死战吧。到时你们愿意站在哪一边，就站到哪个队列里去。如果胆敢挡我的道，坏了我的好事，那我用这把刀来收割你们的脑袋……"

两名僧人面面相觑，但又不敢在这里发作，娘卓·韦登扎心的话磨掉了他们先前的锐气与傲慢，只得悻悻地拂袖而去。

两名僧人一路上逢人便说："这可恶的老头，是恶魔的转世，他会让世间纷争不息的。"

两个僧人就像两朵被风吹走的红色浮云，从圭塘谷地里晃悠悠地飘走，没能留下一鳞半爪的印痕。

期限一到，娘卓·韦登领着四十多号人，畅通无阻地闯进了瑟布吉的酋长府邸。

芳香的酒、煮熟的牛羊肉、清香的糌粑、洁白的乳酸摆放在宴席桌上，迎接他们的是酋长的女人。她的脸上依旧涂着红霜，头上抹了油，里面的衬衫如雪般白，外面是一身的黑氆氇，腰间系了个颜色很浅的围裙，脚上穿了一双牛皮底的高筒靴。

娘卓·韦登问："总管去哪里了？"他的眼睛在人群中搜索。

"你说，为了主子都不愿搭上性命的人，会是什么好东西？"酋长的女人不屑地说。

娘卓·韦登被这个女人的话给怔住，仔细端详女人的眼睛时，里面有情欲的火舌在摇曳，寻不到一点伤悲的印痕。这让他戒备的心一下给决堤了。他命令娘卓·觉龙带着几个士兵到房间屋顶查看情况，让随行的其他人入席就座。

娘卓·韦登牵着酋长女人的手坐在了上首，其他人依次坐下，偌大的院子里人满满当当的，各个脸上绽着笑容。

杯中盛满了酒，晋巴从衣领口取下一根银针来，探进娘卓·韦登的酒杯里，取出后会意地冲他笑。

"杀人如麻的刽子手，莫非也怕被人算计？"酋长的女人挂着冷笑讥讽娘卓·韦登。

"女人的心难以捉摸呀，我可不想折戟沉沙。"娘卓·韦登凑近她的耳旁悄声说。

女人听完笑得灿烂无比，胸部乱颤起来，乳沟白花花地闪亮。

娘卓·韦登望着这个女人，心里很是受用，觉得这女人真是了得，除了钦佩，还有爱慕和欲望也掺杂了进来。娘卓·韦登自己也不敢相信到了这把年纪，还真的会有女人能撩动他早已迟钝、麻木的情感。这个女人像是催化剂，让他的灵与肉都蠕蠕地跃动了起来。

娘卓·觉龙的一声咳嗽，把他从情欲的复苏中拽回到现实的酋长院落里。他看到屋顶和廊道上都是自己的士兵时，知道一切如他所愿。

娘卓·韦登看到坐在垫子上的人都在望着他俩，脸上的表情重新恢复到昔日的沉郁，端起酒杯说："我不是强盗，是博巴赞普的将军娘卓的后裔，我们曾跟随赞普的后代，从卫地辗转到阿里三围一带。只因后来赞普的后代兴佛建寺，迎请僧侣，我也就没有了用武之地。本想回到卫地去，可路经此地，看到这里是具足八善①的好地方，我就决定待在这里让自己老死掉。现在我就是你们的新酋长，以往日子怎么过的就继续照样过下去。要是有不轨者，我这把刀可不是生铁一块。"娘卓·韦登把那碗酒喝干，站起身来，转头望着酋长的女人说："现在起，这个女人就是我的老婆了。"

下面的人吹起了呼哨，把衣服的袖子拽在手里拼命地在头顶摇晃，以表示他们的热烈庆祝。

酒一杯杯地落进肚子里，人们的情绪被撩动得不能自禁，他们弹着琴跳起了舞，这种喜庆久久地萦绕在酋长的府邸上空。

传说，落日之时，娘卓·韦登拉拽着酋长的女人往楼上走。到了二楼的那间正房里，他把女人抱起扔到床铺上，扑过去将自己压在了女人的身上。

女人双颊酡红，眼神迷离地说："我雯宗列麻的身子此时要被你享用，之前我可没有怀过孕。"

"我没有要求你给我生小孩，只要你天天这样跟我过日子就成。"娘

---

① 具足八善，土善为大平原和小平原上的房屋和田地好；水善为大河和小湖里的饮水和灌溉水好；木善为冬天和夏天森林之中的房木和柴火好；草善为草场和草原好。

卓·韦登回答。

"你可要提防瑟布吉在他的领地上生的那些个小孩，也许再过个几年，他们会成为你的敌人。"女人说完一把抱住娘卓·韦登的脖子，两片嘴唇紧紧地粘在了一起。

早晨太阳还未出来的时候，仲子城里的人看到娘卓·韦登领着五名士兵，策马向西飞奔而去。人们很纳闷，刚当上酋长又拥有了女人的娘卓·韦登，不躺在暖暖的被窝里抱着女人睡觉，却火急火燎地出门是为了哪般事？

雯宗列麻的脸上扫去了以往的忧郁，她扭动肥硕的臀部，指使下人干这干那。曾经府邸里的这些杂事，雯宗列麻是从来不插手的，她每天一脸忧郁地坐在廊下的一张软垫上，用一把牛角梳子梳理头发，仿佛很挑剔地一根根梳理一般，要耗上大半天的时间。烈烈的阳光即使照在雯宗列麻的身上，也化不开她那愁绪凝结的眉头。

瑟布吉酋长很多时候都是带着手下的士兵，跑到自己的领地上去转悠，长则待一个多月，短则五六天就返还，那段时间府邸里就剩下雯宗列麻和这帮家佣。她也通过用人隐隐听到瑟布吉酋长的风流韵事，也知道他在外面养了很多个儿子，只是她没有当着瑟布吉酋长的面戳穿这一切。雯宗列麻每天都在心情沮丧地等待另一个女人被带到这府邸里来，然后她的儿子继承瑟布吉酋长的家业。雯宗列麻常常想，那时她的境地将会是多么地悲惨，多么地可怜。

可是，上苍就这样垂青了她，把即将发生的这些不幸替她给扭转了过来，这个蛮横的老男人重新给了她希望，给了她拥有这一切的期盼。酋长的女人感知到这个老男人对她的渴望，对她的眷恋，对她的痴迷。他的手指触摸她的肌肤时,指间充满了怜惜和疼爱,他用言词的甘露和强劲的肉体,让两人融为一体,无法分舍。这些都是她以往不曾体验过的,真是一种妙不可言的交融。

清晨,当她倦怠又满足地在娘卓·韦登耳边说,那天去调解的两名僧人返回到这里,无望地告诉他们没有一点和解的希望时,总管带着几名侍卫哄抢府邸里值钱的东西。她去阻止这一行为时,总管不仅推搡她,而且还扇了她一记耳光。听到这里,躺在雯宗列麻身边的老男人噌地从被窝里坐起来,怒火冲天地应诺她,一定要去把总管的胳膊给卸下来。女人听到老男人的承诺,心满意足般地眼眶都湿润了。

女人周围的危机就这样被解除了。她唯一的希望就是自己的肚子能争口气,往里面装进娘卓·韦登给的一个小生命。

酋长府邸的人看到女人的变化,都觉得这变化来得太快了,为此他们编了一个谚语:人生有喜有悲,大地四季轮回;仲子酋长更替,夫人悲喜交加。

出乎所有人意料的是,娘卓·韦登到了第五天午时才折回到仲子城,进入了自己的府邸里。

娘卓·韦登从马背上跳下来,士兵和家佣簇拥上去。他从怀兜里掏出一只胳膊,举过头顶,冲着楼上开启的窗户喊:"我给你带回来了!"

府邸里的人认出那只胳膊手指头上戴的那枚银戒指,它就是府邸总管的,也知道新酋长那天早晨为什么要匆忙离开仲子了。

女人从那扇窗户里望着楼下的这个老男人,脸上再没有了愁苦的表情,反而张嘴发出轻声的赞叹。

娘卓·韦登把那只胳膊扔到脚下的岩板地上,让晋巴把它拿去喂狗。

第三章

晋巴从岩板上捡起这只胳膊出了府邸,看到几只野狗在大门旁的墙角转悠,就把胳膊扔给了它们。

野狗被这突如其来的胳膊给惊吓住,向两边逃散开,然后,回头怔怔地看着一动不动的胳膊。手指头佩戴的戒指上镶嵌的绿松石,莫名地闪耀了一道光。

狗还没有弄清楚是怎么回事时,晋巴突然冲过去,再次抓起胳膊,把手指头上的那枚银戒指给用劲地拽下来,戴在自己的指头上,这才又把总管的胳膊给丢过去。

一只大黄狗率先冲过来叼住胳膊就跑,其他的狗汪汪地叫着追撵而去。晋巴看着这一幕嘿嘿地傻笑了起来。

过了许久,仲子城里的人才得到可靠的消息,说是娘卓·韦登换着马匹昼夜不停地去追击,最终在接近芒域的地方截住了总管。娘卓·韦登说他只要总管的右胳膊,被抢劫的东西他不会追索,他们可以拿着继续去赶路。总管扔下刀子跪在地上求饶,娘卓·韦登告诉总管,他答应过要给喜爱的女人去卸总管的胳膊,谁叫你扇了她那一巴掌。他砍断了总管的胳膊,装进自己的怀兜里,跃上马背就像一道闪电飞驶而去。总管的哀嚎声凄凄惨惨地在峡谷里响起,久久不肯停歇。

仲子城里的人觉得这个新酋长是个让他们又爱又恨的人,至于他今后会把他们引向哪里,那只能认命了。

娘卓·韦登和雯宗列麻如胶似漆地待在府邸里近一个多月,其间到各领地去视察和下命令成了娘卓·觉龙的任务。

白廓宁珠跟随在娘卓·觉龙的身边,不断翻山越岭。

本来娘卓·觉龙是要把白廓宁珠留在酋长府邸的,但她待在酋长府邸里时夜夜梦见死人和杀戮的场面，夜半时汗涔涔地从噩梦中惊醒，之后一直无法入睡。其间，他们也调换了房间，但这些个梦依然尾随而来，把白廊宁珠折磨得憔悴不堪。奇异的是，白廊宁珠只要离开酋长府邸，那种血腥的梦就会离她远去。

晋巴知道这件事后，曾向娘卓·觉龙提出邀请僧人过来念经驱邪的事，但娘卓·韦登知道要请的是之前那两个来和谈的寺院僧人时，立马制止了这种提议。娘卓·觉龙只得把白廊宁珠带在身边。

当他们再次来到圭塘谷地时，这里的庄稼正在收割中，地里的残茬在烈日的炙烤下散发幽幽的香气来，收割的青稞一垛垛地垒在农田中央，劳作的人弯腰低头唱着悠缓的歌，成群的麻雀啾啾地嘶鸣，在收割后的庄稼地里寻觅食物。几只闲散的牛，抬起头来望着马背上的娘卓·觉龙一行。

"我再也不想到仲子去住！"白廊宁珠骑在马背上，叹出一口长气说，她的脸愈加地蜡黄，充满倦意。

"那你要住到哪里去？"娘卓·觉龙左手握着缰绳问。

"能住在岗巴拉山下是件多么惬意的事啊！"白廊宁珠说完闭上眼睛，人整个陶醉了，嘴边浮出幸福的笑容来。

娘卓·觉龙看到白廊宁珠一侧脸的黑发下露出的耳垂，它圆润饱满，心里漫上一腔怜惜来。这段时间让她经历了太多的杀戮，以至于使她到了一种崩溃的境地，他要成全白廊宁珠的这个愿望。

娘卓·觉龙回望身后的队伍，士兵手里高擎黑色的三角旗帜，赭色的脸上淌着汗水，嘴唇干裂，萎靡得没有一点精神斗志。

"我们现在就去岗巴拉山下驻扎。"娘卓·觉龙这样吩咐下去。

他们经过村庄的时候，没有去劳作的人恭敬地站在路边，冲他们挤出谄媚的笑容来。

娘卓·觉龙把营地扎在了岗巴拉山脚下，村民抱着酒罐和茶来慰问他们。

等到黑夜的幕布往大地上撒落下来，白廓宁珠入帐休息去了。夜色中他们燃起篝火饮酒作乐，欢乐的笑声在营地里炸响。

当每个人都有些微醉之时，一道电光从空际直接击中白廓宁珠的帐篷，霎时那顶帐篷通体透亮，一切皆可入眼。

微醺的娘卓·觉龙被震慑住，他和士兵端着酒杯愣神地望着那顶透明的帐篷。

白廓宁珠在地铺上痉挛着身子，发出细弱的呻吟来，她的双手伸向胸口不住地摩挲……

突然，娘卓·觉龙省悟过来，丢下手中的酒碗冲过去，那道电光随着他脚步的挨近，瞬间熄灭掉，一切又复原到先前的暗黑色彩，什么都看不见。

娘卓·觉龙的视力适应这种黑暗时，士兵也赶到了他的身旁。

他钻进帐篷，借助油灯微弱的亮光，看见白廓宁珠额上沁出细密汗珠，呼吸匀称，疲倦地沉陷在睡梦中。娘卓·觉龙看到帐篷里一切如常，觉得刚才的那一幕有些不可思议。但看到白廓宁珠安然无恙，他也就踱出了帐篷。

帐篷外的人看到娘卓·觉龙跟先前一样时，知道里面没有出什么事，于是一同走向依旧燃烧的篝火旁边。

熬早茶的青烟淡淡地飘升上去，营地里传来吐痰和咳嗽声时，一名留着寸头、穿着僧裙、袒胸露背的老僧端坐在篝火旁，面对昨晚的灰烬，独自喝着陶罐里的残酒。

一名士兵看到这名陌生的僧人,走过来要驱赶。可是这名老僧一点都不理会,还要他再端些酒来伺候,招来了这名士兵的一阵骂。这骂声唤来了更多的人,他们围在老僧周围指指点点。

清晨的岗巴拉山脚下气温很低,士兵们穿着衣服都觉得彻骨的冷,可这老僧或许是因为醉了,感受不到冷气带来的如针尖刺进皮肤般的那种疼痛。

有人拿来一碗冒着热气的清茶让老僧喝。他却很不领情地乜斜着眼,打掉了那碗热茶,白色的眉毛微微颤动。老僧的举动招来围观士兵的一致谴责,他们甚至准备把他拖出营地外去。

"我知道这里住着一个女人,我是来探望她的。"老僧愤愤地开口说,他还做出要喝酒的手势。

有人从帐篷里又找来了一牛角壶的酒。老僧拔开牛角瓶塞,两手托着弯曲的牛角身,汩汩地往嘴里灌。等那一牛角壶的酒饮完,他从灰烬里捡起一截熄了火的黑木头攥在手掌心里。一会儿,一缕青白色的烟从木头上升起,接着有火星四溅,最后火舌吞咽了那块木头。老僧把手掌里燃烧的木头放在灰烬上,再从一旁捡些昨晚剩下的柴添加在上面,一堆火熊熊燃烧了起来。

围观的人明白了这老僧道行高深,不敢对他有怠慢。他们赶紧去找酒的同时,把消息送到了娘卓·觉龙的耳朵里。

娘卓·觉龙领着白廊宁珠赶到老僧跟前,老僧便盯着他俩唱了一首道歌:

> 人生乃是虚幻一场，真假佛法不易分辨；
> 顶礼需要真正圣贤，此乃超脱不二法道。
> 可怜妇女噩梦缠绕，切记莫要离开此地；
> 岗巴拉山祥瑞福地，知足淡泊救护铠甲。
> ……

唱完这首道歌，老僧又喝了一牛角壶的酒。喝完，他将牛角倒插在火堆上，望着白廓宁珠仔细端详，起身向岗巴拉山走去。

娘卓·觉龙本想问得再清楚一点，可是那老僧健步如飞，顺着岗巴拉山脚飞也似的走掉了。

身后的火堆里噼噼啪啪地响起了炸裂声，人们看到各种色彩的火花在那里迸溅，艳丽得令人赞叹，牛角在变小在融化。

老僧的出现，让娘卓·觉龙下定决心要把白廓宁珠留在圭塘谷地里。他遣人去村子里把晋巴的儿子招到这儿来。

来到营地的却是晋巴的老婆和桑桑。娘卓·觉龙从他们的口中得知，晋巴已把儿子招到仲子城里去了。

娘卓·觉龙把要在这里建一座驻锡地的想法告诉晋巴的女人，晋巴的女人眨巴着眼睛，那树皮般干裂的脸上显出为难来，嗫嚅着说不出一句话来。

"现在正是农忙时节，等到收割、打谷这些农活忙完，您就可以给我们支差建房，那时建一座酋长府邸一样的房子也是可以的。"桑桑实在看不下去，站出来替晋巴的老婆圆场。

"无需建那么气派的房子，只要住着舒适就成。"娘卓·觉龙说。

"那就更没有问题了！"桑桑接过话茬。

娘卓·觉龙支走晋巴的老婆，留下桑桑商量要将房子建在哪里。

白廓宁珠却坚持建在老僧重新燃火的地方，大伙听后觉得以此为中心来建圭塘谷地的驻锡地是最佳的选择。

娘卓·觉龙让桑桑替他代理圭塘谷地的所有事宜，同时要他照顾好白廓宁珠。

几天之后，娘卓·觉龙带着队伍离开了谷地，圭塘的几个小孩吸着鼻涕一路尾随到村子外，用充满好奇的目光送走了娘卓·觉龙的队伍。

娘卓·觉龙的人马从仲子的山嘴边刚一现身，就被楼顶上晒太阳的娘卓·韦登给看见了。他从座位上站立起来，身子向前探过去，两手搭到额头上挡住刺眼的阳光。当看到那面标志他们家族的黑色三角旗帜时，他的心里很是惬意。

他想这次娘卓·觉龙领着人马在掠来的领地上这样走上一圈，这些臣民就知道现在的主子是谁了，他们就应该属于这个叫娘卓·韦登的人。要是有些人图谋不轨，或心系瑟布吉，看到他派去的队伍后，心里也会掂量掂量将导致的后果。娘卓·韦登放下搭着的手，眼睛眯成一条缝，一脸舒缓地坐回到垫子上，志得意满地等待队伍的到来。

娘卓·觉龙给他带来的消息是，一切如他预料的那样，庶民们纷纷表示会归顺他。娘卓·韦登的笑声瞬间爆发了，这声音是如此地激越、亢奋，连街上转悠的野狗都停住脚步，尾巴夹进两腿之间，一脸恐惧地缩到墙角下去。

娘卓·韦登更大的野心在这一刻膨胀了，他要利用即将到来的农闲时间，把领地里的男人们组织起来进行武装训练，为日后的扩土开疆做准备。

为了树立他的权威，也为了看看自己的疆域，趁着这秋高气爽的季节，他要带着雯宗列麻去转悠一圈，有些事情还得靠他来落实。

当雯宗列麻得知自己要跟着娘卓·韦登去领地上看看时，她并没有显出兴奋来。她想到村镇里的那些个私生子，心里还是隐隐地痛。如果没有这老男人的出现，她无法预知自己的下场会是怎样的。这老男人最起码保证和延续了她的地位，保证了她在别人面前应有的尊严。而其他那些女人，她们的希望从酋长被杀的那一刻起就被彻底地扑灭了，这一去她要让她们看到自己的富裕和尊贵。这样一想，她觉得自己应该是要高兴的。她唤来伺候自己的仆人，让她们给她挑选最好的衣服和最好的配饰，然后装进牛皮包里。

娘卓·韦登骑在马上，看一名仆人双膝跪地趴在地上，雯宗列麻双脚踩住仆人的脊背，跃到那匹白色的马背上去。她握住缰绳嫣然一笑，轻轻舒了一口气。

"出发！"娘卓·韦登看到雯宗列麻已经骑到马背上，就别过头去一声令下，二十多名骑兵和长长的驮队慢条斯理地出城了，丁零当啷的声音慵懒地飘荡在灰蒙蒙的土路上。

阳光照在他们的脊背上，却感受不到它的暖意，倒是觉察到了秋末冷意背后掩藏的冬日之酷寒。

这年的秋末到来年的春季，这片土地上的人们记忆最深的两件事，一件是娘卓·韦登带着原酋长的婆娘，大摇大摆地走了一遭，这一老一少的搭配，让那些长舌头的百姓，编出了很多的谚语和故事，它们贴着山谷、溪流传播到了很远的地方去，成为人们一时的谈资。另外一件事情是，这年的冬季，每个辖地里的青壮年男子，自备粮食和武器到仲子城里来接受训练。让娘卓·韦登哭笑不得的是，这些人带来的家伙还能叫武器吗？木棍、耙子、连枷等什么都有，望着这些东西，娘卓·韦登皱起眉，脸色硬得如生铁一块。他想几百年的分裂割据，把这些人像骡子一样驯服在了土地上，指望这些人去开疆扩土，那可真是痴人说梦。他要改造这些人，让他们从农夫变成一群嗜血的豺狼。

娘卓·韦登每天带着他的士兵，把这些懒散的农夫训练得汗淋淋、气喘吁吁，也把一身的臭汗和满肚子的怨言都挤了出来。等十多天的训练结束时，农夫们猛然发现自己还是掌握了一些攻击和防守的技能的。

娘卓·觉龙在圭塘谷地里的驻锡地，新年到来前就已建设好了，他离开娘卓·韦登住到了圭塘谷地。

桑桑因为其表现，自然升迁为娘卓·觉龙的管家。

他借机把晋巴女儿的肚子给搞大了，趁着开春之际，将晋巴的女儿娶回了家。

娘卓·韦登没有让他的百姓过上几天安稳的日子，当他们翻耕土地，埋进种子，翘首盼望秋季的收成时，一道命令从仲子城里飞到各个辖地，要他们五天后带着人马到欧龙集中。

几百号人的队伍在娘卓·韦登的率领下，向晁齐的领地进发，沿途吞并了一个草场和几座村庄。再向前进军时遭遇到晁齐派来的人马，双方在一个山口列阵对峙，展开了一场混战。

双方捉对厮杀，刀来枪往，乒乒乓乓的声响中，不断有人倒在地上，发出悲戚的哀嚎。

短暂的交锋之后，晁齐方面主动撤出了战斗。娘卓·韦登看到自己这边能够继续战斗的人员也所剩不多，只得带着伤病员和二十多具尸体回撤到自己的领地里。

庄稼从地里收割，谷场上打完青稞，娘卓·韦登又要带人去进犯晁齐。

这次，娘卓·韦登听从晋巴的建议，选了个吉日，让人砍下树枝，上面挂满五色的经幡。出征的那一天清晨，让晋巴领着府邸里的人，到背后的山上去举行盛大的出征祭祀活动。当经幡竖立在仲子背后的山头，桑烟袅袅飘升的时候，娘卓·韦登听到山顶上的人们撒着糌粑大声喊："神胜利！神胜利！格格索索——"

娘卓·韦登脸上堆上满足的笑容，左脚踩住马镫子，一跃跨到马背上。其他的人员也骑到马背上，腰间的佩刀撞击马鞍时发出沉闷的声响来。娘卓·韦登又望了一眼正房那扇开启的窗户，看到雯宗列麻的身影，他会心地笑了。

山头的桑烟浓浓地向上攀升，把祈祷的人裹在了里面。晨光打在山头，那些颜色鲜艳的经幡不住地起舞。

娘卓·韦登心里很是受用，他领着五六十号人向欧龙进发。

娘卓·韦登赶到欧龙时，辖区其他地方的人已经在那里等待，他的队伍一下壮大了。他派信使到晁齐那里，要他归顺自己。可是，更加傲慢的晁齐不仅鞭打了他的信使，而且脱光信使的衣服，反绑在牦牛背上赶回欧龙来。

娘卓·韦登觉得这是个天赐的良机，他站在队伍的前面，脱下衣服的两个袖子，在腰间打上结，露出满身的伤疤，振臂高呼："晁齐这厮，侮辱我们的信使，也就是侮辱我们仲子的所有人。这个仇不报，天下人就会嘲笑我们懦弱，看不起我们是男人……"

人们心里的仇恨就这样被点燃，他们举起手中的刀枪，眼里喷射着怒火，高喊："我们去战斗，我们去杀晁齐！"这声音响彻欧龙的谷底，不断有回音瓮声瓮气地传过来。

娘卓·韦登板着脸，心里却是窃喜不已。这些庄稼汉的眼睛里，此时露出的就是动物饥饿时的凶光。

娘卓·韦登派娘卓·觉龙作为先遣部队去占领久枚。自己作为中路军随后支援。

双方经过几次混战，娘卓·韦登占领了晁齐的宁河以东所有领地。一条江河成了娘卓·韦登与晁齐的分界线。

十多天的小规模冲突后，娘卓·韦登得到了更多的土地、人员和牲畜，他对这次的战况非常满意，用劫掠来的牛羊骡马奖励英勇杀敌的手下。

雯宗列麻皱着眉，看那些脑袋、胳膊上缠着沾满血迹布条的庄稼汉，嘻嘻哈哈地牵着牲畜走远。她想哪天这老男人战死的话，他的儿子待自己又会怎样？她是否也会像那些牲畜一样，从酋长府邸里被赶走，送给乡下的一个鳏夫？这个念头在脑海里一经闪现，她的身子就变得从头到脚冰凉凉的，感到再怎样努力也无法挣脱这命运的轨迹。

雯宗列麻站在廊台的木头挡板前，泪水簌簌地掉落下来。女佣问她是否欠安时，她却说是这刺目的阳光让她眼睛疼。

这夜，娘卓·韦登行完房事，蜷缩着身子把头埋进她的胸脯里。雯宗列麻双手抱住他的脑袋，问："你已经拥有了以前酋长都不曾拥有的一切，还需要征伐和兼并吗？"

"女人就是井底的蛙，看到的岂能跟飞翔在天空的雄鹰一样呢！"娘卓·韦登有些责备地说。

"万一我失去了你，我的后半生就没有可依附的人了！"雯宗列麻动情地说，泪水顺着她的脸颊淌落下来。

"战争总会死人的，要是我死了，我让儿子纳你过去。"娘卓·韦登不以为然地说。

雯宗列麻凄凄地惨笑一声，把手搭在娘卓·韦登的臂膀上。她的指肚轻轻摩挲那些凹凸的伤疤，脑袋里想象着有多少生命因这些伤痕而凋谢。

娘卓·韦登的野心一刻都不肯消停，不是进伐东边，就是向西向南向北征伐。其间，不断有知名的僧人前来调停，最初对他们的到来他是不屑一顾的，后来发现这些光着头的人，在百姓中的威望却比他还要高，这让他很是恼火。他要借助僧人的影响力达到自己的目的，于是开始接近他们，聆听他们的需求，有时也满足他们提出的条件，甚至每年还往各寺院进行布施和捐赠。

他的这一举动得到了雯宗列麻的热烈响应，她有时还请僧人到酋长府邸念经祈祷，从他们那里学习佛法知识。

娘卓·韦登觉得此刻的博巴人是在倒退，以往男人都是通过刀剑来证明自己的野性和生命的意义，如果在战争中表现怯懦的话，家门口就会被人挂上狐狸尾巴，成为众人耻笑的对象，永远都抬不起头来。如果家里众多的兄弟战死在沙场上，这个家庭会被所有人尊敬和推崇。现如今，刀剑变成了寺庙和佛像，证明人生真谛的却成了裹着袈裟的僧人。他隐隐感到博巴这一族裔在退化，再没有了以往的那种激情和血性。看看眼前的雯宗列麻，她在偏房里设置个佛堂，每天上午躲在里面，嗡嗡地祈祷个不停。

她这样做能扩展疆域、能增加庶民、能增加牛羊？什么都无济于事，反倒是把心里的那种锐气给消磨掉，忘了人生就是不断去挑战和争胜。娘卓·韦登不希望这些僧人的势力持续增长，他要用有限的生命时间，创造出属于他的一个辉煌。

三年多的征伐，娘卓·韦登让辖区里的两百多名男人葬送了生命，他看着那些家庭里的人，为了战死的丈夫、儿子、父亲，把自己的头发给剪掉，穿上黑色的服装，脸上涂抹锅底的黑灰，以此表示他们的伤痛之情时，他的心里悲凉了起来。想再发动更大规模的战斗，娘卓·韦登已经没有足够的人力了，维持现状是他此时最佳的选择。

在一个午时，娘卓·韦登让晋巴搬来软垫，坐在廊下的阴凉处喝酒。当几杯酒落进肚子里，头脑有些微晕乎之时，雯宗列麻也坐在了他的对面，两人对酌起来。

他望着皮肤结实的雯宗列麻，想到自己的生命已无多少日子时，胸口像是被谁重重捶了一拳，那疼痛让他咧嘴垂泪，脸扭曲得很恐怖。

雯宗列麻从软垫上爬过去，一把抱住他的身体，叫唤晋巴去请医生。

这一场突如其来的病，让娘卓·韦登消停了一年多的时间，也让仲子的百姓过上了一段安宁的日子。

这期间，在圭塘谷地里还发生了一件奇异的事情，这让村人们惴惴不安。说起这个事，还得从娘卓·韦登突然生病讲起。

雯宗列麻怕老男人撑不过去，赶紧派人到圭塘把娘卓·觉龙叫过来。娘卓·觉龙带上几名随从，策马往仲子城飞奔。

就在那夜，一道电光又闪现在圭塘谷地的上空，刺人眼睛的光束从空际直接击打在娘卓·觉龙的房顶上。人们看到整栋房子被白色的光给罩住，那里成了熠熠生辉的地方。

村人比白天更清楚地看到木头门窗上的雕花，它们的层级、颜色，就像是被无限放大了一样。站在屋顶或房门口的村人，好奇地看着这一幕的同时，心里暗暗担忧那漂亮的女人，会不会被这光融化成血水，浸到土地里去。

圭塘谷地亮如白日，岗巴拉山上的野生动物都翘起脑袋，盯着这道炫目的白光。那一双双水灵灵的眼睛里，噙满崇敬之情。

村人发现桑桑提着裤子往岗巴拉山奔跑，那瘦弱的背影就像一片树叶，被风裹挟着一般。他家的那条杂色母狗尾随在他身后，拼命地狂吠。随后，又看到几个村人沿着那条白花花的砂石路往亮光处跑去。

也许是村人的脚步声惊扰了那道光亮，它抛下娘卓·觉龙的房子，撩起光的网罩，化成一道刺眼的光线，遁入到暗黑的夜里。

倏忽间，圭塘谷地一片黑暗，人们的眼睛无法适应这个比黑氆氇还黏稠的夜。四处都是狗吠声，只有这些声音撕碎了这份暗和寂静。人们揉着眼睛，想尽快看到岗巴拉山下那座高耸的房子。

片刻后，村人的视力恢复过来，那座标志性的建筑，黑黢黢地傲立在前方，仿佛那道光临别时给它又涂了一层墨一般。

村人带着白廓宁珠是否还活着，那道光为什么要照在那栋房子上，这是噩兆还是吉兆等问题夜不能寐，都聚到通往岗巴拉山的那条小路口，等待桑桑他们归还。

临近午夜时，桑桑带着几个村人回来，告诉他们白廓宁珠和家佣都好好的。他又进一步解释说，当时电光闪现时她们都昏睡了过去。

人们的议论愈发地多了起来，许多人在不休的唠叨中打着哈欠，流着泪钻进自家的房门里。但村人心里一直都在打鼓，有一种不安的情绪凝结在头脑里一直挥之不去。

过了三天，晨光照射在岗巴拉山头时，娘卓·觉龙的驻锡地门口传来了鼗鼓声，紧接着有个嘶哑的声音在那里吟诵经文。这声音把用人的脚步牵引到了门口，他们怀着好奇心把笨重的木门打开了一条缝。

他们看到一名穿着旧僧服的僧人，盘腿跏趺在大门口，一头白色的头发垂落到腰间，浓密的眉毛也是白色的，如雕刻般的皱纹，让人一见就肃然起敬。

他左手里的鼗鼓，有韵律地敲出柔和的声音来，带有黏性且嘶哑的诵经声，将人带入一种温暖的气流中。他们围住这名老僧，听得是如痴如醉，忘记了还有很多活在等着他们去干。

老僧诵完经这样向他们请求："请给我布施一碗洁白的酸奶吧！"

这句话让娘卓·觉龙的仆人们从那种迷幻的状态中清醒过来，脸上带着赧色，相互瞅一下，谁都不知道该怎样回答他的问题。

"给我一碗酸奶！"老僧再次更简洁地重复了一遍。

"牛奶行吗？"终于有人接过话茬，恭敬地等待答复。

"只要是纯白色的，哪样都可以。"老僧回答，手里的鼗鼓被装进怀兜里。

娘卓·觉龙的仆人们一哄而散，躲到那扇厚重的门板后面。偌大的大门口只剩下盘腿端坐的老僧。

晨光已经下到岗巴拉山的半山腰上，雪峰变得更加地白净，半山腰葱葱郁郁的树木显出勃勃的朝气来。

嘎吱吱的声响之后，门板后闪出一名端着牛奶的女佣，随后迈步闪出来的是白廓宁珠。

白廓宁珠一眼就认出了这名老僧，他就是曾出现在岗巴拉山脚下，给他们唱道歌的那名僧人。只是，如今老僧蓄了一头灰白的长发。白廓宁珠急忙跪在他的跟前，仿佛见到亲人般地欢喜。

"我只乞讨一碗酸奶，可不曾讨过别人的跪拜。"老僧说完哈哈大笑起来。

"是您让我远离了血腥和噩梦，使我的心灵得到安宁，您就是我的救度之人！"白廓宁珠跪伏在老僧面前，白皙的脖子垂得更低。

老僧听完眉毛往上一挑，露出满口珍珠般的那排牙齿，呼呼地放声大笑，额头上的皱纹鼓动了起来。

白廓宁珠跪在地上，恭敬地等待他的笑声止息。

老僧伸手接住女佣手中的那碗牛奶，吟诵了一段清幽幽的赞颂词，碗里的牛奶像滚沸的开水般沸腾，凝结出了极好看的花朵，花瓣伸展在碗沿，白色的花蕊根根亭亭玉立，从那里散发出一缕缕香甜的奶香。

门板后一颗颗脑袋垒叠着，他们张开大嘴，眼睛里充满了惊叹。

"你遇见的那道天光是祥瑞，从那刻起你的肚子里就有了一个小生命。你赶紧起来。"老僧手里端着碗说，他的目光没有离开那个碗。

白廓宁珠抬起头，一脸的诧异。她想问得再清楚一些，可是看到老僧那一脸专注的表情，没敢再张口说话。她盯着碗里盛开的花，奶香荡满鼻孔，这香气让她有些晕醉。

等她从晕乎的状态中清醒过来时，老僧端的碗里已经没有了白色的花，只看到些微摇荡的牛奶。

老僧站立起来，接着又诵一段喃喃的祷告词。等他祷告完毕，将那碗牛奶泼洒在娘卓·觉龙的房子墙壁上。刹那间，整座房屋的墙壁变成乳白色，在晨光的映照中显得极其夺目。

白廓宁珠还在惊讶之时，老僧却背转身去，轻灵地顺着岗巴拉山脚飘然远去。那一抹红就像一朵炽烈的晚霞，一路燃烧过去，直至化成虚无。

这件事后来被圭塘人编得越来越神奇，越来越不着调了。但是，仲子城里的一个书香世家，却将它作为一件大事，写进了地方志里。

白廓宁珠收回目光，拾起老僧放在地上的木碗，另一只手不自觉地放到自己的肚子上。她祈求道："但愿如这名老僧所言，这里面住进一个生命来。"

晨风撩起她耳后的发丝，凉丝丝的舒服劲在周身流荡。她从地上站起来，女佣赶紧伸手搭了她一把。

"你们认识这名老僧吗？"白廓宁珠回头问女佣。

"从未见过。"女佣歉疚地说。她听到白廓宁珠一声轻叹后，马上又补充道："之前听老人说，有个叫米拉日巴的苦修僧，他能腾云驾雾，从一个山头飞到另一个山头去。看这老僧也是飞着过去的，他肯定是个大成就者！"

白廓宁珠没有再吭声，脸上带着一丝惋惜，拖着脚步躲进门板后面去。

二十多天后，娘卓·觉龙骑着马儿回来了。

他告诉白廓宁珠，娘卓·韦登的身体已无大碍，需要一些时日来进行调养，关于娘卓·韦登让他在自己死后接纳雯宗列麻这件事，他觉得没有必要告诉白廓宁珠。

白廓宁珠向娘卓·觉龙叙述他走后，房子里发生的那些奇怪事情，并告诉他自己的肚子里已经有一个小生命了。娘卓·觉龙听完，嘴唇上的两瓣胡须莫名地抖动了一下，缓缓地说："娘卓家族的香火又能延续了！"

娘卓·觉龙的表现仅此而已，他既没有喜形于色，也没有无动于衷。

白廓宁珠想要得到的那份热烈回应，就被这淡淡的一句话给冲散，心里盛满了失落，眼眶湿润起来。她的眼睛透过开启的窗扇，望向了岗巴拉山白皑皑的峰顶，心却像山峰上的白雪一样冰冷。

娘卓·觉龙奔忙于仲子城和圭塘之间，他的马蹄声嘚嘚地来回敲打圭塘谷地，马粪撒了一路之时，白廓宁珠的肚子逐日隆起。

那次，桑桑骑着一头骡子回来，一脸神秘兮兮地跑到白廓宁珠的正房里，告诉她说："夫人，我这次打听到了那个老僧的信息！"他伸出舌头，舔了一下嘴唇，看到白廓宁珠期盼的目光，又继续说："他是个隐士，住在离这儿一天半路程的祈吴山上。听人说他会各种法术，也能预知未来。"

白廓宁珠把手搭到鼓起的肚皮上，问："我能去拜访他吗？"

桑桑被这句话给弄慌了，赶忙解释说："夫人，据那些人讲，他的行踪飘忽不定，在博的境地里任意行走。我想您一路折腾过去，不一定能见得到他。"

白廓宁珠听后有些失落，脸上的喜悦之色淡下去，发出一声宛若游丝般的叹息。

"他到娘卓·觉龙府邸，肯定因这里有跟别处不一样的地方，要不这么一个大成就者怎会屈尊到这儿来？"桑桑说。他穿了一件血珀色的长袍，腰间别着一把银质刀鞘的短刀，脚蹬牛皮缝制的长靴，耳垂上挂着一枚绿松石。

白廓宁珠若有所思地走到靠窗的床铺前，别别扭扭地坐了下来。

"夫人，我听说娘卓·韦登酋长，入秋时要跟领地里的头人们盟誓。"桑桑停顿一下，观察白廓宁珠的反应。看到她对这件事情毫无兴趣时，转头又说："外面都在说，您肚子里的骨肉不是凡夫俗胎！"

白廓宁珠扭过头来定定地看桑桑，他脸上飘着讨好的笑容。白廓宁珠嘴角一咧，脸上又挂上了喜色。

桑桑这次远行，一是去打探老僧的消息，二是到山后的季麦村去看今年收成的情况。但他一路听到的全是关于白廓宁珠肚子里的这个小孩的各种猜测，民间流传的既有好的也有坏的，他们通过谚语的形式在流传。那名老僧的名字倒是打听到了，他叫积扎森格，三十多年在祈吴山中隐修，最终修成正果，出山来利益众生。听说，这名老僧即使在大冬天，也无需身穿僧伽，他的脐轮和眉毛上都能燃火；他脚底好似有轮子，能日行上万里；更有甚者，他能将死人的魂从肉身里抽出来，装进旁边一个完好的尸体里让其复活……各种传说都在证明积扎森格是一名精修达到很高境界的僧人。

白廓宁珠本想在见到积扎森格后，向他讨教那道光的事情，现在想来这问题是不会得到答案的。她只有向积扎森格祈祷，用她的虔诚去感动他，让他能够再次来到圭塘谷地。

夏末，娘卓·韦登已经康复过来，他计划入秋时召集辖地里的头人到仲子城里来盟誓。

当庄稼被时间熏染成一片金色，饱满的青稞散发香气之时，娘卓·韦登辖地里的那些头人陆陆续续赶到了仲子城，住进了娘卓·韦登的酋长府邸里。

这一天早上，娘卓·韦登带着这些头人到酋长府邸后的山脚下，望着半山坡上吃草的牦牛和羊,让他们从中选一头最壮实的牦牛来。

头人们伸长脖子瞪大眼睛,望着山坡上一头比一头壮实的牦牛犹豫了起来。他们争执着嬉笑着,用手指头指指点点。

娘卓·韦登把右手一伸,手下人赶紧给他送来了弓箭。他拉弓搭箭,瞄准了一头膘肥的牦牛,它在一株野蔷薇边低头啃草,毛色油光发亮,浑圆的肚子鼓凸凸的。

娘卓·韦登把弓拉得嗞嗞哀鸣,箭矢抵到没有耳垂的耳朵下,把箭给射了出去。

铁质的箭头带着呼啸声,把流动的空气撕裂开一道口子,一头钻入那头牦牛的肩胛骨里。牦牛的身子摇晃了一下,想弄清楚是怎么回事时,又有一支箭刺进它的后腿里,它趔趄着倒在地上,顺势折断了几根野蔷薇的枝干。

头人们也拿起弓箭,瞄准各自选中的羊射过去。其中有些射偏了。牦牛和羊发现身边的同伴倒地,痛苦地抽搐时,感觉到自己身处在一种危险境地之中,于是慌慌张张地往山上逃命去。头人们看着黑色和白色往山头奔逃,它们的蹄子使一些石块掀落下来,扬起了一阵烟尘,接着被灌木丛给拦住。

头人们望着这一幕,发出了快乐的笑声,他们热烈地议论着自己射出的箭,奚落没有射中的其他头人。

士兵和用人开始爬山,去捉那些被射中的牛羊。

头人们在娘卓·韦登的府邸里,吃了两天的牛羊肉,喝了两天甘醇的青稞美酒,唱了两天的歌,在推杯换盏中,讲着掏心掏肺的话语。

第三天清晨时,他们在娘卓·韦登的引领下再次来到酋长府邸后的山脚下。

晨风带着冷意轻扬飞过，草尖上结着晶莹的露珠，麻雀从树丛中开始发出啁啾的声音。

娘卓·韦登和头人们仰头望着山顶，眼神里有期许和盼望。

不一会儿，山顶上桑烟滚滚飘升，接着有一群人竖立起一根树枝，上面五色的风马旗在碧蓝的苍穹下猎猎飘荡。

一名村夫牵着一头绵羊走过来，它的毛色发白，两只羊角弯曲成一圈后，羊角又翘上空际，那双无邪的眼睛里只有纯净，没有杂质。

村夫从怀兜里拿出一根牛皮绳，动作麻利地将羊摁倒在地，将它的腿捆绑好。

村夫从腰间的刀鞘里抽出一把刀来，对准羊脖子刺进去，身子重重地压在其上。羊的眼睛里满含委屈的泪水，无望地蹬着腿，一股股红的血从刀口喷涌出来，顺着羊毛浸入到土地里。

村夫等到羊咽完气，开始用他那沾满血迹的双手刨膛弄腑，把内脏取出后堆放在一块垒砌的石堆上，羊的心脏、肺、肠子等冒着一丝热气，血顺着石头啪嗒啪嗒地滴落。

晋巴领着两名僧人走过屠宰羊的地方，请他们坐到上方铺好的垫子上。僧人从包里取出一些法器来，放在面前的矮桌上，开始诵经祈祷。

山上的桑烟变成了一缕细瘦的烟子，山顶上的人正陆陆续续地往山下走来，偶尔有笑声从半山腰上跌落下来，让山脚下的人仰头探视。

等僧人诵完经，娘卓·韦登走向堆放羊内脏的地方，双手合掌，喃喃地祈祷一阵子。然后，娘卓·韦登转过身来，面对众多头人发誓说："我娘卓·韦登为了实现自己的抱负，曾经跟随赞普的后代赴汤蹈火，血洒疆场。如今我拥有了仲子,同各位头人形成结盟,疆域向东抵达察桑,向南与门贡隔山相守,西面紧邻佩枯错,北边同晁齐一江相望。能拥有如此广袤的土地、草场、雪山、湖泊,是神灵对我的眷顾,也仰仗了各位头人的齐心协力。众神在上,今天我在这里举行这个盟誓,是为了日后同各位头人同甘共苦,携手保护我们的百姓、土地和权益,不让外人从我们的手中侵占和掠夺去!"

娘卓·韦登激昂的誓言刚结束,那些头人也走向摆着羊内脏的石堆前,开始了自己的誓言。他们发誓说,要用一颗纯洁的心拥戴娘卓·韦登,为他守护土地,听从他的一切调遣。如果有二心,就像这头羊一样,到时用自己的五脏六腑来祭祀众神,以此救赎变节的罪孽。

盟誓仪式快要结束时,几只绿头苍蝇嗡嗡地飞落在羊的内脏上,十几只乌鸦从空际扑棱棱地落到岩石端,血腥味把它们撩拨得狂躁不安,扑闪着翅膀,发出刺耳的声音。

娘卓·韦登听完头人们的立誓,脸上现出满意的笑容来,他唤上头人们往酋长府邸走去。

庄稼马上要收割了,盟誓刚完,头人们就急着要回去。娘卓·韦登给他们赠送了牛羊、氆氇等礼物后,一一送别走。

"这次你出手阔绰啊!"雯宗列麻站在娘卓·韦登的一旁说。

他俩站在府邸院子中央,目送最后一名头人的背影。那个头人赶着几头牦牛和十只羊,牛背上的包袱鼓鼓囊囊的。

"你只看到了物质的损失,却没有看到我给他们的心上的镣铐。"娘卓·韦登得意地说。他们背后的墙根下几名家佣盘着腿捻羊毛线。

"人心如水,怎能铐得住!"雯宗列麻说完望了一眼娘卓·韦登脸上的刀疤。

"如水就如水吧。总之，以后理都在我这一边了！"娘卓·韦登的脸上闪现出高深莫测的笑容来。

从敞开的大门里往外望过去，街上只剩下几十只流浪的野狗。再望过去就是低矮的民房，灰不溜秋地立在那里，挡住了他们的视线。

娘卓·韦登伸手牵住雯宗列麻的手，转身向楼梯口走去。

当他们无言地走在廊道上时，外面传来了急促的铃铛声，两人都不约而同地把目光投向大门口。

一匹马停在了大门口，一个细瘦的男人从马背上跳下来，匆忙往院落里冲进来。

"桑桑，出了什么事情？"娘卓·韦登松开雯宗列麻的手，靠在木栏杆后急切地问。

"酋长，少夫人今早生了个小孩，我是来向您报喜的！"桑桑回答。

"是男孩吗？"娘卓·韦登半个身子探在栏杆外问。

"是呀！"桑桑用衣袖擦着额头上的汗水说。

"是诸神在护佑我娘卓家族！"娘卓·韦登高声说出这句话的同时，喜悦的泪水淌在这张苍老的脸上。

"酋长，圭塘还出现了很多祥瑞的征兆！"桑桑迫不及待地说。

"啊！"娘卓·韦登顾不上酋长的身份，扭头往楼梯口跑去。

雯宗列麻往前走上几步，身体靠着木栏杆，脸上现出无奈和沮丧，右脚重重地跺在地上。

第四章

衮邦确塞绕多门塔转了十九圈。

他离开转多门塔的那条细石沙路，坐在山边的一块石头上。

衮邦确塞的下方是个狭长的河谷地带。谷底流淌的仲曲河，宛若一条青绿色的飘带，蜿蜒流淌向西北；河两岸的土地上泛黄的庄稼和金色的油菜花，将那些涂着三色颜料的民房切割成一座座，它们深深地被掩藏在其间；再望向前方，南边的山峰连绵不断，峰顶积攒厚厚的雪，半山腰竟然呈现黛青色来，上面蠕动的牦牛化成一个个小黑点。

这里，只有仲曲河谷一带才能种庄稼，离它稍远的地方只能以牧业为生。衮邦确塞每次转完多门塔，就喜欢坐在这里俯瞰下面狭长的谷地，南北对峙的两道山峰夹锁住河谷，从高处望下去谷地好似一只平放的花瓶。

衮邦确塞左手托着下颌，望着仲曲河就能想起他的师父仲子白芸，每每他都要向着米酿国的方向为师父祈祷。他回到萨迦的第二年，萨迦寺主贡噶坚赞又收到了米酿国那边寄来的信，告诉他米酿国已经灭亡，霍尔人占领了整个国家。这是从米酿国寄来的最后一封书信,从此再没有了关于米酿国的一丁点消息。

衮邦确塞想着米酿国既然不复存在了,仲子白芸师父一定会回到萨迦寺来,在这里完成他普度众生的事业。可是,仲子白芸师父一直没有出现,他也无从知道师父他们是否安然无恙。

在等待中,谷地里的庄稼青了,之后又变成黄澄澄的,这样交替轮回六次,他还是没能等到仲子白芸师父的归来。庆幸的是,衮邦确塞到达萨迦寺后,就被寺主贡噶坚赞留在了身边,成为一名贴身随从,这是他之前万万没有料到的。

寺主贡噶坚赞在博巴人的心目中极具威望,被凡夫俗子们敬称为萨迦班智达[1],连古格王室成员释迦衮都要时常捐助财物,让萨迦寺举办各种法会,住在拉堆地方的米酿国王族后裔本德也成了其坚定的信奉者,其他还有周边的许多个大大小小的酋长。各地的博巴信徒不顾路途中的千山万水,艰辛地前来向他拜谒和学习。贡噶坚赞总是以一种谦和、慈祥的神情接待他们,为他们传授所掌握的佛法知识和实践方法,使得许多人此生受益颇多,他们怀着景仰和虔诚,视贡噶坚赞为此生忠贞皈依的上师。

衮邦确塞清晰记得他到萨迦寺后的那次长途旅行。

受桑耶寺住持释迦贡的邀请,贡噶坚赞前往卫地去讲经说法,衮邦确塞作为一名随从也跟着去了。

他们离开萨迦,接连翻越几座大山,快到曲米寺时,远远看到前方聚集了很多的百姓和僧人。人们看到贡噶坚赞一行向他们走近,在路两边煨

---

[1] 班智达,亦译为"班迪达""班弥怛"等,藏传佛教中对学者的最高称谓,获此称谓者需精通大小五明(大五明指工巧明、医方明、声明、因明、内明;小五明指星算学、修辞学、辞藻学、韵律学、戏剧学)。

起了两堆桑，两缕淡淡的烟子冉冉升腾，不一会儿变成浓浓的如柱烟子，刺向浩茫的空际。桑草的馨香净化了四周的空气，那股香依附在空气的翅膀上，向四处流散。法螺和长号同时奏响，呜呜的声响带着长长的尾音在山谷中飘荡，增添了一份肃穆和庄严。

贡噶坚赞见状眯上眼，怔了片刻。他从马背上慢慢爬下来，摘掉头上那顶有飘带的红色帽子，露出花白的脑袋来。他把缰绳递给衮邦确塞，拍拍僧服的下摆，迈着步子向前方的人群走去。

一名僧人高举金黄色的绸缎伞盖，从正面迎了过来，他的身后有六七个僧人跟随。法螺和长号依然在响奏，桑烟将半空给遮蔽住。

衮邦确塞牵着马紧随贡噶坚赞身后，其他随从带着好奇紧贴在后面。

迎面走来的几名僧人停在离贡噶坚赞几步远的地方，微弓着身子，表现出极度的虔诚。

"你们是在迎候谁呢？"贡噶坚赞带着惊讶问道。

"听说您要去卫地讲经，我们在此恭候您的大驾。您要经过这里的消息，就像风儿刮过一样，吹遍了周围的角角落落，人们闻声蜂拥赶到了曲米寺。"一位老僧迎上来弓下身子说。

贡噶坚赞急忙走过去，抱住他的双肩触碰两人额头。

贡噶坚赞搀扶老僧的胳膊，望着桑烟里一溜排着长队的人们，眼眶湿润了起来。

举着伞盖的年轻僧人走到贡噶坚赞后面，把伞托举在他的头顶上，几名僧人手持香柱在前面引路。法螺和长号的旋律变得高亢而激越，桑烟的缭绕中，贡噶坚赞一行穿过两排的人群，向着曲米寺大门走去。

道路两旁有茂密的柳树林，林子的一边是片开阔的庄稼地，金黄的青稞穗在微风中摇荡肥硕的身子，几只看不见的麻雀发出清脆的啾啾声。衮邦确塞看到站在两旁的人怀揣敬意，双手合十地凝望着贡噶坚赞，脸上现出的是喜悦与幸福。他听到了人们的祈祷声，在无数双眼睛的注视下他们走过尘土路，走进了曲米寺的大门。

贡噶坚赞一行被安排在寺院幽深的林子里，那里有一排土坯房，中间是主卧室，左右两边有几间房屋，房前歪歪扭扭地铺着不规则的青石板，石板间隙长出青绿的草，黑色的蚂蚁穿行其间。这条青石板路在树林里折了个弯，然后直通向曲米寺的大殿。大殿是个三层楼，需要踏着方石块的阶梯上去，它的前方有块面积较大的广场。寺院里栽种了许多的树，路边还开着黄色的万寿菊，枝头上鸟的叫声雀跃，仿佛住进了一座园林里一般。

这一天，晴空万里，如烟的细薄云丝在天边缓缓流动，远处的山如锯齿般伸展过去。

衮邦确塞将坐骑拴在简易的马厩里，喂好草料，踩着细长的青草，到大殿前的水井里去打水。他听到寺院墙后面传来的说话声，偶尔还有女人银铃般的笑声。他望着不高的墙面，摇动脑袋咧嘴笑，而后迈动步子到井边去打水。

一木桶的水倒进马厩的木槽里，那几匹马儿把嘴伸进木槽里饮水。衮邦确塞好奇地跑到墙根下，找来一块大石头倚在墙边，踩上去刚好把脑袋给露在了墙头上。他看到墙后面是个宽敞的大坝子，上面搭建了各种帐篷，有华丽宽大的，有简陋粗卑的，也有露天下围坐一圈的人，它们的旁边用木橛子拴着马、骡子、毛驴等，许多大人和小孩穿行其间，显得热热闹闹的。

衮邦确塞站在石块上看了许久，突然想起了母亲，一下就失去了兴致。他有十多年没见到母亲了，如今她的状况怎样？衮邦确塞心里满是愧疚。他从石块上下来，拍掉僧服上沾着的灰尘，向那排平房走去。

等他快走到主卧门前时，听到贡噶坚赞在说："……缘，是如此地妙不可言。我年幼的时候跟随伯父学佛习法，接受戒律。之后又跑到乌思藏各地拜智者圣贤，从他们那里汲取佛法的甘露，让自己浸润在慈悲和智慧中。在曲米寺我又遇到喀且班钦·释迦室利①，拜他和他的弟子桑尔希、素尔达希日、塔纳希剌为师，学习大小五明。几年的学习结束后，我掌握了大小五明的所有内容。释迦室利看到我所取得的成绩，赐予了我班智达的称号。从此，这个称呼传遍了博巴地区。而今，过了这么多年，我再次从这里经过，与您再度相见时，我俩都成了老朽之人了，时光的步伐有多么匆忙。"

"您怎能这样说！您为利益众生所做的点点滴滴，我都听说了，您的声名早已响彻雪域大地，甚至远播到了天竺。您著的《正理藏论》被人翻译成梵文，在天竺产生了巨大的震动，这哪里是老朽之人能做得到的！"听这声音是曲米寺住持。

"我写《三律仪论》时，很多教派的人向我表达了不满，有人还专程跑到萨迦寺来，劝阻我不要再写下去，为了顾全各教派，我停笔没有再写。不想，有一天晚上我梦到释迦牟尼佛，他上半身锃亮光鲜，下半身却沾满泥污。醒来，我知道这是个预兆，是佛祖在明示我要继续写下去。为了佛法戒律的清正，我又重新执笔继续写，对佛教界存在的是非曲直观点

---

① 喀且班钦·释迦室利，古印度佛学家，为印度那烂陀寺末任座主。1204年受西藏佛教噶举派绛普译师延请入藏，在藏传法十年之久。

要进行纠正，阐明我的思想。"贡噶坚赞说。

房门前洒落了一地的阳光，几只色彩艳丽的蝴蝶飘忽飞过。衮邦确塞没有停下来继续听，而是向旁边的客房走去。

房门洞开着，同伴中有人坐在垫子上打坐，有人拨动念珠诵经，有人缝补开裂的鞋子。衮邦确塞走过去，坐在靠墙的草垫上，脱掉鞋子把腿盘结。屋里飘荡轻声的诵经声，嗡嗡地在他脑袋里盘旋，并引领他走入禅定。

不一会儿，一阵脚步声从门口踏响过去，接着是说话声。之后，又有人飞快地往回奔跑。

"我去看看是什么情况。"念·卓普将正在缝补的鞋子穿在脚上跑出去。

衮邦确塞从静坐的状态里走出来，开始整理自己的袈裟。

外面再次传来说话声和嘈杂的脚步声。

念·卓普从外面进到房子里说："听说各地来的人都在寺外排着队，祈求贡噶坚赞给他们摸顶加持，曲米寺僧人正在大殿前搭建宝座。"

衮邦确塞想着贡噶坚赞刚到曲米寺没一会儿，人还没有从上午的旅途辛劳中缓过来，这些人却急不可耐地要求加持，真有些不近人情啊。他跟随其他人出了屋子，看到贡噶坚赞已经站在房门口，脸上看不到一点疲惫相。

"你俩跟我走，其他人待在房里休息。"贡噶坚赞眼睛盯着念·卓普和衮邦确塞说。

他们跟在贡噶坚赞的两旁，踩着青色的石板往大殿走去。

曲米寺的僧人从宝座前排成一行，直抵到寺院的大门口，他们要让俗人们有秩序地进入寺里。曲米寺的住持站在宝座一旁，恭候贡噶坚赞的到来。

贡噶坚赞爬上宝座端，盘腿危坐。念·卓普和衮邦确塞分别站在左右两侧。

午时的阳光倾泻在贡噶坚赞的身上，黝黑的面庞上现出和善的表情，眼角的鱼尾纹们拱起了脊背。

第一个过来低头求加持的是年迈的曲米寺住持。随后，从曲米寺的大门里，涌进来的是各地来的人。他们有的手捧羊毛，有的双手合十，嘴里念念有词地念诵祈祷经文。每个人走到宝座前，虔诚地低垂脑袋，让贡噶坚赞的手掌落在脑门顶上，以便获得加持，然后一脸满足地离去。

长长的队伍徐徐向前推进，有人为了求得更长时间的加持，有意地多滞留一会儿。念·卓普和衮邦确塞就得从一旁推着他们走开，以便让后面的人尽快得到摸顶。

有个老婆婆被一个年轻男人背过来，他们走到宝座前时，贡噶坚赞两手抵住宝座，身子向前倾斜，再用双手抱住老婆婆的头，用自己的额头去触碰，为她诵起了祈祷经文。老婆婆浑浊的眼睛里流着泪，嘴里不停地重复着："我死了也无憾！我死了也无憾！"她满心欢喜地被背走了。

求加持的队伍中既有穿着盛装的富人，也有衣裳破烂的穷苦人，他们得到加持时的那种喜悦是相同的。

接受加持的队伍一直不断，太阳快到西山头时，俗人们的队伍才算收尾，轮到曲米寺的僧人们被摸顶加持了。

贡噶坚赞等人回到那排平房里时，已是黄昏时刻。随行人员已经煮好了糌粑粥，他们吃过晚饭，夜的暗黑就扑在曲米寺的周围，景色变得模糊不清，寺里没有了任何的嘈杂声了。

"帮我往油灯里添满油，晚上我还要写一会儿字。你们都回去休息吧。"贡噶坚赞盘腿坐在床垫上，右手握着一支竹笔说。他的旁边堆着一叠藏纸和黄布包裹的经书。

"今天您太辛苦了，恳求您早点休息！明天那些信徒还要您给他们灌顶讲经呢！"念·卓普低声祈求。

"我不会耽误很久，会早早休息的。"贡噶坚赞含着笑这样应承。

随行的陪同人员，回到了各自的房子里。

衮邦确塞半夜里被尿给弄醒过来，他借着木窗间隙里投射进来的月光，轻手轻脚地推门出去。

贡噶坚赞的木窗里依然透着光亮，萨迦寺主此时还在伏案著书。衮邦确塞心里对他充满钦佩，却不敢去提醒说现在已是半夜三更。

衮邦确塞匆匆往一旁的树林里跑去撒尿，然后回到房间里钻进被窝，在同伴发出的鼾声中再次跌入到梦境中。

这次赶来曲米寺的有许多是各地的酋长和富人，他们拿出金子、绿松石、绸缎、酥油、糌粑等作为资费，请求贡噶坚赞给他们灌顶讲经。贡噶坚赞为了利益所有信徒，欣然接受了他们的请求。

两天的灌顶讲经期间，曲米寺里坐满了人，有些甚至骑在墙头上，有些站在寺门外听讲，几千号人把这个地方挤得满满的。贡噶坚赞坐在高高的法座上，用他洪亮的嗓音播撒佛法的甘露，浸润众生的心田，指引人们走上良善的道路。令人惊奇的是，那两天里邻村的牦牛、羊、狗等，全都聚拢到曲米寺外，直到傍晚时它们才姗姗离去。

贡噶坚赞一行离开曲米寺时，只取一点碎金作为灌顶讲经的资费，其他的全部留给曲米寺，作为寺院今后进行佛事活动和修缮的费用。

再次启程往东去的路上，贡噶坚赞一行的队伍壮大了，除了来相送的曲米寺住持和十几名僧人外，还有香迪酋长一家人和随行人员。

曲米寺的僧人陪着贡噶坚赞走了很长的一段路，最后在一个山嘴边相互道别。

队伍再行进时，前方是一片空荡荡的荒原，一些低矮的植被贪婪地吮吸着阳光，上面分别挂着各种小果。两旁伸展过去的山都光秃秃的，透出难耐的孤独和落寞来。

他们一行人慢悠悠地穿行其间，牲畜脖子上的铃铛咣当咣当地响着。

"尊贵的萨迦寺主，我能向您求教个问题吗？"一同返程的香迪酋长这样问。

"您有任何问题都可以问。"贡噶坚赞从马背上扭过头来，黧黑面庞上的那对眼睛里闪着祥和的光，对跟随在后面的香迪酋长说。

酋长的夫人和女儿骑在马背上，一脸慵懒的神情，她们脖子上的珍珠项链间穿插着九眼石和红珊瑚，在阳光的照射下十分晃眼。

香迪酋长在马背上端直身体，用手捋了一下毛茸茸的胡须，问："听说，以前有个大师对您很不服气，专程跑到萨迦寺去跟您进行辩论，确有此事吗？"

贡噶坚赞回头望了 眼，嘴角挂着一丝会意的笑。

香迪酋长那张不苟言笑的脸上，浮现出好奇的神情，他策马快步跟上，紧挨着贡噶坚赞行进。

"您问的是十多年前的那件事吧！"贡噶坚赞淡淡地说。

衮邦确塞手里握着坐骑的缰绳，好奇地支棱起耳朵听。

"这是千真万确的事！我当时经历了整个过程。"念·卓普疾步走上来，抢先插话道。

贡噶坚赞冲念·卓普白了一眼，他马上闭上嘴，脸上的得意劲一下消失了。

"我在博各地拜了很多不同教派的上师，向他们学习佛法知识和修行方法，回到萨迦寺后一边传法著书，一边扩建寺庙，想为利益众生奉献自己的一份贡献。可是，有些心胸狭窄之人，却不这样理解，认为我是沽名钓誉，也对我的学识持有怀疑态度。"贡噶坚赞取下帽子，用手指头挠头，指头游弋在黑白掺杂的寸发间，脸上现出舒服的表情来。他重新戴上帽子，继续说："卫地有个叫聂秀·降白多吉的上师，他对我心存偏见，执意要跟我辩论佛法。由于这位上师年岁较大，无法亲自前来，就派来了他的九大弟子之首乌尤巴·日贝僧格。乌尤巴·日贝僧格刚到萨迦寺，就急匆匆地来到我的卧房，要跟我进行辩论。我看到他的僧衣上落满一路积攒的灰尘草屑，闻到他身上劳顿的汗臭味，就请他先去洗一下身子。他站在我的面前犹豫了片刻。我发现他有一双清澈明亮的眼睛，里面充满坚毅的力量，还有那凸出的颧骨、挺拔的鼻子都给我留下了深刻的印象。

"'缓个半天一天也无济于事，我俩的辩论你是躲不开的。'乌尤巴·日贝僧格带着挑衅这样对我说。我旁边的侍从对他的这种不敬和傲慢很生气。之前，也有人过来跟我辩论和交流，但他们都是些谦谦君子，行为举止都很得体。眼前的这人却是桀骜不驯，甚至是在故意制造一种敌对的氛围。

"'你这一路走得很辛苦，缓两天后我们辩。'我向他承诺。

"乌尤巴·日贝僧格从鼻孔里喷出一声轻蔑的'哼'来，转身从我的卧房里走出去，从那张门帘后消失了。

"这个乌尤巴·日贝僧格是个很好强的人，他没有住在我们萨迦寺给他安排的房子里，自己牵着一头骡子，在寺院围墙外搭了个简易的棚子住下来。我让寺里的管家给他送去糌粑、酥油、茶叶等，他一概不接受，还拿话讥讽，惹得他们一肚子的怨言。聂秀·降白多吉上师在卫地是个响当当的人物，门下弟子上百人，对大圆满法修习有他自己独到的体悟。很多教派的住持都曾拜他为师，学习大圆满法的修持。当时我想，他的这个弟子肯定也是个佛法知识精深的人，但不知道他要跟我辩论哪方面的内容。

"第一天就这样过去了。晚上侍从告诉我说，乌尤巴·日贝僧格白天到河边去洗身子和僧服，然后在河滩边赤身裸体地烤太阳，日落时才回棚子下开始打坐。第二天，侍从又告诉我说，他把骡子洗了又洗，然后坐在河边打坐静观。日落之前，他跑到寺院里来转悠了一圈，但没进庙堂里，也不跟任何僧人说话。我让侍从带话过去，说明早太阳照在寺院金顶上时，我们在园林里辩论，到时寺院的所有僧人都会去听。

"侍从回来告诉我说，乌尤巴·日贝僧格听到这个消息后，仰着头狂妄地哈哈大笑。

"蹊跷的是，那夜下了入夏以来的第一场雨，它们淅淅沥沥地飘落，雨水从笕槽里滴落下去，落到石板上被溅碎，发出一声声疼痛的叫喊声来。乌尤巴·日贝僧格在棚子底下，叮能感受到的是另一种体验吧。

"寺院金顶上落下晨光时，我从卧室里走出来，在侍从的陪同下走下木阶，经过大殿大门口，再下几层石阶，顺着大殿的墙角向园林里走去。

"园林里坐满了僧人，有老的，也有十几岁的，在人群中我却没有找到乌尤巴·日贝僧格。我坐在辩经台的坐垫上，僧人们的议论声戛然而止。经过一晚上雨水的浸润,脚下的土地散发出泥土的腥味,头顶的树叶上偶尔滴落下水珠来,冰冽透骨,空气清新且带着一丝凉意。

"乌尤巴·日贝僧格牵着那头骡子进入到辩经园里,僧人们一下躁动起来,他们发出了愤怒和不满的声音。他却全然不顾,将那头骡子拴在一棵树上,整理了一下那身旧僧服,径直向我走了过来。两天不见,乌尤巴·日贝僧格变得干干净净,岁数也一下变小了一般。他停在离我五六步远的地方,目光里透着坚定的自信。

"'你来自很远的卫地,是我们的贵客,现在请你出题,我来回答。'我说。

"'传说,你咿呀学语的时候就能说梵语,幼时能书写梵文,长大后精通佛学、医学、建筑、音乐、诗歌等,但我对你一点都不怵,这次我受上师的指派前来跟你辩论,是为了辨明你是徒有虚名,还是确有真才实学。我们就从你们萨迦派的'道果论'开始辩吧。'"

"香迪酋长,你不会想到我们辩了多长时间。"贡噶坚赞沉浸在对过去的回忆中,眼光里透射出喜悦之情。

"我想半天多吧!"香迪酋长犹豫地说出他的猜测来。

贡噶坚赞没有马上接茬,徐徐呼出一口长气,脸上堆起惬意的笑容来。只是嘴边的肉塌陷下去,显出岁月流逝的刻痕。

"我们辩论了三天!"贡噶坚赞的语气里充满了骄傲。他把头歪向一侧,又说:"直到现在我都没有遇到过像他这样旗鼓相当的对手,我们从萨迦派的基、道、果开始辩到人的生死与涅槃,从宇宙万物的形成辩到物质世界的构造和毁灭等。辩论到第二天,乌尤巴·日贝僧格没敢再把骡子牵到辩经园里,而是拴在了外面。到了第三天下午,乌尤巴·日贝僧格突然跪伏在我的面前，向我磕了三个长头，然后当着几百号僧人和俗人的面承认他输了。

"我以为他会立马离开萨迦寺往卫地走，可他没有这样做。乌尤巴·日贝僧格在寺外的那顶简陋的棚子下静坐了一天一夜，然后跑到寺里来祈求皈依于我。他是一个多么了不起的人啊，我对他的学识、人格深感敬佩，顺了他的心愿。乌尤巴·日贝僧格在萨迦寺又拜了许多的成就者为师，成了我最得意的一名弟子。而今，乌尤巴·日贝僧格掌管着萨迦寺的希堆拉章[①]。"

香迪酋长啧啧地赞叹，脸上洋溢着兴奋的神情。

"请您和随行人员到我的府邸去休息几天可以吗？"香迪酋长征询道。

"真是不凑巧，我们要在这个月的十四日赶到桑耶寺，之前在曲米寺里已经被耽搁了几天。"贡噶坚赞委婉地谢绝了香迪酋长。

"那等您返程的时候顺道过来休整几天！"香迪酋长再次发出邀请。

贡噶坚赞只说方便的话再去打扰。

接下来的旅途中，香迪酋长讲述他拥有的土地和百姓、牛羊，以及他跟邻近酋长之间的摩擦等，这些世俗的话题贡噶坚赞饶有兴趣地听着，还提出一些自己的见解。

第二天分手的时候，贡噶坚赞送了香迪酋长一句格言，用乌坚字体这样写道：任命贤人来当官，事事顺利获幸福；宝石镶嵌在幢顶，智者称颂此地祥。

贡噶坚赞一行又走了一天，经过了许多的村舍和庄园，每处都由不同

---

① 拉章，又称拉让，是藏语的音译，意为私邸或喇嘛府邸，既是活佛及其侍从的住所，又是其私有财产的管理机构。

的酋长或富人统治着，听说他们之间也会时常发生一些械斗。

走到一个叫咀的村子时，他们遇到了返程回天竺的两名僧人。

贡噶坚赞跟他们坐在村子边的水渠旁，在汩汩的水流声中，询问这两名僧人天竺那边的情况。两名僧人说，他们来博地之前，外道在天竺北部很盛行，那里的许多佛寺和僧人被迫改变了信仰，坚持信仰的遭到了外道的排挤和打压，佛教徒的生存环境已经极其艰难。为了躲避这些，他们才跑到博的地域来，在这里朝觐神山圣湖，现在想回去看看那边的状况。

贡噶坚赞问："如果你们回去状况依然没有改变，那你们做什么打算？"

两个天竺僧人显出悲伤的样子，摇动着双手说："那只有往天竺的东部走了。博这地方气候寒冷，物产单一，我们很难适应。"

贡噶坚赞吩咐念·卓普拿些碎金子送给他们，作为两人路上的盘缠。这两名天竺僧人合掌表示感谢，他们身背行囊，挂着木棍继续行走。

贡噶坚赞一直目送这两名天竺僧人远去，嘴里轻声为他们祈祷。

贡噶坚赞跟天竺僧人告别后，一直徒步前行。衮邦确塞手握缰绳牵马走在最前面，其他的随从前后围着贡噶坚赞前行。

贡噶坚赞告诉他们，随着外族人对天竺北部的征服和兼并，外道也在那里推广盛行，最终这些人建立起了自己的王朝。在他们的征服过程中，许多佛教寺院遭到破坏，被保留下来的寺院也时常受到外道人员的挑战。后来，佛教寺院把学问最高深的僧人安排去守大门，只要外道人员想进来挑衅，先得跟守门人辩论各自的教理，胜了方能进入到寺院里，输了就不能再来挑战。

贡噶坚赞的随行人员听完心里很悲伤，他们没想到佛祖诞生之地，现在竟沦陷为外道盛行的地方，而佛教徒却遭受排斥和信仰的改变。

他们表情凝重地往前走，心头却像是被一个硬核给顶着，有种说不出来的难受。

"现在离夏鲁娘迈坚贡寺不远了，今晚我们就到那里去借宿。"贡噶坚赞边走边说。

"您不为今天听到的这件事感到伤心吗？"随行中的人这样问贡噶坚赞。

"我们要为月亮的阴晴圆缺悲伤吗？"贡噶坚赞反问道。

他们的心里明白贡噶坚赞这句问话，其实就是答案，便默不作声地向前走去。

他们经过一片开阔的庄稼地，金色的麦穗在习风中微微飘摇，一缕甜丝丝的香气弥散在空气中，间或听到脆亮的鸟叫和溪水潺潺奔流的声音。

贡噶坚赞骑在了马背上，身子随着马蹄的迈动轻微摇晃。随行人中有人念诵经文，这悠缓的声音浸没在这片金黄色里。

衮邦确塞听说寺主贡噶坚赞二十七岁时，夏鲁娘迈坚贡寺由喀且班钦·释迦室利担任堪布，在几百号僧人的见证下，贡噶坚赞剃发为僧接受了比丘戒，被赐名为贡噶坚赞贝桑布，他是萨迦历任寺主里的第一位出家之人。衮邦确塞这次有幸能亲眼见到贡噶坚赞剃度的寺院，心里无比地激动。

贡噶坚赞一行穿过庄稼地，看到远处山坳里柳树掩映中的夏鲁娘迈坚贡寺。虽然看不全寺院的整体轮廓，但心里陡然生出崇敬之情，面向寺院双手合掌祈祷。

一轮夕阳在西边的山头炽烈地燃烧，喷射的火光把远天边的云朵都灼烧了，给这绵长的谷地也镀上了一片金红色来。

他们在这片金红色的光焰里，不断缩短着与夏鲁娘迈坚贡寺的距离。

贡噶坚赞一行在这里受到了热情的接待，第二天上午他们朝拜各庙堂后，又离开夏鲁娘迈坚贡寺向卫地进发。

夏鲁娘迈坚贡寺留给衮邦确塞最深刻的记忆是，庙堂墙壁上的壁画和在那里出家的许多天竺僧人。他们让他想起了之前遇到的那两个天竺游僧，继而又联想起了自己的师父仲子白芸和米酿国，世事就是这般地无常，在聚散中消亡，看透了也就不用喜不用悲了，从亘古起一切就如此。

当他们坐在牛皮船上，横渡雅鲁藏布江，再徒步经过开阔的黄沙地带，向着哈布日山方向挺进。贡噶坚赞一行极度地兴奋，他们即将到达的目的地是有着几百年历史的旧寺院，这里曾是博巴历史上第一个剃度僧人出家的地方，又是以大千世界的结构布局设计建造的寺院。

远远地望见桑耶寺金顶时，贡噶坚赞带领僧众面向寺院磕头，祈祷世间的万物众生平安、幸福！

一队人马从前方的树林里出来，循着被人畜踩踏出的路迎面而来。

这队人马走到贡噶坚赞跟前停下来，打探他们来自哪里时，一名五十多岁的僧人认出了贡噶坚赞。他从马背上跳下来，向贡噶坚赞磕头顶礼，并献上一条细长的羊毛。他说："我就是释迦贡，迎迓不周的地方请您包涵！"

释迦贡让人牵来一匹配有金银镶嵌马鞍的马，恭敬地请贡噶坚赞骑上去。

一行人向着树林后面的寺院走去。

"萨迦班智达，今早哈布日山上祥云织就了吉祥的巴扎结，成群的喜鹊绕大殿上空回旋飞翔，主殿的供水碗里现出莲花的图案，一切显出吉祥的征兆来。我想您今天可能会到，就让他们备马，拾掇房屋，一切就绪才来迎驾的。"释迦贡说。他骑在马上显得体阔胸宽，脑门上盘着的头发黑亮亮，下巴上有稀疏的胡须，模样倒也周正。

"堪布，您太见外了。以前，我在桑耶寺也待过，还参与了文殊菩萨壁画的绘制和各种法器的塑造工作。回想那时候，我拥有一段非常美妙的时光和最难忘的记忆。"阳光的直射下，贡噶坚赞眯着眼睛说。

"您的再次到来，是桑耶寺的福分，在这里您将利益众生！"释迦贡说。他穿了一身的僧装，由于长期风吹日晒颜色有些褪掉，泛出白来，黝黑的手臂上缠绕一串木质的念珠。

他们已经走过了树林，能看到一些土灰色的民房，其间有懒懒晃悠的牦牛，咕咕觅食的家鸡。几只土狗伸着腿，在阳光下暴晒，听到马蹄和脚步声睁眼斜视一下，又把沉重的眼帘闭合。他们走过密集的土坯房屋，前方矗立着桑耶寺的大门。

桑耶寺是个极其殊胜的寺院，乌孜大殿昭示着宇宙世界中心的须弥山，它的四周建有象征四大洲和八小洲的庙殿，以及镇伏恶魔灾异的四座红白蓝黑的巨塔。整个布局构造就是一幅精致的坛城图。衮邦确塞行走在这座寺院里，身上的汗毛都耸立起来，心灵变得澄澈而宁静。

那夜，衮邦确塞梦到了故乡，梦到了亲人，他们依然日出而起日落而息，过着单调之味的日子。屋顶的经幡飘摇着，哗啦啦的声响让他在梦中咧嘴笑。

贡噶坚赞的传法会在第二日上午举行。当贡噶坚赞坐上法座时，听讲的很多人向他跪拜顶礼，桑烟缭绕升腾，祈祷的经文嗡嗡作响。

那天苍穹碧蓝，黄灿灿的金光洒满广场，远处的柳树忍不住风的煽情，每根枝条都春心荡漾起来。

乌孜大殿前宽阔的广场上坐满了人，他们一脸虔诚、敬畏地聆听《外续喜金刚》的宣讲。间或，被贡噶坚赞引用的世间百态例子，逗得哄然大笑。佛法的雨露化作话语，沁润人们的心田，从而滋生出慈悲与同情之心。

传法的最后一天，人群中发出了一阵惊呼声，他们双手合掌，向着贡噶坚赞低头。其他人望过去，只见贡噶坚赞端坐的法座下无端长出两朵白色的荷花来，香气弥散在桑耶寺广场上空。

传法即将结束的时候，桑耶寺的上方飘来一大朵形似帽子的幞状云，洒落下亮晶晶的雨花来。打湿人们的头发和肩头后，幞状云随即消融、化淡，随后乌孜大殿的顶端出现了一条艳丽的彩虹。

听法的僧俗人群再次惊叫起来，他们兴奋地指着上方的彩虹。

贡噶坚赞抬头看一眼，再望着吵嚷的人群，双手抱在胸前，微微张开嘴，露出那排整洁的白牙来。

传法圆满地结束了，僧俗信徒对贡噶坚赞的信仰更加地笃定和虔诚，他们将出现的神奇现象，绘声绘色地相互讲述着。

贡噶坚赞在桑耶寺的那几天时间里，许多慕名者闻讯赶来，有的向他讨教佛法知识和修行方法，有的专程过来请他到寺院讲经说法，也有常年卧病不起的人请他医治。他的几个侍从看着贡噶坚赞每天忙忙碌碌的，甚至晚上也在挑灯与人探讨问题，而他们却什么忙都帮不上，只能心里操心着他的身体。

衮邦确塞想到自己能够服侍这样一位大师，也是自己累世积福得来的回报，看看现在的萨迦寺，除了乌孜宁玛大殿外，在东面新修建了旺尔拉章，西面修建了细脱拉章，还有其他弟子到博各地新建了不少的寺院，萨迦正处在发展壮大的一个好时期。

衮邦确塞看看日头，时间已经接近傍晚，起身拍掉屁股上的灰尘，向着乌孜宁玛大殿走去。

仲曲河两岸农田里的庄稼被收割完，打谷场上响起了劳动的歌声。歌声飘扬十多天之后，仲曲河谷里的人们穿上新装，妇女佩戴头饰、项链，到寺院里来捐献新鲜糌粑和物品。

这时候，各地的人们也陆陆续续赶到仲曲河谷里，他们有的骑马，有的赶骡，有的徒步过来，人们支起一顶顶帐篷，飘升起一股股淡白色的烟子来，呵斥声、交谈声、牲畜的嘶鸣声充斥其间。

不长的集市道路上人头攒动，摊子上摆满了奶制品、糌粑、肉、茶叶、皮革、氆氇、木碗等，人们穿行其间，走走停停，讨价还价。

路边的酒馆里传来醉酒人的喧闹声和低回的歌声，旁边赌酒玩骰子的叫喊声不绝。

集市的路面上滴落着马粪和牛粪，苍蝇在人们的头顶嗡嗡地盘旋。

一个中年男人弹琴，一旁的女人和两个小孩边唱边跳，四周被人围拢着，不时地发出几声喝彩。

集市边上的一块空地上，用木橛子拴着许多的马、骡子、毛驴，卖主与买主围着牲口谈价，旁边的人也参与进来插上几句话。有人用两手撑开骡子的嘴看，有人抱起马的蹄子瞅，有人站在鞍具和马镫子前仔细挑选。一头毛驴莫名其妙地嘶叫起来，引来其他毛驴的一阵叫唤。

一名游僧背着一个布包，竖起两根拇指乞讨。

一群年轻人在十多步远的地方，放置一个白花花的羊头，进行射箭比赛。一支支箭呼呼地发射出去，引来阵阵的叫声。

这种热闹持续了二十多天后，人们慢慢地离开，这里又恢复了昔日的宁静。

衮邦确塞待在房间里，开始感到一股冷气充斥在四周。他只能感叹时光的荏苒，山上的草儿再次枯败，仲曲河的身子又一次变瘦，气温一下被降了下来。冬天，已经近在咫尺了。

木羊年的新年刚过完，山脚的积雪还没有消融，贡噶坚赞却告诉衮邦确塞他们："我已经完成了《大乘道论概要》的写作。"

贡噶坚赞盘腿坐在窗子旁，惬意地享受着这悠闲的时刻，太阳光被吸附在身上。他面前矮桌上的瓷碗里飘扬着一缕热气，木制的墨瓶里还插着一支竹笔，旁边蜷缩着一串紫檀木念珠。一缕带着香气的烟雾，从焚香盒里飞出来，香气满屋子地流窜。

几个随从听见这个消息，各个都很兴奋，希望贡噶坚赞能简明扼要地告诉书里面的主要内容。

"知道吗？"贡噶坚赞突然阴沉着脸问。他们几个都神情有些错愕地看着他。贡噶坚赞转过脸，声音缓慢地说："霍尔人已经打到了博巴人的地界了，嗜杀成性的他们，绝不会停下杀戮的脚步。"

衮邦确塞全身颤栗，肃州城的一幕幕又在他头脑里闪现。

"我们怎样才能抵御他们？"念·卓普俯下身子，凑近贡噶坚赞问。

"无力抵抗！如果我们抵抗的话，博巴人的地域上将会转动搅碎血肉的齿轮，很多人会因此丧命的。"贡噶坚赞说。

"博巴人合力去抗击的话，不就能阻挡他们的入侵吗？"有人这样问。

"博已经四分五裂，割据分治几百年，没有人能把这些力量统一起来的。这是博巴人自己造下的业力，没人能改变得了。"贡噶坚赞叹口长气说。他一侧的脸上出现了几块黑色的斑，眼眶里蓄满了泪水。

侍从们了解博巴人的现状，因而他们看不到一丝的希望，只能选择沉默，想借助祈祷的力量来改变这业力，拒绝战争的杀戮发生在这块土地上。

衮邦确塞是他们当中体会最深切的那一位，米酿国覆灭前他目睹了霍尔人的狰狞与残忍，尸横遍野、家破人亡、断垣残壁，希望这种惨景不要在博巴大地上发生。

贡噶坚赞眼里饱含的忧虑泪水，滴答地坠落在衮邦确塞的心头，那冰那冷那寒气弥散开来，让他痛苦得心裂骨碎。

从那天开始，衮邦确塞每天都要早起晚睡，为世间的所有众生诵经祈福，祈求不要有战争、不要有瘟疫、不要有饥荒。

这一年的冬天漫长极了，即使到了三月份，冷风依然在仲曲河谷里嗖嗖地吹，河面上的冰一直没有消融。

这一天，灰蒙蒙的天空上再次落下雪花，谷地里一片白茫茫的，凄风哀鸣着向四处奔逃。

"今晨我做了一个奇异的梦。"贡噶坚赞面朝外面灰暗的天色说。

侍从们停下手中的活，转头望着贡噶坚赞。他拨动几颗念珠，转过头来继续说："梦里我见到了一棵高大的菩提树，树冠之大以前不曾见过，十多只孔雀就在这棵菩提树下兴奋地开屏起舞，天空中传来轰鸣的雷声。那些孔雀真艳丽啊，仿佛是在为什么重大喜事而雀跃！我想今天可能会有什么事情要发生。"

侍从们望向外面，雪花飘飘洒洒，天空一片灰蒙蒙，他们觉得贡噶坚赞的话有点不着调，可是不敢把这种想法说出来。

"您可能是在盼着春天早点到来吧！"东久停下拖地的活，两手叉在腰间，喘着粗气接茬。被他拖过的阿嘎①地面光亮亮的，一脚踩过去就会滑倒一般。

东久的话音未落，衮邦确塞从窗户里看到，一个骑马人慢腾腾地向寺院大门走来，他和马的身上落满了雪。

那个人从马上跳下来，牵马穿过寺院大门，走过白茫茫的空旷广场，将马儿拴在乌孜宁玛大殿前的下马石上。他用手拍掉身上的雪片，低头往大殿的石阶走来。

来人穿了一件羊皮袍子，脚蹬一双翘尖的牛皮长靴。他走上乌孜大殿的石阶，伸手摘掉戴在头上的毡帽，一头乌黑的长发披散在肩头，径直向木梯口走来。

衮邦确塞想：这样恶劣的天气，那人跑到寺院里来，肯定是有重要的事情。正当这样想着的时候，从楼梯口响起了脚步声，它正向贡噶坚赞的卧房这边靠近。

来人掀开门帘走了进来，嘴里喷着热气。他看到跏趺在床上的贡噶坚赞，赶忙磕了三个长头。

来人起身后，从羊皮衣服的内兜里取出一封折叠的信，递交到贡噶坚赞手里，轻声说："桑察·索南坚赞有儿子了！"

贡噶坚赞手里捏着这封信，目光移到送信人的脸上，问："何时出生的？"

---

① 阿嘎，藏语音译，岩石经过长期风化而形成的黏土，多产于西藏、甘肃、青海等地的山上。

"前天！"来人回答。

贡噶坚赞低下头，打开折叠齐整的信，目光停留在黑色的文字上，双手激动地抖动，眼窝里涌满泪水，它们从他松弛的面庞上滑落下来。

衮邦确塞拿来茶碗，再抱起茶壶准备给来人倒茶。

"衮邦确塞，你择个吉祥的日子，带着东久去一趟鲁孔，为这个新生婴儿和他母亲带去我的祝福。"贡噶坚赞吩咐道。

来送信的人盯了一眼衮邦确塞，又把目光落到贡噶坚赞的身上。

"后天是个吉日，我们那天动身！"衮邦确塞回答。他的心里很清楚，这个出生的婴儿将来就是萨迦寺的寺主，他会继承贡噶坚赞的法座。这对于萨迦寺来说是一个多么重大的事件啊！

贡噶坚赞高兴的是，自己五十多岁的时候，弟弟终于有了一个男孩，这男孩可是他们昆氏家族的根脉，也是萨迦教派香火延续的传人。

"多杰仁钦，你在寺院里待个两天，到时你们一同启程去鲁孔。"贡噶坚赞对来人这样吩咐。

"遵从您的安排！"多杰仁钦低下头应诺。

第五章

来送信的多杰仁钦,是一个深得桑察·索南坚赞宠信的人。

他们仨骑着马,后面的那匹骡子背上驮了一堆的东西。马儿脖子上的一串小铜铃,唑玲唑玲地一路欢叫,给白茫茫、一片死寂的谷地,增添了一份活力。

人还没有走出仲曲河谷,多杰仁钦就不能自禁地絮叨开了,衮邦确塞和东久只有听的份儿。

前方一片空茫,看不到一个活动的东西,阳光照在雪原上反射出刺眼的光来,它让眼睛非常地难受。

不久,东久骑在马背上紧闭双眼,随着马儿的步伐,身体轻轻摇荡。多杰仁钦腰间佩带的长刀和随风飘扬的长发,使他显得英气勃勃。

听完多杰仁钦这两天在萨迦的趣事后,衮邦确塞说:"你还没见过刚出世的那个男孩。"

多杰仁钦的脸上立马扫去先前的那份兴奋劲,瞪大眼睛直视着衮邦确塞。衮邦确塞没有避开他的目光，盯着他的眼睛看。对视片刻后，多杰仁钦突然咧嘴笑，冷风把他的脸颊冻成紫黑色，嘴里冒出的热气须臾吹散。东久在马背上依旧闭着眼，鼻尖红彤彤的，只有嘴唇微微蠕动，看来他一直在念经。

"你这僧人真鬼精！我确实没有见过，信是桑察·索南坚赞让一个仆人骑快马送到我这里，吩咐我到萨迦寺去送信的。"多杰仁钦脸上又现出那种洋洋得意的神情来。

"这次我们真有福，能见到那个小孩了！"衮邦确塞满怀期待地说。

"这小孩日后肯定又是个了不起的人物！"多杰仁钦以见多识广者的口气说。

谷地里的寒风凌厉，多杰仁钦的那头黑发又开始飘摇起来。雪地里能看到一些露头的枯草尖，寒风把它们吹得瑟瑟发抖。

衮邦确塞每年都能见上几次桑察·索南坚赞，但对他没有更多的了解，只知道他在管理着庞大的萨迦产业，而且做得相当不错。在他的印象中，桑察·索南坚赞个头要比贡噶坚赞矮，但他身体敦实，动作敏捷，说话简洁，最令人难忘的是他那嘴唇上蓄着的八字胡，显出他的阳刚之美来。想到这里，衮邦确塞很想听听关于桑察·索南坚赞的一些故事，以便更好地了解这个人。

"你跟随桑察·索南坚赞多少年了？"衮邦确塞问。

"有十三年了吧！"多杰仁钦冲衮邦确塞点点头，两个酒窝深陷了进去。他的样子很可爱，让人不自觉中能对他产生出好感来。

此刻，冷风减弱了，太阳的光照在脊背上有了暖意。路边的有些雪融化后，露出了石块，或枯草、荆棘。

"桑察·索南坚赞可真是个男子汉。他接手萨迦俗世的事务后，每件事都办得漂漂亮亮，要不他怎么能在短短的三十多年时间里，把萨迦的土地规模扩大了好几倍，在各地建立了十多个庄园，还有养马、放牧的很多个好牧场呢。"多杰仁钦以显摆的口气说。

衮邦确塞没有接茬，静静地等待他的叙述。

桑察·索南坚赞同哥哥贡噶坚赞一起，从小师从伯父扎巴坚赞学习佛法，贡噶坚赞十九岁时离开萨迦，到卫藏一带去寻访古刹名师，精进佛学知识。

按照昆氏家族的家规，幼子需要承担繁衍后裔，掌管家产的义务。于是，桑察·索南坚赞从他父亲的手里，接手了昆氏家族俗世的所有事务。他是个精明、勤干的人，借着昆氏家族和萨迦寺的名气，在各地收购了许多的土地和庄园，经营得井然有序。对牧场他也充满兴趣，出资建立了卡索、姜炯、索普、果斋等地的牧场，还在热萨建了一个面积很大的养马场。为了使百姓手中的商品能够更好地流通，增加昆氏家族的税收，桑察·索南坚赞在领地里设立了好几个集市，让人们自由地进行日常生活用品的交易。

他的这些举措为昆氏家族带来了可观的经济收入，桑察·索南坚赞又拿出一部分钱来修建了萨迦寺乌孜殿，建造了诸多佛像、佛塔，修筑了寺院的围墙。而且，他还是一个很虔诚的信徒，供养了许多的佛教上师，让他们安心治学和修行。

人们看到桑察·索南坚赞这般的能耐，对他是赞赏有加。他的精炼、果敢，也使得很多女孩对他充满爱慕。

每当桑察·索南坚赞骑着挂满铜铃的马儿，从庄园里出来时，村镇里背水或走动的姑娘，都会羞答答地别过头去，用眼角喷射情迷意乱的光在他身上，渴望点燃他身上的爱情烈火。她们妩媚的脸上，情欲的火焰刺刺地升腾。马的铃声欢唱着离她们远去时，可怜的姑娘一腔幽怨地拖着步子往自家走去。桑察·索南坚赞知道这些女孩的心思，但那时他的心只属于铎季嚓纳的玛玖贡吉。这女孩身如杨柳，面如皎月，那双可爱的眼睛，犹如一湾湖水，清澈得令人心神荡漾。

第一次见到玛玖贡吉，是在铎季嚓纳的街道上。当他俩擦肩而过时，爱的电光击中了桑察·索南坚赞的胸口，他的目光狠狠地咬住了她。玛玖贡吉避开他箭镞一般射过来的目光，低下头咬住下唇，娇羞地迈着碎步往前走，两根乌黑的辫子在背后起舞。桑察·索南坚赞张着嘴，目光追随玛玖贡吉的背影，直到她从墙角边消失掉，他还痴痴地盯着那个方向。

"你是想要这个姑娘？"随行的人推着他的肩膀问。

桑察·索南坚赞看看旁人，这才回过神来，随口说："我要跟她生生世世！"

随行的人明白了，他已经坠入到爱河里不能自拔。

让他们没有料到的是，他定在那里很久后，忽然拔腿开始往姑娘消失的巷子跑去。

桑察·索南坚赞推开那扇木板门，上面挂着的铃铛叮当叮当地敲响，这声音惊扰了阳台上坐在织布机前的玛玖贡吉，她抬头一脸惊骇地望着他。

院子里的黄牛和鸡警觉地瞪着他，对他的突然闯入表示了它们的惊恐。

桑察·索南坚赞跨过门槛，穿过院子，拾级而上。被他吓着的那些鸡跑向了墙角边，黄牛慢腾腾地踱步退后。

到了阳台上，只见一名中年男子盘腿坐在一张垫子上，手里拿着一张羊皮正在鞣。他面前的银碗里盛满金黄色的青稞酒，一只油光锃亮的扁平陶器酒壶放置在一旁。中年男人抬起头打量这个不速之客，他立马认出来人是谁。中年男人右耳垂上的玉石触碰到阳光，闪出一道光亮来，随即隐灭掉。

"您突然闯入苏康吉家有什么事？"

"我是为这个姑娘而来的。无论她之前谈婚论嫁了没有，我一定要娶她做我的老婆，这件事不容商量。"桑察·索南坚赞说。

中年男人停下手中的活，身子后仰哈哈大笑。他笑完后，手指垫子一旁的空位说："我是玛玖贡吉的父亲，这样的求婚，还是头一遭碰到。"

桑察·索南坚赞走到垫子旁，提起氆氇藏装的下摆盘腿坐下。他的目光又投向织布机前的玛玖贡吉。玛玖贡吉涨红着脸，脑袋垂落下去，躲到那块黑色的氆氇后面。只见那细长、洁白的脖子，让桑察·索南坚赞呼吸急促起来，赶紧把目光收回来。

"您血统这么高贵的人，连个说媒的都雇不到吗？或者是舍不得花这笔钱？"玛玖贡吉的父亲揶揄道，伸手拿起酒杯饮干净。

"我着急得只能自己跑来了。"桑察·索南坚赞如实地回答。

"让媒人过来谈，我和姑娘的舅舅就在这里等着。你看路边的那棵树，自从栽下去后，它再也无法从原地挪走一步。苏康吉府邸也一样，我们在这里已经生活了好几代人，怎么可能会从这里搬走。你说用得着这么急吗？我嘉措在这里好歹也算是个有脸面的人，一切都得按照规矩来。"嘉措说。

第五章

"那您不准反悔!"桑察·索南坚赞起身冲下了楼梯,在院子里撞翻了给牛喂食的木盆,再次把那些鸡搅得四处乱窜。阳台上的玛玖贡吉被他的毛躁给逗得笑出了声。

第二天,媒人带上丰厚的礼物到苏康吉府邸向玛玖贡吉求婚。镇子里的人全跑到苏康吉家门口往里窥探,他们既羡慕又嫉妒,在门口像一群讨厌的麻雀聒噪着。

这消息被传出去后,那些满怀希望的年轻姑娘伤心了很长一阵子,心里对玛玖贡吉充满了恨意。

听说,迎亲的马队由六十匹个头相等的枣红马组成,它们一路浩浩荡荡,洒下铜铃般欢畅的笑声。每匹马的辔头、马鞍都被装饰一新,色彩艳丽,马背上的迎亲人员一身盛装,每人戴一顶大檐帽,帽子边沿的红穗子有节奏地摇荡。这样庞大的迎亲队伍人们从未见过,他们站在路边羡慕地望着马队驶过去。几个小孩欢笑着跟在马队后面跑,个个满脸涨红,有些还流出长长的鼻涕来。

很多年以后,人们谈论这次迎亲时,都要摇着头嘴里发出由衷的赞叹声。苏康吉的嘉措和他的弟弟杰瓦贝更是觉得脸上有光彩,很多场合他们都要谈起这次迎亲的盛况。

哭成泪人的玛玖贡吉,在伴娘的陪伴下走出院门,被人扶上了马背。等她坐稳,有人牵着马离开苏康吉府邸。生活了十几年的房屋离她渐远,铎李嚓纳熟悉的街巷也从身边一点一点地逝去时,她再次伤心地呜呜哭了起来。

马儿脖子上的铜铃却欢快地喧嚣着,淹没了玛玖贡吉的哭泣声。忽然,有人亮起嗓子,在马背上唱起了欢乐的歌:

吉祥啊，幸福的河水从东来，
年轻的小伙多舒服！
幸福啊，幸福！

吉祥啊，核桃宝树枝叶繁茂，
年轻的姑娘多舒服！
幸福啊，幸福！

酒坛子向右转一个圈，舒服啊，
妈妈是多么地高兴！
酒坛子向左转一个圈，舒服啊，
妈妈是多么地开心！

太阳转遍四洲回来了，
少男少女在快乐地跳舞！
幸福啊，幸福！
……

在一路的歌声和酒杯的换盏中，迎亲的队伍把玛玖贡吉迎请到了鲁孔庄园里，成为桑察·索南坚赞的夫人。

他们恩爱地生活了几年，玛玖贡吉却一直没有生育，这让桑察·索南坚赞心里暗暗犯愁，他想着这么大的家业必须要有人继承，如果连个子嗣都没有，那可愧对了昆氏的先祖。桑察·索南坚赞犹豫许久后，向玛玖贡吉说出了自己的苦恼。玛玖贡吉听后心里也觉得歉疚，一番长时间的内心挣扎后，她对愁闷的桑察·索南坚赞提出了再娶一个的建议。桑察·索南坚赞听完一声不吭，低下头摸着唇上的胡须。玛玖贡吉不愿让他这般难受，说到时她可以搬到别处去。桑察·索南坚赞一把将她揽入怀抱里，说鲁孔庄园就是你我的家，我要你这一生都跟我待在一起。玛玖贡吉落下了泪，潮湿的脸贴在桑察·索南坚赞的胸口上小声啜泣。

几年后，桑察·索南坚赞娶了玛玖觉卓，她给他生了一个叫朵岱的女儿。之后，他又娶了拉久次玛和觉莫霍姜，她们都给他生了女儿。快到五十岁时，桑察·索南坚赞纳了拉久次玛的侍女多吉丹。但她们都没能为他生育出一个儿子来，为此桑察·索南坚赞内心极其苦闷。为了昆氏家族的香火延续，为了萨迦教派的法座有传承人，他开始日夜向毗那夜迦神祈祷，祈求神护佑昆氏家族。毗那夜迦神终于被他的诚心感动，在他五十二岁之时，让玛玖贡吉怀上了这个男孩。

听完多杰仁钦的讲述，东久终于开口说："你们这样喋喋不休时，我肚子里的寄生虫们却饿慌了，请你们仁慈一点吧，让它们也吃点东西。"

听到东久的埋怨，他俩这才抬起头看看日头，正好已是午时。

多杰仁钦从马背上跳下来，找了一块雪融化后裸露出的地方，准备在那里生火熬茶。他俩帮着从牛皮袋里拿出干牛粪，找来三块石头搭了个简易灶。

多杰仁钦从羊皮袍子的腰带上取下小牛皮袋，解开扎口的绳子，用两根指头夹出一点绒丝来，放在三块石头中间，再用火镰和石头擦出火星，点燃那干绒丝，把火引到牛粪上去。

一缕细烟从牛粪边上慢慢地飘摇，多杰仁钦不住地鼓着腮帮子吹气，烟子越来越多了。

他们往铜壶里塞满雪，把它搁置在三块石灶上。

不久，铜壶里的雪融化烧开，多杰仁钦往铜壶里丢进茶叶和盐巴，一缕茶香飘散了出来。

他们拿出糌粑袋子，在自己带的木碗里开始揉糌粑吃。

"以前，这一带出现过强盗，他们专门打劫过路人。"吃完饭喝茶休息时多杰仁钦说。

"我曾经从米酿国过来，幸运的是一路上都没有撞见过这些强人。"衮邦确塞说。

"桑察·索南坚赞曾经碰到过强盗，有一次是他跟他们打斗，伤了两个，剩下的几个人给跑掉了。另一次是他们知道他的身份后，转身离开大路，往山上走了。"多杰仁钦斜躺在地上说。三块石灶里的牛粪燃烧成软绵的灰色，一些如丝的烟在日光里摇曳。

"我们跟着贡噶坚赞去桑耶寺时，也没有撞见强盗。"东久不以为然地说。

"没有撞见并不等于没有啊。"多杰仁钦故意停顿一下，等待他俩接下来的反应，看到他们的目光都聚在自己身上时，才缓缓地说，"我去年就遇见过打劫路人的强盗。他们中的一个人在路边装作出远门的人，有人经过时他就跟那人搭讪，然后唤来躲在岩石后面的人，一同把那人给制服，然后抢走身上的东西。那次我很走运，那人跟我搭讪时，我一直骑在马背上，等躲藏在石头后面的人冲过来时，我策马向前跑，把扯着缰绳的那个人拖了很长一段路，最后他松了手。追赶的人哪有马跑得快。"

"他们有多少人？"东久好奇地问。

"我只看到了三四个人，后来只顾着逃命去了。"多杰仁钦说。

他们收拾东西又启程了。

这一路上多杰仁钦把他所经历的一切都告诉了他们，使得衮邦确塞和东久对俗世的昆氏家族有了更多的认识，也获知了博地域里各个教派发展自己势力的很多信息。

"看，那座漂亮的房子！"多杰仁钦这样喊的时候，衮邦确塞知道他们已经到了鲁孔庄园了。那是一座三层的楼房，赫然屹立在村镇民房的后面，从其建筑规模就能知道昆氏家族的显赫与实力。

他们骑马穿过民房，巷子里有几个光着屁股的小孩在玩耍，旁边一位瞎眼的老婆婆坐在地上，伸腿晒着太阳。马儿从她身旁经过时，她的脑袋随着蹄声在转动。

衮邦确塞一行穿过了民房，隔着一块开阔地，庄园岿然屹立在前方。两扇高大的木门上了红色的漆，只开启了其中的一扇，望过去能看到里面栽种的一些果树，庄园后面是一片园林，还能听到溪流哗哗流淌的声音。

他们到了门口，从马背上跳下来。院子里跑出几名仆人，接过缰绳把马给牵了进去。

多杰仁钦领着衮邦确塞和东久走入院门，他们踩着鹅卵石铺就的路往前走，两旁草坪上的皁枯黄着，栽种的果树枝干上还挂着几片枯叶。他们径直向那座主楼走去。院子里干活的仆人们，停下手中的活，目送他们从跟前走过去。

在二楼一间幽静的偏房里，他们见到了熟睡中的男婴。衮邦确塞用手指头抓点糌粑，点在裹小孩的绛红色氆氇左右两侧，再仔细端详这男婴。

男婴裹在羊毛被窝里，紧闭双眼，小嘴噘成一团不停地吮吸，额头上汗毛茸茸。看到这样子，衮邦确塞无声地咧嘴笑了。

衮邦确塞和东久不曾料到的是，他们不仅见到了刚出生的男婴和他的母亲，还被桑察·索南坚赞留下来，让他们为这个新生儿念诵了几天的祈祷经文。桑察·索南坚赞夫妇按照贡噶坚赞起的名字，称这男婴为"鲁给（羊年生）"。

临走前的那天下午，桑察·索南坚赞再次来到佛堂里，跟衮邦确塞他们闲聊了起来。他们从这一路的经历谈到萨迦寺，再聊到了霍尔人。桑察·索南坚赞对霍尔人进犯乌思藏持怀疑态度，认为博巴疆域里的雪山峡谷、稀薄的空气、寒冷的气候都是阻止他们的天然屏障。衮邦确塞却坚信霍尔人一定会打到乌思藏来，因为兼并和征服成了他们的一种乐趣和获取财富的重要手段，为此他们会不惜失去生命。他还把从贡噶坚赞那里听到的霍尔人灭掉金国，正在攻打宋国（南宋）的事实给摆了出来。

桑察·索南坚赞愣愣地发了一会儿呆，回过神来吧嗒了一下嘴，唇上的黑胡须里掺进了些许的白须。他说："为了昆氏家族和萨迦教派，我修持毗那夜迦神。有一次，我在禅定静修时，毗那夜迦神来到了我的跟前，用它那粗大的象鼻把我的腰部缠绕，猛地托举了起来。我像一片枯叶被风卷走一般，轻飘飘地往上蹿升，呼呼的风声在耳畔吹动，皮肤感觉冰凉凉的。这种飘浮的感觉停止后，我睁开眼睛看，连绵的雪山在我脚下，云雾从我腿边飘浮走开，太阳在不远处放射着光芒。我的腿开始绵软无力，心脏在胸口剧烈地跳动，我惊恐地瞟了一眼东方，只看到了远处的雪山峰顶，然后害怕地把眼睛给紧紧地闭上。

"'你这个人是个没有福分之人！'毗那夜迦神气呼呼地冲我咆哮。

之后，我又急速地往下坠落，害怕得五官都变了形，尿都要快滴出来了。

"我再次睁开眼睛时，看到自己依然盘腿坐在垫子上，周围熟悉的土墙散发清冽的土腥味。毗那夜迦神摇动着他的大耳朵，那双小眼睛里充满失望。我不知道神象为什么会对我如此地失望，心里惴惴不安，双手合掌置在胸前，祈求毗那夜迦神不要对我失去信心。

"神象转动了一圈，那粗腿落地时发出沉闷的声响。神象把鼻子伸到我的胸前，愤愤地问：'你为什么要闭上眼睛！为了什么？'我知道他确实不高兴了，就如实地回答说：'我怕极了！'

"神象把鼻子缩回去，勾成半圆形，往前走了几步，他的那节短尾巴正中我面前。尾巴左右摇动了几下，我能听到摩擦发出的窸窣声。沉默了片刻后，毗那夜迦神向后退了几步，庞大的身体转过来，面朝我说：'如果你不闭眼的话，你所能看到的地方都会由你来统治的。但你，哎呀呀，偏偏就闭上了眼，所以这些地域就不能由你来治理。看在你苦苦修持我的分上，你目光所及的雪域大地，我会让你的儿子去治理的。'神象合上他的眼睛，脑袋垂下去发呆。

"我听到毗那夜迦神说要给我赐个儿子时，激动得心脏怦怦跳动，真想从佛堂里跑出去，把这个好消息告诉玛玖贡吉。'这样吧，我让贡唐的大成就者萨顿日巴，投胎到你妻子的肚子里，让他来治理你所看到的这片地域和上面生存的众生。'我急忙向毗那夜迦神叩拜。等我抬起头时，神象已经遁形不见了。"

衮邦确塞听完就深信这男孩不是凡夫俗胎。

"他真是萨顿日巴的转世吗？"东久充满好奇地问。

"那次奇异的经历之后，我马上派人去贡唐打探，听说那里的人都沉浸在悲痛中，说不久前他们敬重的精神导师萨顿日巴弃下他们，去别的时空利益众生了。得到这个消息，我就坚信毗那夜迦神对我说的是真话。后来，玛玖贡吉怀上了小孩，我就更加相信神象说的话了。"桑察·索南坚赞说。

"那他今后会统治整个博巴，这太神奇了！"东久脸颊红扑扑地说。

"这怎么可能？他将来只会成为一名僧人，统治这些疆域就得靠武力和刀剑，要靠杀戮才能实现，就像你说的那些霍尔人一样。可是，一名出世的僧人怎会去干这种造孽的事？"桑察·索南坚赞有些困惑地说。

"确实是这个理。"衮邦确塞附和道。

桑察·索南坚赞没有再吭声，他的目光打量着窗外，院子里响起了仆人的交谈声。

"我听派遣到贡唐的仆人说，仲子酋长家生了一个很灵异的小孩，在他出生时山石滚落，自然形成了一座巨塔。山上的动物都跑到谷地里，围着他们家起舞，溪水变成了五色的彩带，香气飘满整个谷地。当这小孩长到一岁时，额头上出现了奇异的藏文字母'阿'，两岁时一名得道的成就者，专门过来鉴赏这小孩身形容貌，三岁时噶当派的罗追西热堪布慕名而来，见过那个小孩之后他就圆寂在了圭塘。"

"罗追西热堪布已经圆寂了？"衮邦确塞急忙打断桑察·索南坚赞的话问。

"他圆寂已经有三年多了。你认识罗追西热堪布？"桑察·索南坚赞瞪大眼睛问。

"从米酿来萨迦的途中我们相识的，他是一位谦和、真诚的老者。"衮邦确塞说着，脑袋里回忆起这位令人敬重的老人，真是应验了罗追西热曾说的，他们的那次离别就是最后的诀别。想到这里衮邦确塞的眼眶潮湿，胸口胀痛起来。

桑察·索南坚赞把唇上的胡须用手指捋一捋，瞧一眼衮邦确塞和东久的脸，说："罗追西热堪布对《中观秘诀》极其精通，是一位了不得的人物。"

他们还在继续交谈时，一名仆人进来告诉桑察·索南坚赞，他的妹妹娑巴仁姆已经到了庭院里，谈话就此结束了。

翌日，衮邦确塞和东久骑着马回萨迦寺。

两天的行程非常地顺利，他们将从鲁孔庄园带来的书信交给了贡噶坚赞。贡噶坚赞阅读完信，从床铺上下来，光着脚丫子在卧房里来回踱步，满脸的喜悦。

"鲁给长得什么样？"贡噶坚赞停在东久面前问。

"长得像他妈妈。"东久咧着嘴说，后来又觉得不尽兴似的继续道，"婴孩脸白白的，眼睛不是很大。听说是贡唐大成就者萨顿日巴的转世。"

贡噶坚赞听完呵呵地笑出了声，还伸手摸了摸东久的脑袋。东久的脸瞬间涨红了，从嘴里吐出舌头来，微微垂下脑袋。衮邦确塞和其他服侍人员站在一旁开心地笑出声来。

贡噶坚赞又爬上床铺，盘腿坐到上面，用手势招几个服侍人员到跟前来，叮嘱不要把男婴的消息给传出去。

衮邦确塞他们保证不吐一个字出去。

仲曲河谷里出现了绿意，萨迦寺院的各项佛事活动又日渐多了起来。这期间，衮邦确塞与十多名僧人一道跟贡噶坚赞学习声明学[①]，到了年末，

---

① 声明学，古印度梵文语言学的理论。要精通藏传佛教典籍，需掌握梵文佛教原典的拼读。

他对梵语的结构、组合、变化规律有了较好的掌握。

这一年里，僧人们最津津乐道的是，从朵麦来的那个叫杂穆圭的僧人。

他跟贡噶坚赞辩论法称的《释量论》[①]中的现量和比量的问题，经过一天的辩驳之后，杂穆圭被驳得哑口无言。在几百号僧人的注视下，杂穆圭脸色惨白，弓下身子，对贡噶坚赞说："再给我三年的时间，到时我一定会辩胜您的。"贡噶坚赞从辩经台上走下来，握住他的双手说："你没有三年的时间，顶多能活个两年。"杂穆圭扑通一声跪在地，额头触碰到贡噶坚赞的鞋尖上，说："您料事如神啊！"贡噶坚赞俯下身子，抓住他的肩头让其起身，缓缓地说："你又说错了！是你的面色、眼神、步态，告诉了我你身体的状况，这些症状医学书籍里都有记载的。""那么说，这是我们最后一次辩论？"杂穆圭满腔失望地问。贡噶坚赞用手指头来回挠头，嘴紧紧地抿着。过了一会儿，他才开口说："你只要听我的话，去专修长寿仪轨，或许你还能多活十几年，后面我们还能再进行更多的辩论！"

就这样杂穆圭听从贡噶坚赞的建议，人留在萨迦，到奔波山顶的修行洞里闭关去了。

那天，萨迦寺里的人看到他挂着一根木棍，身背一点糌粑，沿着细瘦的山道往上爬。他进山洞前告诉贡噶坚赞，之前自己害过一场大病，救治的医生告诉他时日不多了。为了印证自己多年的苦学有所收获，他才跋涉千里到萨迦来的。但跟贡噶坚赞辩论后，方知自己才疏学浅，于是对贡噶坚赞产生了信仰，愿意听从他的建议到山顶去闭关。临走时，杂穆圭还得到了贡噶坚赞的加持和秘诀的传授。

[①]《释量论》，古印度因明学的重要著作。由古印度佛学家法称所著，亦称《量释论》《量评释》。

烈烈日头的照耀下,杂穆圭钻进了闭关的山洞里。几名僧人用石块,把洞口给封住。

又一片充满希望的绿地,徐徐地踏临到仲曲河谷地里,一切显出蓬勃生机来时,桑察·索南坚赞和玛玖贡吉带着鲁给来到了仲曲河谷,他们第一个参拜的是贡噶坚赞。

在卧房里,贡噶坚赞欢喜地将鲁给抱在怀里,脸颊紧紧相贴,嘴里不住地叫唤着:"鲁给——鲁给——"他还用手指头蘸着茶杯里的茶,点在鲁给的嘴唇上,引得旁边的侍僧对这对叔侄羡慕不已。

不久,鲁给哇哇的啼哭声响起,他才得以离开贡噶坚赞,回到了玛玖贡吉的怀抱里。

贡噶坚赞望着啼哭的鲁给,脸上却是灿烂的笑,这种刺耳的哭声反而让他很享受,他眯着眼睛倾听。

鲁给的哭声止住后,桑察·索南坚赞同贡噶坚赞商量他的教育问题,夫妇俩答应等鲁给到两周岁时,将他送到寺院里来接受教育,到时请贡噶坚赞多担待。

商谈完,桑察·索南坚赞一家离开了贡噶坚赞的卧房。他们走到大殿的石阶前,看到僧人们全跑到院子里来,恭敬地等待他们一家人。

桑察·索南坚赞一家走下台阶,穿过宽阔的广场,往大门口走去。僧人们双手合十目送他们。

仲曲河谷里的庄稼刚收割完,多杰仁钦同几个牧人赶着二十多头牦牛来到了萨迦,牛背上驮着各种乳制品。把这些乳制品存放进寺院库房里,多杰仁钦就跑到贡噶坚赞的卧房。他把一纸清单交给贡噶坚赞,请他核对一遍。贡噶坚赞仔细核对完,向多杰仁钦打听鲁给的情况。

多杰仁钦告诉他们说，鲁给现在已经长大了，经常黏着他母亲给他讲故事。前不久，有两名僧人忽然跑到了鲁孔庄园。当时奶妈带着鲁给正跟其他几个小孩在庭院里玩耍，看到这两名僧人从大门里走进来，他怔怔地望了一会儿，而后起身向他们走过去。凑近后，鲁给激动地喊："桑杰群佩！达龙扎巴！"这两名僧人被这声叫唤给惊住，腿僵在那里，一步都迈不动。他们望着眼前这个穿着白色氆氇、皮肤娇嫩、身子略高于他们膝盖的鲁给，脸上是惊骇与喜悦。其中的一名僧人流着泪，不停地重复："怎么可能？这怎么可能啊？"

"你们怎么跑到我家里来了？我在这里也很想你们！"鲁给说完一把抱住了其中一名僧人的大腿。

"真是我们的救主萨顿日巴的转世！"落泪的那名僧人说着，跪在鲁给的脚前。

后来听这两名僧人说，关于毗那夜迦神让萨顿日巴投胎到桑察·索南坚赞家的事，被人传到了贡唐，萨顿日巴的这两名弟子为了探查其真实性，专程跑到鲁孔庄园里来探个究竟。令他们不曾想到的是，鲁给一眼就给认了出来，还把他们的名字给喊了出来。

桑察·索南坚赞请两名僧人留下来，陪伴鲁给一些时日。这两名僧人也是非常地乐意，他们在鲁孔庄园里待了十多天，这期间他们教了鲁给一些经文，每次只需教个一两遍，鲁给就能背得滚瓜烂熟，这让两名僧人啧啧称叹。要回贡唐时，桑察·索南坚赞给这两名僧人布施了很多食物和氆氇等物品。

贡噶坚赞卧房里的人听完多杰仁钦的讲述，心里陡然对这个小孩升起了敬仰之情。

"今生不能成为大学者,明早死去也要学知识;知识积聚来世可兑现,犹如财富寄存又取回。"贡噶坚赞目光盯着多杰仁钦念诵起了这段格言。

多杰仁钦连连称是,鲁给的聪慧在鲁孔一带没人不知道。他还给他们讲了鲁给的其他一些趣事,引得贡噶坚赞摇着发白的脑袋不住地笑。

这天下午,多杰仁钦领着几个人,赶着牦牛离开了萨迦寺。

贡噶坚赞光着脚丫子,站在床铺上,隔着窗户目送多杰仁钦他们渐行渐远。许久,贡噶坚赞才回过头来,问服侍他的人:"离鲁给到来还有五个多月吧?你们现在开始着手给他准备寝室,小小年纪就要离开父母了,把他安排在离我最近的房间里……"

服侍贡噶坚赞的僧人都知道他对这个侄子爱得极深,他今后不仅要施与鲁给叔叔的爱,更要倾注父爱和母爱,让这个幼童在寺院里健康地成长。

腾出房屋,请木匠制造床铺和柜子、桌子,再请画师绘制装饰图案,忙碌中,五个月的时间就流逝掉了。

开春之际还有些寒气料峭,这时鲁给被桑察·索南坚赞和玛玖贡吉送到了萨迦寺院里。为了不使鲁给突然感到失去母爱,玛玖贡吉在仲曲河谷的庄园里住了下来。最初,每天下午东久背着鲁给,到庄园里去看玛玖贡吉,傍晚又背回寺院里来。两个月后,鲁给去庄园的次数逐渐减少。半年后,玛玖贡吉离开仲曲河谷回了鲁孔庄园,那时鲁给也适应了寺院的生活。

贡噶坚赞每天上午给鲁给教授经文和字母拼读,令他吃惊的是,只要教授一遍鲁给便能全部记住。鲁给三岁时,能当着众僧的面口诵《莲花修法》①，他那样子既可爱，又让人们羡慕不已，众僧赞叹他为帕巴。

贡嘎坚赞看到鲁给如此聪慧，给他取名为罗卓坚赞。听到这个新的名字时，罗卓坚赞用右手背擦着鼻子，将指头上的墨迹，在粉嘟嘟的脸颊上画出一道线来。看到这一场景，贡嘎坚赞双手捧住罗卓坚赞的脸，低下身子将额头抵在他的头上，表现得特别欢喜。

罗卓坚赞的到来，打破了以往肃穆、庄严的气氛，二楼的楼道上经常能听到嬉笑哭闹的声音。贡嘎坚赞也时常放下手里的竹笔，蹬着一双旧鞋跑出卧房，看罗卓坚赞和东久他们追逐打闹，用怜爱的眼神追寻罗卓坚赞的身影。间或，板着个脸，言不由衷地责骂几句东久。每晚贡嘎坚赞都会坐在罗卓坚赞的床边，等着他进入到梦乡里。罗卓坚赞发出轻微的鼾声时，贡嘎坚赞才慢腾腾地站起来，伸手摸一下他乌黑的脑袋，再把被子往上提。临走时，贡嘎坚赞都要叮嘱东久放好尿盆，半夜看被子脱落了没有。在油灯的光照下，贡嘎坚赞拖着变了形的影子，走出罗卓坚赞的卧房，偶尔留下几声干涩的咳嗽声。

有一天，罗卓坚赞和东久跑到集市上去，他们在那里碰到了杂穆圭，三人走进一家店里落座。

杂穆圭叫那个白净的女老板打一壶酽茶，再叫了三张荞麦饼。他们喝着茶，杂穆圭谈论禅定时的趣事。

"……我按照贡嘎坚赞的教授，嘴里含着一块指甲片大小的白石子观想长寿佛。过了一周什么现象都没有出现，这期间我一滴水一口糌粑都没有吃过。我想，问题可能出在自己的修行方式上，重新两腿盘坐，心里一遍遍地默念长寿佛的咒语'嗡阿嘛惹呢祖温底也娑哈'，不知诵读了多少

---

① 《莲花修法》，指藏传佛教奠基者莲花生创立的海生修法。相传海生金刚为莲花生的八种化身之一。

遍,终于我的天灵盖上出现了奇异的光晕,长寿佛次巴梅乘着光线,端坐在我的胸口,整个山洞里一片光亮。我感觉自己的身体变得通透,轻如一粒浮尘……"

这时坐在角落里的一个人凑了过来,他用拗口的藏语打断了杂穆圭的叙述:"班智达贡噶坚赞认识不?"

杂穆圭扭过脸去狠狠地瞪了他一眼,脸上现出不耐烦来,说:"就在寺院里。"

"战书交给他一下。"这人说这话时,两手在胸前摇动着。

"战书?"杂穆圭警觉地重复了这一句,再次仔细打量面前的这个人。他的鼻子高挺、眼窝深陷、皮肤黝黑,身上穿了一件白色的长褂,下身是条黑色的裤子,牛皮靴子有些破烂,这身装扮肯定是徘布[①]人。

"大师下的战书!"他又用别扭的藏语再次补充,手开始往长褂里伸,摸索出一封折成方块的信来,上面用绳子打了个极好看的结。

"大师个屁,萨迦班智达贡噶坚赞才是大师!"杂穆圭撕一块荞麦饼塞进嘴里,对站在面前的这个徘布人满脸不屑地说。

徘布人有些局促不安,目光转到了罗卓坚赞和东久的脸上,像是在求助似的。

"我们带他去寺院吧。"罗卓坚赞双手搭在木桌上说,那双眼睛水灵灵地望着杂穆圭。

杂穆圭和东久相互看看,最后目光又落在罗卓坚赞的脸上。

他们三人带着这个徘布人去见贡噶坚赞,一路上杂穆圭抱怨这可恶的徘布人打断了他们的谈话。

[①] 徘布,藏语里对尼泊尔的称呼。

黄昏之时，这件事传遍了萨迦寺院和仲曲河谷地，人们知道天竺外道大师绰其嘎娃等人，给贡噶坚赞下了战书，要以信仰和寺院作为赌注，跟贡噶坚赞进行辩论，时间定在六月的满月之时，地点选在芒域吉宗帕巴哇底寺[①]。僧俗都很担心贡噶坚赞辩不过这些个外道大师，如果辩论输了，那萨迦寺院就得改信外道，这让他们无法接受。很多老僧跑到贡噶坚赞的卧房，请他拒绝接受这封战书。

"你们的心情我能理解，如果我不接受他们的挑战，那他们就会贬损、诋毁释迦牟尼佛创立的教派；如果接受挑战，并用教理、教义战胜他们，那就是对佛法的一次光大和弘扬，让更多人知道我们教义的正确和伟大……"贡噶坚赞给劝说者这样解释着。

来劝说的僧人知道是这样一个理，但万一辩输了那后果可不堪设想啊，有人甚至在心里做好辩论结果出来时，就离开萨迦寺的准备。

第二天，那个送信的徘布人骑着一匹马，晃悠悠地离开仲曲河谷地时，一些妇女站在路口，取下腰间的围裙使劲地抖动，以此表达她们对外道的厌恶之心，希望这些外道者永远不要踏进仲曲河谷地里来。男人们愤怒地盯着他，往他背后啐一口痰，表示内心的愤慨。那徘布人在大伙的敌视中，有些落寞和茫然地走远了。

贡噶坚赞的几个弟子，陆续跑到他的卧房里来，请求跟他一道前往芒域去辩论。

贡噶坚赞盘腿坐在床上，认真听取他们的想法。之后，他掏出一块黄色的丝绸，擦掉眼睛里滴落下来的泪水，缓缓地说："你们都是很有学问

[①] 帕巴哇底寺，即帕巴寺，今在西藏吉隆县境内，此寺内放有一尊用尼泊尔南境产的旃檀树造的哇底观音菩萨像。

的人，对佛法也研习了几十年，难道佛法在你们的眼里就这么地脆弱不堪吗？"贡噶坚赞停顿一下，从桌上拿起一摞黄布包裹的经文，放在自己的脑门上，继续说："佛法宏大，蕴含了宇宙的真谛，你们可不要对它失去信心，不要对佛祖失去信心，更不要对我失去信心。"

乌尤巴·日贝僧格呵呵地笑了，贡噶坚赞转动花白的脑袋，目光落在他的身上。

乌尤巴·日贝僧格停住笑，说："您是博巴历史上的第一位班智达，我们对您怎么会没有信心呢，我们也不惧外道者的教理，唯一担心的是您的身体。您都已经五十多岁了，还要跟这些傲慢的外道者辩论，我们担心您的身体撑不住啊！"

众弟子纷纷点头，说担心的正是这件事情，卧房里一下人声嘈杂起来。

贡噶坚赞把经文从脑门上拿下来，放回到桌子上，满脸堆上笑容时，额头和眼角边的皱纹都游动了起来，留下一道道深深的沟壑。他说："我带着罗卓坚赞和几名随从过去，要是你们都跟着去了，绰其嘎娃等人反而认为我心虚。就这样决定了，希望你们不要对我失去信心！"

乌尤巴·日贝僧格他们不好再说什么，把话题转到别的上面去，在卧房里继续闲聊了一阵子。

去芒域的那天，贡噶坚赞里面穿了一件暗红色的衬衣，外面裹着金黄色的丝绸袈裟，再套了一件坎肩，头戴有飘带的萨迦红帽，脚蹬翘尖的牛皮长筒靴。

他走下大殿的石阶，在衮邦确塞他们的搀扶下爬上了马背。罗卓坚赞骑在一匹白色的马上，显得极其兴奋，手里的那截短棍不住地敲打马的胯部，东久要不时地伸手制止他。

贡噶坚赞一行十多人离开萨迦寺，走向仲曲河谷地，路旁的居民爬到屋顶上，煨起了一堆堆的桑，乳白色的烟夹着草的香味在半空中飘散。马蹄的嘚嘚声离谷地渐渐远去，穿着绛红色僧衣的人，最后从人们的眼睛中消失掉。

十多天的行走后，贡噶坚赞一行到达了芒域，在这里得到了贡唐王的热烈欢迎。

贡噶坚赞一行同贡唐王一道下到深沟里，前往吉宗帕巴哇底寺。他们越往低处走，植被就越加地繁密，空气里的湿度也在加重，各种鸟叫声从密林中频频传出来。

"以前，吐蕃赞普松赞干布迎娶赤尊公主时，徘布人把公主送到吉宗边界就折返回去了，由吐蕃的迎亲队伍顺着这条道，把赤尊公主迎到了拉萨……"贡唐王骑在马背上，眼睛盯着前方的道路，跟贡噶坚赞这样介绍。

"但愿这次辩论时有更多的徘布人到场，让他们也知道世间真正的宗教是什么！"贡噶坚赞答非所问地说。

贡唐王笑了，那张黝黑的胖脸变得更加圆润了。他从怀兜里拿出一个手掌大的象牙鼻烟壶，上面用金丝镂刻，还镶嵌着红珊瑚。贡唐王往拇指上倒点鼻烟粉，呲地吸入鼻孔里，极其满足地从嘴里吐出一缕烟雾来。他问："萨迦班智达，这次辩论您有多大的胜算？"

"外道的理论，刨根问底的话，还是有不少的漏洞和不缜密处，只要揪住这些加以批驳，胜算还是在我这边的。"贡噶坚赞红帽上的飘带被风吹到了肩头上。由于年岁已高，他的嘴唇边有些塌陷下去。

"我们都希望您能辩赢这些外道者!"贡唐王说。

"佛法无边,我只需给他们释义、阐述。"贡噶坚赞一脸的轻松。

他们离开贡唐王宫走了两天的路程才走到吉宗。

靠近帕巴哇底寺时,天空飘下晶亮的雨珠,道路两边的植被愈加地翠绿,脚下的草株上挂着一颗颗晶亮的水珠。雨中的帕巴哇底寺金顶更加晶亮,从里面传来了众僧念诵经文的声音。

贡唐王的护卫和仆人从牛背上卸下帐篷,在帕巴哇底寺背后的空地上搭建。

寺院的住持跑出来,拜谒贡噶坚赞和贡唐王,迎请他们到寺院里去休憩片刻。

"你见了我,都不给我行礼。"罗卓坚赞走到住持跟前说。

住持低下头,怔怔地望着眼前的这个小僧人,脸上充满疑惑。

"我给你传授过《集密文殊金刚》[①]。"罗卓坚赞不悦地这样提醒道。

"您是人们常说的那位萨顿日巴的转世?!"住持说完微张着嘴,愣愣地望着罗卓坚赞。

"他就是萨顿日巴的转世,我的侄儿罗卓坚赞。"贡噶坚赞给住持解释。

"之前我听他们说过,没有想到现在我们又相见了!"住持赶忙双膝跪伏在地行礼。

住持行完礼起身,迎请他们到帕巴哇底寺去。

贡唐王婉拒了住持的邀请,贡噶坚赞带着罗卓坚赞、衮邦确塞、东久等人进入寺院里。

[①]《密集文殊金刚》,藏传佛教萨迦派密教法门中的一种经教典籍。

"那些外道者三天前就赶到了这里，现在他们住在寺院南边的一富户家里。"寺院住持跟贡噶坚赞介绍。

"我都快六十岁的人了，还从未见过真正的外道者！"贡噶坚赞充满好奇地说。

"不见最好！那些人跟野人似的，遮羞处挂几片布，脸上身上涂着颜料，比山上的猿猴还差劲。"这些外道者留给住持的印象一点都不好。

贡噶坚赞他们拜完寺院里的佛，在衮邦确塞的引领下向自家的帐篷走去。它离贡唐王的帐篷有段距离，他们走进去，坐下刚喝了几杯茶，就听到外面有人惊叫起来。

听到惊叫声，罗卓坚赞和东久一溜烟地跑出帐篷，里面只剩下贡噶坚赞和另外五名随从。外面的声音越加吵闹，贡噶坚赞放下手里的木碗，对衮邦确塞说："到外面看看出了什么状况？"

衮邦确塞掀开帐篷的帘子，脑袋刚探出去，就看到胯部处缠着布的六个人，裸露着上下身向贡唐王的帐篷走去。人们散开在开阔的草地上，用手指指点点，议论个不断。

衮邦确塞急忙把脑袋缩进帐篷里，对贡噶坚赞说："外道的那六个人来了，您出来看看他们。"

贡噶坚赞刚起身，腿脚有些不利索，有人赶忙去搀扶他走向了帐篷门口。

那些人脸上涂着白、黄、红色的颜料，头发绾在脑门顶上，各个身体瘦高，在一名侍卫的引领下进入贡唐王的帐篷里。

贡噶坚赞惊奇地啧啧几声，心想他的对手们的确跟野人很像！围观的人们散去了，贡噶坚赞折身进入到帐篷里。

帕巴哇底寺为这次辩论，搭建了辩论双方的座位。寺院大门前是贡唐王的宝座，离他十步远的左右两边是辩论双方的座位。

各地闻讯赶来的人把吉宗沟挤得满满的，各种帐篷错落有致地搭建在平地和缓坡上，马、驴、骡子等拴在各家的帐篷边，显得热热闹闹。

满月的那一天上午，佛教与外道的辩论正式开始。

贡噶坚赞手牵罗卓坚赞向座位走去，他弯下身子抱住罗卓坚赞，放在高高的垫子上，再把帽子、袈裟整理好，这才端端正正地跏趺在垫子上。他俩与对面的外道者相比，显得势单力孤。

绰其嘎娃脖子上挂着一串骨头饰物，脸上涂有三色颜料，银白色的头发披散在肩头，一根青绿色的竹棍搁在腿前。其他那些外道者，有的脸上只涂一种颜色，有的头发盘在头顶，有的全身涂着白色，他们的表情里对贡噶坚赞充满不屑，眼神里甚至透出轻蔑来。

贡唐王端坐在宝座上，面前的桌子上摆着高脚的茶具和油炸果子、水果、奶制品等，后面支起了一个方形的红色伞盖。

贡唐王轻轻咳了一声，然后说："今天，从天竺来的绰其嘎娃等六人，要同佛教代表萨迦贡噶坚赞辩论教义，直至一方认输为止。如果哪方输了，就得改变信仰，拜赢方为师父。我是这次辩论的见证者和仲裁者，现在你们开始辩论吧。"

围观的人群在四周黑压压地坐着，其中有博巴人、徘布人、天竺人。他们屏住呼吸，等待谁先发声。

绰其嘎娃用低沉的声音问："大自在天是唯一的救度主，因而我们不会去皈依什么佛法僧，更不会去拜释迦牟尼，在婆罗教里我们是最正统的。释迦牟尼也是很崇信大自在天的。"

贡噶坚赞听到这话，咧嘴笑了。他把念珠缠绕在手臂上，问："佛祖崇信大自在天的说法要是成立的话，那么大自在天身上没有任何的贪嗔痴愚，像佛祖一样断除一切了？"

"断除一切就能成佛？"另一名蓄着一脸络腮胡的外道者加入进来。

"断除一切即佛，也就四大皆空。"贡噶坚赞回答。

"……"

贡噶坚赞和外道者根据各自的教理，寻找着辩驳的论据。辩论也由粗浅逐渐进入到更加高深的理论，宇宙、生死、无我等，辩论的人都从座位上站立起来，走到对方跟前，近在咫尺地争辩。

第一天辩论下来，双方表现得旗鼓相当。围观的人群看到他们对答如流，畅快无比，都为双方的学问和见地暗暗赞叹。

第二天，外道者看到贡噶坚赞领着罗卓坚赞走进辩论场时，再不敢用那种怠慢的眼神看他，等到贡噶坚赞落座后，他们才依次坐在了辩论席上。

第三天下午，贡噶坚赞同外道者进行激辩时，有股刺骨的寒风从对面卷涌过来，击打到胸前的袈裟上，欲要让体内的五脏都冻结成冰，罗卓坚赞嘴唇开始发紫。贡噶坚赞心识收进体内，调整身体的气脉，右手掌撑开贴在罗卓坚赞的背部。一股热气像烟煴一般，在罗卓坚赞的体内飘摇，全身都变得燥热起来。贡噶坚赞微闭双眼，右手做触地印，让这股热气从身体的各个毛孔中升腾出来，抵挡外道者袭来的寒气。两股冷热气流交汇、撞击，那名络腮胡的外道者在垫子上有些晃动。

绰其嘎娃他们看到这一状况，联手用意念卷来巨大的洪水浪涛，劈头向这边砸了过来。贡噶坚赞听到水的分子摩擦引来的怒号，里面有九头龙张着血腥的嘴,喷来的坚硬水珠在浇灭他身体里发出的热能。贡噶坚赞运用气息,将火的因子沉潜到体内,唤醒身体里的冷气,让它在丹田百转千回,然后从天灵盖上出窍,撞向从空际倾泻的浪涛。顷刻间,那洪水浪涛凝固成冰,静止地悬浮在半空中。

人们望着辩论双方片刻的沉默,感觉周围的气温骤然间有些反复,但他们不知道,这是双方私下进行的法力角逐。

第四天上午,绰其嘎娃他们在辩论过程中又制造了混沌的天地,放出各种鬼怪毒蛇,甚至用雷电劈贡噶坚赞。令他们惊骇的是,一肘高的文殊菩萨落座在贡噶坚赞的右肩上,坐垫周围开满了白净的荷花,这些出淤泥而不染的莲花阻挡各种幻象触碰贡噶坚赞叔侄俩。

世俗凡夫们无法看到这一切,他们看到的只是辩论过程和中间稍许的停顿思考状态。

临近中午时,外道者提出的问题,都被贡噶坚赞驳得哑口无言,最后他们连问题都提不出来了。

贡唐王准备宣布休息,下午再继续辩论时,贡噶坚赞站起来用梵语,向外道者提出了一个问题。

他们面面相觑,一脸的懵懂状。贡噶坚赞见他们这般样子,又用梵语重复了一遍这个问题。

绰其嘎娃脸色骤变,愤怒地说:"不是你赢了我们,而是我们无法战胜站在你右肩上那个拿着智慧宝剑的神。但,这一切凡人们无法看到,他们只看到你辩赢了我们。"

他抓起腿边的竹竿,双脚踏到上面,张开双臂,拎起旁边的外道者从垫子上腾空而起。

围观的人们看到这突如其来的变故,知道外道们辩输了,他们为了不兑现诺言准备逃离这里。人们抬头,用手指着空际,愤怒地斥责。贡唐王也显得手足无措,呆呆地望着他们向更高处飞去。

人们的眼睛盯着天空看时,贡噶坚赞从座位上站起来,趔趄地穿过人群,停在一顶帐篷边,用手拔出支帐的木橛子,再往辩论场中央走去。

正午的太阳光直射下来,绰其嘎娃他们的那一点影子,正好投射在辩论场中央。贡噶坚赞靠近那阴影处,将木橛子扎在了上面。木橛子上有火星喷溅,燃起火来,火舌被风吹得喷薄欲出。

不料,绰其嘎娃和其他那几名外道者,像一张张碎纸片,从天空中悠悠晃晃地飘落下来。

看到这一幕,人们兴奋地尖叫、跳跃,刺耳的呼哨声也响了起来。

绰其嘎娃他们的身影越来越清晰,离地面越来越近了,最终他们落在烧焦的木橛子旁边,绰其嘎娃的头重重地摔在草坪上,披散的头发向上扬起。一缕清淡的烟依然颤颤巍巍地升腾。绰其嘎娃跪在地上羞愧得不肯起身,一头银发蒙住了他的脸。

贡唐王站立起来,两手叉在腰间,兴奋地大声宣布:"外道与佛教的这场辩论,最终以佛教的胜利而结束!现在,辩输的一方要兑现自己的承诺,从这一刻起放弃以往的信仰,要变成佛教徒。"

来观看的人群发出了海啸般的欢呼声。

贡噶坚赞抬起右胳膊,把手伸向坐在垫子上的罗卓坚赞。罗卓坚赞马上起身,向贡噶坚赞跑去,他俩的手紧紧握在了一起。眼前两个高矮不一的绛红色,成了人们心目中的英雄。

第六章

在一片辽阔的草原上，三万多号人逶迤向前，这队伍中有人骑马，有人徒步，后面是四千多头背负辎重的骆驼和牛。

马背上的人各个颧骨突出，有的蓄着浓密的胡子，有的扎着两根辫子，有的头顶戴圆筒毡帽，他们的神情有些慵懒和倦怠。这些人腰间别着一把长刀，背上绑着箭筒，弓插在马颈上挂着的皮兜里。徒步的人手握一柄长矛，腰间也佩带一把长刀。

马蹄坚实地踩在青绿的草上，无声地抬起迈向前方，一匹匹马儿缓缓地向前移动。一旁清澈的蜿蜒小溪，潺潺地向前流动，水中倒映着蓝天和白云。太阳的金光强劲而猛烈，照得周遭一片沉静。

远处有个黑点急速向他们驶来，马背上的人看到后立马打起了精神，眼睛盯着逐渐变大的东西，心里开始猜测那是什么。

不一会儿，他们看清了，是先遣部队中的骑士。

那人双脚踩马镫，两手抓住缰绳，身子前倾在马背上，脑后的发辫频率极快地震荡。看这架势，马背上的人们立马明白先遣部队遇到了事情。他们情不自禁地把一只手搭到刀把上，准备抽出长刀，立马奔赴沙场。

奔驶过来的马和骑士越来越近了，逶迤的队伍，自觉地向两边散开过去，一字形地排成了几排。队伍刚排完战斗序列时，那名骑士也已经抵达队伍面前。

"多达那波将军，察哈勒格让我过来给你报信，前方我们遭遇到当地一百多人的伏击，战斗刚打响。"马背上的骑士喘着粗气这样报告。

多达那波将军站在队伍最中央，他蓄着一头的长发，脸瘦削而颀长，目光如鹰眼般锐利。他望向远处隐隐约约的山峰，由于距离远，看不到双方激烈厮杀的场景，可他的脑海里映现的却是双方刀剑相迎的厮杀场面。

多达那波的眼睛瞪大了，浓黑的眉毛顿时弓起了脊背，眼睛里射出愤怒的火焰来。他抿紧那张厚厚的嘴唇，举起右手里的马鞭，向前方一指，说："骑士们跟我冲，把那些袭击者全部给杀掉，用他们的鲜血浇醒这些草原上的人！"

多达那波策马向前奔驶而去。他胯下的这匹火红色的马儿，像一团愤怒的烈焰，从浩茫的青绿色上燃烧了过去。队伍像一条长长的火龙，喷着烈焰紧跟其后，马蹄震动着空旷的草原。阳光的映照下，他们与步行者和驼队的距离越来越远。

骑士们一手握住缰绳，一手紧握手中的长刀，发出即将屠杀时的亢奋叫喊声。

他们飞驶一阵后，看到前方那座草山下正在捉对拼杀的人群，立马勾起了战斗的欲望。他们用握住刀把的手不断击打马的胯部，催促其跑得更快一些。

马蹄的嘚嘚声响彻在这空旷的草原上。

队伍靠近后没有直接进行冲杀，而是听从多达那波的指挥，停在正在厮杀的人群前，看他们继续打斗。

多达那波把刀尖指向那些拼杀的人群，最前面一排的骑士挥刀冲杀了过去，一大批的人片刻间被砍倒在地。人和马的尸体躺了一地，有些受惊的马儿向远处狂逃而去，血把青草浸染成了暗红色。

第一波冲击完成后，多达那波又举起长刀带领骑士进行第二次冲锋。他举着长刀奔向这些抗击者，左砍右劈中又一拨人倒在了血泊中。

这两波的冲击让抵抗者死伤无数，只剩下十几个受了伤的人。

多达那波调转马头，看到有一个抵抗者从草地上艰难地爬起来，被砍断的右胳膊上鲜血像雨水一样滴落。这些抵抗者中有人头发黏结，有的扎着辫子，有的披头散发，但各个袒胸露背，威武不屈，身上袍子的袖子垂落在草地上，手里攥紧刀子，用仇视的目光盯住他们，有种视死如归的凛然正气，这让多达那波的士兵们心里暗暗钦佩。他的先头部队中已有一半多人躺在了这里，剩下的人也都受了伤。

多达那波看到有骑士准备拉弓射箭，他赶紧喊："听我的令，谁都不准射箭！"

他纵身从马背上跳下来，提着刀向那些人走去。他的骑士们也从马上下来，跟在他的左右。他要让这些人跟他公平地打斗，让他们死得有尊严，死得体面些。

剩下的十几个抵抗者朝多达那波勇敢地走来。近了，那些人发出咯呼呼的声音，高举刀子砍向他们。刀剑撞击发出叮叮咣咣的声响，血花喷洒的刹那不断有人轰然倒下去，须臾中抵抗的最后十几名勇士也全部倒在草地上。

多达那波的骑士在几百具尸体中寻找自己受伤的同伴,把他们抬到一旁的空地上进行救治。

这时跑步过来的人喘着粗气赶到了这里,他们望着一堆的死人先是惊讶,之后迅速投入到施救的行动中。

多达那波脸上和手上沾着血,望着眼前这些倒在草地上的歪歪扭扭的死人,皱紧了眉头,心情一下沉重起来。这次不知道又死了多少个兄弟,进军过程中已经遭遇到了博巴人的许多次抵抗,他对自己能否完成西凉王阔端交给的任务隐隐地担心起来。这一路上这些博巴人不断地抵抗,使他的人员减损不少,这里离逻些(拉萨)还有很长的路,这一路上他们还会遭受怎样的抵抗呢?

他手下的人把同伴的尸体一具具地抬出来,放到另一边去,这让多达那波心绪极度沮丧。有人去抓那些被惊吓而逃散的马,它们一匹匹地被牵了回来。

天上的那轮太阳已经往西移动,几片洁白的云在不远的山头飘动、撕裂。

骆驼和牦牛队伍也赶到了这里。

多达那波命令部队,在离这不远的溪流边搭建帐篷,今晚他们就在那里宿营。他们离开战场,扶着伤员向溪流边走去。

不一会儿,大大小小的帐篷在草原上耸立了起来,牛粪的烟雾也开始升腾,兵士们准备打水煮茶。

突然,营地里的人看到不远山脚下的战场上空,已经聚集了一群鹰,它们在半空中展翅旋转,发出揪人心的嘶鸣,慢慢降下高度,一只两只三只地落到死人身上。

鹰的叫唤声传过来，营地里的人心情极其地复杂。虽然这些人身经百战，但还没有遇到人刚死不久，就被鹰来啄食的事情，那些人中还有他们最亲密的战友呢。

有人望着那一边，嘴里在念着什么，也有的别过头去，钻进帐篷里。虽然多达那波他们这一仗取胜了，却没有取胜之后的那种兴奋和喜悦，个个一脸愁容的样子。

多达那波的帐篷搭建在最中央，门口有两名持刀的兵士守卫。

帐篷内的铜锅里飘溢一股奶香，坐在皮垫上的多达那波，望着木碗里升腾的热气而发愣，垂落的头发把他的半张脸给遮掩住。

有个服侍他的人蹲在火塘边，往火上添加干牛粪，另一个站在几步远的地方，这两人很年轻，脸上挂着两朵紫黑色的印迹。

"今天我们有多少人战死了？"多达那波突然清醒过来似的劈头就问。

站立一旁的人被问得有些局促，支支吾吾地说："有、有、有二三十人吧！"

多达那波对这一回答有些不悦，冷冷的目光投到帐篷门口，命令道："快去把牙乐巴黑和察乃尔叫到我的营帐里，要他们箭一般迅捷地赶到这儿。"

站立一旁的人听到命令，匆忙往帐篷外跑去；烧火的有些怯怯地从地上站起来，退到帐篷的一角静候。

多达那波对这些视若无睹，从兜里取出一根带子，把自己的长发拢起扎了个结。那锐利的目光又盯向门口，表情极其地冷峻。

外面传来了马的嘶鸣，还伴有几声兵士的呵斥声。多达那波还是那样直挺挺地坐着，一脸的沉郁和寡欢，直到有说话声凑近帐篷门口，他都没有动弹一下。

门帘被掀开了，门口站着两个人，他们的背后只能看到毡房和绷直的帐绳。服侍多达那波的人请他们进入到帐篷里。

这两个人矮胖且敦实，迈步时两个肩膀摇晃的幅度很大，其中一个戴着一顶扁平皮帽，另一个脑门上留一撮黑发。两人走到多达那波跟前，身子微微前倾行了个礼。

"牙乐巴黑，我们的死伤情况怎么样？"多达那波盯着他的脸问。

"将军，我们有二十八人战死，还有近三十人受了伤。那些抗击者却被我们一个不剩地消灭了，他们有一百多人呢。"牙乐巴黑简短地汇报，嘴唇上的胡须有些发黄。

"我们又折兵了，要是先前我派几百号人过去的话，谅这些人也不敢出来抵抗！"多达那波说完吧嗒了一下嘴，端起木碗里的茶饮干。几滴茶水顺着他光溜溜的下巴滴落，掉到衣服的胸襟上。

"多达那波将军，先前我们遇到的抵抗都是零散的，这次看着像是几个部落联合起来抵抗，他们做了充分的准备。我们死了一些兄弟，但他们全部被歼灭了。这次的战斗，会让方圆几百里的人胆寒，后续的行军中他们再也不敢贸然抵抗的。"戴着扁平帽子的察乃尔说。

多达那波听完，僵硬的面部一下有所舒缓，眼神也柔和了下来。

"我们派人出去侦察过，附近没有发现任何人，这些人到这儿来就是要与我们进行一场决战的。"牙乐巴黑补充道。

"这些抗击者都是些真汉子，我没有看到一个孬种！"多达那波说完，示意他们两个也坐到火塘边来。

三个人围坐在升着细烟的火塘边，铜锅里的茶微微沸腾，一股奶茶的香味潜入他们的感官里，饮着茶谁都没有再说话。

服侍多达那波的年轻人走过来，蹲在火塘边用铝勺往他们的碗里斟茶，再往火塘里添加牛粪。

营地外面没有一点嘈杂声，只能听到铜锅里奶茶不时发出的噗噗的滚沸声。

"刚才飞来一群鹰啄那些尸体，希望我们死去的勇士们能够得到长生天的护佑！"察乃尔摘下帽子说。

"我参与了这么多次的战斗，身上到处都是伤，却从没有像现在这样感到恐慌和无助，我们深入博巴地域，对他们的了解也只是听别人讲述，真担心能否把队伍带到乌思藏去。"多达那波说着把手指伸进浓密的黑发里，狠狠地挠起了头皮。

"我明天带上几百号骑士，把附近的所有部落赶尽杀绝，以免留下后患！"察乃尔说。

牙乐巴黑转头盯一眼多达那波，满心期待他的最终决定。

多达那波谁都没有看一眼，再次端起木碗把奶茶饮尽，用一种柔和的声调说："青壮年男人都死光了，剩下的对我们构不成威胁，我们还是加紧赶路，我担心把时间全耗费在路上。要是冬天到来，那我们会更加艰难。"

牙乐巴黑和察乃尔没敢吭声，算是接受了多达那波的命令。他们也清楚从凉州出发前，西凉王阔端要他们尽早赶到乌思藏去，完成对那个地方的占领，让这些博巴人尽快降服归顺，并找一个在那里最能服众的人。此刻，他们离最终的目的地还很远，这一路他们不知还要跋涉多久，会遇到多少次的抵抗。

"我们一起到营帐里去看看那些受伤的人！察乃尔，晚上一定要安排好岗哨，不要被博巴人给偷袭了。"多达那波说着从皮垫上站起来。

牙乐巴黑和察乃尔也起身，跟在多达那波后面走出帐篷。

外面大小不等的帐篷被夕阳染成了一片金色，溪水涓涓流淌的声音搅碎草原上的宁静，刚激烈战斗过的地方的山顶上飘着几朵形状怪异的彩霞，仿若死去者的魂灵。

多达那波把目光从对面的山上收回来，阔步跟在牙乐巴黑的后面，他要去看望和慰问这些战斗中的勇士。

重新回到营帐，多达那波叫人把跟随队伍的几名博巴人叫到帐篷里来，他要向他们打听前方的情况。多达那波坐在火塘边的垫子上，把扎起的头发散开。

那几个人站在多达那波的跟前，身子微微前倾，每个人的腰间都佩着一把短刀。

"我们现在走到了哪里？"多达那波问。

"到了朵堆[①]的孙波如，明天继续行军的话，后天就能看到扎曲河和巴曲河，那里生活的全是放牧的博巴部落。"一个身体健壮的男人用不太流利的霍尔语回答。

"那里有多少个部落？哪个最强大？"多达那波接着又问。

"囊谦部落管理着下面的各大小部落。"还是这个健壮的男人回答道。

"他们有多少的兵丁？"牙乐巴黑从一旁插嘴问。

---

① 朵堆，古地区名，藏文音译，亦写为"多堆""朵思兑"。"朵"，意为安多地区；"堆"意为上部。"朵堆"，即为安多地区上部之意。为今青海省海南藏族自治州和果洛藏族自治州一带地区。

"这不好说，要是囊谦头人一召唤，全部响应的话，可能会有几万人吧。"

多达那波把披散的头发用双手向后捋去，顺着脖颈往下滑下去，眼睛眨巴几下，挥手示意让这几个博巴人离开。

等帐篷里只剩下多达那波和牙乐巴黑、察乃尔时，大伙都选择了沉默，安静极了。

多达那波沉思良久，这才开口说："他们有几万人不足惧，都是些放牧的牧人，我们的兵士全都经过无数次鏖战。只要遇到抵抗，我们就一个都不留，全部屠杀干净。"

"就应该要这样，让他们听到我们的名字，就心惊胆战！"察乃尔说完开心地笑。

牙乐巴黑脸上也是愉快的神情，他张着嘴但没有发出笑声来。

夜色悄然落了下来，一轮残月从东方的边际徐徐升腾起来，天地仿佛被黑暗融化在一起了。营地上空飘浮着牛粪燃烧时的味道，暗夜深处不时传来狼群的嚎叫，多达那波的兵士们已酣然入睡。只有受伤的那些骑士，由于伤痛不时发出凄凄哀嚎。

多达那波枕着长刀躺在被窝里，他心里祈求着长生天在今后的征途中，不要让他们再遇到强烈的抵抗，这一路他们不断地往高地上走，这里气候严寒姑且不论，最难受的是士兵们打不起精神，一副无精打采的样子。要是遇到强劲的博巴队伍，也许他们会葬身在这浩茫的高原上。之前在凉州，他们也跟那里的博巴人打探过，听说现在博巴地域内没有一个统一强大的王，各个首领割据一方，一种宗教教派影响一片地域。

多达那波想着这些事情，到了半夜还是瞪着两只大眼睛。半夜里他清晰地听到了溪水流淌的声音，间或传来的几声狼嚎。

他辗转身子，困倦终于从血液里涌上来，眼皮子慢慢掉落下去，严密地合在一起。

一阵叫喊声和马的嘶鸣声，把多达那波给吵醒了。他把身子翻转过来，面朝向帐篷门口时，从门帘的缝里照射进来一缕金色的阳光。火塘里冒着乳白色的烟子，铜锅里散发出诱人的奶香来。多达那波用手搓了一把脸，再把两个胳膊弄出被子之外伸展，这才惬意地从被窝里坐直。

多达那波穿好衣服站到帐篷门口，看到部队正在有序地收拾，只等着他下令继续前进。

"将军，茶已倒好，请您用早饭！"年轻的服侍人员凑到跟前说。

多达那波的眼睛又往那座山的方向望过去，心想那些死者被鹰和野狼给咬得体无完肤了吧！他的心头笼罩上一层阴影，先前挂着的那丝笑意也从这张长脸上消散掉。他转过身子进入到帐篷里。

为了不再像昨天一样遭受博巴人的袭击，多达那波的先遣部队由两百多人组成，后续部队缓慢地跟在其后。这一路上他们没有遇到任何的抵抗，确切地说没有遇到一个人，倒是先遣部队猎杀了几头野牦牛和盘羊，这让察乃尔很兴奋。他一路唠叨："昨天的那场战斗，把这方圆几百里的人都吓跑了，他们真正感受到了霍尔人的强悍与勇猛！"

多达那波也隐隐感到前方的那些游牧部落，为了躲避自己早已经四散奔逃了。这样他就不用从刀鞘里抽出长刀，用鲜血开辟通往乌思藏的道路了。

多达那波的部队在太阳落山前，选择了一片开阔地作为营地驻扎下来。他们砍下很多的荆棘，升起一堆堆的火，炖起牛肉和盘羊肉，营地上空飘浮着肉香味。

这些兵士手里拿着一坨肉,用刀切割成一块块往嘴里送,手指头上沾满油脂。他们的腮帮子鼓凸凸的,面前的碗里盛着鲜美的肉汤,中央烈烈的火堆上蹦出几点火星来。

多达那波望着这些勇士,脸上漾起了笑容。他们明天将要穿过一条窄狭的山谷,经过那里才能到达囊谦诸小邦的地方,听说这山谷中还有寺庙和僧人,要是他们号召各部落的人到山上去打伏击,那队伍又得遭受重大损失。走另外一条路,那得多耽误二十多天的时间。多达那波希望这些勇猛的兵士吃个饱,明天把身上的力气全部用到杀敌上去。寺庙要是胆敢组织牧人攻击霍尔兵的话,那他要率领霍尔兵冲向寺庙,杀死僧人、焚烧寺院。

这夜,多达那波把手下的二十多名指挥官叫到帐篷里,对即将遇到的抵抗进行了研究,设计了好几个预案,等觉得一切比较妥帖时,让手下赶紧回去休息。

天刚亮时,先遣部队已经整装待发,多达那波跨着大步走到牙乐巴黑跟前,再次叮嘱他不要轻敌,遇事一定要灵活地按预设的方案行事。

牙乐巴黑立在那匹白色的马旁,弯曲的胡须上沾染着一些水珠,眼角的一道道皱纹陷得很深,看来他的年纪也不轻了。

牙乐巴黑扭过身,轻捷地跨到马背上,左手握着缰绳,右手向前一挥,两白多匹马的先遣队伍悄无声息地离开营地,在一片雾霭中,顶着寒冷缓缓向那条山谷走去。

多达那波望着雾霭中慢慢隐没的队伍,再次向长生天祈祷,希望这次不要再遭遇抵抗和伏击。先遣部队的最后一个骑士也消失在雾气中时,天空中飘起了淅淅沥沥的小雨，这雨轻飘飘地落，滴在脸上却如冰刀，极其寒冷。

多达那波命令步兵开拔。

擎着旗帜的壮汉迈开步子，后面是长长的人流，他们也一头扎进了那片雾气中。

察哈勒格骑着一匹高大的棕红色马，头上缠着一圈布，来到多达那波跟前，说："将军，我不想殿在队伍的最后头，你就让我跟着冲锋陷阵吧！"

多达那波的头发和脸已被雨水打湿，他直勾勾地看着马背上的察哈勒格，冷冷地说："昨天你刚受了伤，后面还有很多的仗需要你打，那时我会像先前一样让你冲在最前面。"

察哈勒格脸上的兴奋劲一下没了，他又不敢跟多达那波再说什么，骑在马背上现出不知所措的样子来。

多达那波往身旁的人群里看，走过去从一名兵士头上摘下一顶宽檐皮帽，再走过来递给察哈勒格。察哈勒格接过皮帽，戴在自己的头上，脸上又现出一点喜色来。

多达那波走到棕红色的马后，用手使劲一拍，手掌下溅起水珠，说："去干我让你干的事情。"

惊住的马驮着察哈勒格急速飞驶，消失在了蒙蒙雨雾中。

多达那波往自己的坐骑那里走去，一跃跨到马背上，领着浩浩荡荡的马队向前进发。

队伍在能见度极低的雨雾中，穿过了这片平地，走到进入山谷的关口。

两座山峰对峙着，中间的谷地很窄小，他们的右手边有一条湍急的江水，发出哗啦啦的声响，这声音把谷地给填满了。江水边、山坡上长满了各种树和灌木丛，但这些树都不是很高。左边山脚下的路顺着江水往前延伸过去，狭窄且湿滑。经过雨水的洗濯，这些树木的叶子越发地油亮。

多达那波骑在马背上，全身被雨水浸透，冷意一阵阵地袭扰上来，牙齿只打颤。他想这些都是能咬着牙忍受过去的，最怕的是在这样恶劣的天气下，突然遭遇博巴人的袭击。在这谷地里队伍无法展开，只能面向山坡上的抵抗者进行冲击，这将带来极大的伤亡，这条路又是唯一一条通向囊谦诸小邦的快捷通道。多达那波不敢再想了，只希望这雨早点停下来，天尽快放晴。

多达那波把马骑到上面的一处缓坡上，几名侍卫也来到了他的身旁。他望着下面狼狈不堪的队伍，焦急、担忧悄然跃上心头。

"先遣部队有没有消息？"多达那波问身旁的人。

"将军，什么消息都没有。"一名侍卫回答。

多达那波望着一片灰白的前方，眼里的锐气消散了许多。他命令道："格日乎图，你叫上五名骑手，赶紧去追赶先遣部队，看他们那边情况怎样！"

服侍他的格日乎图调转马头往队伍里走去，他挑上五个骑士开始往前小跑。

多达那波的头发沾在双颊上，那张脸显得更加地瘦长，水珠顺着发梢一串串地滴落。他策马从坡上走下去，汇入到慢慢腾腾的队伍里。

这雨雾把谷地罩得严严实实，能见度只有二十多步远的距离，谷地里最闹腾的就是伴着他们前行的江水声，人的说话声、马的嘶鸣声都被它给淹没了。

步行的兵士时常不慎滑倒，起身后身上一片泥泞，他们又艰难地迈步继续赶路。

这片山坳幽长且没有个尽头，骑士们已经把步兵甩下了一段距离，步兵们走得已是又饥又冷，气喘吁吁，双脚沉重得像是绑着块石头一般。他们相互牵着，相互搀扶着追赶前面的骑兵。之后，是长长的骆驼队伍，察哈勒格率领的几百号骑士殿在最后压阵。

当多达那波他们沿着弯曲的山路，拐过八九个山嘴时，格日乎图他们折返回来了，说先遣部队一路畅通无阻，没有遇到任何人。听到这个消息，多达那波脸上的愁容消散了一些，他再次仰头向长生天祈祷。

部队又经过一段狭长的谷地时，骑士们发现山腰上刻着各种各样的佛像，各个慈眉善目、端庄雍容，就像是从石头里孵化出来的一样栩栩如生。他们在凉州时也看到过这样的佛像，但在崖壁上、巨石块上这样集中地呈现，他们还是第一次见到。多达那波的兵士隐隐感觉他们快到有人住的地方了。

说来也很奇特，他们凝视着满山坡的佛像行进时，雨渐渐停了下来，乌黑的云层慢慢变成灰白色，从边上撕开了一条长长的口子。逐渐地，这口子裂得越来越大，露出一块蓝色来，云的色彩也蜕变成了纯白色。云层的豁口愈发地扩张，两座山峰间出现了一道七色的彩虹，阳光也照射到了这些被冻僵的霍尔兵身上。

多达那波勒住缰绳，望着这一神奇的气象变化，心里也在啧啧地称奇。经过雨水的清洗，再经阳光的照射，这些悬崖上的佛像仿若刚刚被雕琢完成一般。多达那波目视这些佛像，第一次从心底里向他们祈祷，让自己的部队平安地穿过这条幽长的谷底。

头顶上的云已经飘散开，蓝蓝的天空下悬浮着一轮光芒四射的圆盘。鸟儿的啁啾声从悬崖上响起来，人们不时看到有鸟儿振翅飞翔。

多达那波悬着的心变得踏实了，这才感到身上的衣服湿漉漉地贴在肉体上，那滋味可真不好受。身边的每个骑士都跟他一样，衣角处不时有水珠掉落下去。

"我们继续赶路，让后面的队伍跟紧一点。"多达那波下令完，双腿击打一下马的肚子，马儿开始迈腿向前走去。

多达那波的队伍在一条弯曲的盘山小路上，艰难地向前赶趱。好在烈日把山谷里的气温一下升高了，让他们不再感到寒冷。

继续往前走了一段路后，山谷间的距离开始拉大，道路也宽敞起来。陪伴它们一路咆哮的江水，也散开去，夹着泥土浑浊地缓慢流淌。

一名骑士逆行赶到了多达那波的面前，报告说先遣部队没有遇到任何的抵抗，路上也没有看到任何的寺院，现在已经停歇在一片辽阔的草原上，准备煮茶休整一会儿。听完报告，多达那波长舒了一口气，对着那名骑士命令："告诉牙乐巴黑，部队今天就在那里宿营，让他派几十名骑士，探看周围的情况，严防被人偷袭。"

骑士得令后策马向前奔驰，一会儿便从他们的眼前消失了。

"我的勇士们，你们听着，我们马上就要到宿营地了，到了那里你们可以吃顿饱饭，美美地休息。这句话一个一个地向后传！"多达那波说完，拍了一下坐骑，让它向前飞驶而去，那披散的头发被山谷里的风吹得像一面旗帜。它号召跟随他的骑士们也要扬鞭疾驶，马蹄溅起水花，嘚嘚的声响又在山谷中回荡。

多达那波的马队驶过最后那个山嘴时，看到不远处先遣队伍的马和人员，从他们那里再往前是一片开阔的草原，一眼望不到尽头。绿草让马蹄声消散，各种色彩的花儿尽情绽放，一股香气飘散在空气里，彩色的蝴蝶在欢喜地飘飞。

多达那波让马儿慢下来，从它鼻孔里发出的气息声，能感受到马儿对这片草原的中意。多达那波用手拍拍马的颈部，马儿心领神会似的弄出几个响鼻来。

牙乐巴黑上身赤裸着，敦敦实实地站在那里等待多达那波的到来。他身后的许多士兵也是赤裸着上身，他们的衣服就晾晒在草地上。多达那波骑在马背上笑出了声。

"我们平安地走过了这个谷地，没有遇到任何的抵抗。"多达那波走到牙乐巴黑跟前时说。

"谅这些博巴人也不敢！"牙乐巴黑说完哈哈大笑，接着又说，"怎么没有见到寺庙和僧人呢？"

"确实没有看到。"多达那波跳下马，望着牙乐巴黑紫黑色的肚皮说。

"我们在这可以多休整几天，让马儿吃上可口的草，让兵士打猎吃到鲜嫩的肉。"牙乐巴黑笑眯眯地提议道。

多达那波没有接茬，他的骑兵队伍不断地向这边涌来，个个一脸的疲惫相，马儿也气喘吁吁的。

"派出去的人回来了吗？"多达那波问。

"二十个人分头去查看了，他们都是快马，不久就能折回来。"牙乐巴黑用双手捧着肚皮说。

很多到来的骑士也把湿衣服脱下来，光着身子享受阳光的照射。

多达那波脱下了皮制的铠甲,再把脚上的牛皮长靴给脱下来,扔在草地上坐下来。

牙乐巴黑手下的几名兵士,抱着一个铜锅过来,也捎来了一股浓浓的茶香。多达那波的侍卫从包里拿出了他的碗,里面盛上了热茶。

多达那波命令各骑士队伍按照序列就地休息。

不一会儿的工夫,这里就热闹了起来。有人骑马奔腾,有人光着上半身摔跤,有人拉起了马头琴。树枝燃烧释放的香气弥漫在空气里。

多达那波身上的衣服被太阳晒干,干肉和炒米将肚子填饱时,去侦察的骑士们陆续地回到了这里。他们除了遇到几个牧户和牛羊外,再没有看到任何人。

多达那波下令部队在这里休整两天,然后继续向前开拔。

日头开始向西缓缓移动时,驮队也终于赶到了这里。

这两天的时间里,队伍得到了很好的休整,马和骆驼也恢复了力气,让兵士们高兴的是,他们吃了两天的鲜牛肉,喝上了可口的肉汤,为后面的行军补充好了体力。

多达那波将军看到这些变化,心里也是窃窃欢喜,但他每次望向西南方向时,心里还是充满担忧,一座座连绵的雪山横亘在前方。走了四十多天,他的队伍已经损失了几百号人,还有很漫长的路需要走,加上秋天正在悄然消失,到了大雪封山的冬天,他们的日子将会很难熬。他们要尽快赶路,在入冬之前走到乌思藏。

他们再次开拔向囊谦方向进发,路上遇到了前来迎接他们的囊谦部落酋长和他的随从。囊谦酋长等候在路边,他走到多达那波跟前,说明了他的来意,并请他和队伍到不远的临时帐篷里休息。

他们走到囊谦酋长的帐篷里时，下人已经在草地上铺展卡垫，置放小桌，上面摆满酸奶、干乳、人参果、煮肉、酒等，囊谦酋长请多达那波将军和其他霍尔将帅坐在垫子上，让下人一一向他们敬献茶和酒。囊谦酋长向他们表示衷心的欢迎，也表达了自己的归顺之意。多达那波通过翻译得知这些信息，他绷紧的心放松了下来。囊谦酋长和他手下的人个个体魄雄壮，生得威猛，腰间别着的长刀都快拖到地上，令多达那波印象极其深刻。他想：如果一路上跟这样的强悍之人打下去，霍尔兵必定会遭受更大的损失，现在这种完美的结果是前几天的那场鏖战赢得的。囊谦酋长把他的皮袍袖子脱下来，一边喝茶一边询问他们的去向。当得知他们要前往乌思藏时，他信誓旦旦地保证，只要多达那波的军队在囊谦酋长管辖的地域内，绝对不会遇到任何的抵抗，酋长还要给霍尔军送上一百头牛羊和马。

察乃尔听罢，把面前的那碗酒一口喝干，大声吼着："囊谦酋长是好样的，我们也不会侵扰你的庶民，会让他们安心放牧的！"

囊谦酋长也从桌子上端起酒碗抿一口，放下酒碗，用两只手将他嘴上的胡须捋顺。

多达那波听到囊谦酋长的这番表态后，心里踏实了很多，但他不敢掉以轻心，多个心眼也没有什么害处。囊谦酋长和他手下的这些人确实很彪悍，看囊谦酋长大口吃肉掰饼的样子，就知道这人肯定不是那种善于用计的人，但一定骁勇善战，特别是他嘴上的那撇黑乎乎的胡须，让多达那波印象至深。

他们在草原上举行了一天的欢迎仪式后，囊谦酋长提议到他的驻地去。

多达那波的部队这下毫无戒备心地跟随囊谦酋长，继续向草原深处进发。

草儿开始轻微地发黄,土拨鼠从草丛中露出头来,惊讶地望着长长的队伍从前面经过。一些放牧牛羊的牧人,住在简易的黑色牛毛帐篷里,站在草坡上望着他们走远。

经过一天的行程,囊谦酋长住的堡寨矗立在他们面前,它的左右和后面零散地建有民房。囊谦酋长的府邸是一座三层的土楼堡寨,远远望过去显得很巍峨,离它很远的地方建有一座笔直的瞭望塔,一群黑色的鸟儿在塔顶上空绕飞。一条南北走向的河从囊谦酋长府邸前面流过去。

"将军,您的队伍就在河的这边安营扎寨吧。我让仆人准备好后,再派人正式邀请您和军官们去赴宴!"囊谦酋长真诚地说。

"这样正合我意!我们先安顿好人员,等您的通知。"多达那波也是一脸的笑容。他转身命令道:"部队今晚在这里安营扎寨,让各部按照序列来扎营。"

"我尽快派人来迎请您!"囊谦酋长说完甩动鞭子,催马赶快往堡寨驶去。

"我们还得提防一下!"牙乐巴黑望着囊谦酋长他们的背影说。西斜的太阳刺目的光,让他的眼睛有些睁不开。

多达那波两手抱在胸前,望着远去的囊谦酋长,听到远处传来的几声低沉而有力的狗吠声。"牙乐巴黑,多派几个快马[1]在周边侦察一下,晚上多设岗哨,由你亲自镇守。"多达那波说。

牙乐巴黑掉转头来,看了看身后一片茫茫的草原,再看向河前方囊谦酋长的堡寨,一马平川,隐藏人员搞袭击不太可能。牙乐巴黑说:"将军,

---

[1] 快马,指骑马的侦察兵。

我会遵命执行的。"

牙乐巴黑离开多达那波，策马向队伍中央驶去，那宽阔背部和脑后飘扬的一根辫子，都在昭示着他的勇猛与凶悍，这让多达那波心里安定下来。

部队在有序地搭建帐篷，几十匹马向着不同的方向疾驶而去，多达那波这才从马背上跳下来，向着自己的营帐走去。

太阳从堡寨的背后沉落下去时，囊谦酋长派来的人穿着盛装前来邀请。多达那波领着二十多名随从骑马去赴约。堡寨门口拴着巨大如狮子的藏獒，它们拉拽绳子愤怒地咆哮，身上的毛儿威猛地摇荡，偌大的嘴里伸出红色的舌头。一声声低吼，让人心惊胆寒。

堡寨的半扇门洞开着，里面的人忙忙碌碌的。多达那波骑马径直走到院子里，下马进入到一扇门，从那里爬上一部木头裂开的梯子，来到二楼一间宽大的会客室里。囊谦酋长换了一件宽大的袍子，脖子上挂一串硕大的红珊瑚，腰间别着一把短刀，头发扎成辫子后盘在脑门上。看到多达那波来到会客厅，囊谦酋长急忙迎上去，牵住多达那波的手，请他坐在自己旁边的座位上。

多达那波看到坐垫前的桌子上摆放着煮熟的牛肉、酸奶、糌粑酥糕、人参果等丰盛的食物，房间的每个柱子上系着的油灯发散着光亮。

人们落座后，囊谦酋长捋一下嘴唇上的胡须，说："远方尊贵的客人，不远千里来到了我们囊谦部落的草原上，这是我们的荣耀，也是我们的缘分。多达那波将军与我结成了好友，他的队伍就是我们囊谦部落的朋友。我们归顺多达那波将军，还要帮助他们尽快走到乌思藏。让我们端起酒杯，为多达那波将军的到来干一杯！"

人们端起酒杯一饮而尽，发出会心的笑声来。

服侍的少女端着陶壶，把一个个酒碗重新斟满。牛肉的香味同酒气混合，飘荡在宽敞的会客室里。

多达那波提防的心渐渐放松了下来，看到酋长一方叫来参加宴席的只有六个人，进入院门时干活的人也就三十多个，而且看他们的表情观察不到一点掩掩藏藏的神情，倒表现得如此地真诚与喜悦。牙乐巴黑在营地里准备了三百人的快马，只要这边有事，堡寨的屋顶有火光闪现，他们就会冲向这里来增援，杀他个片甲不留。察乃尔也乘解手之机，在会客室的外面巡查了一遍，没有发现任何的异样，回来便用眼神告知了多达那波。

酒过三巡，囊谦酋长让仆人抱来了一件崭新的羊皮袍子和一双新靴，他说："多达那波将军，您已行军几个月，身上的衣服也变破旧了，再说，您已进入博的地域，这里气候寒冷，特别是到了冬天，一下雪到处被冰雪覆盖，您的这身衣服怎能抵得住严寒。我给您和在座的每个人都备了一件袍子和一双靴子，希望能为你们抵御这即将到来的冬天的寒气。"

多达那波从博巴人的多堆进入到多迈地域，第一次遇到这样热情相迎的人，这让他的心微微一颤。他起身望向囊谦酋长说："囊谦酋长的这份心意我们领了，日后也向西凉王阔端如实禀报您给予我们的帮助，保证以后您的利益会得到我们的保护。"

察乃尔和霍尔其他随从大声欢呼，囊谦酋长的人员也被这个气氛带动，开始跟随欢呼。

多达那波端起酒杯，跟囊谦酋长对干了一杯。

接下来有牧人上来，给他们唱嘹亮而清脆的牧歌，有年轻的女孩献舞，也有人拨动琴弦唱一首悠远的歌，这些节目把欢乐的气氛再次推向了高潮。

多达那波微醺，他提议宴会就此散了。囊谦酋长也顺水推舟，宣布宴席结束。

在油灯的照耀下，他们顺着窄狭的木桩梯子下楼，走到院子里的上马石旁，多达那波看到囊谦酋长的管家推着一个女孩过来。

囊谦酋长说："多达那波将军，晚上您需要有人服侍，我们选这女孩跟您过去。"

月光的清辉照在堡寨的院子里，女孩低头，两手搭在腹部上，两根辫子间露出的脖颈白净如雪，多达那波心头的那种血性和杀气一下消融掉，升腾起了爱怜与情欲。在酒的催化下，眼前这女孩是如此地楚楚动人，面庞精致又可人。多达那波跃到马背上，一把抱住女孩，让她卧在马鞍前，"驾"一声从堡寨的大门里冲了出去。

第二天，多达那波醒来时，女孩还一丝不挂地躺在一旁，鼻子里发出均匀的呼吸声。这面庞如昨晚所见，五官极其匀称，令人动心。多达那波望着这张脸，陷入到沉思中。他多想就这样抱着这个女孩，让日子悄然消失掉，但又想到阔端赋予他的任务，岂能让自己沉湎在情色之中。多达那波怜爱地把手搭到女孩的肩头上，如绸如丝般的光滑令他心颤，周身的血液都滚烫了起来。此时，外面传来兵士们的说话声，他赶紧把手抽回来，爬出被窝开始穿衣服。多达那波心想：他们全部都在盯着我看，要是我被女人给迷住，恋恋不舍地待在这里，军队的士气肯定会受到影响，也会错过最佳的进军时间，那样就是拿兵士的生命在做赌注。他回头望了望依然熟睡的女孩，快步走出了帐篷。

多达那波的部队又开拔了，囊谦酋长兑现了自己的承诺，给他们送来了如数的牛羊和马匹，并派遣一名管家把他们送出囊谦酋长控制的地域。

这一路霍尔兵走得很轻松，他们再不用担心有人伏击、袭扰，每到一个小部落时，头人们都会热情接待。但他们也感受到了这块高地上的恶劣气候，有些地方就是皑皑的白雪，呼呼的冷风吹打在脸颊上疼痛难忍；有时走在旷茫的草地上，找不见一户牧民；雨雪交加漫天飞舞，淋得他们全身发抖，牙齿打颤。好在有囊谦酋长的管家在，他们没有陷落到泥沼中。

当囊谦酋长的管家把他们送到囊谦地界边时，多达那波充满感激地向他道谢。管家手握缰绳，用手中的鞭子指着前方一座白皑皑的雪峰说："将军，过了那座雪山，你们就进入了索曲。那里有很多强悍的部落，你们要小心。"

多达那波望着那座耀眼的雪峰，心情一下沉重了起来，但他不能当着囊谦酋长管家的面，把这种情绪表现出来。反而以一种轻松的语调对囊谦酋长的管家说："这一路上，你辛苦了，接下来的行军我们会小心的。"

囊谦酋长的管家向多达那波双手合十，调转马头领着十几匹马，向着来时的草原飞驶而去。

多达那波命令队伍向着前方的雪山开拔。

那夜他们在雪山脚下安营扎寨，多达那波把牙乐巴黑、察乃尔、察哈勒格等众将唤到营帐里，围着火塘落座。牛粪烟子的熏染下，多达那波披散着头发对众将说："听说索曲这一带的人剽悍勇猛，我们先遣队的人员必须在三百人，要以我们的人数优势，战胜敢于抵抗的敌人。步兵与骑兵、运输队间隔不能拉得太长，做到紧密不脱节。还有，只要有抵抗者，将他们的人员一个不剩地杀掉，该震慑这些博巴人了！"

多达那波对部队进行了周密的部署，将领们的战斗热情又复燃，各个都争着当先遣人员。多达那波权衡考虑，再次让察哈勒格当先遣队的指挥官。等众将散去后，多达那波披着囊谦酋长送的皮袍子，走出帐篷，凝望夜色中的天空。外面气温很低，冷风呼呼地吹过去，把多达那波的头发都吹凌乱了。天穹上的星星像一盏盏火苗扑腾的油灯，一弯残月在头顶清冷地悬浮，多达那波为即将经过的地方隐隐担忧起来。两名服侍他的人，在十步之外站定，他们的目光凝聚在多达那波的身上。

冷风吹打在多达那波脸上时，他又忆起了陪他一夜的那个囊谦姑娘，他的心荡起一阵涟漪，那姑娘的模样在他头脑里闪现。短暂的接触，已让他有些割舍不下。多达那波望着凉州方向，心里的压力陡然在加重。他向着自己的营帐走去，身披的袍子下沿挨着草尖滑行。

途经索曲地域时，多达那波的部队时常遭到夜袭和跟踪，有时派出去侦察的快马再也没有回来。这让多达那波狂怒不已，他命令行军途中只要遇到人就格杀勿论。

霍尔人途经的地方，牧人被劫杀，牛羊被洗劫一空。他们的举动又引起更大的反抗，博巴人用血肉身躯阻挡着他们前行的脚步。多达那波也损失了不少的兵士，每次听到减员的消息，那张长脸越发地阴沉，眼睛里杀气腾腾。部队行进速度很缓慢，索曲这块土地像泥淖一样让他们举步维艰。

经过二十多天的艰难征战，多达那波的队伍终于疲惫地走出了索曲地域，还没有恢复元气，又听说前方热振寺的僧人索顿组织了几百号人的队伍，要阻止霍尔人前行的脚步。听到这个消息，多达那波愤怒地把马鞭摔在地上，用脚狠狠地踩踏，暴怒的长发将他的脸给遮挡住。然后，多达那波向后甩头，黑发往脑后飘荡过去，他望着周围这些脸颊黝黑、嘴唇干裂的兵士，心里为能不能打到博巴腹地再次犹豫了起来。兵士们很少看到多达那波这样气急败坏的样子，他的举动影响着兵士们的情绪。

察哈尔从马背上跳下来，右手搭到腰间别着的刀把上，靠近多达那波，在他耳旁嘀咕了一阵。

多达那波的脸依旧沉郁，可面部表情已经不再那样狰狞、僵硬，双手把长发捋到脑后去。

"我们再往前走，找个比较开阔的地方安营扎寨。"多达那波命令。

这里的气候还算可以，山坡上长有松柏，山脚往下延伸过去的是枯竭的草儿，它们金黄地向前铺展过去，满眼涌进来的是黄灿灿。周边的山望过去不怎么陡峭，也没有那么巍峨，可是它们连绵不绝，一直向前延展。偶尔从一旁的松柏林里飞出几只乌鸦来，它们发出令人生厌的啼声，从队伍的上空飞翔过去。

先遣队伍派人过来，告诉多达那波他们已经停在前方扎营，请大部队赶紧过去。

多达那波再次率领队伍向前，长长的队伍蜿蜒向前，兵士的脸上现出焦虑和迷茫的神情来。

天刚亮时，鸟的鸣叫声刺破了清晨的寂静，多达那波的兵士们陆续起床，开始生火煮茶。一缕缕奶白色的烟子从营地的各处升腾起来，马的响鼻声也从各个角落传出来，营地又恢复了生机。有人提着牛皮袋去汲水，有人牵马去吃草，有人拿着斧头去砍柴……

按照昨晚的商议决定，多达那波他们将派一名兵士，到热振寺那边去劝降，如果顺从了他们就无需兵戎相见，如果决意要阻拦，那就准备踏平热振寺。多达那波他们知道热振寺是属于噶当教派的，要是他们不识时务，后面噶当教派将难逃厄运，他们会用刀剑铲除这股势力。太阳的第一缕光从山头上照射下来，那名骑士已经稳稳地坐在了马背上。他的腰间插着一把长剑，胸前的牛皮盔甲绑得结实，头戴一顶圆盘帽，眼里没有一丝惧色。他胯下的马儿毛色白净，马鬃长且飘逸，四腿矫健充满力量。多达那波望着这名勇敢的兵士，心里满是欢喜。

那名骑士冲多达那波低头，再次把头仰起时，他目光直视前方，两手攥紧缰绳，双脚拍打马肚。白马载着骑手迅疾向前奔驰。

马儿像一道白色的闪电，夹着马蹄声直刺道路的尽头，倏忽间只留下灰白的山道寂寥地枕在那里。

聚集的兵士逐渐散开过去，多达那波也随着队伍走向自己的营帐。

太阳的金光毫无吝惜地照射在大地上，几个兵士背着弓箭准备进入柏树林里去狩猎，察哈勒格要他们中午前赶回营地。

天空中的日头移到松柏林上头，营地里便传来了狂怒的吼声，接着有人跑向多达那波的营帐。等多达那波从营帐里出来时，看到了今早去劝降的骑士和他胯下的白马，但骑士的背部和喉咙处被十多支箭给射穿，他扑倒在马背上，鲜血顺着长长的白色马鬃滴落。多达那波看到后便知道免不了要进行一场鏖战。兵士们头扭过来，等待多达那波下达命令。

"赶紧把人从马背上抱下来进行安葬！"多达那波黑着脸说，他的心里在盘算着如何去报这个仇，一定要让那些人变成自己的刀下鬼，一个都不饶恕。

多达那波扭身穿过密集的帐篷营地，一直走到对面的山脚下，他要让自己从悲痛中走出来，用更加迅捷、更加狠准的方式来击杀这些博巴人。他的手紧紧地握着刀把，刀把上镂刻的银丝在手心里游动，仿佛在提醒他要报这一血仇。"唉！"多达那波轻声叹气道，他回头凝望自己队伍的营帐，心里是一阵悲伤，在这几个月里跟他出生入死的几千多号人，就这样从他身边离开了，他们死得憋屈，没有一个人是在轰轰烈烈的激战中荣耀地赴死，都是在夜袭和小规模的战斗中被终结掉生命的。想到这里，他不能自禁地落下眼泪来。他渴望像在巩诸州（地处关中、四川之上游）平原上驰骋征战，那是浩荡、洒脱与豪迈，而博这地域除了高山、峡谷、寂寥的草原，便只剩小规模的敌人，没有一次酣畅淋漓的厮杀。这次他要把憋着的所有怒火，发泄在热振寺的这些抵抗者身上。多达那波从剑鞘里抽出长剑，用力向前砍去。他的头发披散开，掩藏住了那张长脸。这一击把他心中的怒气全部释放了似的，他把长剑重新插进剑鞘里，迈着坚定的脚步向营帐走去。

除了大部队保护运输队外，多达那波组织七千多号人的队伍浩浩荡荡地向热振寺进发，他们踏出的脚步声，在山谷中震响，扬起的尘土飘荡在上空。乌鸦和鸟儿都停止了鸣叫，柏树林里的野兽都不敢发出一点声响来。

多达那波的部队走过崎岖的山路，忽然前方豁然开朗，是一片开阔的地域。他们的右前方山脚缓坡地上坐落着一个坐北朝南的寺院，几座高大的建筑巍然屹立，外面用土黑色的墙给围住，围墙外的坡地上零散地建有几十间矮小的民房，几头牛正穿行在这些房屋中间，却看不到 个人。寺院前后是密密麻麻的柏树林，此时周围的景色是金黄的，但柏树的绿意还是给人一种生机盎然的气象。

一条不大的河流静躺在霍尔人的眼前，攻打热振寺就要蹚过这条河，再经过一片开阔地，才能向缓坡上的寺院冲击。

"察乃尔，你带上一千骑兵绕到寺院的后面去。牙乐巴黑你带一千人从北面进攻。察哈勒格你带一千人从南面围攻。我从正面向他们发动进攻。你们不要放过一个人。"多达那波这样命令。

队伍分成了几支，他们开始向河水中走去。入冬的水冰凉得骨头欲裂，但一想到被他们乱箭射死的信使，心里的怒火把疼痛给压制了下去。过了河，部队有序地从不同方向去包围热振寺。等他们开始往坡上攀登时，突然柏树后面出现了一百多号人，这些人向霍尔人射来箭。前面的许多霍尔人倒了下去，后面的人嘴里发出怒吼声疾步向上冲锋。又是一阵箭雨，嗖嗖的声响中又有一拨人倒下，后继者面不改色地继续向前冲击。几波箭射下来后，这些人开始往后退，站在寺院的墙根下拉弓搭箭继续射杀。他们穿着绛红色的僧衣，坎肩下露着赭色的光膀子，一脸的愤怒。

多达那波两翼的骑兵第一个冲上来，挥着刀剑向这些僧人砍过去。片刻间，这些僧人倒在了血泊之中。

赶上来的其他霍尔兵开始翻墙进入到热振寺院内，一阵箭雨从寺院屋顶、门窗里射出来，带着呼啸声刺入霍尔兵士的肉体里。后继的霍尔兵依然像潮水一样冲向各庙堂里，刀剑叮当的声音回响。

经过短暂的战斗，寺院里的所有抵抗者已被杀死，鲜血在大殿和庙堂里流淌，发散出浓烈的腥味来。霍尔兵踩着鲜血，把一件件精致的镀金佛像和银碗、宝石等揣进怀兜里，发出淫邪的狂笑来。

多达那波望着兵士们的举动，背转身去，走到了热振寺的院子中央。

阳光明朗地悬挂在头顶，它的光有些炫目。多达那波这才发现自己的脸、手、身上全是喷溅过来的血，这才长长地舒一口气，像把心头的积怨全部宣泄出来一般。

"多达那波将军，我们已经把这里能见到的人全部给屠杀了。我们这边死了两百多人。"察哈勒格凑到多达那波跟前说。

"在前进的路上如果还碰到人就全部给杀掉，见到寺庙就焚烧。"多达那波咬牙切齿地命令。

经过半天多的劫掠，霍尔兵开始着手焚烧寺院的事情。

夕阳从西边的山头缓慢坠落下去时，热振寺大殿和其他几座庙堂开始被火舌吞噬，烈焰和烟雾在寺院上空飘摇。

多达那波坐在一根原木上，望着寺院被焚烧，烧焦的气味浓浓地飘过来，经过鼻子进入到他的脑神经里，他便觉得快意又满足。

牙乐巴黑带着兵士，手里攥着火把，在庙宇间穿行。他脑门上的那一撮头发和脑后摇荡的辫子，证明着他此刻的兴奋。

天色黑了下去，寺院里的火光愈来愈炽烈。火光映在每个霍尔兵士的脸上，每张布满灰尘的脸上透着胜利者的喜悦。

第七章

  一条崎岖的山道上，几个穿着袈裟的人慢腾腾地往前走去。一条清澈的溪流顺着两边山的走势，从山坳中间汩汩地向北蜿蜒流淌，阳光照在水面，水波不时反射出亮光来。两旁的山上稀疏地长着一些矮小的植被，突然会有兔子从灌木丛中仓惶逃窜，那速度快捷又轻盈。

  山道很难走，都是些碎石形成的简易路。僧人骑的马蹄子踩在石块上，石块就会发出不堪重负的嚓啦声。此时的太阳光很强烈，没有一丝风吹过来，山谷里热浪滚滚。

  "绰其嘎娃的脑袋别给弄丢了，摆在萨迦寺里供人看，这样很多人就知道外道者的模样了。"贡噶坚赞在马背上晃着身子再次叮嘱。

  "袋子就拴在马背上呢！"念·卓普回头瞧一眼那匹背负炊具的马说。

  "我们还要走多远？"罗卓坚赞脸颊被晒得红扑扑地问，那薄薄的两瓣嘴唇已干透。

  "走过这个山谷就到圭塘了！"一名挂着木棍走在队伍最前面的中年男

人回头说。他有一张紫黑色的脸,醒目地配着一个鹰钩鼻,眼窝子陷得有些深。一身的黑色氆氇被日晒风吹,显得有些破旧。

队伍走过一个弯口,前方矗立着一座巍峨的雪山。阳光照射在它的身上,雪显得愈加地纯白,如飘带般的白云从雪峰顶上缓缓游走。贡噶坚赞他们看到雪山的那一刻,谷地里的热气瞬间仿佛减了似的,人人立马振奋起了精神。

"那座雪山叫什么名字?"衮邦确塞牵着贡噶坚赞坐骑的缰绳问前方引路的中年人。

"岗巴拉山!"中年男人扭过头来回答。他又继续说:"现在这一带都属于娘卓家族,他们家族里生有一个灵异的男孩,听说他出生那天,山脚自然形成了一个巨大的石块塔……"

他们听得很入迷,也觉得有些不可思议,心里急切地渴盼尽早走到圭塘谷地里的岗巴拉雪山脚下。本来贡噶坚赞一行可以从芒域吉宗出来后,顺着大路回萨迦去的,只是走到孔搪拉姆雪山脚下,归顺佛法的外道者绰其嘎娃突然吐血而亡,其他几个外道者身体也出现了巨大的反应。贡噶坚赞看到这一幕,心里也是焦急万分,他从马背上跳下来,蹲在绰其嘎娃的旁边,伸手给他把脉。可惜,他的脉搏已经停止了跳动,其他几个外道者也是头痛欲裂,胸口胀痛。贡噶坚赞在绰其嘎娃一旁打坐,向孔搪拉姆祈求。

孔搪拉姆与贡噶坚赞的心识交汇了。孔搪拉姆一袭白色的纱裙,骑一匹白色的骏马,马蹄下四团云雾飘荡,她从雪山顶飘然而至。她告诉贡噶坚赞,外道者是不能进入博的疆域里的,这是莲花生大师授予她的职责。贡噶坚赞知道后很无奈,但他祈求孔搪拉姆饶过其他几名外道者,究其原因只能怪他自己，他立刻遣使外道者回到吉宗沟里去。

孔搪拉姆骑在马背上，白色的纱裙像烟雾一样轻扬，奶白色面孔上的两道眉皱紧，思量片刻，说："那就依你的！赶紧把他们送回去。"

贡噶坚赞睁开眼睛，赶紧吩咐衮邦确塞一行人把剩下的几名外道者，扶到马背上送回吉宗沟里。衮邦确塞和东久他们急忙卸下马背上的东西，把这些个无气力的外道者扶上马背，匆忙往山下赶。走到半山腰时这些外道者渐渐恢复了过来，眼睛里也有了光亮。他们这才知道这些人没有生命危险了。几名外道者从马背上下来，把路边树上的枝丫掰断，当成拐杖慢腾腾地往下走去。

"他们刚才是怎么了？"东久望着外道者的背影不解地问。

"肯定是惹怒了孔搪拉姆，要不绰其嘎娃也不会死在雪山脚下。"念·卓普又以他那见多识广者的口吻说。

衮邦确塞心想：的确是这样，远离孔搪拉姆雪山后其他那些外道者便活了过来。现在他们又像先前一样，拄着木拐往沟里走去，人一下隐没在密密的树林里，只能看到一些灌木被他们触碰而摇动。清脆的鸟鸣声四处喧响，把整个树林给欢腾了。

"外道人已经走远了，我们往孔搪拉姆走吧！"衮邦确塞提议。

他们牵着马的缰绳，在密实的树林里往上攀登，地面比较干，走起路来轻松了很多。

来到孔搪拉姆雪山脚下，看到贡噶坚赞、罗卓坚赞等人围着绰其嘎娃给他念诵祈祷经文，超度他的亡灵走向中阴界。

一切法事结束后，贡噶坚赞命令念·卓普和衮邦确塞把绰其嘎娃的脑袋砍下来，装在袋子里带回萨迦寺去。他俩面露难色，这一切被贡噶坚赞看在眼里，他徐徐对他们说："人死就变成了物质，跟山上的石块、枯干的树木一样，毫无知觉，毫无疼痛，但你们在割脑袋的过程中，心灵会有触动，或怜悯或绝望或恐惧或厌倦，这一刻就是在修你们的心，会让你们的心对这个尘世有一次最深切的体悟。"

衮邦确塞和念·卓普抬着绰其嘎娃的尸体向着树林走去，他们恐慌地把那颗脑袋给割下来，再装进牛皮袋子里，又找些树枝把他的肉身焚烧了。为了做好这些事，他俩耗去了大半天的时间。

等他俩洗净手，提着牛皮袋子往山上走时，贡噶坚赞他们已经收拾停当，准备随时开拔。他俩把牛皮袋子拴在马背上，一路都默不作声。贡噶坚赞也不问他俩的感受，只跟罗卓坚赞嘘寒问暖了几句。

"绰其嘎娃为什么会在雪山脚下死去？"东久问贡噶坚赞。

贡噶坚赞回望了一眼孔搪拉姆雪山，带着惋惜的口吻说："莲花生大师驯服孔搪拉姆雪山时，命令她不准让外道者进入博的疆域里。之前，我没有想到这件事，才导致了绰其嘎娃的死，这也是我的罪孽呀！现在我们不按原路走，因为我们还带着绰其嘎娃的脑袋，怕得罪了这些山神，绕道走安全一些。"

他们的行程就这样被改变了，绕过了比较有名的那些神山、地主，这样才与面前的岗巴拉山相遇。周围都比较荒凉，唯独岗巴拉山上茂盛地长着树木，白色的雪峰如一柄长剑刺向空际。贡噶坚赞一行饶有兴致，又充满期待地向着岗巴拉进发。

在中年男人的带领下，他们走过了岗巴拉山，又顺着连在一起的一座山向前，这座山上的树木逐渐减少，走了一阵后从一个山碣口进入到了圭塘谷地里。农民在山坡上开出了层级分明的农田，青稞穗子在麦秆上频频向贡噶坚赞一行点头，越往里走地越平缓，庄稼地也连成了一片，油菜地里金色的花儿爆裂，引得蝴蝶、蜜蜂在其上纷飞。一些给庄稼引水灌溉的人，站在田埂上望着他们，眼睛里充满了好奇。

贡噶坚赞冲这些人点头示意，继续往里走。看到了前方凌乱坐落的民房，几条野狗发现他们，也冲过来狂吠。中年男人嘴里喊着："讨厌的流浪狗，滚到一边去。"同时，挥动手中的木棍威慑这些狗。狗边退边叫，贡噶坚赞一行也抵达了村口。很多人站在门口或屋顶上盯着他们看。

"喂，你们是哪里来的？"一个瘦削的老头站在屋顶上向他们发问。

"我们从贡唐过来的，要到萨迦去。现在我们去拜访娘卓家的主人。"中年男人亮开嗓子喊。人群里再没有人提问了，他们都恭敬地看着贡噶坚赞他们向岗巴拉山的正面走去。

一群光着脚的小孩奋力向前跑去，嘴里在喊："娘卓老爷，家里来客人了！"

贡噶坚赞他们爬过一段陡坡后，看到山脚下矗立的那座石塔和一旁的白色房子。

"喏，那里就是娘卓家的府邸。"中年男人说。

贡噶坚赞望见那座石塔，心里的喜悦已使眼眶蓄满泪水，模糊地看到那群小孩叫唤着，跑向白色的房子。

罗卓坚赞在马背上也双手合十，面向石塔垂下了脑袋。

贡噶坚赞一行下马绕着石塔转圈，心里暗暗惊讶这石塔形成的那个传说。巨块石头与小块石头严密缝合，错落有致，形成了这样一个世间奇观。贡噶坚赞仰视着塔顶那圆锥形石头时，迎面与岗巴拉山半山腰上露出的宝瓶不期而遇，清晰的"吽"字显现在他的眼睛里。贡噶坚赞双手合十，急忙向着石塔跪拜，同行的人也依次向着石塔跪拜顶礼。

娘卓府邸的门口出现了一个女人，她的旁边站着一个瘦高的男人，他们看着贡噶坚赞一行。直到贡噶坚赞起身抖掉袈裟上的灰尘时，瘦高男人才迈步向这边走来。

"各位师父，你们来自哪里，来到圭塘需要我们什么帮助？"瘦高男人问。

"我们来自贡唐，要回萨迦去。路上听说这里殊胜，便转到圭塘来的。您是娘卓老爷？"贡噶坚赞问道。

男人一下有些不知所措，说："娘卓老爷和少爷都在仲子，这里只有少夫人，名叫白廓宁珠。我是这里的管家，人们喊我桑桑。"

"能让我们借宿一宿吗？明天我们再赶到仲子去拜会一下娘卓老爷。"贡噶坚赞问。

"少夫人是个虔诚的信徒，她肯定很高兴几位师父的到来。我这就去给少夫人禀报。"桑桑阔步向娘卓府邸走去。

贡噶坚赞一行被邀请进了娘卓府邸里。院子很大，进入院门正对面的是个两层楼房，一楼的六间房屋分别堆放饲料、粮食、农具等，左边是个有棚的马厩；顺着梯子往上攀登，二楼有会客室、主卧室、佛堂、厨房、客房、厕所等。娘卓的府邸里设施齐全。

贡噶坚赞叔侄俩被安排在了佛堂旁边的客房里，衮邦确塞他们被安置在两间耳房里。

白廓宁珠亲自端来煮好茶的陶罐到客房里，给贡噶坚赞叔侄俩斟茶。贡噶坚赞从白廓宁珠不停凝望罗卓坚赞的眼神里，就猜到这个女人心里的忧愁。

"夫人，我们一是来拜谒这屋外的佛塔，二是想见见您的儿子。关于他有许多神奇的故事流传。"贡噶坚赞向女主人说明自己的来意。

白廓宁珠叫唤桑桑给她拿来一个羊绒垫子，坐在贡噶坚赞的旁边，讲述了生娘卓·贡佩时的那些个奇异现象。大成就者积扎森格怎样看好娘卓·贡佩，白廓宁珠自己是如何拜积扎森格为师的过程。白廓宁珠眼睛里的那丝忧郁，像乌云压得她有些喘不过气来。

为使她心境好一些，贡噶坚赞向她传授了一些密咒和修行方法。

白廓宁珠嘴角露出的笑靥里存留着凄凉的美，这让贡噶坚赞感到一丝不祥。这女人面庞清秀至极，肤色白净细腻，头发乌黑又浓密，家境又是如此地富裕，她还表现出如此的忧愁，再次让贡噶坚赞体会到了尘世的苦海。

白廓宁珠的眼睛又一次瞟向了罗卓坚赞，满含深情。

"夫人，罗卓坚赞是我的侄儿，他现年四岁，可是个特别聪慧的人。您可以带他在周围走一走。"贡噶坚赞向白廓宁珠提议。

白廓宁珠的嘴角边又有了笑容，里面充盈喜悦。她从垫子上起身，一把抱住了罗卓坚赞，然后兴冲冲地往屋外走去。

贡噶坚赞怜爱地望着他们的背影从门口消失，一缕阳光斜着从洞开的房门里照射进来，惨淡且没有热量。贡噶坚赞从床上走下来，跨过门槛，光脚站在冰凉的阿嘎地面上，感受到这富丽的楼院里充斥着压抑、清冷。

许久之后，罗卓坚赞牵着白廓宁珠的手回到了客房里，她脸上的愁绪减轻了不少。

"我真是有眼无珠，刚才才知道您是萨迦班智达贡噶坚赞，这可怎么得了！"白廓宁珠带着真诚的歉意说。

"我只是一名出家的僧人,我们有缘就这样聚在了一起。"贡噶坚赞双手合掌对白廓宁珠说。

白廓宁珠的脸上焕发出了生机,她拽着罗卓坚赞的小手到厨房指挥下人做饭,到储藏室拿新鲜的酥油打茶,拿最新的垫子和铺盖让贡噶坚赞叔侄俩享用,并挽留贡噶坚赞一行在圭塘多住几日。白廓宁珠的好客使得贡噶坚赞不好推辞,在这儿多住了几日。这几天的时间里白廓宁珠向贡噶坚赞讨教了许多的问题,并暗示可否让她出家为尼。

贡噶坚赞把白廓宁珠视为自己的妹妹,让她了知世间就是苦海,要想修炼就得在尘世中,心放下了一切,也就没有了所有的苦恼。贡噶坚赞的开导、启示还是起到了一定的作用。白廓宁珠那几日里有说有笑,人也变得精神了。

那天早晨贡噶坚赞绕着石塔转圈,衮邦确塞他们收拾行囊,给马备上马鞍正要出发之际,白廓宁珠求贡噶坚赞到了仲子,让娘卓·觉龙把娘卓·贡佩送回到圭塘。

白廓宁珠一路相送到了村口的歪脖子树底下。她和几个男女仆人目送贡噶坚赞一行走远。贡噶坚赞也从马背上回过头去,向他们挥手告别。

去仲子的路上,管家桑桑告诉贡噶坚赞,娘卓·觉龙跟他父亲的女人好上了,那女人前年还给他生了个男孩。他们把娘卓·贡佩弄到仲子城去,就是因为他的爷爷娘卓·韦登的原因,他想把娘卓·贡佩培养成为一名武士,让他带领仲子的人去开疆扩土。白廓宁珠待在仲子就会噩梦连连,身心俱疲,她因而只能待在圭塘。白廓宁珠还拜过一位噶举派[①]的积扎森格大成就者,只因积扎森格行踪飘忽不定,心无法依止,白廓宁珠才

---

① 噶举派,藏传佛教教派之一。噶举,藏语意为口授传承。因该派僧人穿白色僧衣,俗称白教。

变得这般地无奈。

贡噶坚赞的脑海里又映现出白廓宁珠那楚楚可怜的样子来，他为红尘中的人产生出悲悯来。他骑在马背上开始为他们祈祷。

到达仲子时已是晚上，贡噶坚赞一行身披黄灿灿的夕阳走到了仲子城外，一群懒散的狗冲他们吠叫几声，然后扭头跑向别处，寂静一下填满城外。

桑桑领着贡噶坚赞一行去娘卓家的府邸，他们穿过泥土房屋，路面上还散落着牛粪、狗屎、羊粪蛋，还有积着的水。在一个拐角处，一老头掀开衬衣在里面找虱子，旁边的地上一名小孩匍匐着。他们穿过几座房屋后，来到一个开阔的地方，尽头就是娘卓家的府邸。两扇厚实的木板大门，只开启了一扇门，能看到家里的仆人在忙活，有抱着柴火的，也有鞣羊皮的、做木工活的，现出井然有序的样子。

贡噶坚赞一行下了马，在桑桑的带领下步入院子里。几个仆人迎过来，把马牵到院子后面的马厩里去。其他仆人虔诚地望着贡噶坚赞他们，眼神里多了一份疑惑。

桑桑让贡噶坚赞一行在院子里稍候，自己径直走到楼梯口拾级而上，到娘卓那里去禀报。

在桑桑的引领下，一个中年女人和娘卓·觉龙走过廊道，缓慢地向楼梯口走来。

他俩来到贡噶坚赞面前，凝视片刻后，娘卓·觉龙说："贡噶坚赞先生，您的声名如高处的经幡，飘扬在博巴人的大地上，您是雪域大地皇冠上的明珠。今天能到这里来，给我们仲子带来了无限的荣耀，使仲子成为周围人艳羡的地方。我是娘卓·觉龙，这位是雯宗列麻，家父今天身体欠佳，没能来迎接，还望您海涵！"

"一切都如此圆满，已经很殊胜了！"贡噶坚赞说。

"各位先到客厅休息片刻，等拾掇好房子，你们就去休息。"雯宗列麻一脸虔诚地说。

贡噶坚赞一行就几杯茶的功夫，房子已经布置停当。贡噶坚赞和罗卓坚赞住在了三楼，随行的其他人住在二楼的一间耳房里。

天色黑下来时，娘卓·觉龙宴请贡噶坚赞一行吃饭。偌大的客厅里，摆了一圈鹿茸垫子，上面铺盖着最上等羊毛织就的卡垫，每张垫子前是一张小矮桌，上面摆放一些木盘子，里面盛着风干的羊肉、热腾的血肠、萝卜炖牛肉，一旁精致的阿里木碗里盛着洁白的酸奶、人参果饭、剁碎的肉酱等，每张桌子上还有木制的糌粑罐。肉香弥漫在客厅里，一下撩拨起了人们的食欲。

首席的位置留给了贡噶坚赞，右手边是罗卓坚赞，左手边是娘卓·韦登。娘卓·觉龙和雯宗列麻坐在他们的正面，两旁是衮邦确塞他们。每个人的碗里斟满了茶，宴席也算正式开始了。"您到仲子来，让娘卓·觉龙他们很是高兴，您途经这里是要去哪里？"娘卓·韦登问。

"之前我们是去贡唐吉宗沟里，跟天竺来的外道者去辩论的。回来途中，听说你们家有个灵秀的小孩，他出生时出现了很多奇异的现象，就顺道过来看看。"贡噶坚赞呷口茶说。

"辩输了还是赢了？"娘卓·韦登侧过脸来有些好奇地问。

贡噶坚赞这才注意到他脸上的那道疤痕和没有耳垂的右耳，心里惊了一下。他告诉娘卓·韦登："我们佛教徒辩赢了，那些外道者全改信释迦牟尼了！"

娘卓·韦登一脸的不以为然，花白的脑袋轻轻摇动，说："动动嘴皮子，那叫巧舌如簧，根本不是靠实力去打败的。虽然胜利了，但您扩大了土地、人口吗？"

贡噶坚赞觉得娘卓·韦登是个特别有趣的人，就转过头去，说："我是个佛教徒，对俗世追求的功名利禄一点都不感兴趣，只希望为世人医治心灵的伤痛，消除他们的愚昧，让他们知道世间的一切都是无常的。"

"贡噶坚赞先生，别只顾着说话，先请用餐。"娘卓·觉龙提议。

人们开始动手吃眼前的食物。不一会儿，仆人又端来了糌粑粥。

晚宴结束时，贡噶坚赞对娘卓·韦登说："酋长，您把手伸给我，让我给您把个脉。"

娘卓·韦登绾起袖子，把他满是伤痕的胳膊给伸了过来。

贡噶坚赞接住他伸过来的手臂，仔细替他把脉。这脉象很乱，但经过仔细地排查，主要是寒颤而引起的头痛、倦怠、周身酸痛。贡噶坚赞说："我给您开服药，吃下去后，两三天后状况就会减轻。"

"我都治疗半年多了，一直都没有好过。希望这次能药到病除啊！"娘卓·韦登说这句话时充满不信任。

由于娘卓·韦登的傲慢与不屑，晚宴的气氛不是很融洽，灯都没有点上，吃完饭就散去了。

第二天仲子城里涌来了很多人，有周围的更有从阿里三围追过来的人，一下仲子城外搭建了各种帐篷。娘卓·韦登站在三楼顶上看到这种从未见过的场景时，心里暗暗惊叹：自己通过武力征服土地和人，到头来这些人虽然归顺了，但没有这样真诚地臣服于他，没有这样死心塌地信服于一个人。这贡噶坚赞能把远近不同的人召集到仲子，这个人可是真的不简单啊！娘卓·韦登对自己昨天的傲慢稍许感到了一丝不安。还有送来的那服药，就丢在桌子上，一粒都没有下到肚子里，还得尝试着吃一下。

娘卓·觉龙却看到了机会，他主动要求贡噶坚赞在这里讲一次法，施主由娘卓家族来担任。这样娘卓家族的声名肯定会被很多人记住，甚至会给他们立一个好的口碑。他把想法告诉娘卓·韦登时，他没有一句异议，只说："你去做吧。"

传法会在仲子城外的一块空地上举行，外地来的人员达到了上千人之多，他们带来了丰厚的供品，在法会上一一敬献给贡噶坚赞。其中从拉达克来的一名商人给贡噶坚赞送了一只金碗。娘卓·韦登听到这些消息后，只觉得时代变了，如今刀剑已无法征服人们，只能用袈裟去开疆扩土。他觉得自己的时代已经结束了，希望只能寄托在娘卓·贡佩身上。这个贡噶坚赞这次不正是专程来看娘卓·贡佩的吗，就让他把娘卓·贡佩树立起来，以后用他的名声，为娘卓家族取得最大的利益。娘卓·韦登既有失落，又有希望，但他是个不会让机会溜走的精明之人。他也看到娘卓·贡佩与罗卓坚赞这两天一直在一起玩耍，两个小孩之间处得相当不错，听说罗卓坚赞今后将是萨迦寺的住持，那么娘卓·贡佩肯定会混得不赖。娘卓·韦登的心里开始下一盘大棋。

贡噶坚赞三天的法会结束了，来自远方的人陆续离开仲子城，奔赴自己的故乡。贡噶坚赞把捐献的物品和粮食、布匹等，分发给当地的百姓，另拿一匹绸缎感谢娘卓家族。

在娘卓府邸里，贡噶坚赞和娘卓·觉龙并排站在走廊里，贡噶坚赞问："老酋长的病情怎么样了？"

"服了药以后病症有所减缓。晚饭时他说还要感谢您呢！"

"娘卓·贡佩比罗卓坚赞大两岁多，我很喜欢他。到时您可否让他回圭塘去，母子俩相聚。那边白廓宁珠日夜都在思念他。"

"我跟父亲说一下，同意的话这次跟桑桑一同回圭塘去。"娘卓·觉龙爽快地答应了。

送别的那天晚上，娘卓·韦登对贡噶坚赞很是敬重，在夸赞他的医术高明的同时，还满口答应第二天让娘卓·贡佩回圭塘去。

贡噶坚赞也特别地高兴，大加赞扬了娘卓·贡佩的聪慧，最后说："他要是能成为一名僧人，必将会为众生做出伟大的成就。"

娘卓·韦登听罢，心里乐开了花，他可不能错失这么好的机遇，就问贡噶坚赞能否收他为徒。这下娘卓·觉龙面色大变，不知道老酋长又在打什么歪主意。贡噶坚赞告诉他们说这要取决于娘卓·贡佩和白廓宁珠的意愿，等他们商量做了决定，再送到萨迦寺也不迟。

娘卓·贡佩挨坐在罗卓坚赞身旁，心里想自己也要像身旁的这个好朋友一样，穿一身绛红色的袈裟，到一个陌生的地方去时，内心里有些许的兴奋。娘卓·贡佩已经六岁多了，面色有些黝黑，一双大眼睛却炯炯有神，上面有一道浓密的眉毛，鼻梁骨隆起，上唇微翘，那两只耳朵的耳垂厚而下垂，给人一种宁静而安详的印象。他话不多，但每当别人说话，都竖起耳朵仔细听讲，不时眨巴那双眼睛。他的身体受家族遗传的影响，高大又结实。

贡噶坚赞一行离开仲子返回萨迦寺去。

娘卓·韦登一家人站在院门口目送他们走远，等贡噶坚赞他们的背影走进林立的土房，从眼前消失掉。娘卓·韦登蹲下身来，双手抱住娘卓·贡佩的肩头，说："要像那个僧人一样，让所有的人臣服在你的脚下。"

娘卓·贡佩微微张着上翘的嘴唇应道："人家知道的很多！"

"那你也要知道很多！这样娘卓家族又会重新辉煌。"娘卓·韦登说完站起来时，手触到了腰间佩带的刀把上，目光向下看去，木质刀鞘静静地贴在他的左腿旁。片刻的凝视之后，娘卓·韦登怒吼一声，冲向院子里，再爬上梯子，急速穿过廊道，一下隐没掉。那声嘶力竭的怒号声一直回荡在酋长府邸的上空。

从那以后，仲子城里的人很难再见到他了，他整天躲在自己的卧房里。

经过十多天的行程，贡噶坚赞一行回到了萨迦寺。寺院僧人和俗人全体出动，到大路口迎接贡噶坚赞的到来。他们知道贡噶坚赞凭着个人才学战胜六名外道者时，一腔骄傲涌上心头，对他的崇信更加地笃定，有些老僧甚至跪伏在地上，满脸的泪水。

第二天，人们看到护法神殿里挂着的绰其嘎娃脑袋时，蜂拥挤到萨迦寺里，争相来看外道者的样貌。贡噶坚赞的声名更是震响到博巴大地的每个角落，关于他，人们赋予了更多的传说。

一切重回到了昔日的节奏中，贡噶坚赞除了著述传法，培养罗卓坚赞外，还要接待来自其他各地的学者、僧人，跟他们辩经论道。

桑察·索南坚赞再到萨迦寺时已是初冬。他给萨迦寺送来了青稞、乳制品、酥油、牛羊肉等。贡噶坚赞在卧房接待桑察·索南坚赞，发现以前健壮的弟弟，现在变得有些清瘦了。他们面对面坐着，聊起了罗卓坚赞，两个人都有说不完的话，还时不时地开怀大笑起来。旁边服侍贡噶坚赞的僧人们也被影响到，紧闭嘴唇偷偷地笑。他们知道贡噶坚赞兄弟俩的感情很深。

桑察·索南坚赞把罗卓坚赞接到了仲曲河畔的庄园里，父子俩在庄园里幸福地度过了三天的时间。三天后，桑察·索南坚赞把罗卓坚赞送回到贡噶坚赞跟前，与自己的兄长告了别。

桑察·索南坚赞同自己的兄长和儿子一年里也只能见个两三次，虽然每次见面时间短，但他很珍惜这难得的机会，有时他还会把玛玖贡吉也带过来，让母子俩见个面。玛玖贡吉每次见到罗卓坚赞，都会发现他不断在变化，从最初的撒娇、依赖，到中间的不舍、伤痛，到现在的豁达、稳重。她不敢想象一个快五岁的小孩能表现得这般沉稳，同时心里也觉得罗卓坚赞承担的压力太大了，跟同龄人相比他失去了太多的童趣。

当罗卓坚赞到六岁时，桑察·索南坚赞和玛玖贡吉又生了个男孩，消息传到萨迦寺，贡噶坚赞激动地从床铺上跳下来，光着脚丫子在屋子里来回地走动，还不时地挠他那已经花白的脑袋，眼睛里放射出喜悦的光来。等他把喜悦的心绪平复后，走到观世音菩萨塑像前，虔诚地磕起了长头，嘴里喃喃地念诵祈祷经文。衮邦确塞他们看到贡噶坚赞如此地兴奋，他们的内心也是欢欣无比。

为了这个新生的男婴，贡噶坚赞在萨迦大殿里举办了一次盛大的祈祷法会，还派遣人员带着丰盛的礼物到鲁孔去表示祝贺。整个萨迦都沉浸在欢乐之中，百姓们为萨迦寺有法座和俗世继承者而兴高采烈，他们每天早晨在山顶和屋顶煨桑，一缕吉祥的桑烟香气在仲曲河谷里弥漫了一个多月。

这种欢乐的气氛仅持续了半年，被桑察·索南坚赞突然暴病身亡的消息给打断了。贡噶坚赞不顾已近五十八岁，亲自赶往鲁孔庄园，为桑察·索南坚赞举行了盛大的葬礼。鲁孔庄园的佛堂里点了一千盏酥油灯，日夜把佛堂照得清澈明亮。上百名僧人为他念经超度，贡噶坚赞还在萨迦的势力范围里，给寺院和穷苦百姓进行了大规模的布施。周围的头人和酋长都跑到鲁孔来，为桑察·索南坚赞去世表示哀悼，他们捐献点供灯的酥油，以及糌粑、红糖、乳制品等。

贡噶坚赞一直待到一周祭日结束，才准备返回萨迦寺去。

这天，贡噶坚赞拖着疲惫的脚步，到玛玖贡吉房间去跟她告别。玛玖贡吉一见到贡噶坚赞，泪水就哗哗地流下来，整个人消瘦得不成样子了，眼圈红扑扑的。

贡噶坚赞说："节哀吧！一切生命都会走到这一步的。"

"伯伯，我是为刚出生不久的小孩感到悲伤，等他懂事的时候，父亲早已离开了这世间，那时他是多么地孤苦无援啊。"玛玖贡吉带着哭腔说，声音颤巍巍的。

贡噶坚赞没有接茬，从玛玖贡吉的身旁走过去，望着用羊毛编织物紧裹着的幼婴，眼眶被泪水填满。眼前的这个小孩就是他的侄儿，但这个伯伯已经快六十岁了，生命当中还能有多少时间为他尽责任。想到这里，贡噶坚赞的心被扎了一下，泪水簌簌地掉落下来。他用手揩掉眼泪，转过身，对着玛玖贡吉说："你把他养到两岁，两岁后送到萨迦寺里来，那里有罗卓坚赞，他们兄弟俩会健康地成长。小孩的教育、小孩的未来会由我这个伯伯来安排。"

"孤儿寡母的好凄凉啊！"玛玖贡古再次嚎啕大哭起来，她的肩头一抽一抽的。

"你有两个儿子，两个儿子都会成为如柱子般的人，会把萨迦的天给擎起来的。"贡噶坚赞说。

多杰仁钦跑上楼，掀开门帘，催促贡噶坚赞时候不早了。贡噶坚赞把手伸到玛玖贡吉的脑袋上为她祈福，完了转身向门口缓慢走去。

桑察·索南坚赞的去世让贡噶坚赞心绪有些起伏，在回萨迦的路上下起了漫天的雪花，贡噶坚赞伸手接住雪花，然后看它在掌心里消融掉，看得他出神。然后，一颗颗泪水顺着他的面颊滑落下来。衮邦确塞偷偷看着这一切，默默地牵马走在雪花纷纷的前方。

这年冬天，寺院里除了为桑察·索南坚赞举行隆重的祈祷法会外，再没有举办任何的活动。

第二年开春的时候，传来了一个惊人的消息，说霍尔人已经打到了拉萨河上游，他们在途经热振寺时屠杀了噶当教派的五百名僧人，还把热振寺焚烧殆尽，这些夜叉一般的霍尔兵一路上烧杀抢掠，各地百姓纷纷逃窜。听说，不久霍尔兵还要向藏（后藏）、雅砻一带进发。这是他们听到的关于霍尔人来到乌思藏的第一条消息，这一消息不仅震动了整个藏地的酋长、百姓、寺院僧人，更把他们推到了惶惶不可终日的境地。

因桑察·索南坚赞的去世，仲曲河谷里的老百姓拒绝过新年，但贡噶坚赞利用这个时机，在萨迦寺里举办了一次规模空前的祈祷法会，祈求不要让霍尔兵的铁蹄践踏到藏地来，众生不要遭受生灵涂炭。衮邦确塞的脑海里，又映现出曾经霍尔兵攻打肃州城时的惨烈场景。他流着泪为博巴地域里失去生命的那些人祈祷，为即将遭受灾难的人们祈求平安。众僧用心发出的祈愿声，震荡在大殿里，飘升到寺院上空，久久笼罩住仲曲河谷地。众僧相信他们内心发出的祈愿，天地能感知，山川河流能感知，森林草地能感知。贡噶坚赞坐在法座上，闭目跟随众僧诵读祈祷经文。他为自己活到这么大年龄时，将要看到藏地上的人们遭受血腥的屠杀而伤悲，他唯一能为他们做的只有祈祷，用祈祷来改变他们的业力。

娘卓·韦登得到这个消息后，他的精神却振奋了起来。他把许久没有佩带的木质刀鞘别在腰间，看到了自己重新焕发生机的机会。他把娘卓·觉龙叫到自己的房间里，跟他谈论组织人员，再联络其他酋长、头人，一起去抗击霍尔人进军的想法。

娘卓·觉龙听到这个想法被吓得目瞪口呆，他无法想象自己的父亲怎么会产生这样的念头来。听说这些霍尔兵力大无穷，凶残如豺狼，再加上他们的队伍身经百战，人数众多，我们几千号人怎么去跟他们打？娘卓·觉龙一下软瘫瘫地坐在了娘卓·韦登的身旁。

他凝视着头发花白、脸上显出苍老相的娘卓·韦登说："就凭我们仲子的几千号人？周围其他的酋长们都跟我们有仇啊，他们怎么会响应我们的号召呢？"

"世上没有永远的仇家，也没有永远的朋友，都会随着利益关系发生变化的。"娘卓·韦登这样解释。

娘卓·觉龙想着自己的父亲真的老了，他对外面发生的事一概不知，就耐住性子对他说："听说霍尔人有几千万人的军队，所经之处会焦土一片，尸横遍野。这些人没有一点慈悲心，取舍方面如畜生一般愚昧凶残，强壮如野牦牛般抵挡不住。他们已经消灭了许多个国家，我们怎能抵挡得住这样的军队！"

午时的阳光直射在娘卓·韦登苍老的脸上，他默默地听完，从垫子上站起来，默默拍了拍娘卓·觉龙的肩头，走向了房门口。娘卓·韦登伸手掀开门帘的那一刻，突然转过身来，对娘卓·觉龙说："记得，尽快把娘卓·贡佩送到萨迦寺去！"

娘卓·觉龙还没有来得及答应，他的父亲的影子便从门帘后消失掉。他的父亲已经失去了精气神，肩头也垮塌下来，走路也不再轻捷了。

娘卓家更不敢相信的是，第二天娘卓·韦登连人影都找不到了，他们在马厩里发现娘卓·韦登的坐骑也不见了。

晋巴站在马厩里焦急地喊："少爷啊，我们赶紧派人分头去找老爷！"

雯宗列麻却说："老爷不会这样无缘无故地离开的，他肯定是到附近转悠散心去了。"

阳光照射下，碎草、马尿、马粪混合的气息刺激着娘卓·觉龙的感官，他皱起眉深深地把这气息吸入肺腑，这才清醒过来似的吩咐晋巴说："赶紧备马，分头往四处派人打探去，给我留个快马，我去欧龙方向。"

娘卓·觉龙飞也似的穿过院子，往楼梯方向跑去。

等十几匹马向着不同地方飞驶而去，马蹄扬起的尘土刚落地，雯宗列麻转过头来问晋巴："难道没有一个人见过老爷和他的坐骑？"

"夫人，我问过所有的仆人，他们真的没有看到老爷。只是午夜时听到外面有狗在狂吠，莫非那个时候老爷就走了？"晋巴搓着两手说，手指上的银戒指也随着滑动。

"我们再到老爷房子里去，看看那里他留下什么线索没有。"雯宗列麻带着一丝希望催促晋巴一同到楼上去。

娘卓院子里的仆人一脸焦急地望着他俩，但都不敢前来说什么。

雯宗列麻在娘卓·韦登的房间里没有寻到任何的蛛丝马迹，她屁股坐在娘卓·韦登的床沿，想起两人在这张床上翻滚交缠的情景，如果没有这个蛮狠的老头，她的命运可能是另一番情景。想到这里，雯宗列麻扑倒在床铺上嘤嘤地啜泣。晋巴见此情景，立马向后退去。

各队人马回到娘卓府邸时,已经是下午的时候,但他们没有打探到娘卓·韦登的任何消息。娘卓·觉龙低垂着头,把缰绳递给仆人后,头也不回地往楼梯上走去。

过了十多天后,关于娘卓·韦登的消息一点都没有探到。娘卓·觉龙带着几名随从,赶往圭塘谷地里去,告诉白廓宁珠娘卓·韦登失踪的消息,顺便商量要把娘卓·贡佩送到萨迦寺去的事宜。出乎娘卓·觉龙意料的是,白廓宁珠不仅答应送娘卓·贡佩去萨迦寺,还要由她亲自送到萨迦寺去。娘卓·觉龙从白廓宁珠的脸上看不到一丝的犹豫,对这件事她早已做好决定似的。

娘卓·觉龙倒开始慌乱起来,他心里哪舍得让娘卓·贡佩去当一名僧人,本想着要让娘卓·贡佩当自己的继承者,日后由他来管理整个娘卓的地域。但娘卓·韦登的命令就是一座山,他不敢逾越,无论娘卓·贡佩今后的命运是好或坏,都不能进行更改。娘卓·觉龙也从白廓宁珠的言行举止中,看出白廓宁珠对他持有的那份冷淡与蔑视。他试图缓解这种紧张的局势,想伸手牵住白廓宁珠手时,她惊恐地迅疾抽回去,小跑着躲进那间佛堂里。直到夜色笼罩圭塘谷地时,白廓宁珠才从佛堂里出来,躲进娘卓·贡佩的房间里去。

娘卓·觉龙睡在自己的卧房里,望着如豆的油灯扑腾闪烁,后悔不该跟雯宗列麻睡到一起去,还让她怀上一个孩子来。这下娘卓家彻底分裂了,蛮狠、好斗的娘卓·韦登又一声不吭地跑走,把这摊子全撂给了他。他从陶罐里把酒倒进木碗里,打着嗝一杯杯地饮下去。酒劲让他越发地生气,决定留下十几个仆人护送外,自己明早回仲子去。

清晨,天微微发亮,山的轮廓渐渐清晰的时候,娘卓·觉龙只带两名随从离开了圭塘。

白廓宁珠吩咐桑桑准备食物和马匹，他们选个吉日出发去萨迦。

临走的那天早晨，桑桑在石塔前煨桑，升腾的烟子不往天上升腾，却神奇地顺时针绕着石塔转悠一圈，随后缓缓地向空中飘升。白廓宁珠牵着娘卓·贡佩的手穿入烟雾中，他们摸索着向前走去。忽然，贴着石塔的烟雾往上升腾，一堵穹隆似的烟雾将整个石塔笼罩在里面，与外界隔绝开来。每块石头都变成了精致的石雕佛像，上万个神态安详、慈悲、端庄的佛，正在凝视着他们，烟雾外飘起了海螺吹奏的声音。他们给每尊佛顶礼祈祷，依次向前缓慢走去。等转到一圈的尽头时，佛像突然遁隐，烟雾也消散开去，石塔又恢复到原来的样貌。

白廓宁珠和娘卓·贡佩恍恍惚惚的，仿佛刚才经历的是一场幻境一般。他们不敢相信地再次把手伸向石塔，触摸到了石头的硬质和上面的凹凸不均。那些佛像呢？娘卓·贡佩在头脑里问，他那双寻求答案的大眼睛转向了白廓宁珠。白廓宁珠回过神来，心里想这是一个特别好的兆头，预示着娘卓·贡佩与佛之间的缘分。她弯下身来，对着娘卓·贡佩的耳畔轻轻地说："这是祥瑞的征兆，不是幻景！"娘卓·贡佩把微翘的双唇张开，露出一排洁白的牙齿来。他俩把这一秘密藏在心底，牵手向煨桑处等待的人群走去。

"夫人，我们是头一次见桑烟这样飘升，这是吉兆啊！"桑桑穿了一身黑氆氇藏装，耳垂上挂一枚绿松石，头发抹酥油后油亮亮的。

旁边的随从们也双手合十，正面向石塔，轻声祈祷着。他们身后二十几匹骡子的背上驮着沉重的牛皮袋，十几匹马正静候主人。娘卓·觉龙留下的兵士背上背着弓箭，腰间插着长刀，各个是彪形大汉。

娘卓·贡佩再次望向石塔，眼睛里涌满了泪水，它们一颗一颗地顺着他的黑脸颊滚落。

白廓宁珠说："桑桑，你把少爷扶到马背上去，我马上赶过去。"

白廓宁珠从煨桑台边的一个陶罐里，拿出帕鲁草，枝丫和叶子上沾满了水珠。她把帕鲁草上的水抖到桑烟上，听到水珠与火接触时的嘶啦声音。她把双手合上十祈祷娘卓·贡佩这一生平安！

白廓念珠踩着一个仆人的脊背，跨到马背上，桑桑牵着马儿向村子方向走去。娘卓·贡佩的马与白廓宁珠的平行而去。五名兵士跟在白廓宁珠后面，再后就是骡队和另外五名兵士。

圭塘谷地里的村民立在门口、路边，身子前倾，头轻微低下，目送白廓宁珠和娘卓·贡佩远去。

白廓宁珠一行走了十二天，终于远远地看到了坐落在奔波山上的萨迦寺，他们每个人双手合掌，面向寺院祈祷。人们的精神一下亢奋起来，路上有说有笑，临近午时他们走到了萨迦寺里。

贡噶坚赞得知消息后，匆忙下楼来迎接白廓宁珠，并用糌粑在他们的肩头点缀一个白点，然后迎请到贡噶坚赞的会客室里。他们依次坐在靠窗的坐垫上，面前的矮桌上摆放着茶具，倒茶僧抱着陶罐一一敬茶，茶碗上飘升一缕热气。

白廓宁珠给萨迦寺带来了糌粑、面粉、酥油、香料等，她把捐赠的清单递到了贡噶坚赞的手里，还把娘卓·贡佩托付给贡噶坚赞。

贡噶坚赞向坐在白廓宁珠旁边的娘卓·贡佩招手，让他走到自己跟前来，然后用手搂住他的肩头，额头触碰娘卓·贡佩的额头。

贡噶坚赞一脸慈祥地对娘卓·贡佩说："你在这里会跟罗卓坚赞相处

得很好，我也会把你当成我最亲密的人，你就把这里的人当成你的家人吧！"

娘卓·贡佩被贡噶坚赞的亲和力所感染，有一种从未有过的体验在他身体里复苏过来。

娘卓·觉龙对于他虽然是父亲，但也是个很生疏的男人，一年里最多只会见上个五六次，每次坐在饭桌前一起吃饭，娘卓·觉龙总是一副皱眉、寡言的模样，很少冲他们母子俩笑。他的到来只会使圭塘庄园里的空气凝固，人心疲累。作为父亲的娘卓·觉龙那时跟他说得最多的话就是这几句："你何时想去仲子，到时我带着你。""看这小孩嘴严得一句话都不肯说。""我让你们在这里过得这么幸福。"娘卓·觉龙到了圭塘经常酩酊大醉，然后冲着白廓宁珠咆哮，甚至拿着鞭子在院子里抽打仆人。每每看到这样的场景，娘卓·贡佩就躲进佛堂里去，大气都不敢出。圭塘的庄园里只剩下白廓宁珠和他的时候，每一天都是灿烂与幸福。他跟着家仆的小孩到岗巴拉山脚、村庄、农田里去玩耍，他们玩捉迷藏、滑冰、扔石块、爬树捉麻雀等，那时候是他最无忧无虑的时刻。

当娘卓·贡佩六岁多时，娘卓·觉龙骑着一匹高大的花斑马，领着四个兵士来到了圭塘。他知道娘卓·贡佩到村里去玩耍时，娘卓·觉龙一个人徒步走到了村子里，到处打听他在哪里玩耍。

当他一身草屑地从麦草垛里钻出来时，娘卓·觉龙一改以往那种生硬的表情，两手搭在胸口，嘴角挂着笑容，让他继续尽情地玩耍。玩耍结束后，娘卓·觉龙一把抱住他，将他扛到脖颈上，在其他小孩的欢呼声中往庄园走去。他袖口上的草屑沾在娘卓·觉龙的头发上，他闻到了从娘卓·觉龙身上散发出的人体气味。这气味里掺杂着汗水、体臭、油腻等，这味道让娘卓·贡佩开始愿意接近自己的父亲来。

白廓宁珠听完娘卓·觉龙的决定时,眼睛眨巴了一下,两颗泪水顺着白净的面颊往下流。她无力阻止娘卓·贡佩被带到仲子去,只能嘴角再次上扬,泪眼婆娑地盯住娘卓·贡佩看。

娘卓·觉龙不耐烦起来,站起身在房子里来回地走动。突然,他停下来对白廓宁珠说:"你不想离开娘卓·贡佩,那就跟我搬到仲子去。"

"我这里也可以请人给他教书!"白廓宁珠斩钉截铁地说,但眼神里充斥着犹豫。

"这不光是教书识字的事,他身边还需要一个男人来教他怎样做人。"娘卓·觉龙提高嗓门说。他的脸已经涨红了,脖子上的青筋如蚯蚓般鼓了起来。

白廓宁珠坐在垫子上垂下头,细长的脖颈弯下去,肩膀轻轻颤动。一旁的娘卓·贡佩伸手抱住了这个肩头,他也伤心地落下眼泪来,把头紧贴在白廓宁珠的胳膊上。

说定的事是无法更改的,就这样娘卓·贡佩被带到了仲子城里。

娘卓·贡佩从仲子城里穿行而过时,被这里密集的房屋、小集市所吸引住。看到娘卓家的府邸,他更是瞪大眼睛被深深地震撼住。

进入娘卓府邸后,他被带到爷爷的房间里。娘卓·韦登望着站在眼前的孙子,一句话都不吭,眼睛直勾勾地盯着他看。爷爷的面目在他看来很狰狞,他被看得心里直发怵,为了躲避这种直视,娘卓·贡佩选择了低下头。

啪的一声响,娘卓·贡佩看到爷爷手里的小刀被插在了面前的桌子上,茶碗被震倒,桌上一摊茶水。爷爷凶狠狠地对他说:"男人就不能低下头，任何时候都不该低下头。你是娘卓家族的后代，就更不能低下这高傲的头颅！"

娘卓·贡佩望着这个暴躁的爷爷不敢再说一句话，但被吓得眼泪都出来了。

爷爷把小刀从桌子上拔下来，黑着脸让他回去。娘卓·贡佩一出门，恐惧的泪水就哗哗地滴落下来，但他不敢发出一点声响，仓惶躲进自己的那间房里。

晚上吃饭时，他看到了雯宗列麻和他的同父异母的兄弟，这让娘卓·贡佩更加地伤心，嚼在嘴里的食物也尝不出任何的味道来。吃到一半，他把碗一推，径直走出饭厅，回到自己的房里。

后来的日子里，娘卓·韦登每天清晨来吵醒他，然后带到府邸后面的园林里，给他进行各种的操练，让他累得气喘吁吁，汗水浸透衣服。娘卓·韦登这才舒展那张脸，摸着娘卓·贡佩汗津津的脑袋，说："我们可以回去了！"

园林里麻雀、布谷鸟的声音从各处响起来，在这些聒噪的鸟声中，他们沿着一条涓涓溪水，穿过树林走到园林外。

那时，一缕金光会从对面的山头照射过来，把砂石路照得让人暖心暖肺。

这时娘卓·韦登会一把抱住娘卓·贡佩，夹在胳膊底下，哈哈大笑着大步向前走。娘卓·贡佩的耳朵贴在爷爷的胸口，每次他都能听到爷爷胸腔里心脏跳动的声音。

白天他会被管家晋巴的儿子送去卓林家接受藏文读写教育。

娘卓·贡佩开始喜爱自己的爷爷了！

吃饭时爷爷都会坐在娘卓·贡佩的旁边，割下一大块肉丢进他的碗里，板着面孔说："吃不完我就会揍你！"有时往他的糌粑碗里丢进一坨黄灿灿的酥油来，等他转头看过去时，又说："身体里没有一点油脂，怎么能长高！"娘卓·韦登总是变着法儿让娘卓·贡佩吃饱吃好。他与娘卓·韦登的关系就这样日渐拉近，他开始喜欢这个爷爷胜于自己的父亲。

但贡噶坚赞的到来，使娘卓·韦登不知道受到了什么影响，任娘卓·贡佩跟罗卓坚赞到处乱跑，每天也不去唤他进行操练，任他随心所欲。

而眼前的贡噶坚赞，是如此地亲善、和蔼又内敛，是与他的爷爷完全不一样的一位老者，娘卓·贡佩更喜欢贡噶坚赞。

令人意想不到的是，白廓宁珠听到十多天前，娘卓·韦登来到萨迦寺来拜见贡噶坚赞，鼓动他号召卫藏的所有人员拿起武器去抗击霍尔军。贡噶坚赞婉言拒绝了他的建议。贡噶坚赞知道一旦号召下去，博巴人的尸体将会遍布山川大地，作为宗教人士，他没有权利剥夺他们的生存权利，教义更是要他用行动保护这些生命免遭涂炭。

娘卓·韦登知道贡噶坚赞不会接受自己的建议后，双唇紧紧抿着，两手搭在胸前，从贡噶坚赞的睡床上站起来，目光投向窗子外面，一字一顿地说："这该死的宗教，把博巴人全部给奴化了！"说完一颗颗硕大的泪水，在他脸上画出一条长长的线来。他压低嗓门又说："娘卓·贡佩就托付给您了！"

贡噶坚赞说娘卓·韦登说完脸也没有转过来，大踏步地走向房门口，门帘落下来时，听到他下楼时发出的嗵嗵声。从窗户里望下去，娘卓·韦登从拴马桩上取下缰绳，一跃跨到马背上，毅然决然地冲向了寺院大门口。

"他没说去哪里吗？"白廓宁珠焦急地问。

"我让酋长很失望，他不想再跟我多说什么，至于去哪里我也没有机会问。"贡噶坚赞望着白廓宁珠和娘卓·贡佩说。

白廓宁珠没有再多说什么，一丝不易觉察的忧郁闪现在她的眼睛里。

白廓宁珠在萨迦期间住在仲曲河畔的萨迦庄园里，桑桑和几名女佣陪着她每天转经拜佛。有时，白廓宁珠还会得到贡噶坚赞的传法。

仲曲河畔的地里已经播撒完种子，人们等待庄稼破土而出时，白廓宁珠领着人马回圭塘去。

离多门塔不远的地方，娘卓·贡佩着一身绛红色的袈裟，目送白廓宁珠他们走远。他的一旁站着比他还要小的罗卓坚赞。

很快，又有一个令人稍稍心安的消息从卫地传了过来："多达那波率领霍尔兵把热振寺化为废墟后，又对杰拉康进行了杀戮、洗劫，最后一把火让一切化成了灰烬。

"他们继续一路烧杀抢劫，沿途的牧人、农夫携着家眷、牲畜四处逃窜。多达那波的部队离止贡梯寺距离三天的路程时，年迈的寺院住持尖安·扎巴迥乃为了避免杀戮，派遣贡巴·释迦仁和十几名随从去迎接多达那波的部队。尖安·扎巴迥乃却带领随从到纳顿塘去躲避。没承想，贡巴·释迦仁在一个山隘口正好撞见了霍尔兵，霍尔兵不由分说将他们绑起来，押送到多达那波跟前。多达那波看着面前穿着袈裟，或留着发髻搭着白色披风的人，一脸的厌恶。他告诉兵士们到了营地，将这些人的头给砍下来。

"贡巴·释迦仁叫喊着，说有信要交到多达那波手里。

"霍尔兵愤怒地冲向贡巴·释迦仁，用拳脚将他的声音化归了静默。

贡巴·释迦仁知道这几十号的人马上就会身首异处，有人惧怕地把裤裆尿湿了，有人泪水涟涟，有人恐惧得身子战栗……

"贡巴·释迦仁无助地向尖安·扎巴迥乃求助。他的祈祷声震动着周围的空气，这种震波强烈地传到了在纳顿塘的尖安·扎巴迥乃心识中。他预感贡巴·释迦仁的境遇已经很糟糕，有可能命也不保。他让僧人拿来木碗和一瓢水，将木碗扣在左手心里，用右手将瓢里的水洒到木碗背面，水珠子向四周喷溅。

"贡巴·释迦仁看到头顶莫名地聚拢了一层黑压压的云，它的周围却一片晴朗，还能看到太阳灿烂的光。

"多达那波和霍尔兵士，也发现了这奇异的现象，正要开口说什么时，鸡蛋般大小的冰雹从云层里倾斜下来，砸得霍尔兵抱头逃窜。贡巴·释迦仁他们却安然无恙。多达那波看出蹊跷来，不顾一切地拖着贡巴·释迦仁逃出云层外，站在一片金光中，若有所思地望着眼前依然狂泻不止的冰雹，地上被冰雹砸出了一个个小坑。

"多达那波抽出剑来抵在贡巴·释迦仁的脖子上，大声呵斥道：'我看到了你们的神迹，但我们不会害怕！如果你让它停下来，我就饶恕你们这些人的命。'

"贡巴·释迦仁又向尖安·扎巴迥乃祈祷，感应到了的尖安·扎巴迥乃马上停止了施法。

"那层云由黑慢慢变白，后来稀释，最后融化在天空中。

"多达那波接受了尖安·扎巴迥乃的邀请，沿途他再没有杀人。

"现在霍尔人正要求把博巴地域内所有木门人家的户籍登记册交给他们。"

贡噶坚赞听完这则消息，就隐隐地感到霍尔人的诉求不可能只有这么简单，他们要的是统治整个博巴地域。萨迦在他们的统治下，还能延续吗？

第八章

从博东部的塔工，西至徘布（尼泊尔），南至门地区的所有宗教势力和酋长都被霍尔人震慑住了，都派遣人员过来归顺多达那波，并承诺给霍尔人纳税。这样多达那波与博巴人之间的关系融洽了许多，霍尔兵的屠杀也暂时停止了。

多达那波的兵士就驻守在潘域[①]一带，他们征服博巴广袤地域的目的已经达到，但是，西凉王阔端让其在这些宗教领袖中，给他找一位能指引精神解脱和遍知善道的喇嘛，这让多达那波有些为难。他在潘域的这半年多时间里，了解到在博巴地域宁玛、噶当、萨迦、噶举等宗教教派盛行，他们占据一块地方，同地方酋长联合，形成自己统辖的势力范围。这当中噶当派的寺院和僧人最多，噶举派的流派较多，其中止贡尖安·扎巴迥乃德望和荣誉最高，达隆法王最为圆滑且善顾情面，通晓佛法者唯有萨迦班

[①] 潘域，古地名。今西藏昌都市至四川甘孜州的大片区域。原名为苏毗欧波，吐蕃王朝第32任赞普囊日松赞改名为潘域。

智达贡噶坚赞。多达那波多次与各地的酋长和宗教领袖接触，他觉得止贡噶举派的尖安·扎巴迥乃最令他满意，也是他给西凉王阔端首选的人物，只是跟尖安·扎巴迥乃隐晦地聊起过这事，他每每都岔开话题，谈些无关紧要的事情。

这次，多达那波带领五十名兵士，从营地出发去拜访尖安·扎巴迥乃。

他们经过长满青稞的农田，青绿的穗子在微风中轻轻摇荡，前方又是一片金色的油菜花，农人的土黄色房屋掩映在一片柳树中间。多达那波望着这一切，为自己能征服这片土地心里不免得意洋洋起来，脸上的神情里多了一些兴奋。穿过大片的农田，他们拐进一个山嘴，一条小河潺潺地流淌，两旁是青绿绿的草地，上面开着各种颜色的碎花，几头牛悠闲地低头吃草，麻雀啾啾着从他们头顶飞过去。

多达那波知道他们马上就要开始爬山了，仰头望过去，止贡梯寺院就坐落在半山腰上。他们从简易的木桥上过河，向着山脚的缓坡骑行过去。马儿驮着霍尔的兵士，慢腾腾地向上攀援。

寺院外的山坡上有人站着，正向下观望，他们的人数在不停地增加。

马儿到达山坡上，疲惫地从鼻孔里喷着气，龇牙咧嘴。

多达那波从马背上看到站在队伍最前面的尖安·扎巴迥乃。他黑白掺杂的头发在脑门上扎了个髻，右耳上挂着指甲片大的绿松石，那张脸阔圆又福泰，下巴上的肉折成了皱，一件白色的披风随意地搭在肩头上。

"将军啊，我都没承想您会再次过来！一路劳顿了！"尖安·扎巴迥乃赶忙迎过来，用他洪亮的嗓门说。

"闲来无事，就登山来打扰您了。"多达那波说完脚踩马镫，稳稳地落到地上。

"将军，请到寒舍休息！"尖安·扎巴迥乃伸出双手攥住多达那波的手说。

他俩并肩走在碎石土路上，向着大殿背后的尖安拉章走去。

尖安拉章是座两层石木结构的楼房，它依山而建，前面带个小院子。从二楼的卧房能看到整个谷地，此时绿色如此疯狂地肆虐，使人满眼充塞绿意。多达那波收回目光，坐到窗户前的垫子上。

尖安·扎巴迥乃吩咐手下赶紧斟茶。服侍他的僧人端来了奶制品和油炸果。

"您是个好人，法力又那么强，屈尊待在这样一个山坳里真是有些可惜！"多达那波说。

"将军您过奖了！我只是一名不问世事、只求解脱的僧人。"

"我能给您指一条成就大业的路，不知您能否接受？"多达那波望着尖安·扎巴迥乃说。尖安·扎巴迥乃诡秘地一笑，摇着他那花白的脑袋不搭腔。

"您可以到凉州去，拜见西凉王阔端，日后所有的荣耀都会属于您的。"多达那波见他不回话，便把话给挑明了。

屋子里的气氛沉寂了下来，一旁站立伺候的僧人屏住呼吸，目光投向尖安·扎巴迥乃。

"谁不想去拜谒阔端王啊，那是一件多么殊胜的事情！可是将军，现在我已老成这样，这肉囊无法把我的魂载到凉州城去。"尖安·扎巴迥乃一脸无奈地说。

多达那波端起面前的茶碗，将茶一口喝完。

尖安·扎巴迥乃赶紧招手让僧人倒茶，堆起一脸的笑容，又说："将军啊，阔端王需要的是一名遍知良善道路的喇嘛，我们博的地域里的确有这么一个人，他就住在藏地，是萨迦寺的住持，名叫萨迦班智达贡噶坚赞。"

"我听说过这个人，但没有见过其人。"多达那波绷着脸说。

"他是个了不得的人，不仅学问好，又精通教义，在博巴地域内没人不知晓。"尖安·扎巴迥乃极力举荐。他心里也在盘算，如果自己去了凉州，路途的辛劳姑且不论，凭着这些霍尔人喜怒无常的习性，自己的小命能否保住都是个未知数。再说，这次过去会商议博巴人归顺的事宜，这可是天大的事啊，谈不拢可能会人头落地，谈妥了有可能落个骂名，这样自己一世的清白声誉就会被玷污，绝不能跟这事沾染上。

多达那波没有再吱声，他知道眼前这个矮胖的老头是不会接受他的建议的，再说什么都是无济于事。其他接触的那些教派人士，他又看不上，那只能听天由命。回去如实地跟阔端汇报，再由阔端来定夺吧。多达那波对尖安·扎巴迥乃的好感一下消退了很多，再喝着茶聊天也是索然无味，还是跟他告辞回自己的营地去。

"您的建议我会考虑的，现在我要回营地去。"多达那波起身往外走。

这突然的起身离去，让尖安·扎巴迥乃有些惊慌，他跟在多达那波后面，露出一口的牙齿挽留多达那波。随行的僧人也是低着头，极其恭敬地尾随出来。

一切都是这般地虚假，到了节骨眼上都会如此地装蒜！多达那波这样想着，已经走到了自己的坐骑旁。他接过兵士递来的缰绳，一跃跨到马背上，向着山坡下慢慢走。

谷地里的河水蓝得晃人眼睛，马蹄发出的声响，惊扰草丛中的鸟儿，它们扑棱着翅膀飞向远处。

"大师，我们得罪了霍尔人。"站在尖安·扎巴迥乃一旁的管家说。

"能远离霍尔人就尽量远离他们。也不知道他们安的是什么心，不停劝我去凉州！"尖安·扎巴迥乃直视着多达那波的背影说。

"大师，您可千万不能答应！"一名僧人请求道。

其他僧人也围着尖安·扎巴迥乃，祈求他不要离开止贡梯寺。

尖安·扎巴迥乃他们说话间，多达那波一行人已经走到了山脚下，马队向着河上的木桥走去，看来他们要顺着来时的路返回去。

尖安·扎巴迥乃定定地站在那里，心里在想多达那波说的"成就大业"到底会是怎样一个大业。他的心里有些犹豫不决起来。

多达那波离开止贡梯寺时，情绪比较低落，他看上的人却找各种理由推托，这让他的自尊心受到了伤害。要是他们还没有归顺的话，他不会这样软绵绵地搅动舌头，会把剑从剑鞘里抽出来，架在他们的脖子上，看还肯不肯。

前方，几个小男孩光着腚，在河水里嬉戏，见到多达那波他们急忙从水里站起来，慌张地看着他们。多达那波看见小孩光滑的身子，两腿间刚破壳般的小鸟一样的东西时，情不自禁地笑出了声。这笑声又引来其他兵士的笑。多达那波脑海里回忆起了自己的童年时日，那些模糊又亲切的碎片，让他的心情悄悄好转了些。多达那波也想起自己跟父亲，攻打昔格纳黑城（今哈萨克斯坦提尤缅阿雷克北）的那场七天七夜的鏖战，父亲在城头被敌军砍死，当时他们之间只相距十多步远。父亲倒下后身下流了一摊的血，双眼睁开一动不动，剑柄仍牢牢地攥在手心里。他只能踏过父亲的遗体继续奋力拼杀，鲜血将刀和手粘连在一起。那时多达那波才十九岁。霍尔兵向河里的小孩吹起了口哨，小孩光着屁股往岸上跑，引来他们更大声的笑。

多达那波此刻感觉博巴人的地域就像是另外一个世界，已经不需要杀戮，不需要去攻城，更不需要听震天的冲锋号，其他地方战争还在继续。他用脚镫叩击马肚，马儿甩开蹄子向前奔跃，兵士们也催马快跑，寂静的山谷里荡满了马蹄奔腾的声音。

不久，尖安·扎巴迥乃知道自己得罪了多达那波，派管家过来给霍尔人送来了酸奶、酥油、青稞等食物，管家还邀请多达那波将军去看止贡梯寺的羌姆舞（跳神）。多达那波以事务繁忙为由拒绝了，管家悻悻然地离开了霍尔人的营地。

多达那波在这期间也跟其他教派的人物接触，也在留意打探关于贡噶坚赞的信息，他知道贡噶坚赞已经年近六十，一直镇守萨迦寺院。听说他著有很多书籍，包括教义释难、音乐、塑像、医学等，还听说了他跟外道者辩论的事情。贡噶坚赞这人在他脑袋里慢慢清晰了许多，他心里认定这是一个了不起的人。

秋末时节，周围的山都已经变成了金黄色，到了下午风儿卷着沙尘与草屑漫天飞舞。在这样恶劣的气候中，达隆法王又亲自带着随从和三十多匹骡子的物资，来到多达那波的营地。达隆法王给他们送来了羊肉、奶制品、糌粑、面粉、羊皮、布料等。

多达那波收下这些物资后，请达隆法王到他的营帐里去叙旧，其他随行被安排到别的帐篷里。

多达那波取下腰间的佩剑，交给服侍他的人，回头请达隆法王上座。

达隆法王把缠在脸上用来遮挡风沙的那块布摘下来，露出他那张黝黑的脸庞来。这张脸很精致，特别是微笑时那排齐整的白牙，给人留下至深的印象。

"这么糟糕的天气，您还赶这么远的路来送物资，令我们感动！"等落座后，多达那波直视着达隆法王说。

"我只是尽点地主之谊，将军您就别再提这事了。"达隆法王惴惴不安地说。

"去雅砻的牙乐巴黑和卫地的察乃尔他们回来，我们就等来年冰雪融化，气候转暖时，准备回凉州去。"多达那波披散着头发说。他的颧骨被风吹日晒成了紫黑色，嘴唇也干裂着。

"在这奇寒的高地，苦了将军和您的士兵，能回到温暖的地方那是最好不过的了。平日里，您在嘴唇上涂点酥油，唇就不会裂开了。"达隆法王关切地说。

他们坐在帐篷里聊得极其投入，达隆法王告诉多达那波，他还要在营地里待上几天，这季节变化的时候人很容易患病，他要给霍尔的兵士们诊病治疗，发放自己配制的药丸。多达那波佯装很激动的样子，对他表达着自己的感激之情。

多达那波把服侍他的人叫过来，让他带着达隆法王去休息。

多达那波知道达隆法王之所以这样做，就是希望通过他来跟阔端王拉上关系，有时候达隆法王未免做得太露骨，让人有些难以招架。多达那波打定主意，第二天出远门，到别处去狩猎，吩咐随从做好准备。

就在这个晚上，多达那波做了一个梦，有一个叫贡噶坚赞的人闯入了他的梦境里，虽然看不清他的面容，但他不卑不亢的行事，让多达那波有些喜欢。多达那波在梦里还想跟他问些事时，被一阵狗吠声给吵醒了。他睁开惺忪的眼睛，帐篷里黑黢黢的，柱子上吊挂的油灯灯芯上，一颗如豆的火苗蓝幽幽地亮着。

多达那波说了一句："贡噶坚赞！"翻转身子，把头埋进羊毛的枕头里。

奇异的是，这夜贡噶坚赞也梦到了霍尔的兵士，他们正翻过雪山，向一个湖水旁的庙宇涌过来。他的师父释迦室利从庙宇里吱嘎推开木门，招呼贡噶坚赞跟他一起出去。释迦室利指着雪峰上扛着黑色旌旗的霍尔兵，转过脸来对贡噶坚赞说："救度母要我告诉你，到时你就跟着这些穿猪鼻靴子的人，到他们的疆域里去，在那里你可以为更多的众生带去利益！"

释迦室利说完摸了一下自己银白的胡须，跨步向湖边走去。贡噶坚赞跟在后面，他俩来到了湖畔。这湖水像牛奶一般地白，风儿吹过来时，湖面漾起甚是好看的波纹来，一条一条地向岸边奔涌过来，撞击在岸滩上的石块上，发出哗啦哗啦的声响。

释迦室利要贡噶坚赞跟他一同盘腿打坐，等待那些霍尔兵的到来。湖水的声浪挠着他的心，让他无法静默入定，贡噶坚赞想这些霍尔兵何时会走到他俩跟前。他偷偷地睁开眼睛，望向不远的雪山时，那里已空寂无人，就连他身边的释迦室利也消失掉了。空气中飘来了帕鲁草的香味，它们被吸入他的鼻孔，融进他的肺部里，一切是这般地安逸和舒适。

只听有人说："你们小点声！"

贡噶坚赞被吵醒了，头枕在枕头上，听到罗卓坚赞在念诵文殊菩萨的颂词，细柔的声音飘进耳朵里，心里那个喜悦全部洋溢在脸上，微微张开着嘴，一副极尽满足的样子。

"进到屋子里去，寺主还在睡觉，别把他给吵醒了！"衮邦确塞撩开门帘，探出半个身子往门外喊。

声音一下减弱了，屋子里又恢复安静，酥油供灯灯芯燃烧后的煳味潜入贡噶坚赞的鼻孔里。他说："我睡过头了，刚醒来！人老了睡眠就无法自制了。"

贡噶坚赞掀开被子，站在光滑的阿嘎地面上，往自己身上套衣服。

"他们的诵经声把您给吵醒了，怪我没能及早制止住。"衮邦确塞已经在佛龛前供完水，点完酥油灯了。

"说哪里去了，平时我都已经念完早上的诵读经文了。我得赶紧洗漱，开始早祷告了。"贡噶坚赞光着脚丫子往门口放置的脸盆走去。

"今天上午您要给娘卓·贡佩剃度呢！"衮邦确塞在一个黄铜勺里舀满水，从高处往贡噶坚赞的手里倒。

"我怎能忘记！"贡噶坚赞说完，伸出双手接住铜勺里落下的水，双手举到脸上洒去，指间有水珠落入红铜做的脸盆里，发出嗵嗵的声音来。

贡噶坚赞把脸和手洗净后，在佛龛前磕了几个头，这才爬到床铺上，盘腿开始早祷告。

衮邦确塞抱着脸盆到外面去倒水。

嗡嗡的诵经声在贡噶坚赞的卧房里飘荡。

天色已经大亮，随后太阳的光由微弱变成了强光，金色从木窗里倾泻了进来。

此时，贡噶坚赞的早祷告已结束，他整理一下衣服，然后在衮邦确塞他们的簇拥下，出了自家的房门。

等贡噶坚赞到达寺院大殿的时候，里面已经挤满了僧人，他们的早祷告已接近尾声。在衮邦确塞他们的搀扶下，贡噶坚赞爬到法座上，跟随僧人们一同诵读。这和声低沉且缓慢，浑圆又苍劲，这声浪让人心脏上的血管都不禁轻轻颤栗，脊背上的汗毛都耸立起来。

随着领诵师胸腔里发出的一声绵长的低音，僧人们的早祷告结束了。他们从怀兜里掏出木碗，放置在蜷着的大腿上，一群抱着陶罐的僧人依次从偏门门帘下跑进来，按照座次的顺序给每位僧人斟茶。僧人们把木碗托举，一股酽稠的酥油茶从陶罐的壶嘴里喷出来，霎时大殿里茶叶、酥油的香气飘荡。

喝完两杯酽稠的茶，僧人们在残茶上倒上糌粑，开始揉起来。吃完糌粑，再喝一杯茶后，开始把木碗揣进怀兜里。

这时乌尤巴·日贝僧格领着娘卓·贡佩走到贡噶坚赞的法座跟前。娘卓·贡佩穿了一身的袈裟，但头发却披散着，那张俊俏的脸上此刻呈现的是坚毅和淡定。

贡噶坚赞从法座上爬下来，走到娘卓·贡佩的跟前弯腰摸他的头，再跟他来了个额头触碰。娘卓·贡佩见到这张慈祥的脸，绽出了笑靥。

"今天是个吉日，我给你剃度，然后你就是一名僧人了。"贡噶坚赞依旧弯腰说。

娘卓·贡佩冲他点头，表示自己愿意。

贡噶坚赞面朝大殿里的主佛释迦牟尼，双手合十于胸口，喃喃地诵起了祈祷经文。念诵完转过身来，从东久的手里接过一把剪刀，揪起娘卓·贡佩头上的一缕头发，将它给剪下来。再把剪刀和那缕头发放在一个木盘里，对娘卓·贡佩说："你的俗名再也没人叫了，我给你赐个法名，从此你就叫夏加益西迥乃。你要拜乌尤巴·日贝僧格为师父，跟他学习佛法知识，记住时刻都要精进，不能懈怠！"

在贡噶坚赞的领诵下，众僧共同念诵一段祈祷经文，剃度仪式就结束了。

僧人们像洪浪从大殿的各扇门里翻涌出去，大殿里变得静无声响。

"走吧！"乌尤巴·日贝僧格跟夏加益西迥乃说。

夏加益西迥乃眼睛瞅向罗卓坚赞，有些不舍地转过身，跟在乌尤巴·日贝僧格身后。

时节进入到了冬季，气温急剧下降，人们穿上了厚厚的冬装。

有一次，做完早祷告，贡噶坚赞带着衮邦确塞他们去转多门塔。几十圈转下来后，贡噶坚赞走到路旁，凝望仲曲河畔的萨迦庄园。白色的雪覆盖了整个谷地，人们踏出的路，变成了歪歪扭扭的一条条黑色的细线。从每家屋顶飘来的那缕如絮般的烟子，让他的心感到既温暖又亲切。他定定地站在那里思绪纷飞：

"现在罗卓坚赞和夏加益西迥乃都师从了乌尤巴·日贝僧格，有时还跟我学习因明学。让我非常高兴的是，这两个少年的领悟力跟常人不一样，只要给他们稍加点拨便能融会贯通。他们的进步让所有寺僧都感到自愧不如，将来他们能成大器是毋庸置疑的。哪天我突然去世了，萨迦寺的教派传承不用再去担心，罗卓坚赞的智慧足以胜任。如今，乌尤巴·日贝僧格和夏加益西迥乃，就像萨迦寺的两大支柱，让萨迦的声名在众多教派中远扬。

"还有，整个博地域也从之前的惊恐笼罩中走出来，生活恢复了正常，霍尔兵这一年多里再没有杀人，两个不同族裔间的关系也融洽了许多。听说那个多达那波将军，跟噶举派的那些法王相处得很好，相互之间走动得也很频繁。这种互动，使双方探知到了各自的需求，相互尽力妥协，才使得博巴疆域内的百姓摆脱了死亡的厄运。最近，又有消息传来，说这些霍尔兵经过卫地，准备到我们这里来，但一直没看到霍尔人，想来这些消息也不是很准确。要是霍尔人真的到这里的话，我们也只能竭尽一切满足他们的要求，免得无端生事，招来横祸。以前的米酿国，就是个活生生的例子。看现今的博巴人，各自为政，孱弱不堪，跟霍尔人一对比，就像大象与蚂蚁，你还能怎样！如今的这种状况，对博巴人是最好的结果。娘卓·韦登想用武力抗拒入侵，他真是异想天开，所有的势力集团都避之唯恐不及，他却要挺身而出，真是自不量力啊！要是惹怒了这些罗刹一般的霍尔人，他们疯狂地报复，会让博巴地域血流成河，再没有这个族裔的立锥之地。所有势力集团都拒绝了他的倡议，他们知道什么叫灭顶之灾，这让娘卓·韦登沮丧透顶，我从他的背影可以看到末代吐蕃武士的身影，可在当下的这个时代，他的这种精神是多么地不合时宜，甚至让人觉得有些可笑。我们可以敬仰这种精神，但不可以提倡，因为此时跟彼时完全不可同日而语。

"嗡嘛呢叭咪吽！愿众生都无恙无灾！

"桑察·索南坚赞平日里也经常练武，身体又显得那样地健壮，有谁会想到他会先我而去，留下一个未满周岁的儿子，这可苦了他们母子。初冬时节，多杰仁钦赶着长长的骡队，给寺院送来了食物。他是个不错的小伙子，热情又开朗，做事踏踏实实。我从他嘴里听到，桑察·索南坚赞的那个小孩，饭量很大，每顿都要吃一木碗的糌粑，还喝七八次的牛奶。听他说罗卓坚赞长得像他妈，这小孩却像极了他的父亲。祈愿长寿佛赐予他健康和平安，萨迦俗世的事物还要靠他来完成。我们兄弟俩这一生凑在一起,相互陪伴的日子,仔细掐算的话也就几百天,我为求学四处奔波,他为萨迦的庄园、牧场奔波个不停,到后头打个照面说上个几句,又匆忙分离。现在我们俩阴阳相隔,我对他的思念和爱,再也无法向他倾诉,只能深藏在心底,在夜深人静的时候,滴着泪水叫唤他的名字。我的孤独、我的惆怅、我的伤心,只能由我来消解,由我去战胜。"

贡噶坚赞站在多门塔边,望着白雪覆盖的仲曲河谷,眼泪簌簌地掉落下来。

"我们回去吧!外面风还很冷!"衮邦确塞跟贡噶坚赞说。

贡噶坚赞从思绪中被拉回到现实世界里,他定定神,用手擦掉眼泪,平淡地说:"我知道,你也喜欢坐在这里看山脚下。"他把两手插进羊羔皮衣服的袖口里,以躲避寒风的刺冷。

"刚开始,我喜欢到这里来坐坐,后来次数就少了。本来到这里是在等仲子白芸师父回家,十多年过后再不敢有这样的奢望,心里的念想也没了。"衮邦确塞望着谷地里冰封的仲曲河说。

"仲子白芸是幸运的,因为他有你这个忠心的徒弟。无论这场战争中他去世了,还是活了下来,他的心里也会牵挂着你!"贡噶坚赞把手从袖口里抽出来,搭在衮邦确塞的肩头说。

阳光一片灿烂,气温却很低,冷风冰冷地蹭在脸颊上,把人的鼻尖都吹红了。

贡噶坚赞和随从顺着山道回寺院里去。

新年很快就到来了,与上一年的冷清相比,今年仲曲河谷里的人们,从桑察·索南坚赞去世的阴影里走了出来,开始了新的生活。他们穿上新衣服,家里准备了丰盛的食物和美酒。偶尔,也从山下传来宛转悠扬的酒歌来，能看到踉跄着从桥上走过去的人。

寺院里每天都有穿着新衣裳的人来朝拜，骑马的、骑骡的、骑驴的，也有徒步来寺的。人们在这几十天里，把萨迦寺的门槛都削掉了一层。

过完年，仲曲河谷又恢复到了往日的宁静，人们开始等待春天的到来，等待播种时刻的来临。

这年的春天值得记忆的事没有几件，在寡淡和波澜不惊中就这样悄然消失了。人们想着在平平淡淡中迎来夏天的时候，一条消息却震惊了所有的人。人们害怕霍尔人疯狂地报复，把屠刀架到自己的脖子上，忐忑不安中度日如年，只能向佛祖祈祷不要降下灾祸。后来没有任何的动静，恐怖的霍尔兵也没有踏足到藏地来，于是人们怀疑之前传来的消息是假的，是有人故意制造恐怖气氛。

可是，夏鲁寺的一名老僧到萨迦来朝佛，顺便多待了几天跟贡噶坚赞叙旧。在他们聊天的过程中，这名叫曲扎仁青珠的老僧却证明，之前那个消息并非空穴来风。

他说自己朝拜完聂唐卓玛拉康寺，再逆着江水往前赶路，半路上他遇到一队二百多人的霍尔兵，有几匹马背上驮着八具尸体。老僧站在路边恭顺地让霍尔人过去，等他们走完又拄着拐杖继续赶路。

等他走到一个叫曲水的地方时，夕阳已快从山头坠落下去，他推了几家房门去借宿，但屋子里没有一个人，好不容易才找到一家有人的。

那家男主人心神不安，神情极度紧张。家里除了他，再没有任何人。男主人从茶壶里给他倒了一碗茶，可是茶是凉的，老僧就蹲在门口的墙角边喝。

男主人像是发现了什么，走到屋外仔细端详老僧，之后问："你是从哪里过来的?"

老僧如实地告诉他是从聂唐来的。男主人又焦急地问:"见到霍尔兵了吗?"

老僧说他们往聂唐方向走了,马上还驮着几具尸体。男主人的脸再一次恐惧地变了形,声音颤巍巍地问:"他们真的走了吗?他们没有杀你?"

"我看到是往聂唐方向去的,他们对我连看都不看一眼。"老僧说完,茶也喝完了。

"走了就好!"男主人长吁了一口气,接着进屋又拿出陶罐给老僧续茶,说,"你不知道,今天在这里有个老头杀死了好几个霍尔兵,我们看到后被吓得,带着家人往山上去逃命。全怪那个老头!昨天我们这儿来了个老头,他骑着马佩着刀,在这一带晃了好几圈后,在西面的山嘴边烧了一堆火,晚上就睡在了那里。今早有人赶牛到树林里时,看到那老头站在山嘴顶上四处观看。他们也没有多想就回家了。太阳照在院子里时,我拿着农具到地里去锄草,别家的人已经在自己地里干活。我走过去时,他们指着山嘴边的老头,说那个老头很古怪,脸上有一道吓人的刀疤,他一副怒气冲冲的样子。听完我也没有太当回事,简单应付几句后走到地里干活。不知过了多久,山嘴边有一队霍尔兵走了出来,是他们的马蹄声让我们抬起了头,马队很长,我们就傻傻地蹲在地里望着。等队伍的最后一匹马也走过山嘴时,突然有一匹枣红色的马冲了过去,看到那人手里举着一把长刀。靠近后那人一挥刀,马背上的霍尔兵跌落了下来,接着又是一名,之后又有一名。霍尔兵的队伍被冲散了,我们这才想起举着刀,去砍杀霍尔兵的就是先前那个老头。霍尔兵的叫喊声和刀剑碰撞声传过来,我们还看到有霍尔兵从马上栽下去。不多会儿,那老头被霍尔兵给围住了,他们一直往河边打过去。我们想到有霍尔兵被砍死了，他们一定会冲我们报复。我们丢下手里的农具，拉上家人往山上去逃命。躲在岩石后向下偷看，那些霍尔人在河边走来走去的，像是在寻找什么。老头可能早已被他们给剁成肉泥了。后来，这些霍尔人没有进村子，而是骑着马儿继续往东走去。我们担心他们还会返回来，会把我们杀个精光。我现在从山上跑下来，是因为当时忘了带糌粑，山上小孩们饿得慌。"

老僧听完男主人的讲述，赶紧劝他去山上躲一躲，他也不敢待在这里，趁着天色还没有完全黑，拔腿就往前方走。

老僧说等他过了江以后，提着的心才落到肚子里。

"我知道那个老头，他就是仲子的酋长娘卓·韦登！要是霍尔人知道他是谁，仲子的人都会受到牵连的。赶紧给夏加益西迥乃的父母写封信，告诉他们发生的事情，让他们做好应对的准备。"贡噶坚赞这样吩咐完，一脸的惊骇状。

"这酋长胆也太大了，一个人去跟两百多人打。喔，这勇气让人肃然起敬！"老僧说完这句，嘴都半张着，把没有多少牙齿的黑色牙龈给露在外面。

"娘卓·韦登就是为战斗而生的，这就是他想要的结果。如果老死、病死，对他来讲就是一种耻辱！"贡噶坚赞面向屋子里的所有人说。

老僧还告诉贡噶坚赞他们，在卫地流传这样一种说法，说达隆法王使用各种手段巴结霍尔人，尖安·扎巴迥乃虽然嘴上说要远离霍尔人，可是心里又是另外一种盘算，只要对自己有重大利益，他还是会死心塌地地跟随霍尔人的。霍尔人对噶当派采取不理不睬的态度，除了热振和杰拉康发生焚寺和屠杀僧人外，他们再没有去刻意打压和破坏噶当派。各地方势力的头人，也会隔三差五地派人去取悦霍尔人，但他们背地里却很是不愿意，经常咒骂这些霍尔人。

"我听说，您的名字也列在霍尔人的名单里，不知这个名单是用来做什么的。"老僧特意把这件事给单独提出来，希望能引起贡噶坚赞的重视。

"去年秋天我做了个很奇怪的梦，梦里有一群霍尔兵从雪山上下来，还出现了我的师父释迦室利，他要我跟这些霍尔人走。呵呵，这真是一个很可笑的梦，梦里我还是个年轻力壮的小伙子呢！"贡噶坚赞笑得全身在抖动，眼睛里却流出了泪水。

老僧也笑了，但他笑得很矜持，是那种恰到好处的笑。

衮邦确塞他们心里有些隐隐的担心，霍尔人的那份名单可能是个不祥的征兆，贡噶坚赞是否会被他们羁押？这样萨迦寺该怎么办？

老僧的到来使一些事情得到了澄清，但也有其他一些事情让他们一头雾水，茫然得不知所措。

白廓宁珠托人捎来了一串红珊瑚，请求贡噶坚赞救度娘卓·韦登的亡魂；娘卓·觉龙让人带来了金箔和银子，请求给大殿的释迦牟尼佛镀金，并请僧人们为娘卓·韦登超度。

夏加益西迥乃听到爷爷死去的消息时，没有落一滴泪，也没有低下他的头。而是像他爷爷曾教导的那样，径直离开贡噶坚赞的卧房，走向寺院大殿，盘腿坐在垫子上，面朝佛祖不停地诵经祈祷。他那稚嫩的声音，缭绕在大殿的柱子间，飘摇到灯芯的火苗上。

第二天，罗卓坚赞来叫夏加益西迥乃时，看到他的眼睛红肿，声音嘶哑了。罗卓坚赞劝他在房子里休息，不要去乌尤巴·日贝僧格那里听课。这时夏加益西迥乃才放任地哭了起来，哭得罗卓坚赞无所适从，哭得是那般地无助。好在念·卓普经验丰富，他扶着夏加益西迥乃进入到房子里，帮他把泪水擦干，用话语开导他。等到他情绪平复以后，念·卓普留下一名僧人陪伴，带着罗卓坚赞去了乌尤巴·日贝僧格那里。

中午，乌尤巴·日贝僧格专程来看夏加益西迥乃，带他到寺后的山头去散心。等到太阳落山，一弯月牙拱到天空中时，乌尤巴·日贝僧格和夏加益西迥乃一前一后地下山来。

很多僧人从窗台、廊道下看到了他们，僧人们心里为夏加益西迥乃有这么一个顶天立地的爷爷而感到羡慕，对他失去亲人又感到了惋惜。

贡噶坚赞召集萨迦寺的所有僧人，为娘卓·韦登举行了一次规模庞大的祈祷法会，组织僧人给释迦牟尼佛贴金，那串红珊瑚也给献上了。

关于娘卓·韦登的各种传说，在仲曲河谷地带里传扬，个别人还带着食物和酥油，来寺院慰问夏加益西迥乃。

这阵风头过后，很少有人再提及娘卓·韦登的事情了，夏加益西迥乃好像也从失去爷爷的痛苦中得到了解脱。其间，贡噶坚赞到他房间里去，询问他要不要回圭塘一趟。夏加益西迥乃回答他说，自己已经从失去爷爷的痛苦中走出来了。

贡噶坚赞摸着他的头，用左手搂住他的肩，说："这种悲伤谁都无法逃避，罗卓坚赞六岁时，他的父亲就离开了人世，他也像你一样悲痛过。他的父亲也是我的弟弟，那时我都快六十岁了，这种打击我们都要经受住。只要我们想到，人最终都有一死，心里就不会那样地难受！"

听了这一席话，夏加益西迥乃心里凝结的那块痛苦的绳结，一下子就被解开了。他想起整天乐呵呵的罗卓坚赞，想起辩经场地里胳膊上缠着念珠，辩得面红耳赤的罗卓坚赞，心情好受了很多。

贡噶坚赞看到夏加益西迥乃现在的状态，心里的担心少了很多，就回自己的宿舍去。

多达那波率领军队已回凉州的消息，是在庄稼快要收割时传到这里的，人们悬着的心终于落了下来。同时，又纳闷娘卓·韦登杀了霍尔人，他们却没有进行血腥的报复，反而选择了就这样悄然地离开，这让博巴人不可理解。但也不让博巴人盲目高兴的是，听说多达那波在各要隘口都留下了兵士，设立了多个驿站，这说明霍尔人不久还要回来的。

霍尔大部队的撤离，使博巴人感觉架在脖子上的刀给拿走了，一下感觉舒畅、轻松，这场危机就这样莫名地给解除了。

这时，萨迦寺也迎来了一件喜事，桑察·索南坚赞的小儿子被送到寺院里来，他的模样极像自己的父亲。贡噶坚赞见到他第一眼的时候，也被这长相给惊唬住。他眯着眼睛端详许久，才张嘴说："太像了，就像一个模子里刻出来的，以后你就叫恰纳多吉吧！"

恰纳多吉的性格跟罗卓坚赞截然不一样，他喜欢动，一会儿爬上贡噶坚赞的床铺，捣弄桌上的竹笔、纸张，一会儿又大声吼叫往门口跑，弄得奶娘一直跟在他的屁股后面。当奶娘抱着他，不让他动弹时，他就用小拳头去捶。

贡噶坚赞把脸黑下来，拍着桌子吼："看这小孩，再这样调皮的话，我就把你的耳朵给割下来吃。"

恰纳多吉看到这架势，稍微安静了一会儿。他箍住奶娘的脖子，把脸别过去。

为了让恰纳多吉不感到孤独，贡噶坚赞和玛玖贡吉达成一个口头协议，玛玖贡吉在仲曲河畔的庄园里待上几个月，顺便从贡噶坚赞处领受长寿佛的灌顶。

一切商议妥当后,玛玖贡吉担心恰纳多吉再调皮捣蛋,急忙跟贡噶坚赞告别,带着一群家仆离开了。屋子里一下寂静下来,贡噶坚赞托着腮帮子,出神地望着一动不动的门帘。

恰纳多吉的房子布置好后,东久和几个僧人便去迎请。

东久他们到庄园里时,玛玖贡吉正在佛堂里磕头,等了一会儿她才下楼来,请他们到会客室里喝茶,让奶娘准备恰纳多吉的衣服和食物。恰纳多吉拿着根树枝条,走进客厅里,看到东久他们后,躲在柱子后面,扮各种鬼脸逗他们笑。东久想抱他,他却撒开腿跑掉了。玛玖贡吉很无奈地摇着头,告诉他们说,桑察·索南坚赞在他半岁多的时候就走了,这两年里他没有感受过父爱,玛玖贡吉只能加倍地把爱倾注到他身上,让他感受不到父爱的缺失。到头来恰纳多吉变得极其任性,稍不如意就会哭闹,大家只能迁就着他。好在贡噶坚赞还在,把他送到寺院里,不仅能识字读书,还能改掉这些坏脾气。

玛玖贡吉的头发梳理得油亮亮,两根辫子垂落在后背上,那张白皙的圆脸没能经受岁月的划伤,眼角被时间割出了一道道的深沟。但她身上固有的雍容、华贵却没有一点失色,反而让人一眼便被征服。玛玖贡吉双手抱在胸口,红色的衬衣,黑色的氆氇藏装,更加衬托出她的优雅来。一旁的东久在想,这是一个多么了不得的母亲,她为整个萨迦贡献了两个男孩,一个以后会成为寺主,另一个却要管理萨迦势力范围内的所有俗世。她的谈吐举止又是这般地优雅,声音细润、柔和,让人不得不肃然起敬。

东久他们连哄带骗地将恰纳多吉带出了庄园,玛玖贡吉泪汪汪地目送他们走远。

恰纳多吉趴在东久的背上,穿过了路旁的民房和留着庄稼茬的农田,后面的僧人背着衣服和食物,不停地跟恰纳多吉说:"看,那只鸟,以后我们会帮你捉的。""寺院里有很多的狗,我们抓来让你玩。""寺院的墙壁上有很多的画,每个都是一个很好听的故事。""我们的护法神殿里,还挂着一个人头呢。"

恰纳多吉被这些东西给吸引,这一路上没有闹,而是充满期待地趴在他们背上来到了寺院里。

这一天晚上,恰纳多吉哭得像个泪人,贡噶坚赞、罗卓坚赞、东久他们围着他转,想尽办法哄他。恰纳多吉嘴里一直喊着妈妈,手指向门口。最后,他哭着哭着就睡着了,那小手还握紧拳头。在油灯微弱的亮光下,僧人们脱下恰纳多吉的衣服,把他放进被窝里,这才松了口气。他们一个个疲惫地走出去,留下东久在这里陪恰纳多吉。

寺院与庄园间反复来回十多天后,恰纳多吉与东久他们之间的关系融洽了,往庄园去的次数也在逐日减少,他也适应在寺院里到处走动了。

不到一个月,玛玖贡吉就来到寺院,跟贡噶坚赞和她的两个儿子告别。她知道待在仲曲河谷的庄园里,只能让两个儿子依恋自己,对他们的学业会产生影响。再说,自己在这里也不是很适应,回到鲁孔一切就会好起来。她熟悉那边的人和事,熟悉庄园里的每一个角落,最让她感到踏实的是,在那里还有桑察·索南坚赞留卜的气息和点点滴滴的回忆。在那里她一个人呆坐在屋子里,也不会感到孤独。正因为这些原因,她才决定提前回去。但她跟贡噶坚赞不会说这些,只告诉他,恰纳多吉已经适应了这里,有罗卓坚赞相伴,更有小孩伯伯的照顾,她待在这里只会让他们分心。趁着气温刚降下来赶紧回鲁孔去,免得后头下雪,到时道路上到处结冰，回家很辛苦。贡噶坚赞理解她的这种想法，准许了她的这一请求。

入冬的早晨，几十匹马和二十多个人离开了仲曲河谷。玛玖贡吉骑在马背上缓缓回头望，看到山坡上飘升的一缕桑烟和萨迦寺的白塔、围墙，眼睛里滚出了一串泪水。

玛玖贡吉一行走出谷地时，东久带着罗卓坚赞和恰纳多吉正站在多门塔的边上，他们焚烧的桑烟带着草香往上飘，谷地里的马队正逐渐走远。罗卓坚赞双手合十，为玛玖贡吉一行人诵读祈祷经文，眼睛里注满闪烁的泪水。

玛玖贡吉回鲁孔后，恰纳多吉的教育也正式开始了。天刚亮，恰纳多吉就会被东久叫醒，趁着天色微亮背诵文殊菩萨的经文，洗漱完吃早饭，又开始认识和背诵藏文字母。午饭后，继续练习写字。在东久的调教下，恰纳多吉的性格和脾性都有了很大的改变。

有时，恰纳多吉也会溜到罗卓坚赞房里，他在那里打闹一阵后，或高高兴兴，或哭哭啼啼地跑回自己的房子里。贡噶坚赞偶尔也会被这些声音勾住，丢下手里的笔和经卷，一骨碌从床铺落到地上，蹬着那双旧鞋子冲出来，抱着恰纳多吉不停地安慰，还会把脸颊贴在他红扑扑的脸蛋上，言不由衷地在过道里大声训斥罗卓坚赞。

从楼上的天井里一缕阳光斜斜地射在东面的墙壁上，壁画上色彩艳丽的佛们异常生动了起来；红色的柱子、光亮的阿嘎地面。这阳光正一毫一厘地往上跳跃，把阴影的截面越留越大。二楼廊道上变得寂静了起来。

又是一个冬天到来了，在萨迦寺待了近四年的杂穆圭，决定离开这里去卫地。贡噶坚赞劝他等到天气回暖，再找个伴一同过去。杂穆圭哪里能听得进去，固执地坚持自己的想法。但是他要求在离开前再跟贡噶坚赞辩一次经，不为输赢，只为证明他在萨迦寺时学有所成。贡嘎坚赞笑着拒绝了，杂穆圭更是来劲，说只要不答应他就睡在房门口，白天黑夜都睡在那儿。

贡嘎坚赞再次笑出了声，看着杂穆圭说："你学习佛法，就是为了沽名钓誉吗？如果不是，那你为什么一定要与人争辩？"

杂穆圭把僧服的下摆撩起，说："您看面上的僧服已是脏兮兮，但翻过来里面却干干净净，我只看到了干净的这面，却没有看到不干净的一面。学佛也是这样，自认为修到了觉悟的地步，不承想却还差着十万八千里，就跟翻这僧袍一样。"

贡嘎坚赞不再言语了，稍微沉思后说："明空无执！"

杂穆圭听后闭上眼睛认真思考，突然睁开眼睛，重复了一句："明空无执！"

贡嘎坚赞说："等你把这句话理解透了，我俩再进行辩论。"

杂穆圭脸色一下煞白，心里极不服气地甩开门帘，嗵嗵地往楼下冲了下去。

杂穆圭为这句话专门去找乌尤巴·日贝僧格、嘎拉巴·索南多单、夏加益西迥乃等人释疑，当他得到他们的见解后，才豁然开朗。

杂穆圭是在一个夕阳刚落山的时刻，闯进了贡嘎坚赞的卧房里。他看到衮邦确塞止从一个黝黑的陶罐里，用木勺子给贡嘎坚赞盛糌粑粥，旁边还有罗卓坚赞、恰纳多吉，屁股坐在他们对面，从兜里掏出缺了口的木碗，递到衮邦确塞的眼前。

"你这猴急的僧人，就不能给这两个小孩先倒吗？"贡嘎坚赞嘴上训着，却一脸的笑容。

衮邦确塞还是先给杂穆圭盛了，他呼噜呼噜地喝了起来。等到喝完糌粑粥，他用舌头把碗沿舔干净，然后装进自己的怀兜里。

杂穆圭起身给贡噶坚赞磕头顶礼。

他说："我这一生无法达到您的高度，对您只有景仰和崇敬。明天我将离开萨迦，这一生再无缘见到您了！"

"你不是还要跟我辩论吗？"贡噶坚赞手里端着瓷碗问。

"不用再辩了，我要领悟的东西还有很多，希望您的福泽护佑我。"杂穆圭一副极其虔诚的态度。

贡噶坚赞让衮邦确塞拿来一只阿里产的木碗，它的色泽红亮，白色的细纹清晰又俊逸。他将这个木碗交给杂穆圭，作为一个念想，还让人拿来一袋糌粑和一点碎金，用来路上使用。

杂穆圭牵住贡噶坚赞的手，额头抵在上面，带着颤音祈祷。然后，拿着那些送给他的东西，头也不回地走出去。

萨迦寺里的人都不知道他是何时离开的，天破晓时他人已经不见了，住的房门洞开着，一只小老鼠警觉地躲到墙角边的陶罐后面去。那面墙上用木炭写着"明空无执"四个字，来送行的僧人瞪着一双迷惑的眼睛，对未能跟他告别感到有些伤感。

杂穆圭就这样消失了。

可能是许多人的相继离世，或离开萨迦，让贡噶坚赞的心里也开始不安起来，他想到自己已经过了六十的门槛，在这世上为他人利益的时间也不多了。趁着还活着的时机，把寺院规划好，投入更多的精力去培养罗卓坚赞、夏加益西迥乃、恰纳多吉等人，使萨迦教派后继有人，将来指望他们来发扬光大。

贡嘎坚赞除了参加平日的佛事活动、寺院重大议事、年轻僧人教学外，其他的事情他一概不参加，一股脑地投入到研究佛学和教育这三个少儿身上。他经常秉灯著述，这让衮邦确塞他们非常担心，怕他太过劳累，怕他心理压力太大。无论他们怎样劝阻，贡嘎坚赞嘴里应着，依旧我行我素，该干的还是继续在干。

又是两年多的时间转瞬逝去，这期间贡嘎坚赞完成了《大乘道论概要》，这本书的手抄本迅速在各教派中流传，成为佛教徒们必看的一部书了。罗卓坚赞和夏加益西迥乃的学业也是进步神速，经常得到他们师父的认可和褒奖。夏加益西迥乃在乌尤巴·日贝僧格的主持下，接收了沙弥戒。恰纳多吉虽然是个世俗之人，除了文化学习外，也在适当地学习佛教的最基本知识，他的性格也从以往的任性，逐步变得温良、安静。贡嘎坚赞看到这些心里很欣慰，现在他就等着自己哪一天突然去世，身后的事再无需牵挂了！

这天贡嘎坚赞带着衮邦确塞他们去转多门塔，然后站在山脚边望着仲曲河谷。地里的庄稼已经收割完毕，仲曲河像乳汁一般流淌，是它养育了一代代的萨迦人，锻造了萨迦人的秉性，更是赋予了他们精魂。对面遥远的半山腰上云雾在徐徐升腾，露出一片青翠来。

"我三十四岁当寺院住持，一晃已经二十八年过去了，岁月真是匆匆，没想到自己已经变成老人了！"贡嘎坚赞叹着气说。

衮邦确塞看到东久和罗卓坚赞、恰纳多吉正向这边走来。衮邦确塞站在他的身旁，看到贡嘎坚赞确实老了，头发如海螺般白，眼睛开始有些浑浊，面颊上的肉也松弛下来，脖颈上更是一道道的褶皱。这时，恰纳多吉的叫喊声也不能把贡嘎坚赞从思绪中带出来。

衮邦确塞莫名地伤感了起来，体内的血往上蹿，全身一阵颤栗。

罗卓坚赞和恰纳多吉走到贡噶坚赞跟前，用手触碰他时，他才从那种思绪中缓过神来，脸上堆起了笑容。这时的贡噶坚赞又变得无忧而快乐，眼睛眯成一条缝，眼角的皱纹动弹了。

贡噶坚赞攥住他俩的手，站在那里望着仲曲河谷，随后问了些他们的睡眠、夜尿、床被的情况，然后让他们去转多门塔，自己带着衮邦确塞先行回家去。

这天太阳出来时，云朵都变成了彩霞，喜鹊落在寺院的屋顶鸣叫，更神奇的是大殿的台阶石缝中，长出一棵草来，上面绽放着一朵从未见过的花。寺院里的僧人一传十，十传百，都争相聚到这里来看。他们把这些有违规律的现象联系起来，纷纷猜测会有什么事情发生。大殿前面的开阔地上人越聚越多，各种猜测在这里流传。

恰纳多吉气喘吁吁地掀开门帘，要拉着贡噶坚赞的手去看。贡噶坚赞嘴里训斥着，身子却跟在他的后面，往房门口走去。

僧人们看到贡噶坚赞过来，都闪到一旁去，给他腾出一条直接到台阶前的路。

贡噶坚赞看到一朵乳黄色的花，它在微风中轻轻飘摇，仿佛是在对他频频点头。花香也芬芳了起来，这香味淡雅，但在感官里却久久留香。贡噶坚赞也没法预判这朵花对萨迦寺昭示了什么。从它的花色、香气来断定，不会有什么坏事发生的，因为今天的一切奇异现象都是让人愉悦的美好事情。

贡噶坚赞面向花朵，心里默默地诵起了经文，花蕊莫名地伸展开，无限喜悦地相互交缠，就近的僧人看到这样的场面，惊奇地发出了啧啧的惊叹声。

这天下午，仲曲河谷里涌来了一千多号的骑兵队伍，他们扛着旌旗，佩带刀剑，手持长矛。他们穿过林立的民房，走过留着金黄麦茬的庄稼地。狗叫声从四处响起。村民站在门口，惊恐地睁大眼睛，目送这些兵士从自己身旁走过去。他们看到这些骑兵踏过仲曲河上的桥，马上就知道他们是冲着萨迦寺来的。仲曲河谷里的人担心萨迦寺遭遇不测，尾随在马队后面。

骑兵上山后，直接进了寺院，他们停在大殿前的广场上，马儿把大殿前充塞满。萨迦僧人站在墙根下，他们一眼便知道这些是霍尔人，心里的恐惧压得他们呼吸不畅。

一个披头散发的人，问身边一名骑在马背上的僧人："萨迦贡噶坚赞在哪里？"

"可能在他的房子里。"僧人用手指方向。

披头散发的人从马背上跳下来，整理了一下衣服和佩刀，僧人也赶紧从马背上跳下来，他俩在几名兵士的陪同下，向着贡噶坚赞住的房子走去。

他们进入院门，再踏上楼梯，看到几名僧人惊恐地站在廊道的墙边。

披散头发的人问旁边的僧人："贡噶坚赞的房子在哪里？"

这名僧人跨步往前走，撩开一个房间的门帘，他们就往里面冲了进去。

披散着头发的人，看到迎面站着一个老僧，旁边有几个伺候他的年轻僧人。

"贡噶坚赞？"披头散发的人问。

"我是贡噶坚赞。"老僧镇定地回答。

披头散发的人，从一旁的人手中接过一个卷轴，把上面的缠带解开，徐徐展开，大声地读道：

长生天气力里，大福荫护助里，皇帝圣旨。

晓谕萨迦班智达贡噶坚赞贝桑布。

朕为了报答父母及天地之恩，需要一位能指示道路取舍之喇嘛，在选择之时选中汝萨班，故望汝不辞道路艰难前来。若是汝因年迈而推辞，那么，往昔佛陀为众生而舍身无数，当又如何？汝是否欲与汝所通晓之教法之誓相违？朕今已将各地大权掌握，如果朕指挥大军前来，伤害众生，岂能不惧乎？故若汝体念佛教和众生，尽快前来！朕将令汝管领西方众僧。

赏赐之物有：白银五大升，镶缀有六千两百粒珍珠的珍珠袈裟，硫黄色锦缎长坎肩，靴子，整幅花绸二匹，整幅彩缎二匹，五色锦缎二十四等。着多尔斯衮和本觉达尔玛二人赍送。

龙年八月三十日写就。

第九章

  贡噶坚赞的脑袋里嗡嗡地作响,他伸手接住了这幅锦缎镶边的诏书,拿在手里竟这般地沉重,压得他呼吸都不畅起来。

  "我是诏书上所说的本觉达尔玛,通常人们都叫我多达那波。"披散着头发的男人这样说。他胸前的牛皮铠甲,腰间的佩刀,都在宣示他们的决定是不容商量的。

  眼前这个披散着头发、高大威猛的男人,就是令所有博巴人胆战的多达那波将军,贡噶坚赞只能先稳住这些霍尔人,再把这事给理清楚。

  他说:"多达那波将军,先到客厅里用茶,一路上你们很劳累的!"

  多达那波欣然接受了这一邀请,他们出卧房到一旁的客厅里去。他们落座后,衮邦确塞端来了茶碗,一一放在矮桌上;东久抱着陶罐茶壶边摇边倒,一股暗红色的茶汤散发出清香的味来。之前,那种紧张的气氛被冲散掉,人人显出轻松的状态来。

  "萨迦班智达,您不认识我了吗?"跟多达那波一同来的那名僧人问。

贡噶坚赞仔细端详后，冲他摇了摇头，脸上的表情里充满歉意。

"喔！你是拉吉毕积吗？真的是你吗？"站在一旁的衮邦确塞激动地喊开了。

"衮邦确塞，我就是拉吉毕积！"拉吉毕积说完站起来，泪水哗哗地在脸上流淌。

"你真的是拉吉毕积？三宝啊！"贡噶坚赞从座位上站起来迎过去。

他俩紧紧抱在一起，两人都变成了泪人，泪水滴落在他们肩头的披肩上。

贡噶坚赞放开拉吉毕积，擦着脸上的泪水，坐回到自己的位置上。

"贡噶坚赞，西凉王阔端让我骑马走了几个月的路程，就是想请您到凉州去，谈关于我们与你们之间的关系，希望您能早日动身前往。"多达那波说，身子向后尽量靠在背后的靠垫上，脚上的靴子头高高翘起。

"这一切来得这般突然，我都没有回过神来，请容我想一想！毕竟，我已经是六十三岁的人了。"贡噶坚赞平静地说。

多达那波没有一点着急的意思，仿佛这一切都在他的意料之中一样。他把脸转向贡噶坚赞："我可以给你时间，但不能太长，毕竟我们还要赶回凉州去，阔端王在等着；我带到这里的兵士有一千多人，他们长期吃住在这里，你们的压力也不小。总之，尽早动身就好。"

贡噶坚赞还没有从发生的事件中回过神来，多达那波把脸转过去，对一个敦实的男人继续说："这是阔端王派来的另一名使者多尔斯衮，您就喊他杰曼将军吧！"

贡噶坚赞合双手置于胸前，头微微低下来，表示对他到来的欢迎。

"察哈勒格，你让兵士把阔端王送的礼物抬进来，献给贡噶坚赞。"多达那波命令。

霍尔兵把这些礼物全部抬到了贡噶坚赞的会客室里，把墙角边全部都堆满了。

贡噶坚赞喊来萨迦寺的总管，由他带领多达那波到仲曲河谷里找个安顿的地方。拉吉毕积跟随多达那波骑马出了寺院，马蹄声敲碎这寂静的下午，也击碎所有僧人的心。僧人知道了霍尔兵士到这里来，就是为了带走贡噶坚赞，他离开萨迦的话，他们就好像没有了主心骨一般；但面对这群威武、凶悍、壮实的霍尔兵，他们又没有任何的办法，只能眼睁睁地看着。

霍尔的最后一名骑士也从寺院门里出去，门口变得空荡荡时，他们的目光落到贡噶坚赞的身上。当看到贡噶坚赞身后的夏加益西迥乃时，想起了他的爷爷，想起了那位爷爷孤胆一人冲击霍尔兵的勇气，一种崇敬之情油然而生，那才是顶天立地之人，博的地域里再也寻不见了。

贡噶坚赞让僧人们回去，自己到大殿里去拜释迦牟尼佛。他来到台阶前，那朵花还在那里开放。他低下头用鼻子嗅，那种芳香冲进鼻孔，而后滞留在他的脑海里，香气让他慢慢平静下来。他看到罗卓坚赞他们跟在自己后面，便打发他们回去，只带着衮邦确塞到大殿里去。

大殿里的光线有些昏暗，贡噶坚赞从僧人们坐的垫子中间穿过去，来到释迦牟尼佛像前磕头跪拜。衮邦确塞站在一旁，心里百感交集，他渴望能再次见到拉吉毕积，这样就能知道仲子白芸师父的消息，内心里祈祷佛祖保佑师父。

贡噶坚赞把抖落的披肩重新披上，走到衮邦确塞跟前，说："我们在这里坐一会儿吧！"

衮邦确塞马上扶起他的胳膊和背送到法座跟前。

"我们就坐在这里。"贡噶坚赞说着蹲下身子,坐在了僧人们坐的暗红色的垫子上。衮邦确塞坐在对面的垫子上。石头雕刻的那盏巨大供灯里,蓝黄色的火苗在跳荡,酥油融化的气味充满整个大殿。

"突如其来的变故,令我有些手足无措。但这件事曾经在我梦里昭示过,梦里释迦室利劝我去他们的地域。你之前见到过这些霍尔人,你对他们的印象是怎样的呢?"贡噶坚赞问。

"我对他们的印象一点都不好,他们就像嗜杀成性的屠夫,没有慈悲心、不懂取舍,跟魔鬼没有差别。"衮邦确塞盘着腿说。

"现在他们要我去凉州,如果不过去就会派兵过来,滥杀无辜,那我作为一名僧人造了多大的孽?我一生追求的利益他人,岂不就成了一句空话吗?"贡噶坚赞跏趺坐在垫子上,两手紧紧相扣,又继续说:"只要能拯救博巴人于战火、血腥,我是甘愿献出自己的生命的,要是一条命能换来数百万人的命,那是多么大的一个功德。我这一去还要把你衮邦确塞也拉上,到时你会愿意还是不愿意?"

"我是一名僧人,救度他人是我的本职,我会毫无怨言地跟随在您的身旁。"衮邦确塞回答。此时,他的脑海里映现的是他逃到博地域来时,一路看到的那些惨状。

大殿里极其安静,可是贡噶坚赞和衮邦确塞的心里在设想着各种最坏的结果。

这时萨迦寺的总管闯进了大殿里,说霍尔人在庄园西头的空地上搭建帐篷驻营了,多达那波和杰曼将军被安置在了庄园里。现在寺院要给他们提供粮食和燃料,他马上组织僧人送过去,还问贡噶坚赞有没有其他的吩咐。

贡嘎坚赞从坐垫上站起来,告诉他暂时还想不起来,两人并肩向大门口走去。衮邦确塞迈着小步,跟在他们的后面。

从黄昏时起,寺院各喇让和扎仓的负责人陆续到贡嘎坚赞的卧房,询问霍尔人的来意,劝阻贡嘎坚赞不要去霍尔人的地域。他们虽然这样说,但都知道这只是一厢情愿,因为博巴人没有任何实力跟他们对抗。

几盏油灯里添加了一次油,喇让和扎仓的负责人才想到时间已经很晚了,他们跟贡嘎坚赞告别,一同走出了房屋。东久手持油灯站在楼梯口,每个人表情凝重地下楼去,然后默默地消失在黑沉沉的夜色中。

东久再次回到贡嘎坚赞卧房时,看到他盘腿坐在床铺上,面前的小桌上放着那个诏书,没有一点睡觉的意思。衮邦确塞和念·卓普立在一旁,油灯的光照射不到他俩,只看到两个黑黢黢的影子。

东久走进来时,手里的油灯光打在他俩的脸上,使他们鲜活了起来。他把油灯挂在一根房柱上,它周围的阿嘎地面亮堂了起来。

"时间很晚了,您先休息吧!"衮邦确塞提醒贡嘎坚赞。

"时间已经很晚了,明天上午我们先去霍尔人的营地,下午把几个喇让和扎仓的负责人叫过来,跟他们好好议一议。你们都得跟我去凉州,这是先跟你们通个气。"贡嘎坚赞疲倦地说。

"我们听您的安排!您先下床,我们给您铺好床。"衮邦确塞凑近后说。

那夜他们所有人都到了后半夜还未睡着,他们不知道这一去前路有多凶险,外面的狗吠声今晚听来是如此地亲切,风吹过窗板时的摩擦声也有温度。

太阳把谷地照得明亮、温暖的时候，贡噶坚赞带着喇让的负责人和寺院总管到庄园里去慰问多达那波和杰曼将军。他们坐在园林里，在麻雀的声声叫唤中，畅聊一些各自民族的生活习性、民俗、信仰等，都表现得很自如、愉快。临近中午，贡噶坚赞跟多达那波和杰曼将军告别，并邀请他们第二天到寺院里去参观。

多达那波和杰曼将军接受了贡噶坚赞的邀请，送他们到庄园门口，看他们骑上马走远。

下午，萨迦寺院的喇让、扎仓代表和总管等来到会客室里，他们坐定后议论起贡噶坚赞要不要去霍尔的地域，绝大部分人是反对他离开萨迦寺的。他们说到激动处声音有点大，传到了屋子外面。个别情绪激动的人，还把拳头砸在桌子上，表达着他们对霍尔人的愤怒。

在他们讨论得最激烈的时刻，贡噶坚赞在衮邦确塞和念·卓普的簇拥下进入到会客室。他抿紧嘴唇坐在正中的垫子上，向所有来人扫视一番。后面的窗户里斜射进一缕阳光，正落在他的背部上。因这一阳光的照射，贡噶坚赞的脸反倒显得有些黑。

罗卓坚赞和恰纳多吉也进入到会客室里，坐在了门口的那张垫子上。

贡噶坚赞告诉所有人昨晚他失眠了，想了整整一个晚上，现在最好的结果就是去凉州见霍尔的阔端王；如果不按照他们的意愿去做，那博巴人就不会有好的下场，这一点在诏书里写得明明白白。"昨晚跟大伙聊了那么久，理解你们反对的原因，一是担心路途遥远，气候多变；二是害怕霍尔人居心不纯，到时逼迫我做有违心愿的事，不从会危及生命安全；三是霍尔人取舍方面如同畜生一般愚昧。但我作为一名教徒，为博巴地域里众生的生命安全，倒在半路上死掉也心甘情愿。既然连死亡都不惧怕，还会害怕霍尔人的要挟吗？所以这个也不足惧。你们说他们还没有开化，为什么我们不去度化，让他们知道取舍呢？要让他们知道除了战争，还有慈悲和爱，用这些东西去抚慰那些处在水深火热中的人，感化霍尔王，保护更多的生命，这不就是在践行佛祖的教义吗？"

参加议事的人们听完贡噶坚赞的话，谁都不敢再说什么。贡噶坚赞说的都在理，只是从情感上他们不愿失去他，这一去，对于他们来讲意味着天各一方。

"我们也不要把霍尔人想得太坏，毕竟都是人，是父母生出来的子女，是可以改变的。吐蕃时期，我们的祖先不也是左征右伐嘛，杀戮了多少的生命，消灭了多少的国家，而如今，他们的后代，我们这些人又变成了满怀慈悲、内心善良的人，这证明人心都是可以重塑的。在我没有走之前，我有这样的一个提议，希望你们能够接受。如果我的提议被你们接纳，我会在全寺僧人面前宣布。在我不在的时候，这个决定对我们萨迦寺今后的正常运转，将起到至关重要的作用。"贡噶坚赞再次看向所有人，举起手挠了一下头，又说道："我要委任乌尤巴·日贝僧格和夏加益西迥乃，担任我们萨迦寺的曲奔，总管寺院的所有宗教事务；委任仲巴·释迦桑布担任内务官，全面负责寺院的所有事务。"

听完贡噶坚赞的提议，人们知道他去意已决，再也没有回旋的余地。大伙沉默一阵，谁都没有先开口。

"我的这一提议难道你们不说什么吗？"贡噶坚赞身子前倾，一脸和蔼地问。

"您的决定是经过深思熟虑的，我们会遵照执行。"

"他们都是萨迦寺最德高望重的人，我们没有任何的异议！"

"我们会把他们当成您一样,进行爱戴和敬重。"

"……"

贡噶坚赞看到人们对于他推荐的人没有异议,心里踏实了许多,脸上展出笑容来。

"我还有另外一件事,这次到霍尔的地域去,我们还肩负着给他们传法送经的任务,到时希望有一批人跟我一同前行,我要请那些修行成就高、精通佛经的人跟着我走,请你们以慈悲为怀,去救度和开启他们的心智。到时罗卓坚赞和恰纳多吉也要跟我同行,希望被邀请的人把个人安危置之度外!"贡噶坚赞说。

过来议事的听完这句话就炸锅了,他们在私下议论开来,嗡嗡的声音充斥在会客厅里。

"我们尊重您之前的所有决定,但后面的这个决定实在难以接受,这对于萨迦的未来是极为不利的。罗卓坚赞和恰纳多吉是萨迦寺院和整个家族的未来,漫漫长途,道路凶险,何况他们的年纪这么小,一路风餐露宿,这身体怎么能扛得住。要是他们有个三长两短,萨迦的法座、萨迦俗世的管理者有谁能担当?您这是欠考虑的,我们恳请您三思后再做决定!"乌尤巴·日贝僧格站起来说。

"罗卓坚赞和恰纳多吉真不适合跟您走,他们在这里会受到我们所有人的爱护,学业上也绝不会被耽搁。您过去是凶是吉现在我们都不清楚,带着他们只会增加危险,他们可是萨迦日后发扬光大的火种啊!我是坚决反对的。"夏加益西迥乃也站起来,情绪激动地说。

"您是我们萨迦的如意树,现在要被这些霍尔人随意搬迁走,我们的心里为失去您而悲伤着。您却要把我们最后的那线希望也砍掉,那我们还有什么盼头？两个小孩请您留给我们，让我们看到希望和未来！"琼扎仓的负责人说。

"萨迦班智达，您的学问浩瀚如大海，您的声名如经幡飘扬在雪域高地上，可这件事上您真是犯了糊涂，我不能苟同您的这一想法。"年迈的德丹旺久坐在垫子上说，他的眼眶里满含泪水，身子在颤抖。

有人起来给贡噶坚赞磕头，请他收回这个决定。更多的人也从坐垫上站起来，加入到这队伍里。整个会客厅塞得满满的，年老一些的僧人开始哭了。

贡噶坚赞劝他们不要磕头，但他们没人听，一直不停地磕头，直到他把这个决定收回去。

令所有人想不到的是，恰纳多吉从他们中间挤进来，对他们说："我们一定要跟伯父一起走，你们不要为难他了。"

人们抬起头不敢相信似的望着恰纳多吉，这才六岁的小孩为什么会这样决绝。人们从地上起身，不敢再说什么，也不知道该说什么。目光全部集中在恰纳多吉的身上，他们仿佛从他的身上看到了已故的桑察·索南坚赞的某些精神气质。

"你们的心情我理解，我们会把罗卓坚赞和恰纳多吉照顾好，不久他们就能从凉州回到萨迦来。"贡噶坚赞蛮有把握地说。

他们再也不能说什么了，过来议事的人灰心地坐回到自己的座位上，突然能听到老僧发出的几声干咳声。每个人的脸部表情僵硬着，脑袋也低低地垂落。

"明天早祷告结束后，我来宣布今天我们讨论的这些事情。我们的议事就此结束，大伙回去吧。"贡噶坚赞说。

乌尤巴·日贝僧格并没有回去，他走到贡噶坚赞的对面，恳请他再三考虑。贡噶坚赞耐心地倾听，到后头一直都不松口。乌尤巴·日贝僧格只能悻悻地离去。

这个消息快速在萨迦寺院里传开，僧人们的心里慌慌的，他们好像要失去依靠的大山一般，整个寺院里笼罩着一种压抑与沉重的气氛。

太阳靠近西面的山头时，拉吉毕积跑到萨迦寺来，专门看望贡噶坚赞。他向贡噶坚赞顶礼后，他们坐在一起热烈地交谈。衮邦确塞他们也围了过来。

拉吉毕积回忆说："听说霍尔人攻陷米酿国的甘州后，我们从中兴府里逃了出来，本想一路往西南方向走，逃回到博的地域。可是路上经常有霍尔的部队，我们只能躲进山里去，绕道继续赶路。走了半个多月，也不知绕到哪个地方了，整天恐惧得有个声响都能把人吓破胆。外面奇寒无比，带出来的东西本来就不多，只能咬牙忍受着。再过了些时日，装粮食的口袋一天天地瘪下去，经过的农田不是荒废，就是杂草丛生，农屋里也是空荡荡的。觉本喇嘛这时受了寒，病情一天天地加重，人消瘦得不成样子了。我们没有药，也快没有吃的，只能通过祈祷希望觉本喇嘛能好起来。到了第四天，觉本喇嘛脸上露出了笑容，环视了我们每一个人，然后气就断了。我们只能简单地处理他的遗体。

"我们十几个人围在一起，开始讨论该怎么办。仲子白芸坚持回博巴地域去，也有人提议再进到山里躲一阵，更有的说干脆跟霍尔人拼了，横竖都是死。我们很多天来只吃一顿饭，再耗下去连吃的东西都没有，只能饿死在这山里。年纪最大的玛·列巴西热说，不再往深山里钻了，我们往大路上走，遇或不遇霍尔兵就听天由命吧。我们听从他的这句话，拖着疲惫的身体往山外走。确实,我们遇到了一队霍尔兵,看到我们的装束和疲惫不堪的样子,他们把我们给捉了起来,问我们来自哪里、做什么的、要去哪里等问题,还拿来食物给我们吃。

"我们的回答可能让他们比较满意,他们命令我们不准回去,要跟随大部队去中兴府。我们只能跟着他们,给霍尔人当赶骆驼的人,帮他们运输物资。气温升上来的时候,成吉思汗的两股部队已经会合在中兴府城墙下,那是黑压压的一大片,他们的吼声能把天上飞鸟的胆都震碎。米酿国国王把自己的公主都送出城外,送给了成吉思汗。没有拖太久,霍尔兵攻入了中兴府,米酿国被他们给消灭了。可惜的是,仲子白芸等人在这场战争中死去了,具体是怎么死的我也没有打探出来。那时,他们把我们分开,分到各个部队里去。等这场战争结束后,西凉王阔端住在凉州,对于博地来的人开始关注了起来,并把许多人招到了那里。我就是其中的一名。

"这次,阔端王对迎请萨迦班智达贡噶坚赞这事非常地重视,多达那波将军一回来,专门给阔端王做了一次博巴的情况汇报,最后从博巴的各宗教领袖中选中了您!霍尔人对宗教是很宽容的,他们需要祈祷或祭祀时,有萨满,也有也里可温(基督教),还有我们的佛教。

"萨迦班智达贡噶坚赞,我以前服侍您那么多年,要是有危险,我怎么会劝您过去呢!要是我们不能随了阔端王的心愿,他真要是派大兵过来,那么博巴地域的山都会震裂,水都会截流,这片雪域大地会变成一片荒漠。"

贡噶坚赞听完拉吉毕积的话后,心里的许多迷惑被解开了。这西凉王阔端也是信教的,他的心灵也是需要归属的,这样的话,他在诏书上所写的"需要一位能指示道路取舍之喇嘛",并不是一句诳语,他确实需要一名指引道路的上师。贡噶坚赞压抑了半天的情绪,这一下释放开,脸上也有了笑容。他对自己的决定,没有任何的后悔,反而能够让这两个小孩开阔视野感到由衷的高兴。

衮邦确塞昨天就听到仲子白芸师父已经去世的消息,但这次再听到这个消息时,泪水还是抑制不住地滚落下来。这次要是能跟着贡噶坚赞一同去凉州的话,对于他这一生来讲,就犹如跟师父见上了一面。那里的气候、日月、流水,都会让他重温跟师父在一起的那些美好日子。

"你们所经历的这些苦难,我躺在被窝里时都能想象得到。只是没有想到的是,觉本喇嘛最后以那样的状况凄然离世。嗡嘛呢叭咪吽!"贡噶坚赞说这话时,眼眶已经湿润了。

或许,是受贡噶坚赞的影响,拉吉毕积的眼圈也发红了。

这时,他们才发现屋里的光线有些昏暗,夜色马上就会笼罩仲曲河谷。

拉吉毕积跟贡噶坚赞告别,起身往屋子外走去。

这夜跟许多平常的夜晚一样,贡噶坚赞睡得很踏实,脑子里没有任何纷乱的思绪。

这天的早祷告,贡噶坚赞早早地坐在了法座上,在领诵师的带领下他们开始诵读,他们祈祷所有的众生,祈祷人类没有瘟疫、没有战争、没有自然灾害,愿吉祥、和睦、平等永驻人世间。

早祷告结束后,衮邦确塞他们在贡噶坚赞法座的对面,搭建了一个稍矮一点的法座,请仲巴·释迦桑布走上前来,坐到法座上去。

贡噶坚赞向所有僧人宣布,仲巴·释迦桑布为萨迦寺内务官,全权负责寺院的各项事务。他要求所有僧人向仲巴·释迦桑布磕头。

这项仪式结束后，贡噶坚赞又宣布乌尤巴·日贝僧格和夏加益西迥乃为萨迦寺院的曲奔，负责寺院的各项佛事活动。

僧人们虽然早知道了这一结果，但经贡噶坚赞说出来，其合法性和权威性是不言而喻的。

这一仪式结束后，倒茶僧抱着陶罐拥进来，往每个木碗里倒上可口的茶，茶叶的香气溢散在大殿的上空，里面霎时变得香喷喷的。

僧人们知道，这可能是跟贡噶坚赞一起，在大殿里最后一次喝茶，他们品尝得很慢，希望时光走得缓一点，再缓一点。他们的目光不时投向法座上的贡噶坚赞，想从他的身上得到一点加持。

早祷告结束了，僧人们不像以往那样，朝各个门口流淌过去，而是徐徐地、一步一回头地往外走去。贡噶坚赞从他们的眼睛里读懂了不舍，读出了他们对他的爱。

多达那波和杰曼将军在拉吉毕积的陪同下，骑马来到了萨迦寺。

贡噶坚赞带领仲巴·释迦桑布、乌尤巴·日贝僧格、夏加益西迥乃等人来迎迓。他们在寺院的各个大殿、庙堂里转悠，讲解萨迦寺的发展历史，参观山头的修行洞等，多达那波对这一切表现出了极大的热情。

杰曼将军话很少，但从他攀登的步伐和身体的灵活性上，可以看出他是一个非常简练和干脆的人。他对于萨迦寺只是匆匆观赏，并没有表现出那种极端的热情来。

午饭安排在了贡噶坚赞的会客室里。每个人的桌上摆好了酸奶、酥酪糕、肉酱、干羊肉等食物。客人落座后，东久往每个茶杯里倒茶。

"这么多的食物，太丰盛了！"多达那波真诚地说。

"这些食物跟你们的差不多吧?"贡噶坚赞问。

"差不多!因为我们都是放牧的人,食物主要以牛羊肉为主。"杰曼终于开口说话了。

这顿饭他们吃得有说有笑,像是几个知己在一同用餐一般,关系极其地融洽。

吃完饭收拾碗筷的过程中,贡噶坚赞告诉多达那波,自己已经将萨迦寺的事后工作安排妥当,到时需要带一百多号的人过去,这其中有德高望重的修行者、精通佛学的僧人,还要准备各种佛教经典,但这些都需要花一点时间。

杰曼听到这句话,脸上立马绽开了笑容。他没有想到,贡噶坚赞做事这般果断。在他的想象中,这位上了岁数的僧人,会找各种借口往后延期,向他们提各种的要求,为此他们也做好了准备,以便应对这种局面。现在,这一切都没有发生,出乎他的预想。从这三次的接触中,他对这个老人从心底里升起了敬佩之情。难怪,西凉王阔端非得要他不可。

多达那波也是很惊讶,一切顺风顺水,他们可以尽早离开萨迦。以前听人们说起这个贡噶坚赞,都说他学问好,为人谦和,这次更看到了他的雷厉风行,这样果决的人他是很佩服的。至于贡噶坚赞要带多少人都随他,只要他走,此行的使命就完成了。但,还要借助贡噶坚赞在博巴地域的影响,要让他跟各宗教教派、各地方势力,谈妥归顺事宜。多达那波说:"刚听了您说的话,真钦佩您的这种处事风格!我相信,在萨迦我们不会待太久。另外,还有一件事,就是你们博巴人归顺于我们的事情。虽然前两年,博巴人向我口头上答应归顺,还把门板户数都交给了我们,可那只是个形式,我们必须要落到实处。这一路上,您得跟他们协调商量好，你们达成一个统一的意见，再跟我们阔端王进行磋商。这趟行程会让您很辛苦，我们会一路保护您！"

贡噶坚赞听完心里咯噔了一下，之前可没有提及这件事，只是让他去传播佛教，现在又多了这么一个艰巨的任务。

"我们跟博巴人的关系理顺后，阔端王已承诺让您管领西方[①]众僧。到那时，您不再只管萨迦了，而要管博巴全地域的所有教派。"多达那波要让贡噶坚赞知道这件事的重要性。

"我在世上的时间已经没有多少，这些荣耀对于我来讲真是不值一文，就像夜里戴着金冠一样。可是，想到这次的长途跋涉，能挽救无数博巴人的生命，我怎能袖手旁观呢？既然命中这样注定了，那我只能接受，尽我所能达成一个双方都可以接受的结果。"贡噶坚赞说。

多达那波和杰曼都非常高兴，对眼前这位和蔼的老人更加地敬重，没有想到这世间还有这样替别人着想的人。多达那波在想，尖安·扎巴迥乃的推荐一点都没有错，心里暗暗地感激起他来。

多达那波和杰曼又喝了几杯茶后，说时间不早了，就离开了会客室。他们走下楼梯，跨上马背，高高兴兴地回去了。

贡噶坚赞站在阶梯上，目送他们走远，心里却是翻江倒海，一个民族的命运此刻就捏在自己的手里，这比传法难很多啊！稍有不当就有可能像米酿人一样，从此销声匿迹，再也无法寻踪。他只是一名老僧人，在与霍尔人谈论磋商时，能做到的就是尽量保护己方的利益。

阳光照在院子中央的旗杆上，风不停地撩拨着上面的彩色经幡，发出哗哗的声响来。远处的墙角下几只狗蜷缩在那里，一名老僧提着木桶，步

[①] 西方，泛指含今青海、西藏等地的河西走廊西南广大区域。

履蹒跚地走着。

贡噶坚赞已经没有多少时间了，他要拟好名单，还要一个个地去征求他们的意见，取得同意后才能正式确定。他轻轻转过身去，慢慢抬腿往上走去。

贡噶坚赞大致用了八天的时间，把所有事情处理停当，再择了个吉祥的日子，确定那天出发。他派衮邦确塞到多达那波那里，把启程的时间告诉多达那波和杰曼将军。不曾想到的是，多达那波和杰曼将军还专程跑到寺院来，询问贡噶坚赞需要他们提供什么帮助。贡噶坚赞表示了谢意，说这点事寺院能处理好的。多达那波和杰曼将军喝上几杯茶后先离开了。

出发的那天早晨，寺院里桑烟缭绕，长筒呜呜地鸣响，在几名手持香柱的人的簇拥下，贡噶坚赞从院门里走出，向着广场走来。他的后面是罗卓坚赞、恰纳多吉、夏加益西迥乃等人。路两边的僧人恭敬地等待，他们从僧人中间走过去。

长筒的号声里有悲腔，有挽留，声声敲打在僧人们的心坎上。

贡噶坚赞被扶上了马背，衮邦确塞牵着缰绳往前走，随后是年长的那些僧人，中间是罗卓坚赞他们一批，再后就是驮着经书、佛像的骡队。

队伍走到山脚下，长筒的声音依然在，只是它里面的哀伤少了许多，多了一份祝福。

贡噶坚赞一行走过农田、民房，没有见到什么人，当他们快要出萨迦村镇口时，浓浓的桑烟冉冉升腾起来，帕鲁草的香味融合在空气中，向四周扩散开去。萨迦的男女穿上盛装，站在路边的空地上，为贡噶坚赞唱起一首悠扬的歌，随着旋律跳起了舞。

雪山上的狮子去年就去了，

雪山一直等你到今年；

狮子啊，不要耽搁，快些来，

积雪一直等你不变。

湖泊上的黄鸭去年就去了，

湖泊一直等你到今年；

黄鸭啊，不要耽搁，快些来，

湖泊一直等你不会变。

我心上的怙主①去年去了，

我们一直等您到今年；

怙主啊，不要耽搁，快些来，

我们一直等您不会变。

贡噶坚赞被这熟悉的歌声所感染，泪湿衣襟，眼前的一切都变模糊了。他把双手抱在胸前合十，面向道路一旁的萨迦人，频频摇动。许多僧人听着这首歌，双目如泉眼，恣肆地向外喷涌。这些萨迦人也是边哭边唱边跳舞。

前方霍尔兵在马背上等着他们。

歌声渐渐微弱下去，贡噶坚赞拿衣袖擦拭脸上的泪水。他从马背上再次回头看，寺院红墙和上面的黄铜经幢醒目地映入眼里，细细的桑烟依旧升腾；那些三色民房和来送他的萨迦人，让他的心绪难以平静，眼眶再次潮热起来。他赶忙扭过头去，望着前方的霍尔人。

---

① 怙主，即依怙主，意为保护神或护法神。

贡噶坚赞的队伍与多达那波的会合在一起，他们向前走去，在仲曲河谷里逐渐变小，最后消失掉。整个河谷地带又恢复到它先前的寂寥中，突然一阵鸟鸣声刺破了这样的寂静。

贡噶坚赞到来的消息在藏地传开了，各寺院、各地方酋长都在沿路等待，他们热情地接待，还挽留贡噶坚赞给他们传法和灌顶。贡噶坚赞也同这些酋长和寺院住持，商议跟霍尔人怎样谈，谈什么的事宜。藏地的这些人都很相信贡噶坚赞，唯一的要求就是给僧人免除赋税。他们之间的商谈是在一种轻松、融洽的氛围中进行的，谈得也很顺畅，相互间达成了共识。

多达那波对贡噶坚赞的效率很满意，不到一个月的时间，他们已经推进到了羊卓雍湖边上。他们在湖边搭起帐篷宿营，这里的景色让霍尔兵特别地兴奋，有人骑着马奔跑在宽阔的草地上，嘴里还发出呜呜的声音，旁边的霍尔人大声鼓劲，有的还吹起了唢呐。

贡噶坚赞站在帐篷门口，看罗卓坚赞、恰纳多吉、夏加益西迥乃在湖边玩耍，他们稚气的声音伴着湖水的浪涛声传过来。一座座颜色各异的帐篷，像是初夏冒出的菌子，落满了这一片草原。

湖边的草地像是铺了一层金色的锦缎，它与碧绿的湖水连在一起，向湖的尽头连绵的雪山延伸过去，一团团不同造型的白云，被风驱赶着向前飘移。午日阳光的照射下，这里充满了灵动与仙气。

衮邦确塞在帐篷背阴的地方，铺上地毯和坐垫，请贡噶坚赞坐在那里。

贡噶坚赞坐在垫子上，眼睛一直追寻那三个孩子，一脸的惬意，有时还露出会意的微笑来。

不一会儿,多达那波也来到这里,他看到贡噶坚赞如此悠闲地望着那三个孩子,就坐在了他的身旁。贡噶坚赞回头冲他一笑,手指向了正在玩耍的孩子们。

"您的两个侄儿都很可爱!"多达那波带着羡慕的口吻说。贡噶坚赞抬起右臂,拍拍他的背部以示感谢。

"将军您有小孩吗?"贡噶坚赞问。

一阵凉风刮过来,吹散了多达那波的长发,把他的左脸给遮挡住。他说:"我有三个儿子,他们都在凉州。"

"真是福气!"贡噶坚赞说。

湖边的罗卓坚赞摔了个跟头,恰纳多吉跑上去一把压在他身上,又是一阵咯咯的笑声。夏加益西迥乃却往另一头跑去,恰纳多吉和罗卓坚赞看到后赶紧起身追去。

"我能向您提个问题吗?您也可以不用回答。"多达那波转过脸来,一副很认真的样子。

"你们一生禁欲,又不追求物质享受,甘愿清贫地待在寺院里,这到底图的是什么?"

"那你们四处征战,尸横遍野,又图的是什么?"贡噶坚赞一脸慈祥地问。

"更多的财富,更多的地盘,更大的权力,这样我们才会变成最强大的。"多达那波认真地回答。

"我们的初心是截然不一样的。我问您,成吉思汗拥有了多少的财富与土地,他的权力至高无上,但他能拒绝死亡吗,能把拥有的这些都带走吗?我们是看透这一切后,想探寻生命的起源与意义,并寻求解脱的道路。佛祖释迦牟尼以前是个王子，但他有次出宫巡游时，看到了生命的诞生，看到了衰老，看到了病痛，看到了死亡，这些对他触动很大，他想探知这一切的由来，却无人能解释清楚。为了寻找答案，他放弃了王位，放弃了妻子，到山林里去悟道。经过多年的修炼，终于在菩提树下觉悟，看清了这四大苦的根源，寻到了解脱的道路。我们所做的事情，就是让人们懂得这些，从而走向慈悲与善良，一切为利益他人。做这种事的人，绝不会对权力、欲望、财富产生一点兴趣，因为我们知道，物质的世界最终会解体消散，它是幻化的东西，是会跟时间一起消亡的。"贡噶坚赞说。

听完这些，多达那波眼神里有些迷惘，他伸出舌头舔了一下嘴唇。

"你们靠着强大的力量，消灭了那么多的国家。可它们刚建立的时候也是很辉煌的，也是很有实力的。奈何在时间的长河中必然会走向衰落，它们的权力、财富、享乐，只是片刻的狂欢，一切都不是持久的。所以，我们不看重这一时片刻的灿烂，而是寻求永恒。我这样跟您说，您不可能马上理解得了。简单地说，就是让人看清自己。"贡噶坚赞补充道。

多达那波眨巴着眼睛，似懂非懂的样子。他吸了吸鼻子，这才又变回到刚才那种轻松的神情来，说："好像你们考虑的确实不一样，听着还很有趣，有些说得也在理。可惜，我从出生时就跟着父母在马背上四处征战，少年时拿着刀剑开始参战，青年时已是身经百战的人了。我们敬仰的是勇气、胆量，还有力量。但今天我从您这里听到了，不一样的生存观念，后面有机会还要跟您讨教。"

"随时都欢迎您！"贡噶坚赞跟多达那波说。

多达那波起身跟贡噶坚赞告别，向着霍尔兵帐篷的方向走去。贡噶坚赞依旧沉浸在刚才讨论的话题中。

第九章

  他们在羊卓雍湖边休整了两天后，又收拾东西准备翻越岗巴拉山，到吉麦[①]去。

  岗巴拉山顶落满了白色的雪，队伍在半山腰上艰难地行进，山上风很大，袈裟被吹得哗哗响。眼睛所见不是枯草，就是裸露的岩石，很难看到有活动的生命。近一天的时间，他们全耗在翻山越岭上。

  当黄昏缓缓降落下来时，他们来到了山坳里的一个小村庄，低矮的土房歪歪扭扭地立在缓坡上，看不清它们的颜色与模样，只能看到一个轮廓的剪影。几声狗吠打破了这里的寂静，它张狂又虚弱，被昏暗拽入到深渊之中。马蹄的踏响声，再次淹没了其他的声音。

  他们就选在路边的坡地和剩着麦茬的农田里休息。一堆堆火在山坡上像星星一样亮闪起来，马的响鼻声不时传过来，还有霍尔兵士的喧哗声。热腾腾的清茶在铜锅里沸腾，风儿缠在香气上兴奋地起舞，引来一弯上弦月在山顶偷窥。

  贡噶坚赞看一眼疲惫地倒在一旁的罗卓坚赞和恰纳多吉，把盖在他们身上的羊毛毯子往上拉。简单地喝茶吃饭后，他们收拾东西，和衣躺在地上。

  此时，马头琴声悠扬地传过来，声声撩拨着人心，思念像烟缕一般升腾起来。这如泣如诉的琴声，也把疲累的人拖拽到梦的深渊。

  一声低沉的诵经声响起，它与马头琴声汇融，飘扬在星光和月辉中，更增添了黑夜的旷远与幽静。层层的火堆，此刻只剩下灰烬，凉风吹过时忽而闪亮一下，随即又灭掉，一切剩给了沉沉的黑夜。

[①] 吉麦，松赞干布迁都拉萨之前，拉萨河流域一带由吉姓氏的人统治，包括今墨竹工卡至曲水县。这条河当时叫吉曲，它从东到西流经的地域，上游部分叫吉堆，中游部分叫吉雪，下游部分叫吉麦。

天一亮，他们又继续行进，终于看到一条河从东向西流着，队伍沿着河从山脚下行进。他们看到一片柳树林里，农田黑黢黢地闪着光，一些麻雀唧唧喳喳地叫唤。枯叶在清晨的阳光中翻卷身子，徐徐落入大地的怀抱中。远处的河水，如一面镜子碧蓝蓝的，天上的白云也掉落在里面。

　　"他们卫地的人，能够接受霍尔人的建议吗？"贡噶坚赞骑在马背上，望着前面多达那波的背影思量。他披散的头发因长时间未洗，显得油腻腻的，好像这凉风也吹不动似的。接着贡噶坚赞又想："宁玛派、噶当派、噶举派的这些宗教领袖又会是什么想法？他们对于我的这一行程持反对意见还是支持？"这些问题让他离卫地越近，心里的压力也逐渐增大，贡噶坚赞的眉头开始皱了起来。

　　沿途的寺院、酋长虽然进行了接待，但跟后藏的比起来，他们的态度与热情程度是要逊色许多的。其中一个地方的头人，对贡噶坚赞去见阔端表示反对，他摸着自己嘴唇上黑白掺杂的胡须，有些自以为是地认为，这些霍尔人远在天边，只要我们佯装顺从即可以，要是我们的人过去了，到时候在那里签字画押，那可是白纸黑字，往后万口难辩。说不准未来他们会因路途遥远、粮草困难，主动从这严寒的地区撤走的。贡噶坚赞跟他解释说，霍尔人已把米酿、唃厮啰①、金国等全部给消灭了，要是我们不顺从他们的意愿，即使你远在天涯海角，他们都会派兵过来，到时候博巴人用什么力量去阻挡他们？如今，这区区一千多人的霍尔军队都能在这里长驱直入，博巴人怎么还能这样大言不惭地说话呢？再说，您的手下有多少能战斗？这位头人还是那副清高、傲慢的神态，说他手下有七百多户人

---

① 唃厮啰，11世纪至12世纪初吐蕃王族后裔在今青海、甘肃一带建立的一个地方割据政权，1104年为北宋所灭。

家，能战斗的有五百多人。贡噶坚赞对他的这种自大和盲目自信感到极度悲哀。这些人就像井底之蛙，看不到外面的世界风云，只知道这方圆几百里的事情。这让贡噶坚赞想起自己曾经写的一首格言来：没有智慧的蠢材再多，都会被敌人轻易制服；成群结队的彪形大象，任凭一只兔子来摆布。①

碰到这样一个头人，贡噶坚赞心里由衷地佩服起娘卓·韦登来，他清楚这个时代的这些酋长，都是些没有斗志，却又会装腔作势的人，他们所做的一切只是为了保护自己的那点利益而已。鉴于这样，娘卓·韦登放弃了鼓动这些人一同去抗击霍尔，而是选择单枪匹马，用自己的勇气和生命告诉霍尔人，这块土地上还有不屈的勇士，让他们不要看轻了博巴人。贡噶坚赞接触了一些卫地人后，对他们感到有些失望，对自己的行程能否达到预期的效果，心里开始有些怀疑了。

他们在一个渡口，坐上牛皮船过了吉曲河，因为牛皮船的数量少，他们在渡河口耽误了几天。他们再次启程时，阴霾的天空飘起了雪花，瑟瑟的冷风敲打在脸上，眼泪、鼻涕齐刷刷地流下来。很多霍尔兵用帽子或布，把耳朵和脸全部给裹住，以避这刺骨的冷风。

经过一些村镇时，村民站在屋顶、房门口，怯生生地目送他们走远。半坡上的牛也睁着迷离的眼神，望着这长长的队伍。

直到临近中午的时候，雪花不再飘落，南边的天上乌云被撕裂开了一小口子，从那里露出一小片蓝色来。他们知道，这是天要放晴了。蓝色的面积越来越大，云层由黑变灰，再后一片洁白。阳光暖暖地洒落下来，让

---

① 内容取材自藏地寓言故事,讲述的是一群大象占了兔子的领地,当月亮出来的时候,兔子谎称是月宫里来的使者,让大象离开了此地。

这些挨了半天冻的人，身子开始暖和起来，交谈的声音也响亮了许多。路边落下的雪花，开始融化，地面一片湿漉漉的。

此刻，他们是逆着吉曲河向东走去，已经快走出吉麦的地域，进入吉雪地段了。

他们走过一片谷地时，看到半山腰上建造的一座寺院，它的规模看着比较大。贡噶坚赞提议在寺院住一晚上，多达那波接受了这一建议。

当他们忙着搭建帐篷时，贡噶坚赞带着一拨僧人，往寺院方向爬去。被人踏出的道路上落满碎石，两旁的草和灌木都已干枯，路以"之"字形向上攀升。

到了寺院门口，几名僧人迎出来，打听他们是从哪里来的，要去往何处，问完才请他们到寺里去。贡噶坚赞带人拜了每一间佛堂，还给寺院布施了碎银。寺院的住持听说后，急忙赶过来见贡噶坚赞。当他听到贡噶坚赞这名字后，人马上变得相当地谦恭，赶紧请他们到他的房子里去休息。

他们走过比较陡的石头阶梯向上攀援，一路交谈时得知，他叫娘尼扎西贝，如今在这寺院当住持已经有六个年头。娘尼扎西贝很健谈，黝黑的脸庞、两道浓密的眉毛，是他特别显著的标志。在他的一路滔滔不绝中，已经把这座噶举派寺院的过去和现在讲完了。

他们来到了他的房子里，这是面积极小的房子，墙壁上垂挂几幅唐卡，一个银质的供灯里火苗在跳荡。

"我听说，之前霍尔考虑请止贡尖安·扎巴迥乃去，他为这事也动过心，可考虑到这关系到所有博巴人的命运，他就不敢去掺和了。"娘尼扎西贝说这些话时，贡噶坚赞一行依次坐在了垫子上，一名僧人往桌上放茶碗，再拿起陶壶往里斟茶。等这名僧人忙完了，他又继续说："我推测，他可能担心这几件事吧，一是他的声名没有达到让所有人信服的境地；再有，他对教义的理解和阐释还是差那么一点；最后他也担心这些霍尔人是在利用他，到时达到了目的，又把他弃置一旁的话，那时他的声名尽损，往后还怎么立足呢。他们许多人考虑的更多的是自己，而您不一样，岁数这么大，还要跑那么远的路，连自己的命都不顾，这才是舍己救人呢！我从老家朵康一路拜师求学过来，那时候就知道了您。这一路，我看到的都是割据封王，就像陶锅里的麦粒没法拧到一块去，相互还征伐兼并，民众的日子过得很不安宁。要是归顺了霍尔人，我们也许会迎来一个稳定的环境，我心里也是这样期待的。几年前，热振寺发生的事情，已经证明我们只有被屠杀的份，哪里还有抵抗的力量。这次您过去，我们是以弱者的身份去给他们示好，这要承受多大的屈辱啊。这就是博巴人现在的业力结果，我们只能认命。"

娘尼扎西贝的这番话，是贡噶坚赞到吉曲河一带听到的最让他舒心的话。这位住持年龄三十多岁，思维敏捷，人又特别地好客。他们喝着茶聊起了吉雪的地理、历史、文化等。

贡噶坚赞他们告别娘尼扎西贝，往山脚走去的时候，看到一顶顶帐篷顺着陡坡，很有层次地屹立，霍尔兵在帐篷间穿行。帐篷的尽头吉曲河青绿绿的，听不到一点河水的奔流声。霍尔兵把马和骡子赶到了山坡上，它们正清闲地低头吃草。

不久，太阳就会从西面的山头落下去。

第十章

"为什么这地方被你们称为拉萨?"多达那波和贡噶坚赞一边行走一边聊天时问道。

他们的东边能看到一座金碧辉煌的庙宇,它的左右两侧有一些土灰色的房子,阳光的照耀下能清楚地看到是一座小城镇,此刻它显得特别地宁静。从城镇那头到他们安营扎寨的这个地方,中间就是一片草滩和一些沼泽。

多达那波眼睛被太阳光晒得眯成了一条缝,那张脸经过长途行军更加地黝黑了。

"之前,我们有一个赞普叫松赞干布,他把整个雪域高原统一了起来,还创建了藏文,把国都从强巴敏久林迁到了这里,并在玛布日山上建了一座很雄伟的宫殿,人们叫它布达拉宫。听说要是一匹马从宫殿里奔驶出来,山下的人便能听到千军万马冲杀过来一般的马蹄声,山道全部被铺了木板。喏,您看!"贡噶坚赞身子往左转,用手指了指旁边一座不太高的山。

多达那波看到一些建筑废墟,它们凄惶地立在山头上,看不到贡噶坚赞所说的雄壮巍峨,枯草已经爬满了整个山体。

"赞普派人从徘布迎娶了赤尊公主,又从唐朝迎娶了文成公主,后来把沃塘湖给填实,在上面建造了大昭寺,离它不远处建造了小昭寺,把两位公主带来的释迦牟尼佛像,分别供奉在这两个寺庙里。因为这两尊佛像的殊胜性,博巴人称这里为神驻锡的地方,用我们的话来讲就是拉萨。刚才我也注意到了您的表情,玛布日山上现在看不到完好的建筑物,只是些残垣断壁,这一切归因于一场雷击引发的火灾,把这座伟大的建筑焚毁成现在这个样子。我们前方的大昭寺现在依然存在,它对于我们佛教徒来讲是心所向之地。"贡噶坚赞说。

多达那波若有所悟,他扭头再次望了一眼红山,然后沉默地向前走去。各种飞禽落在沼泽里觅食,它们的叫声充斥在这旷野里。多达那波想博巴这个民族曾经也强大过,它的势力范围也达到了很远的地方,如今却变得如此地孱弱,这是他无法想象的。要是这次和谈成功的话,阔端的势力范围又会得到一次扩张,而且是用最小的代价换来的。这当中他起的作用是至关重要的,是他震慑住了这些博巴人,让他们看到了霍尔兵的强大与凶悍,无奈地接受归顺。这当中虽然有小股势力的反抗,可这一切都是垂死挣扎,只能白白丢了性命,什么也无法改变。

"您今天是怎样安排的?"多达那波问贡噶坚赞。

"我要去拜访苏浦堪布,跟他商谈归顺的事宜!"贡噶坚赞手里拨着念珠,声音淡然地说。他用余光瞟了一眼多达那波,那张长脸上看不到任何表情。

"需要我派人护送过去吗?"多达那波站在那里问道,一对眼睛清澈又柔和。

"将军,不需要!您要是给我派人的话,他们反而会更加地紧张,这样我跟他们的商谈,人家会觉得带有胁迫的性质。"贡噶坚赞进行说明。

"那就辛苦您了!我们该回营地了,您也要准备一下。"多达那波提议,他的嘴角往上扬,显出一副憨厚的样子来。

他们往帐篷林立的营地走去。

贡噶坚赞看到恰纳多吉跟着几个霍尔兵在玩耍,看来这些兵士也特别喜欢他。其间,恰纳多吉还用简短的霍尔语跟他们进行交流,这让贡噶坚赞惊讶的同时,对小孩掌握语言的天赋感到不可思议。

苏浦堪布曲吉强秋派来接他们的人已经到了,这人穿着一身的僧服,口髭又短又密,身子短小且硬实,他称自己叫瑞白多吉。贡噶坚赞的马队跟在瑞白多吉的身后,走在发黄的草滩上。一些飞鸟被马蹄声给惊吓住,扑棱棱地扇动翅膀飞走,引得恰纳多吉兴奋地叫。

"前方那座建筑就是大昭寺!"瑞白多吉给他们介绍。

"我们能去拜佛吗?"罗卓坚赞从马背上,把身子探向前问。

"可以去拜佛,但不能耽搁太久,苏浦堪布他们还在寺里等着呢!"瑞白多吉爽快地答应,过后自己快乐地笑出了声。马蹄踩在了一摊积水上,溅出一片水花。

罗卓坚赞和夏加益西迥乃兴奋地喊了起来。他们都知道大昭寺对于他们意味着什么,这里的释迦牟尼佛像就是佛祖在世时,自己亲自开过光的,具有无上的加持力。他们把十多匹马拴在拴马桩上,踩着青色的岩板走入寺院里,急速通过院子,再进到寺院的主殿里。他们在释迦牟尼佛像前依次磕头、祈祷。贡噶坚赞更是喜悦地落下泪水来，他的祈祷声颤抖着。

他们走出大昭寺继续骑马穿行在城镇里，摆地摊的集市上人来人往，那里兜售陶罐、铜锅、糌粑、肉、布料等，再往前就是牲畜交易的地方，挤满马、骡子、毛驴、牛、羊等，还时不时地听到它们的叫喊声，牲畜的屎尿经太阳照射，一股强烈的尿臊味扑鼻而来。一些乞丐穿着褴褛的衣服穿行其间，脸上是快乐而无忧的神态，不时还有人冲他们咆哮。在行进一段路程后，看到卖柴火和牛粪的人立在路边，他们相互交谈，一副怡然自得的样子。他们身后的毛驴低头细思，眼里流着泪水，浇湿了灰色的毛发。

瑞白多吉的马拐向一条不太宽的巷子里，一头牛尾上沾着牛屎的花白奶牛，侧身停在他们的前方，把路给挡住。瑞白多吉从马背上驱赶这头牛，可是它低垂着头理都不理会。而且把牛尾甩得喜洋洋的，头在不停地上下摇动。

瑞白多吉只得下马驱赶，他的一只脚踩在了牛粪上，他用手拍击牛的胯部，它嘴里哞哞地吼着，懒洋洋地向前走去。

他们再往前走时巷道开始变窄了，从前方还飘来酸酸的酒糟味。出了这巷子，一下开阔了起来。在一堵墙角下，几个男人正在玩骰子，带点黄色的骰子歌和扣木碗的啪声，传入他们的耳朵里。有几条狗围在这些人的身边，一副无精打采的样子。

再往前他们就离城镇远了，面向一座满是裸露石头的山进发。马蹚过一条浅浅的泥沙河，已经靠近了那座山。半山腰上坐落着一座寺庙，它的周围能看到有些树木，它们光秃秃的枝丫刺向空中，几片枯黄的树叶还顽强地依附在枝头上。在巨大石块的缝隙间，依稀能看到灰白的山道。山脚的巨大岩石上，雕刻了一尊观音菩萨像，上面还涂上了色彩。

在这座雕像前，贡噶坚赞他们下了马，有几个僧人过来接走缰绳。瑞白多吉请贡噶坚赞一行跟他一同上山。

罗卓坚赞和夏加益西迥乃率先跑上去，一阵兴奋的笑声把恰纳多吉也招引过去。贡噶坚赞连一声训斥的话都还没有说出口，他们的人影已经消失在前方那些石头后面。

走到寺院大门口时，贡噶坚赞他们还是有些气喘，额头上冒出汗来。他们站在那里往下看，整个吉雪尽收眼底，枯黄的草滩在阳光的照射下金灿灿的，这些金色围住了拉萨城。拉萨城的南面，吉曲河像人的血管蓝莹莹地静卧在那里，在阳光中闪耀光亮。他们望着吉雪发呆的时刻，苏浦曲吉强秋出寺门来迎接他们。

"让您走这么远的路，实在是心里愧疚。您的到来会给苏浦寺带来吉祥与平安！"苏浦曲吉强秋说完，把手中的一条白色细长羊毛，献给了贡噶坚赞。

贡噶坚赞接住后套在自己的脖子上，双手合十回礼。

苏浦曲吉强秋搀扶着贡噶坚赞跨过寺院的门槛。这时罗卓坚赞他们咯咯地笑着从半山腰上跑下来，跟随队伍进入到寺院里。

石木结构的寺院建得很壮观，大殿、庙宇顺着山势层层叠叠，极具气势和压迫感。他们从庙宇中间陡峭的山道，走到了苏浦堪布的会客室里。

会客室里的人起身，迎接贡噶坚赞的到来。除了跟随贡噶坚赞的几位老者一同进入会客室外，其他人被请到另外一间房里去休息。

"萨迦班智达贡噶坚赞这一称号，犹如夏天的雷声，从天空中叩击我们的心头，让雪域众生向您仰望。这次您从遥远的藏地，不畏艰辛走到卫地，特别是能到我们的寺庙里来，是我们的莫大荣耀！今天在吉雪的噶当派朗喀本、宁玛派的衮·赤列晋扎等人，应邀来到我寺，这真是一次各教派齐聚的盛会。"苏浦曲吉强秋等到贡噶坚赞落座后这样开场道。

他坐在贡噶坚赞的左手旁，有些兴奋地继续说："我们博巴地域里的人，成为观世音菩萨度化的对象，这里宗教盛行，教派众多，百姓谦恭温和，就这样一个祥和的地方，谁会料到霍尔人会突然来进犯，这些不知取舍又没有一点怜悯之心的人，一路烧杀劫掠，把博巴地域弄得如同炼狱一般。这次他们重新踏入这片土地，要请萨迦班智达贡噶坚赞去他们的地域，我们在担心您生命安全的同时，也在担心这些霍尔人会给我们提出严苛的要求。今天，我们聚在这里就是为了商量对策，提出我们的诉求。大伙边享用茶边发表自己的高见。"

苏浦曲吉强秋用鼓励的目光，扫视了在座的每一个人。他们没有马上接话，而是以沉思的状态静默着，唯有念珠拨动的咔嗒声清晰可闻。

"霍尔将军多达那波来到萨迦，给我送来阔端王的诏书，那里面指名道姓要我去凉州，若不从将派大军过来，到时博巴大地上会杀戮四起，江水染红，为了避免这种事情的发生，我一个衰朽之人不得不顺从。在走之前，我也要跟各地的宗教领袖、地方首领商议，跟霍尔人商谈时我们有些什么诉求。这样我在跟阔端王商谈时，哪些条件是我们可以接受的，哪些是我们不能接受的，我心里会有个底。请各位教派的代表谈谈你们的想法！"贡噶坚赞真诚地说明了事情的原委。

有人轻轻地咳了一声，又恢复到悄无声息中。

"我们听说霍尔人给您送去了白银、珍珠、锦缎等东西，您是否因为收了这些财物,才替霍尔人来跟我们商议所谓的归顺事宜?"噶当派的朗喀本站起来,脸上带着怒意问道。

其他人听了朗喀本的话,交头接耳地议论起来,会客室里嗡嗡的声音从四处响起来。苏浦曲吉强秋尴尬得脸都涨红了,他没有想到朗喀本会这样不顾情面地发难。贡噶坚赞再次仔细地看朗喀本,他大致有五十多岁,有一对招风耳和细长的眼睛,头上的寸寸发丝黑白交杂。他的愠怒还挂在脸上,由于坐姿的缘故,右肩显得比左肩低一点。

"的确是这样的。我身上带着那份诏书,里面详细地记载了所赏赐的物品名称和数量。"贡噶坚赞让站在门口的衮邦确塞拿来那封诏书,一副泰然的神情,说:"阔端王送这些东西,只是为了从我这里求得教义,让我去当他的取舍喇嘛,这有什么值得大惊小怪的?曾经拉喇嘛益西韦为了迎请阿底峡大师,不是筹措跟他等身重量的金子去相迎吗?玛尔巴[①]大师为了求得真正的教义,不畏艰辛,拿着金子到天竺去拜见大成就者那若,才学到了那若六法。学法是要交学费的,难道您这样的大师不懂其理吗?"贡噶坚赞依然一脸笑容地说。

贡噶坚赞把诏书拿给一旁的苏浦曲吉强秋看。

"我也清楚学法是需要交学费的,但听说阔端还答应要把博巴的宗教管理权交给您,这才是您不顾高龄,奔赴那么远的地方的目的吧!"朗喀本咄咄逼人地说。他看到贡噶坚赞怔了一下,心里不免有些得意洋洋,嘴角向上翘。

"阔端在诏书里是这样应诺的。但您想一想,一个六十三岁的人要走

[①] 玛尔巴(1012—1097),藏传佛教噶举派创始人,著名的译经大师,曾多次赴古印度、尼泊尔学习佛教密法和经典。

那么远的路程，不仅沿途会水土不服，还要经历气候变化，最终能否走到那里又有谁能说得清？我把生死都丢在了脑后，对于这种虚名还会趋之若鹜？您这样理解我，那您是轻看了我这三十多年来为修行悟道所付出的努力。我有首格言是这样写的：圣人生命遇到危险，善良本性不会抛弃；真金不管如何冶炼，它的颜色依旧赤黄。这首格言体现的就是我的本心，我请朗喀本收回您刚才无端的猜测吧！"贡噶坚赞坚定地说。

朗喀本本想再说什么，但他的舌头在嘴巴里打了结般，支吾了几声便消停了。

"您善意的出发点我们不怀疑，但您可以拒绝霍尔人的邀请啊！他们曾经拿着屠刀杀害了我们噶当派五百多人，还把寺院焚烧成灰，这个仇到现在还没有报，为什么我们还要顺从他们呢？"另一位僧人愤愤地说。

"就像苏浦曲吉强秋之前所说，霍尔人不懂取舍，没有半点慈悲心，要是我们抗拒的话，结果只能是被屠杀，热振寺就是个鲜活的例子。我的弟子衮邦确塞，十八年前从米酿国逃回到萨迦的路途中，亲眼见过霍尔的军队，他们几十万人围攻一座城市，攻破后把所有活着的人进行屠杀，城里的财物洗劫一空，我们期待的是这样的结果吗？到那时博巴人不仅会绝后，我们经营的寺院也只会剩下残垣断壁，日夜供奉的佛像，也会被他们弃之如敝屣，这样的惨景是我们所要的吗？我们博巴大地上的人全部加起来，也抵不了霍尔军队的人数，我们让这些种地、放牧的人，拿起武器去跟霍尔人对抗？你要想清楚，他们可是身经百战的人，是消灭了许多个国家的人啊！"贡噶坚赞说到这里情绪稍微有些激动，语速也明显加快了。

朗喀本和刚才说话的人，都安静地坐在那里，他们一时找不到任何反驳的话。面前茶碗里的茶已经凉了，上面积着一层薄薄的油脂。所有人觉得很无奈，但都心有不甘，不愿接受这样的一种结果。

"归顺是我们唯一的出路！我们都是佛教徒，一切的出发点都是为了众生。记得两年前的一个夜里，我在梦里与师父释迦室利相见，他告诉我说救度母曾给他预言，要我跟着穿猪鼻靴子的霍尔人，到他们的疆域里去，在那里我可以为更多的众生利益！要是你们还怀疑我动机不纯的话，我也跟你们说句实话，到现在我自己都不知道这些霍尔人的真实意图，到了那里万一得罪了他们，不仅会要了我的性命，连我带去的萨迦寺的未来——罗卓坚赞和恰纳多吉两兄弟也难逃厄运。我就是为了饶益雪域上的众生，才舍生忘死地远赴他乡的！"贡噶坚赞说完眼里满含泪水。

苏浦曲吉强秋起身，把手里的诏书递给其他人看，他们依次仔细阅读并传递。其间，斟茶的僧人过来，给他们重新续上热腾腾的茶。

刚才有些紧张的气氛缓和下来，人们用一种轻松的语调，开始小声交谈起来。

"我对萨迦班智达贡噶坚赞崇敬有加，对您这种不顾个人安危，满怀慈悲地去挽救博巴人的精神更是感佩！只是我们博巴人生活的地域高寒、奇冷、物产单一，到时请阔端王征收税时，酌情给我们定量，这样百姓不至于太艰难。"衮·赤列晋扎建议道。

"要是差役太重，我们僧俗都会遭殃，要避免出现这种情况。"

"霍尔的军队最好不要进驻到我们这里来，这边无力养活这么多的人，到时草料、粮食、燃料都得由我们这边提供，要是稍不如意，他们会利用各种借口来惩罚我们的。"

"作为出家人，我们是为众生求解脱的，而不是去杀生，霍尔人不能给我们支兵差。"

"……"

这下人们的话匣子一下打开了，心中的芥蒂也被解除，把各种预想到的事情，一一说了出来。他们不再把贡噶坚赞当成替霍尔人说话者，而是当成博巴人的全权代表。他们的诉求也被一旁的萨迦僧人记录下来，形成了文字性的东西。

会客室里开始有了笑声，人们脸上的表情也变得生动起来，屋子里的气氛轻松、融洽。

"萨迦班智达贡噶坚赞，这次能否请您到觉莫龙寺去给僧俗讲一次法？"正事谈完后，觉莫龙寺的堪布这样央求道。

"想请您给我们讲《大发心经论》，让我们受到加持的同时，再次受益！"

许多人提出了自己的希望，但贡噶坚赞不敢明确地答应，他的时间受限于多达那波，他只能说在吉雪待的时间充裕的话，他会尽量满足大伙的要求。

等商议结束时，离太阳落山还有一些时间，就近的朗喀本和衮·赤列晋扎等人下山去，骑上马晃悠悠地回自己的寺院了，几名跟随人员在马后小跑着；路程较远的就留在苏浦寺里，在这里借宿一宿。

贡噶坚赞拗不过苏浦曲吉强秋的挽留，只得派一名随从回去，告诉多达那波将军，他们今晚要留在苏浦寺里。

苏浦曲吉强秋把寺里最幽静的房子，留给贡噶坚赞休息，隔壁房子里住着罗卓坚赞和夏加益西迥乃、恰纳多吉。他们在房间里的嬉闹声传过来，贡噶坚赞隔着墙听得很专心，特别是罗卓坚赞对夏加益西迥乃不停地提问题，让其给他回答，回答后两个人又激烈地争辩，一旁的恰纳多吉好像被弄得很烦，在旁边胡乱地插话，以便打断他们的争论。直到东久进来，他们那边的声音才平息下去，周围突然变得一片寂静。

贡噶坚赞让衮邦确塞早些歇息，自己端坐在床铺上，从窗户里望着吉雪开阔的谷地。它们慢慢变得模糊起来，后来与夜色融合成一体。隔壁变得静悄悄的，大概他们已经入睡了，这次突发的事情，让这几个年轻人跟着他遭受了很多的罪，想到这里贡噶坚赞的心情变得有些沮丧。他确实不知道，霍尔人把他请到凉州去到底图的是什么。阔端真的需要一名引路的上师吗？或是以此为借口让他过去，继而要挟他来达到他们的什么目的。贡噶坚赞也清楚，他带着罗卓坚赞和恰纳多吉，是有很大风险的，但留在萨迦他又对他们的学业、人品教育放不下心，做出这样的抉择是很无奈的。好在释迦室利在梦里昭示过他，再由多达那波和杰曼将军的态度来看，他们并没有盛气凌人，对待他也是毕恭毕敬，从这些可以看出他们来这里，是真心地请他过去的。

这一路会很漫长，贡噶坚赞也无法知道自己能否走到凉州，现在头等的事情就是要给罗卓坚赞授予沙弥戒，现在他已经十岁了，掌握的佛法教义也挺多。真是命中注定，此时我们正在吉雪拉萨，正在大昭寺跟前，这就是缘分，冥冥中在告诉我，罗卓坚赞的沙弥戒仪式要选在拉萨大昭寺里举行，这是个多么殊胜的地方，其意义非同寻常。贡噶坚赞想到这里，脑袋里蹦出来的是苏浦曲吉强秋，这位堪布为人低调稳重，学问又十分了得，有这样的人为罗卓坚赞当轨范师是最好不过的。一旦给罗卓坚赞授予了沙弥戒，贡噶坚赞心头的隐忧也就消除了。

一轮月亮的银灰均匀地刷在拉萨河谷里，清冷的光也透过窗子落在贡噶坚赞的身上。四周安静得都能听到自己心脏的跳动声，手腕上的佛珠在这光里复活了，亮晶晶的像是一只只眼睛，凝视着贡嘎坚赞。他把念珠从手腕上取下来，放在掌心里双手揉搓，嚓啦啦的声音撕碎了暗黑的静谧，再往手心里的念珠吹几次气，双手举到额头上祈祷。双手放下把念珠撑开时，念珠里的空圈中出现了伯父扎巴坚赞，就像镜子里的人一般清晰，这让贡嘎坚赞既惊喜又伤悲，阴阳相隔的人，在苏浦寺的夜色里相聚了。

"贡嘎坚赞，你现在老得不成样子了！"扎巴坚赞有些心疼地说，他又凑近一点，一字一顿地告诉他："去霍尔人的地域，你的生命无忧，教法和众生因此会受益！"

"伯父，我会遵从您的话，一定会去凉州的。"贡嘎坚赞泪眼朦胧地跟扎巴坚赞说。

"别有顾虑，一路上你会开启很多人的心智，也给霍尔人带去慈悲和宽容的甘露。"扎巴坚赞再次这样规劝他。

"伯父，我会竭尽全力，把自己的一切奉献出去。"贡嘎坚赞声音发颤着说。

念珠里的扎巴坚赞满意地笑了，头上的绺髻白得如雪峰一般，耳垂上的绿松石发着暗淡的光。忽然，画面边沿出现一道白花花的裂痕，之后迅疾向中心扩散过来，扎巴坚赞在那里碎裂、遁形了，只剩下油光可鉴的念珠和里面那不太规则的圆圈。

贡嘎坚赞小声地哭，用手把嘴巴给紧紧捂住，肩膀不住地颤抖。他也不知道哭是因为见到了扎巴坚赞，还是知道了自己将来的命运。过了许久，贡嘎坚赞的心绪才平复过来，他开始喃喃地祈祷，这声音把夜色空气的频率震碎，穿过不同维度的空间，在空茫中震荡开来。

天色一亮，贡嘎坚赞带着衮邦确塞去找苏浦曲吉强秋，征询他能否担任罗卓坚赞的轨范师父。他们踩着高低不平的碎石，一些杂草在冬季的徐风中瑟瑟发抖，寺檐上的铜铃发出几声清脆的叮叮声，间或传来几声鸟鸣。阳光还没有从山头跃出来，吹来的风有一些刺骨。贡噶坚赞全然不顾，走起路来精神抖擞，步伐轻盈。衮邦确塞想不通，他为什么要这么急急切切地去找苏浦曲吉强秋，只能顶着这寒冷，尾随在贡噶坚赞后面。

贡噶坚赞从石头路上下去，向一座方方正正的房子走去。衮邦确塞急忙先跑下去，挡在贡噶坚赞的前面，免得下陡坡时摔跤了。他俩循着石头墙角向大门口走去，墙壁上刷的暗红色颜料下，能清晰地看到石头的轮廓。

贡噶坚赞把肩头滑落的披风往上拉，然后低下头爬白石头的阶梯，苏浦曲吉强秋的卧室就在里面。从洞开的门里，他俩看到铺满黑色岩板的院子，岩板之间的缝隙里枯草伸着头，院楼阶梯两旁种植的月季花，只剩下光秃秃的枝干和几片蔫头耷脑的枯叶。院子不大，但整理得干干净净。

贡噶坚赞喘着粗气跨过大门的门槛，走向院楼岩板石阶。衮邦确塞搀扶着他进入院楼的门里，再上一个木梯到了苏浦曲吉强秋的房门口。隔着厚厚的门帘，能听到里面诵读经书的声音。衮邦确塞撩开门帘，轻轻喊了一声。从正对门的屏风后面，走出一个年轻的僧人，看到他们时惊了一下，立刻调整情绪，恭敬地请他们进去。

贡噶坚赞从屏风后走出时，看到苏浦曲吉强秋披着一件暗红色的斗篷，盘腿坐在床铺上，面前的小桌上摆放着一摞经书。他见到贡噶坚赞也是很惊讶，马上抖掉肩头上的斗篷，试着下床来。

贡噶坚赞见状马上开口说："您千万别下床，我就一件事，跟您说完就走。"

苏浦曲吉强秋右肩上的斗篷已掉落，左肩上的还斜挂在肩头，脸上带着歉疚定在那里。

"我有个请求，不知您能否答应？我想请您担任罗卓坚赞授予沙弥戒时的轨范师，这一仪式要在大昭寺里举行！"贡噶坚赞站在苏浦曲吉强秋的面前一口气说完。

"我当然愿意，这可是我的荣耀！本来诵完经就要去您那里，想跟您说让罗卓坚赞他们在苏浦寺里多待几天呢！"苏浦曲吉强秋脸上满是喜悦。

"就这样定了！真是太好了！感谢您答应这件事！您先诵读，我们回房间去。"贡噶坚赞不等苏浦曲吉强秋答话，转身向门口走去。

苏浦曲吉强秋脸上挂着笑容，把右肩上掉落的斗篷重新拉拽到肩头，这时金色的太阳从窗户里照射进来，一下房子里变得亮堂起来。他伸手翻过一张经文，接着诵读。

这天上午，苏浦曲吉强秋带贡噶坚赞到所有的庙堂里去转，中午一起吃了一顿饭，气氛极其地融洽。其间，贡噶坚赞让罗卓坚赞和夏加益西迥乃拜苏浦曲吉强秋为师，要他们待在苏浦寺，在这里学习《现观庄严论》[①]。

中午，贡噶坚赞告别苏浦曲吉强秋，带着随从往山下走去，他们骑上马往拉萨城里走去。

刚回到营地里，多达那波和杰曼将军就来到贡噶坚赞的帐篷里，贡噶坚赞告诉他们吉雪的人都愿意归顺，只是有一些小的请求，到时由他来跟阔端王汇报。

杰曼对贡噶坚赞的效率很钦佩，由衷地对他说："您这么大年纪真是

[①]《现观庄严论》，佛教论典。古印度弥勒所著，是对《般若波罗蜜多心经》的论释。

辛苦了！我们商议后决定开春时再从吉雪开拔，这里毕竟比其他地方要暖和一些，您看这样可以吗？"

"我们想着现在过去，一路上风雪不断，会让大伙很辛苦的。"多达那波补充道。

"能这样太好了！我们在这里可以悠然地度过这个冬天，对几个小孩和老僧是个好消息。"贡噶坚赞露出一嘴的白牙说，心里不用再担心这季节小孩们在路上会出状况了。

多达那波听到这句话，心里一下踏实了，之前还担心贡噶坚赞会急着赶去凉州呢。他说："我和杰曼将军带一小队人去打猎，时间不会太久，部队都留在这里，到时需要调遣，你就跟察乃尔说。"

"这是个糟糕的决定。我请求你们不要去射猎那些哺乳动物，这个时节有些已产小崽，有些正怀着孕，杀了它们那些小的也活不成，都是些可怜的生命。"贡噶坚赞这样央求道。

多达那波和杰曼此生第一次遇到有人这样求他们不要杀生，听到后他们有些错愕的同时，马上回过神来，想着站在面前的这个人是一名僧人，他提这样的要求也符合他的身份。多达那波用手梳理那缕有些脏的长发，脸上显出尴尬来，答应贡噶坚赞不会去杀那些雌性动物。

多达那波和杰曼起身跟贡噶坚赞告别，走出了帐篷的门。

外面夕阳的光无精打采地射在那里，凄惶的枯草显得更加地无助。

贡噶坚赞愣神地盯着外面看了许久，那张有些苍老的脸上，皮肤松弛，嘴角和眼角上深浅不一的皱纹，如蜘蛛网般铺设开去。

"您该休息一会儿了！"东久站在一旁这样提醒贡噶坚赞。

"让衮邦确塞拿来纸和笔，我要给萨迦那边写封信。"贡噶坚赞回过神来后说。他踱步走向铺设的垫子旁，准备弯下腰去。

"您忘记了？衮邦确塞跟罗卓坚赞一同留在了苏浦寺，你要他们跟着苏浦堪布学习呢！"东久在一旁提醒贡噶坚赞。他看到贡噶坚赞愣了一下，身体慢慢板正。

"上了岁数，人就变糊涂了。哈哈哈——"贡噶坚赞冲着东久轻声笑了起来，花白的脑袋在肩头上摇动。东久看到这情景，也不禁笑出了声。

贡噶坚赞脱下鞋子，盘腿坐在垫子上，等待东久拿来纸和笔。

东久在帐篷边沿的牛皮包里寻找这些东西，翻腾一阵后终于找全了。

他把纸和笔交给贡噶坚赞，然后往墨水瓶里倒些水，用指头看墨的浓度。东久又往里加一点水，这才把墨水瓶放在垫子的右边。

贡噶坚赞把纸折叠成一个长条，用食指和中指夹住，竹笔蘸着墨汁在其上面挥洒。

东久离开帐篷走到了外面。他看到落日把西边的云朵都燃烧成一片通红，这些彩霞变幻着各种形态，他甚至看到其中的一朵彩霞，幻化成了佛身，正从高处凝视着他们。这让他心里激动不已，双手合十，面向那朵彩霞祈祷。

天微微发亮的时候，多达那波带着几百号霍尔兵出发了，引起了短暂的喧嚣，随着马蹄声的沉寂，这里又变回到之前的宁静。

从这天开始，贡噶坚赞又分别去拜访了朗喀本和衮·赤列晋扎、素·扎巴格列等人，和他们一起商谈事情，交流研读佛经的经验，一同参加一些佛事活动，还给每座寺院进行布施。

没有过几天，觉莫龙寺的堪布带着马队来到了营地，邀请贡噶坚赞到觉莫龙寺去，给当地僧俗讲《大发心经论》。看到觉莫龙寺堪布这般地诚心，贡噶坚赞欣然接受了。

在去觉莫龙寺的路上，堪布跟贡噶坚赞骑在马上并行。堪布扭过头来对贡噶坚赞说："您的到来会使觉莫龙寺名声大振，寺院因为您的到来也会得到无上的加持。您肯定知道，您的大伯父索南孜摩，他曾到离我们这儿不远的桑普寺，在那里苦学了十一年，成为名震四方的辩经高手，当时没有一个人能辩得过他，他是桑普寺的顶梁柱。你们家族真是一个伟大的族裔，到现在出现了这么多声誉响遍雪域的大成就者，个个都是大学者。一提起你们昆氏家族，人人心里都会油然生起崇敬之心！"

他们正穿过一片开阔的沼泽地，两边都长出齐腰高的芦苇，它们干枯后灰不溜秋地立在那里，风掠过时发出咝咝的声音，还把身子舞得颤巍巍的。从这芦苇荡里，突然会飞出水鸟来，让马儿受惊不小。

"您这是过奖了。"贡噶坚赞将身子往前倾，眼睛盯住觉莫龙寺堪布，说："大伯父索南孜摩为了学习佛法，把萨迦寺的法座都让给了扎巴坚赞，那时作为他弟弟的扎巴坚赞才十三岁啊！索南孜摩为了寻法，表现得是那样地毅然决然，不顾一切。他先是在藏地寻师学经，后来又转到卫地去学法。桑普寺跟他有缘，一待就是那么长的时间，连萨迦都不曾回去过。后来，我们都知道他取得了很大的成就，为利益他人做了许多的事情。可惜的是，我出生的那一年，伯父索南孜摩就圆寂了，我跟他之间的缘分没有想到是这样地浅。可他好学的那股韧劲，却融化在了我的血液里，我也是那样地固执，在二十多岁时就从萨迦走出来，到各大名寺、各地成就者那里，去学习佛法和各种知识。此刻，回想起来真是有些癫狂和不顾一切。"

"这怎么能说是癫狂！是太渴望求得真谛，就像溪流日夜奔向大海。"觉莫龙寺堪布纠正道。他的眼睛从贡噶坚赞身上移开，望向了前方。

那里有开阔的农田，一些麦茬孤零零地立在土地里；几头牛摇动尾巴，寻觅能吃的干草。水渠上面结了一层厚厚的冰，经阳光照射，反射出刺眼的光来。

"我们寺院的前方还有一眼泉水，那可是非常珍贵的水。"觉莫龙寺堪布再次望着贡噶坚赞的眼睛说。

"听说是莲花生大师的拐杖掘取的。"贡噶坚赞说。

"是这样的！"觉莫龙寺堪布冲贡噶坚赞粲然一笑，又说，"以前赤松德赞时期，请莲花生大师到我们这里来，他行至我们觉莫龙一带，发现这里气候冬暖夏凉，特别适宜人居住，唯一遗憾的是这里吃水很困难，要背着水桶到很远的河边去。他念及这里的人吃水这么辛苦，于是拿他的拐杖，往地里扎进去，再把拐杖抽上来的时候，一股水柱直往天上喷射，等水柱慢慢变小，人们才看清是一眼泉水，它的形状就像一只盆。这泉水养育了这方人，人们给这个泉水起名叫雄巴拉曲（意为盆子里冒出的神水）。它的水质甘醇，喝下去时喉咙能感受到它的清冷与柔滑。到时您可以尝一口！"

觉莫龙寺堪布一路上在向贡噶坚赞他们介绍沿途的村庄，他们那里的奇闻趣事，听得人们忘记了时间，一抬头觉莫龙寺就在前方，夕阳的光打在它的金顶上，一片黄灿灿的。

走到觉莫龙寺里，天色已经昏暗，在那里等待的僧人马上迎过来，有人牵马，有人拿东西，在他们的簇拥下把贡噶坚赞送到了房间里。

黎明时，一阵毛驴的铃铛声，把贡噶坚赞给吵醒。两张一排的床上，与他头对头睡着的恰纳多吉，鼻子里轻轻呼出气，那张脸蛋看得不是很清楚。贡噶坚赞坐起来开始打坐。

天色泛白之时，东久进入房子里来，把贡噶坚赞的禅定给搅断了。

他开始穿袈裟和鞋子，跟东久打听外面的气温。东久告诉他说，比吉雪那边要暖和一些，但还是够冷的，要贡噶坚赞穿得厚一点。

这时，外面有嘈杂的声音传来，东久放下手里的活，撩开门帘出去看。一会儿，他就进来说，僧人们围着大殿前的那两个蓄水铜缸在看，大冬天的，里面也不知有什么东西。贡噶坚赞听完没有再说什么，开始在铜盆里洗脸。东久站在一旁，手里拿着擦脸的布片。外面的喧哗声更大了，还能听到有人在廊道上跑步的声音。

"东久，你下去看一下，不知下边出了什么状况！"贡噶坚赞接过那块布片说。

东久再次撩开门帘走出去。房子里一下安静下来，里面的光线也亮堂了许多。贡噶坚赞边擦脸边走到恰纳多吉跟前，看到他的小胳膊露在外面，轻轻地塞到藏被下面去。望着他嫩滑的脸，贡噶坚赞的嘴角飘上喜悦的笑容。恰纳多吉有一头浓密的黑发，鼻子跟他父亲桑察·索南坚赞一个样，贡噶坚赞这样想着的时候，东久已经折了回来。听到脚步声，贡噶坚赞马上转过身去。

"寺院蓄水用的两大铜缸里，冰面上各结出了两朵一模一样的莲花图案。僧人们无比惊奇，觉莫龙寺的堪布更是欢喜不已，正准备让人在院子里煨桑呢。"东久声音里带着惊喜在陈述。

贡噶坚赞也没有想到，会出现这种吉祥的兆头，站在那里思量时，东久又说："我们下去看一下，那图案真是美艳至极！"

"那我们下去吧。"贡噶坚赞把肩上的披肩往上拉，身子已向房门口走去。

铜缸里结了一层厚厚的冰，从冰层里面裂出一道道粗细不匀的白线条，这些线条在冰面上形成了圆润的花苞片和星状的花瓣，茎秆飘逸地向下延伸，轻微地弯曲着。贡噶坚赞看到这个奇异的现象，心里在想这是一个多么吉祥的征兆啊！

他离开铜缸时，院子中央煨的桑烟，如柱般地往空中直刺上去，香草的味道飘满整个院落。僧人们的目光投射在贡噶坚赞的身上，眼神里充满敬意。觉莫龙寺的堪布凑过来，一再地说真是不可思议，真是奇迹，从来没有出现过这种神迹！

觉莫龙寺院的僧人还没有从这种神迹里缓过神来，便有陆续赶来听法的人走进寺院院子里。他们听僧人说起这神奇的事，这些俗人都往铜缸那边跑去，发出啧啧的赞叹声，额头抵在铜缸上磕头。

贡噶坚赞坐在大殿前搭建的法座上，身上披着金色的阳光，向觉莫龙寺僧人和来自附近的信徒讲《大发心经论》。寺院的院子里挤满了人，他们双手合十，眼睛里满含泪花，虔敬地听讲。贡噶坚赞联系世俗生活，联系历史事件，把经句解释得很透彻，入了他们的心、他们的脑。许多人坐在下面反思，自己平日里是否按照经文里讲的那样，对人对事对这个世界，做到慈悲与宽容。

五天的讲经，使许多人受到了感化与启迪，也剔除了他们思想里隐藏着的那些污秽，心田的土壤上不再有杂草丛生。附近的有钱人为了感谢贡噶坚赞洒落佛法的甘露，捐献了许多财物和粮食，他把这一切都留给了觉莫龙寺。

离开的那天早上，堪布陪伴贡噶坚赞走到雄巴拉曲，他用铜瓢从泉眼里汲点水，倒在贡噶坚赞的掌心里。贡噶坚赞喝上一口，再把剩下的泉水擦在眼睛上。恰纳多吉在一旁，连着喝了七八次，直到被东久给制止。他们找来器皿装了一些泉水，准备带回到营地去。

贡噶坚赞跟觉莫龙寺的堪布告别，两人手握手，额头触碰额头，之后贡噶坚赞骑上马离开了雄巴拉曲。

马儿载着他们走在一条平整的土路上，两边都是荒凉的农田。在一些光秃秃的树林中，能看到一些低矮的土坯房子，它的附近转悠着的牛和毛驴，有时传来一声清脆的铃铛声。

进入营地时，贡噶坚赞看到有些霍尔兵在缝补衣服，有些在喝酒，也有些围坐在一起大声聊天。他们经过时，这些霍尔兵只是抬头看一眼，又若无其事地继续着自己的事。贡噶坚赞心想多达那波将军还没有回来吧，他也不知道他们跑到哪里去狩猎了。

晚上留在营地里的其他僧人讲，多达那波还没有回来，他们可能还要等些日子吧。

等恰纳多吉入睡后，贡噶坚赞听到营地里有人在拉马头琴，那声音与夜色交融，让人心里感到有些怅惘，有些幽怨。他走到帐篷的门口，撩开厚厚门帘的一角，银色的月辉照得周遭一片幽静、清冷。唯有琴声与这柔光相融，倾诉着对故乡的渴望，对亲人的思念。这琴声也让贡噶坚赞想起了桑察·索南坚赞，想起了罗卓坚赞和恰纳多吉，他心里在跟桑察·索南坚赞保证，一定会保护和培养好这两个侄儿，让他们成为有德有才之人。

这琴声还在戚戚地奏响，莫名地弹拨着贡噶坚赞的心弦，他突然有些伤感，眼眶温热了起来，不知道自己还能陪伴这两个小孩多长时间，他们的将来又会是怎样的。他站在冷风中，身上落满冰凉的银光，这一趟路要走多长的时间，半年、一年，一切都是未知的。这样站定许久后，那忧伤的马头琴声戛然而止，这才感觉冷风在徐徐地刮，贡噶坚赞恍惚地走进帐篷里。

这样过了两天，苏浦曲吉强秋遣人过来，告诉贡噶坚赞藏历新年已很近了，后天正好是十二月十五日，那时给罗卓坚赞授沙弥戒是最佳的时候。贡噶坚赞马上告诉来人，就按苏浦曲吉强秋的意见办，答应那天太阳出来之前就赶到大昭寺去。来人得到肯定的答复后，立刻骑上马走了。贡噶坚赞让东久把他最好的袈裟准备好，再去请一同来的老僧旦白旺布给他剃头。

"哼！你就这么点头发，不理都可以的。但我知道你那点小心思！"旦白旺布用右手摆弄着贡噶坚赞的头，一边慢条斯理地说。

旦白旺布的脚边放着一个黄铜盆，里面盛满了水，一块干牛粪上搁着一把剃刀。恰纳多吉和东久站在贡噶坚赞的正前方，等待他们的随时吩咐。

"对于罗卓坚赞来讲，这是他一生中最重要的事情，我作为伯父一定要做到最好，不要给自己留下任何遗憾。"贡噶坚赞说这话时，被上午的太阳晒得眼睛都有些睁不开。

"我怎么会不理解你呢！一定会把你的头剃得光亮亮的，就像从牛奶里刚捞出的一坨新酥油一般。"旦白旺布说着用水打湿贡噶坚赞的头发，不太利索地弯下腰去捡剃刀。

旦白旺布先从脑门上开始给他剃，白头发落在脚旁。用水再打湿头发，又从一旁刮起来。旦白旺布嘴里一直说个不停，贡噶坚赞闭着眼睛，有时疼痛得嘴角向上扬。恰纳多吉听到剃刀与发根摩擦发出的嚓嚓声，嘴都咧开变了形。

的确如旦白旺布许诺的一样，贡噶坚赞的头被剃得光亮亮，但也留下了几道口子。旦白旺布满意地瞧着这颗脑袋，随后喊："东久，赶紧打个干净的水来，要洗这颗脑袋。"

"你的手艺随着年龄的增长，变得越来越糟了！"贡噶坚赞笑着埋怨道。

"是你这一辈子守身如玉，精华全跑到脑门上，发质才变得这般又硬又粗，比猪毛还刚烈。"旦白旺布说完自个儿呵呵地笑起来，把没有几颗牙齿的牙龈暴露在外面。

"你这糟糕的老头，越老越不正经了，怪不得牙齿都要从你嘴里跑掉，它们这是嫌你嘴臭。"贡噶坚赞边起身边跟他说，眼神里却充满了欣赏。

旦白旺布听完又呵呵地干笑了几声。

东久端着铜盆过来，里面还冒着一点热气。

贡噶坚赞把头埋进铜盆里，再从东久手里接过一点碱，开始涂在湿漉漉的脑袋上，然后用水冲洗干净，再用布把脑袋和脸擦干。东久把水给倒掉，将盆拿回帐篷里。

几个霍尔兵过来，请贡噶坚赞给其中的一个看病，他们一同走进帐篷。

恰纳多吉拉着东久要到认识的霍尔兵那里去玩，他们丢下旦白旺布，沿着帐篷边沿跑过去。恰纳多吉一头的长发，飘荡了起来。旦白旺布手里拿着剃刀，看看贡噶坚赞的帐篷，再望向恰纳多吉他们跑远的方向，然后一脸迷茫地摇摇头，嘴里诵着经文走向自己的帐篷。

藏历十五日这天，天空开始泛白之时，贡噶坚赞他们已经准备停当，东久催促恰纳多吉起床。贡噶坚赞将身上的坎肩衣领理一理，再把披风重新整理，尽量使自己做到庄重、得体。

不多久，贡噶坚赞一行八十多人离开营地，向大昭寺进发。

骡子背上驮着大米、酥油、法器等。清晨的冷风呼呼地吹打在脸上，呼出的热气从嘴里一呼出立刻消失，沼泽地上结着冰，枯草不停地抽搐。骡、马脖子上的铃铛，惊扰着寂静的清晨。

太阳没有出来之前，贡噶坚赞他们准时到达了大昭寺，僧人们卸下骡背上的东西往里面搬。寺里的几名僧人也出来帮着搬运。卸完这些东西，他们把骡、马赶到一旁拴起来。

这时，苏浦曲吉强秋和罗卓坚赞一行六十多人赶到了大昭寺。随后，朗喀本和衮·赤列晋扎带来的僧人也陆续赶到大昭寺。

僧人们拥进大昭寺大殿，依次坐了下来，衣裳的窸窣声、轻声说话声，在大殿里响起。

领诵人员从胸腔里挤出一声沉闷而有力的嗡声，压住了所有的嘈杂。僧人们紧随他的声音，诵起祈祷经文。释迦牟尼佛慈祥地注视着他们，嘴角浮着慈悲的微笑。诵经的声音低沉地回荡，祈愿的声浪与诸佛产生共鸣，每尊佛的脸颊上流溢欢喜的神情。

祈祷结束后，整个大昭寺被晨光给裹住，大殿里飘扬着香柱的清香和酥油灯芯燃烧的煳味。贡噶坚赞坐在法座上任堪布，苏浦曲吉强秋担任轨范师，在三百多名不同教派僧人的见证下，要给罗卓坚赞授予沙弥戒。

苏浦曲吉强秋站在释迦牟尼佛庙堂的台阶前，手里拿着曼荼罗，向佛祖虔心祈祷。下面的众僧也用手指搭建曼荼罗，上面挂着自己的念珠，置在自己的胸口前，一同念诵起来。

向释迦牟尼佛敬献完曼荼罗，苏浦曲吉强秋唤罗卓坚赞到面前来。

贡嘎坚赞看着脸颊红润、俊秀的罗卓坚赞，心里喜悦的涟漪一圈圈地泛溢。想起罗卓坚赞小时因他的聪慧被僧众称他为八思巴，如今他终于成为了一名真正的僧人。

苏浦曲吉强秋问罗卓坚赞，是否愿意成为一名皈依三宝的沙弥。罗卓坚赞坚定地回答说愿意！苏浦曲吉强秋接着问他，父母、亲人是否同意你成为一名沙弥。罗卓坚赞不能自制地把脸转向了贡嘎坚赞。贡嘎坚赞两手攥成拳，贴在胸口望着他，那眼神里充满了鼓励。罗卓坚赞的脑海里映现出母亲玛玖贡吉的脸，那是一张贤惠又美丽的脸，是他在梦境里时常梦到的脸，那张脸能让他安详，能让他充满希望。父亲桑察·索南坚赞却无缘看到他成为沙弥的这一时刻，想到父亲的早逝，罗卓坚赞心里悲伤起来。他眼里含着泪水，转过头来回答说他们都同意。苏浦曲吉强秋再次问，可否接受沙弥戒律。罗卓坚赞回答，直到生命中断，永守律仪！

苏浦曲吉强秋声音提高几度，当众宣布说，准许你成为一名沙弥。

之后，苏浦曲吉强秋给罗卓坚赞讲授十戒和由此引申的三十六戒。

罗卓坚赞站在苏浦曲吉强秋面前，认真听讲每条戒律。

授予沙弥戒律后，贡嘎坚赞给他赐法名为罗卓坚赞贝桑布，还赏一套崭新的袈裟和鞋子，从这一刻起，他就成了一名正式的出家人。

仪式结束后，又在领诵人的带领下，众僧一起诵读经文。

随着领诵人浑圆声音的弱化，直至消失，大昭寺大殿里瞬间静默无声，显出原本的肃穆和庄严来。释迦牟尼佛凝望着这群僧人，眼睛里的祥瑞之光滴落在他们每个人的心头。

贡嘎坚赞望着罗卓坚赞贝桑布，眼里滴落泪水来，全身幸福地抖动。他在心里轻轻告诉已故的弟弟桑察·索南坚赞，萨迦的法座现在有人继承了。

萨迦寺的僧人端着陶壶给参加仪式的每位僧人斟茶，轻轻的交谈声响起来，茶香飘散在大殿里。接着又有僧人端来大米、酥油、红枣拌制的曼达饭，给每个僧人碗里盛得满满的。

罗卓坚赞和夏加益西迥乃跟师父苏浦曲吉强秋告别，跟随贡噶坚赞回到了营地。

第二天，多达那波带领的狩猎队也回到了这里。

他们商议过完藏历新年，就动身离开吉雪，继续前行。

第十一章

"我们已经进入朵康地域了!"拉吉毕积骑在马上跟贡噶坚赞说。

他们经过的地域是个半农半牧的地方,但这里的草要比萨迦那边的长势好、个头也高。此时,它们在春季的劲风中还没有返绿,凄惶地飘摇着。山顶依然白雪覆盖,半山腰却是树木葱郁,山脚下是村民的房子,相互间隔着一段距离,房子前后都有被开垦出的农田。许多房子的墙是枝条编织的,然后在上面糊了一层泥巴,远远看去是一堵土黄色的墙壁,也有些是夯土建筑的房屋,它们显得更加地厚实而雄壮。每到一个山嘴,它的坡顶上,依然耸立着石头砌成的碉楼,它们越往上收得越窄,笔直地插在山嘴上,一些鹰展开翅膀滑翔在它的上面。这些都是以前的烽火台,现在有的倒塌了,仅剩一些残垣,有些一面墙壁被雨水冲刷后坍塌,也有一些虽然失去了光泽,可依然保存得完好无损。

"之前,我从未想过要到朵康来,命运却让我在变老的时候,经过这个地方!"贡噶坚赞这才接话说。他的目光投向前方,队伍正走在山坳中一块平坦路上，旁边一条溪流在流淌，它两边的冰块还没有完全消融。他又说："走在这些山川、草滩间，我就禁不住想起吐蕃末代赞普朗达玛。他在灭佛时，将拉萨四周的寺院全部给封上，有些经书被投到河里去，有些被焚烧掉，还在寺院的墙壁上绘制僧人饮酒的画，让民众把他们当成恶人。朗达玛还把僧人分为上中下三等，上等的玛仁却、娘丁增等被抓后直接给杀掉，中等的僧人逼迫他们去当屠夫，拿着刀去宰杀牛羊，拿着箭牵着猎狗到山上去打猎，只要不顺从，那只有死路一条。对下等的僧人，让他们并入苯教中，去学习苯教教义与仪轨。很多翻译家作鸟兽散，纷纷逃亡边远地区。也有一些僧人，在骡背上驮着经文，顺着朵康这条路跑到朵麦去，在那里学习和研修佛法。等吐蕃灭亡许多年后，桑耶的益西坚赞选派十名年轻人，到朵麦来寻找曾经逃亡到这里的那些僧人的后世门徒，从他们那里学习戒律与佛法，学成后回到卫藏再传扬佛法。这条路是希望之路，是佛教薪火相传的一条路啊！"贡噶坚赞由衷地赞扬起这块地方来。

罗卓坚赞听完这句话，看到前方的霍尔兵像一条长龙，在谷地里蜿蜒地伸向道路的尽头；扭头往后看也没有个尽头。夏加益西迥乃也好奇地向后张望，看到霍尔兵在马背上一副慵懒的样子。

"你在看什么？"夏加益西迥乃问罗卓坚赞。

"这队伍长得没有个头，也没有个尾。"罗卓坚赞回答他。

夏加益西迥乃用手指后面的恰纳多吉。罗卓坚赞回头看，马背上恰纳多吉靠在东久的怀里睡着了，嘴角流着口水，那头长发随着身子的摇荡在晃动。罗卓坚赞看到这副模样无声地笑。夏加益西迥乃也咧嘴笑。

"我感觉止贡的尖安大师见到我们时，心里不是很高兴。对我们的接待，有些敷衍的成分。"衮邦确塞走在前面牵着马说。

"我也有这种感觉。"拉吉毕积马上接过话,又望了一眼贡噶坚赞,继续说:"可能是他看到您带着这么多人,在霍尔兵的护驾下要去凉州当阔端王的喇嘛,这样的风光,让他不免产生嫉恨吧!"

贡噶坚赞瞅了一眼拉吉毕积,脸上没有任何的表情,眼睛又转向前方。这一路的艰辛,使贡噶坚赞的脸明显消瘦了下去,颧骨凸出得更加明显。

"嫉恨那是当然的。"衮邦确塞仰头看着拉吉毕积说。他停顿一会儿又说:"要是当初他答应多达那波将军的话,也许这次去凉州的就是他了!那种失望会让尖安大师心里很难受。"

"听说是这样。他以年龄大、身体健康状况不好为借口推托,硬是把比他年龄还大的萨迦班智达推到前面去,这活脱脱就是落井下石嘛。好在结果不是当时他们所想象的,所以现在看到这种状况,心里的后悔呀自然在脸上表现了出来。"拉吉毕积回应道。

"你们别老议论尖安·扎巴迥乃大师了,要是没有人家的举荐,多达那波将军也许不会考虑我们萨迦的。"贡噶坚赞跟他们说。

拉吉毕积和衮邦确塞再没有提及止贡尖安大师,而是聊起了衮邦确塞曾经从宗喀地域经羌塘草原,向西进入阿里三围一带的经历。

罗卓坚赞和夏加益西迥乃听到他俩的聊天,也策马凑过来,听衮邦确塞的讲述。

贡噶坚赞闭上双眼,回想他去止贡寺拜访尖安·扎巴迥乃大师的情景。

那天他们起了个大早,趁着天色露白的时刻,一千多号人骑马向止贡寺出发。这一路上没有见到什么人,等太阳把山谷里的温度不断催高的时候，有几名僧人正骑着马从前方走过来。最前面牵马的是个农夫，一身的黑色氆氇藏装，腰间别着一把小刀，脚上的靴子旧得褪了色。他们看到霍尔兵，立马警觉地停在前方，向道路边上靠去，把路给让了出来。当看到霍尔兵中间还有穿袈裟的僧人时，他们紧张的神情稍微缓解了下来。

经过打听知道，这几名僧人是去这个农夫家里，做攘灾避邪的法事，农夫家这半年里接连遇到不幸的事情。僧人还告诉他们说，自己下山时尖安大师在大殿参加早祷告，现在早祷告已经结束，可以直接去尖安拉章拜访。不远了，前面再过两个山嘴就到了。说完在农夫的牵引下，马儿离开他们，向贡噶坚赞来时的方向走去。贡噶坚赞一行走过第二个山嘴，就远远地望到矗立在半山腰上的止贡寺。

走过一座桥后，察乃尔把大队人马留在这里，只带五十名精兵跟贡噶坚赞一行去寺院。

当他们开始爬山时，寺院外面的坡顶上聚满了穿袈裟的僧人，那些人好奇地望着蠕蠕向上爬行的他们。

到了山坡顶，察乃尔轻捷地跳下马背，等待贡噶坚赞下马。在衮邦确塞的搭手下，贡噶坚赞也从马背上落到地面。察乃尔示意两人一同往前走。

僧人队伍中有个圆脸、头发花白、体阔的人首先迎了过来。他由于身体发胖，走路时整个身子晃动的幅度很大，有种威风凛凛的感觉。当他走近看到察乃尔时，眼睛里的那道兴奋的光，瞬间黯淡了下去，脸上难掩失望的表情。察乃尔之前见过尖安·扎巴迥乃，于是开口说："尖安大师，我受多达那波将军的派遣，护送萨迦贡噶坚赞喇嘛到您这里，商谈一些事宜。"

尖安·扎巴迥乃这才把目光投射到贡噶坚赞的身上，有些惊愕地望着他。片刻的静默后，一脸难堪地问："您、您就是萨迦班智达贡噶坚赞？"

"我是贡噶坚赞，向尖安·扎巴迥乃大师请安！"贡噶坚赞两手合掌说。

"有失远迎，请察乃尔将军、贡噶坚赞包涵！"尖安·扎巴迥乃又恢复到了常态。他请他们到自己的拉章里去，对站在外面看热闹的僧人也没有进行介绍。

到了拉章的房间里坐下，尖安·扎巴迥乃嘴上说着客套的话，极尽能事地表扬贡噶坚赞。察乃尔喝上几杯茶后，借故离开了房子。

贡噶坚赞打断尖安·扎巴迥乃的话，说明了自己的来意，问止贡寺和尖安·扎巴迥乃有些什么诉求，可以让他向霍尔人提，请他不吝赐予。

尖安·扎巴迥乃听后哈哈大笑，用手轻轻拍打自己的大腿，说："唉！我一个住在深山幽谷里的老头，能有什么诉求呢，这些都是做大事的人该考虑的。我作为一介山间野夫，唯一要考虑的是来世投个好胎。再说，这身体状况，不容许有其他的考虑，每天都被病痛折磨，都想着尽快死了算了！"

听完尖安·扎巴迥乃的话，贡噶坚赞明白他对来访不感兴趣，甚至是在有意躲避交谈。贡噶坚赞也没有再要求他提什么诉求，而是话锋一转，赞扬起了止贡寺。从它的地理位置、山势、形状，再说到噶举派的教义。尖安·扎巴迥乃听完，心里好受了很多，情绪也渐渐稳定下来，说话再不像之前那样了。

贡噶坚赞看到尖安·扎巴迥乃依旧没有把止贡寺的重要僧人请过来的意思，也就知道这次的商议是不可能了。他不愿再聊些毫无意义的话题来消磨时间，就向尖安·扎巴迥乃提出了告辞。

尖安·扎巴迥乃马上站起来，用一种很惊讶的表情望着贡噶坚赞，然后极其热情地说："这怎么可以啊，您从那么远的地方过来，第一次到止贡寺里来，现在连个饭都不吃就离开的话，世上的人都会取笑我们的。"他把身体转过去，一名服侍的僧人马上走了过来。

"既然这样的话，那我想请尖安大师带我们到庙堂里去拜佛吧，也让我们得到止贡寺的加持。"贡噶坚赞提议。跟随贡噶坚赞的人员全部站了起来。

"这样更好！"尖安·扎巴迥乃说着，用手做了个请的动作。

贡噶坚赞一行在尖安·扎巴迥乃的带领下，到各庙堂去拜了佛，向寺院捐赠了些银两。匆忙吃过午饭，就跟尖安·扎巴迥乃告别，骑马向山脚下走去。

贡噶坚赞回想到这里，就睁开了眼睛。衮邦确塞依旧说着他的经历，手里的缰绳松松地垂落着。罗卓坚赞和夏加益西迥乃竖起耳朵认真地听，担心稍不注意会跟什么重要细节擦肩而过似的。拉吉毕积偶尔也插话进来。

衮邦确塞是个很老实、很用功的僧人！这是贡噶坚赞对他的一个评价。现在衮邦确塞对佛教教义掌握得比较全面，修炼也达到了一定的层级。在他身旁服侍的时候，贡噶坚赞让他跟萨迦寺的乌尤巴·日贝僧格、娘尼·丁增、崔成西热等高僧，学习了许多的经论和修炼方法。只可惜，他就缺少那么一点慧根。等哪一天，他的这个慧根开窍了，那必将会成大器。衮邦确塞来到萨迦寺已经几十年了，一直都是这样一副忠心耿耿、埋头苦干的样子。许多年前，他接到母亲病重的消息时，一把抱住坐在床沿的贡噶坚赞的大腿，脑袋埋在他的胸怀里，哭得好凄惨。这是贡噶坚赞从来没有看到过的，他的悲伤也惹得贡噶坚赞垂下泪来。贡噶坚赞被他的孝心所打动，吩咐念·卓普陪他回去一趟，顺便准备了粮食、茶叶、酥油、红糖等，还备齐了各种药。他俩骑着马，牵着一匹骡子出发了。二十多天后回到寺院里来，脸上看不到一点悲伤和痛苦。贡噶坚赞当时有些纳闷。衮邦确塞告诉他们说，是他母亲太想念他，才编了这么一个谎话，希望在她活着的时候能见上最后一面。后来听念·卓普说，衮邦确塞母亲的谎话没有让他生气，反倒让他感到了愧疚，他双膝跪在地上给母亲顶礼，歉疚地说着责备自己的话。母子俩抱在一起，四目泣泪。衮邦确塞请求念·卓普让他在家里多待几天，好好陪陪母亲。待在家的那几天，衮邦确塞到山上帮母亲捡了很多的牛粪，牛圈里铺撒了干土，把吱嘎响的院门也整修了一番。等到临走时，把自己这几十年里积攒的那点金子，全部留给了母亲。念·卓普从那开始逢人便说，衮邦确塞是个孝子，每年都要托人给他母亲带些书信和碎银。贡噶坚赞经过这件事后，更觉得衮邦确塞是个可以依赖和信任的人。

他刚到萨迦时，每天都跑到多门塔旁边，静静地坐很长时间。当时贡噶坚赞不知道原因，只想着他是不是不愿待在萨迦寺了，想到外面去闯荡。可是，后来得知他是在等仲子白芸师父从米酿国回来时，贡噶坚赞的心像被扎了一般地疼，这样忠贞的弟子他还没有见过。更让贡噶坚赞没有想到的是，即使他们都知道了米酿国已经灭亡，衮邦确塞依旧坐在多门塔边，等待他的师父归来。他这样坚持等待了十多年，无论什么季节，无论什么天气，都无法阻挡他去等待。衮邦确塞坐在那里，静静地望着萨迦谷地。

去年，拉吉毕积跟随多达那波从凉州回到萨迦，这才知道他的师父仲子白芸已经去世很多年了，悲伤的泪水把衮邦确塞的脸打湿，也把他的最后那丝希望也给彻底断掉。那夜，他可能一晚上都沉浸在伤痛中，第二天眼睛肿得红红的。好在他是个出家人，知道死是必然的规律，也了知死亡只是生命的暂时结束，他很快从那种悲痛中走出来，变回到平日里的自己。

贡噶坚赞望着还在叙述的衮邦确塞，脸上跃上欢欣的笑容，希望他永远有这样开朗的心情。衮邦确塞好像有感应似的，回头望了贡噶坚赞一眼。

一名霍尔兵策马逆驶过来，马蹄击打地面发出的声响，被山谷里的风急速吹送过来。

听到这急促的马蹄声，衮邦确塞停止了讲述，伸长脖子向前看。马背上的人都引颈向前方张望。

驶过来的那匹马背上的霍尔骑士，右手里的鞭子高举起来，又斜抽向马的胯部，脑袋后面的辫子在激烈地跳荡。倏忽间，骑士从他们身边飞驶过去，只留下一阵强劲的凉风。

贡噶坚赞他们想，霍尔人那边肯定出了什么事，要不也不会这样疾风骤雨。这样想着，继续向前走去。

过了许久，也没见那名骑士再次从身旁闪电般地驶过来，他们就不再关心这件事了。又开始聊起其他一些事情来，有一搭没一搭的，一脸的倦怠相。

队伍赶到两座山间的开阔地，先到的霍尔兵已经搭建起了帐篷，他们按照顺序又陆续地支起帐篷，最后赶到的只能到缓坡上去建营地。

他们把帐篷搭建完时，时间还很早，衮邦确塞和东久带着恰纳多吉去打水。罗卓坚赞和夏加益西迥乃到其他僧人的帐篷里去。贡噶坚赞走到三角铁炉子跟前，膝盖跪在地上，弯下身抓袋子里的干树枝，再往三角铁炉下方塞。

帐篷的门里闪进几个人来，看到贡噶坚赞跪在地上，他们有些不知所措。

"萨迦班智达，您怎么能这样跪在地上，生火这些事不是您干的！您赶紧起来，察乃尔将军接您去见多达那波。"拉吉毕积蹲下身来，从胳窝底下把贡噶坚赞扶起来。

贡噶坚赞转过身子，看一眼察乃尔，顽皮地冲他笑，然后双手拍一拍，问："多达那波将军那边是有急事？"他脑海里想起那位逆行飞驶而过的骑士！

"多达那波将军要跟您商量事情，您多穿件衣服，外面风还是很大的。"察乃尔立在一旁说，两手交叉着搭在肚子上。

贡噶坚赞拿起丢在垫子上的羊皮袄，开始往身上穿，再抓起布帽往帐篷外走。

他们到达多达那波帐篷里时，里面站着五十多个霍尔军官，最里面的垫子上坐着多达那波和杰曼将军，旁边搭了一个座位，暂时还空着。两位将军见贡噶坚赞进来，马上起身请他坐旁边那个空座位上。贡噶坚赞也不敢耽误，直接坐到座位上去。拉吉毕积跟过来，站在他的一旁。多达那波站起来，那头长发披散在肩头，落在身旁的两只手握成了拳头，身上有一股凛然之气。面前的将士们的目光，全部投射在他的身上。

"今天我接到了阔端王的诏令，要我留下一部分人保护贡噶坚赞去凉州,其他将士跟随我和杰曼将军快速赶到吉塘①去,与那边的部队会合。现在我下令,察乃尔部承担护卫任务,剩下的人员明早晨曦之时开拔,尽快赶到指定的地方,那里也许会有一场鏖战在等着我们。希望你们和下面的兵士凝聚起精神和力量来,在战斗中表现出我们无畏的勇气,用不惧死亡的斗志,把敌人的意志和精神给彻底打垮。你们下去后,告诉士兵们,我们将要为荣誉而去战斗。"多达那波说这些话时,情绪很亢奋,头顶上的长发都甩得飘扬起来。他手下的将士也被这种气势所感染,都握紧拳头,在胸前摇动,脸上飘扬着按捺不住的兴奋。

"现在你们全部给我回去准备,察乃尔留下来。"多达那波命令道。

霍尔的将士们情绪激动地出了帐篷,等他们走完时,服侍多达那波的兵士,在他们面前摆起了小桌子,端来茶碗和烙饼。多达那波也从刚才的那种亢奋情绪中平复下来,变回平日里那个不苟言笑的人。贡噶坚赞安静地坐在垫子上,兵士开始往茶碗里倒茶。

"贡噶坚赞,我们因为诏令,就不能陪着您走到凉州了。但请您放心,我们会给您留下最优秀的将帅察乃尔,护送您到凉州。您是我们阔端王迎请的贵客,您的安全关乎我们所有人的性命,所以绝不会有任何的纰漏。察乃尔手下有四千多人,我们还会给你们留下足够的粮食和其他物资,走到凉州是不会有任何问题的。"多达那波停下来,摊开手掌,指向贡噶坚赞面前的茶碗,示意他用茶。接着他又说:"按照现在这个速度,再走个六十多天,就能进入到我们控制的地域,那里的人都会很隆重地接待您。察乃尔你一定要保护好贡噶坚赞一行的安全,也要听从贡噶坚赞的话,尽

---

① 吉塘,古时藏族人把甘、青、宁一带统称为吉塘。宗喀王朝(唃厮啰)建立后,国都定在吉塘城,也就是现在的西宁。

量满足他们提出的所有要求。"

察乃尔坐在贡噶坚赞的一旁,他把抿紧的嘴张开,吱了一声,这才开口说:"真想骑在马背上冲锋陷阵,我喜欢听刀剑相撞的声音,喜欢闻血的腥味,喜欢看尸横遍野的景象,那样我知道自己有多么地勇敢。可是,现在两位将军让我护送贡噶坚赞,我会拿我的生命来保证他们的安全,也会听从贡噶坚赞的话。只希望不久能在凉州与两位将军相见。"

"察乃尔,我们留下你,是因为你对我们太重要了。战场上谁不希望自己手下有个骁勇善战的勇士,但贡噶坚赞对于阔端王的重要性,远胜过这样的攻城略地,或许他能深刻地改变许多事情。将来还有很多仗等着你去打,这次护送可不能出任何差错,不然到时我们无法向阔端王交差。"杰曼将军呷了一口茶,脸转向贡噶坚赞,说:"这一路走过来,我对您是越发地喜欢,也越发地崇敬!您就像一位慈祥的父亲,让我们见到您时,一切的不顺心、不如意,都能马上给忘记掉。那次,我俩交谈时,您也跟我说过缘分,现在我开始相信这些了,在离别的时刻也怀念我们一起走过的那些日子。噢,之前我从没有这样过,看看,我现在是怎么了!我们明天就要分别,我能否请您像对待你们的族人一样,给我们加持呢?有了您的祝福,我们会吉祥如意的。"

多达那波、杰曼、察乃尔的目光都集中到贡噶坚赞的脸上。

"只要你们希望得到加持,我都会满足要求的。我们祈福不仅是为了博巴人,也是为世上所有的人、所有的生命祈福,愿众生无灾无恙!"贡噶坚赞说着站起来。他走到多达那波、杰曼跟前,察乃尔也赶紧挤了过来。贡噶坚赞取下手上的念珠,放在他们每个人的脑门上开始祈诵。

他诵唱的祈祷经文就像大海漫涌的浪涛,激荡而有力,它能搅动人的五脏六腑。这声音一直持续着，鼓荡在他们的体内，让人变得浩茫而阔远，心净如水。

直到贡噶坚赞再次把念珠放到脑门上，他们才从那种如幻的境地中走出来，一脸虔敬地凝视着贡噶坚赞。

"将军们起身吧，已经加持完了。"贡噶坚赞说着，扶起多达那波将军。

他们望着贡噶坚赞深邃的目光，心里莫名地对他充满了信任与依赖。

"我就不再打扰将军们了，你们早点歇息，明天还要早早赶路！"贡噶坚赞说完，双手合十，同他们告别。

回到帐篷里，贡噶坚赞让衮邦确塞通知僧人们，明天黎明时集中到两个大的帐篷里，为多达那波他们祈祷。

"他们是去打仗，是去杀人，为什么还要给他们祈祷？"衮邦确塞不解地问。

"他们都是父母的儿子、女人的丈夫、小孩的父亲，谁愿意死去？他们认为的敌人又何尝不是这样，我们祈祷就是希望不要再有杀戮与征伐！"贡噶坚赞说。

衮邦确塞点头出去，被他掀开的帐篷门帘轻微晃动。

贡噶坚赞跏趺在垫子上，身披厚重的半月形大氅，面向帐篷的门口。他从帐篷门帘上方的缝隙里，看到夜空一片澄澈，星星像被点燃的无数油灯，在空茫中发着清亮的光。附近流淌的河水，发出涓涓的声响，在他耳际回荡。偶尔，还能听到马蹄移动时的微弱声音。恰纳多吉身子翻转了一下，罗卓坚赞和夏加益西迥乃鼻子里发出轻微的声息。贡噶坚赞将手指做禅定印，心识收拢，进入空茫的境地中去。

衮邦确塞惊扰了贡噶坚赞的禅定，他看到铁炉里的火已经生起，牛粪燃着的红火舌扑闪扑闪。罗卓坚赞他们陆续起来，睡眼蒙眬地挨坐在了他的旁边。外面有僧人不断走进来，不一会儿帐篷里坐满了人。在油灯微弱光线的照耀下，衮邦确塞拿来鼓、铙钹、曼荼罗等，一一摆放在贡噶坚赞的面前。

此时，霍尔兵开始拆卸帐篷，收拾东西，叫喊声、马的嘶鸣声响起来，外面一片闹腾。

贡噶坚赞开始领诵，所有僧人伴诵，这祈祷的声音撕裂了暗黑的夜色，同山谷中流动的空气交融，将祈祷声里的愿景，化作如尘般的分子、粒子，在整个谷地里轻盈地飘散，万物感受到了这份美好，感知到了这份愉悦。它们要用自己最美的姿态，迎接这即将到来的清晨、太阳、风儿，以及所有移动的生命。祈祷的声音还在向外扩延，上达天穹。

咚咚咚，咚咚咚咚咚——一阵密集的鼓声敲响，它翻越高山峻岭，飞向万里之外。

贡噶坚赞停下击鼓，又继续领诵。僧人们的和声沉沉、雄浑地穿击人心，明亮了人们的双目。又是一阵铙钹的锵锵声，它们像光一样四处溅射，给万物镀上了吉祥。

霍尔兵停下手中的活，脸转向晨曦下的那两座帐篷，莫名的喜悦充盈心间。之前，他们出征前，从未有过这样神奇的仪式，这声音让他们从容、静心起来。

多达那波和杰曼也被这声音吸引过来，他俩从战马和兵士中间穿过，走到帐篷后面，两人闭上眼睛，让这祈祷的声音将自己给包裹住。

衮邦确塞和东久出来，在帐篷前面堆起了一堆桑，点燃后袅袅的烟子向天空和山谷间飘散过去，馨香荡满了整个山谷。

此时，天上的众神和仙女也被这祈祷声和香气吸引过来，他们在山谷的上空轻快地飘移，五色的彩带在空中曼妙地飘飞。

多达那波睁开眼睛，心情舒畅且快乐；杰曼也睁开了眼，他被这奇异的体验所陶醉。

"他们是在为我们祈祷，咱俩就不去打扰了！现在时候不早了，我们也该出发了。"多达那波说着，用手把脸颊旁的长发拢到脑后去。

"这真是一次奇妙的体验！"杰曼有些不相信地说。

多达那波他俩向队伍走过去。杰曼再次回头看，那两顶帐篷里依旧飘出令人心颤的声音，白色的烟子飘满整个山谷。他把头扭过来时，多达那波已经离他几步远了，他加快脚步跟上去。旁边的这些兵士，看着他俩从身旁走过去，就知道队伍马上要出发了。

两万多人的队伍离开这山谷，继续向前走去。队伍犹如一条巨蟒，在山谷里蜿蜒地向前移动，队伍中的那一面面旌旗，被晨风吹得哗哗地招展。身后的鼓声、铙钹声、祈祷声，依稀在他们的耳畔萦绕。随着距离的拉长，那声音越来越微弱，终于再也听不见了。

贡噶坚赞他们祈祷完，从帐篷里出来，阳光已经照射在山谷里，多达那波的军队已经不见踪影，山谷里忽然变得开阔而寂寥。帐篷里飘升的淡白色炊烟，飘浮在半空，远处的山上能看见几只黑色的野牦牛，青绿的河水里倒映着几朵洁白的云。

僧人们跑到四周旷野里，解决内急后简单地洗漱，开始吃早饭。

他们拆卸帐篷、收拾器具，驮在骡背上又出发了。察乃尔率领两千人走在队伍前面，贡噶坚赞一行夹在中间，后面是辎重部队和一千多名殿后的骑兵。

他们每到一个地方都要停下来，与当地的头人，或寺院的住持进行商谈。当地的酋长或寺院也仰慕贡噶坚赞的声名，会挽留他们在当地多驻留几天，给当地人传法，或举行佛事活动。这当中也有一些寺院，听完贡噶坚赞的传法，便决定从原先信奉的教派改信成萨迦派。有时候，贡噶坚赞他们打听到深山里还有大寺庙时，就会改道到那边去拜访。

到了仲夏的时候，他们还没有走出朵康地区。那天，他们正穿过一条红山脉，灼热的阳光把人晒得蔫头耷脑，无精打采，只有单调的马蹄声嘚嘚地响起。

殿后的霍尔兵士中，有人感觉头上有股声响，还伴着一丝凉意。这名兵士抬头一看，只见一位穿着绛红色僧衣的人，正从他们的头顶上飞过去。红色的披风像一对翅膀，鼓鼓荡荡，披散的头发像黑色的羽冠，在他脑后翘立，只留下呼啦啦的一阵声响。这名兵士从未见过这种奇异的现象，于是他大声地叫喊了起来。这一喊把队伍都给惊吓住，人们以为有人要来攻击，都去摸身上的刀剑。但看到这名霍尔兵用手指着天上时，他们的目光望向上方。已经飞远的那个人，好像也被这声音惊扰，他掉转头往回飞过来。

贡噶坚赞望着这个飞行的人，双手立马合掌，虔诚地说了一声："妙哉，瑜伽大成就者！"

罗卓坚赞、夏加益西迥乃、恰纳多吉等，兴奋地睁大双眼，用手指着从头上飞过去的瑜伽行者喊："飞过去了！哇——""他又飞回来了！""他是谁啊，能在天上飞！"

在他们几个的兴奋叫喊声中，那名瑜伽行者再次从他们头上折返回来，继续往前飞。不一会儿，他变成一个小点，然后从人们的视线里消失掉。

霍尔兵很是兴奋，有人在马背上学瑜伽行者张开双臂，做飞翔的姿势，嘴里大声地说着什么。僧人们看后还比较平静，他们知道这是修炼气脉达到一定程度的成就者。罗卓坚赞、夏加益西迥乃、恰纳多吉算是他们当中最亢奋的人员，甚至都在幻想着自己能飞翔起来，穿越这片红色的谷地。

察乃尔策马赶到贡噶坚赞跟前，勒住马缰，说："刚才天上飞的是人还是怪物？我担心他们会给我们打伏击。"

"将军，刚才那个人只是一名瑜伽行者，不会有人伏击我们的。"贡噶坚赞成竹在胸地说。

"为了所有人的安危，我可不敢掉以轻心。"察乃尔说着往瑜伽行者飞过去的地方瞟了一眼，张嘴说道："我把拉吉毕积带到前面的队伍里，要是真有什么事，先由他用博巴话进行交涉，我们尽量不诉诸武力。"

贡噶坚赞冲察乃尔微笑，没有说任何一句话。只是，察乃尔发现贡噶坚赞的身子从马鞍上飘浮了起来，悬在半空中跟着马儿往前滑行。看到这一幕，察乃尔张大了嘴，眼珠子都转不动了。

"将军，那个瑜伽行者就是这样运用气脉的，博巴地方的修行者，经过多年的修炼许多人会达到这样的境地。"贡噶坚赞的身体重新落到马鞍上说。

察乃尔还没有完全回过神来，仿佛还置身在幻境中一般。

贡噶坚赞用左手拍他肩膀，他这才回过神来，一脸的不可思议。贡噶坚赞又说："我让拉吉毕积跟着您，但保证不会有事的。"

察乃尔神情恍惚地离开了他们，拉吉毕积紧随其后，他俩快速跟上前面的队伍。

"伯父，您能再来一下吗？"恰纳多吉一脸羡慕地央求贡噶坚赞。

贡噶坚赞回头冲恰纳多吉笑一下，没有再说一句话。

恰纳多吉一直在央求着，甚至把拇指都竖立了起来。

罗卓坚赞看到这个样子，就对恰纳多吉说自己也能飞起来，让他盯着自己看。恰纳多吉信以为真，盯着他看了好久，可他的身体一直贴在马背上，没有任何动静。

恰纳多吉不满地大声喊："撒谎！撒谎！"引得夏加益西迥乃、东久哈哈大笑起来。

队伍穿过整个红山脉，都没有遇到任何的伏击者。他们碰见了去做生意的一队骡帮，驮着的牛皮袋子里货物鼓鼓囊囊，赶骡人的脸上被汗渍画出了一道道线。赶骡人看到他们很是兴奋，停在路旁热情地打着招呼。他们还看见了山上放牧的牧人和牛群，牧人从高高的山上唱着这样的歌：

往前走呀走呀甚是好，
往前走呀走呀花遍地，
我先祖是山岗牧羊人，
看到羊儿心思乱纷飞。
……

他们看不清牧人的模样，只有清丽的歌声飘荡在山谷中。灌木丛中牛儿探出半截身子，用圆睁睁的眼睛从高处目送他们走远。

这晚他们住宿在一户牧人的屋外。从牧人那里得知，今天飞行的瑜伽行者叫楚玛巴，他得道后就在这条红山脉谷地中利益众生。牧人还告诉他们，楚玛巴就住在前方岔路口往里走的左手边山腰上，那里有个黑黢黢的山洞，是他住宿、修行的地方。

贡噶坚赞决定第二天去拜访楚玛巴，请察乃尔和兵士在这里休整一天。

贡噶坚赞趁着黎明时刻出发，罗卓坚赞和夏加益西迥乃等十多人一同随行。他们从岔路口进去，找到了那个山洞。经过爬行接近了洞口。令他们意想不到的是，两只雪豹蹲守在洞口的两侧，看到他们就龇牙咧嘴，把尖利的獠牙给暴露出来，做出随时攻击的姿态。

楚玛巴光着脚跑出来，看到穿着僧服的贡噶坚赞一行，马上就认出了他们。楚玛巴取下左手腕上的念珠，用右手分别点击雪豹头顶，瞬间两只雪豹消失了。

楚玛巴请他们入洞。就在低矮的山洞里，他们看到楚玛巴睡觉的石床，上面铺着一点干草，石头搭建的灶上有个小陶锅，已经被烟子熏得黑黢黢，石壁上挂着一幅不动金刚的唐卡，除了这两样东西外，再没有任何的物件了。石洞里面面积不大，飘散出一股草香味。

他们挤挤地席地而坐。贡噶坚赞给楚玛巴送了些食物，并说明自己的身份和这次远行的任务。楚玛巴告诉贡噶坚赞他们，他对尘世没有任何的依恋，只是在这红山脉谷地里尽量利益众生，帮他们降雨，帮他们抗雹，为他们医治各种疾病。楚玛巴指了指最里面堆砌的一堆草，说是自己采摘的药材。石洞里的香气原来源自那里。

贡噶坚赞向他讨教了《密咒四续部》中的行续的修炼方法，以及它所呈现的征兆。楚玛巴一一进行了详细的解答。其他人又提出了密宗《根本续》修炼过程中出现的一些问题，楚玛巴毫不吝啬地进行解释和示范。

当楚玛巴的目光与坐在最里面的夏加益西迥乃四目相撞时，他立马跪伏在夏加益西迥乃的腿前，开始诵唱起了道歌：

因缘总是无法解，如风飘来谁能挡，
世间众生如仆役，唯有真人解枷锁。
因缘无法去抗拒，时机成熟自然聚，
顶礼顶礼救度者，一面之缘定终身。
……

楚玛巴告诉贡噶坚赞他们，夏加益西迥乃会是个大成就者，他在曾经挖掘的伏藏里看到过他的名字，梦里也见过他很多次。为了使他们相信，他把脑袋里的记忆文字，显现在了自己的额头上。金色的文字明白无误地写着：娘卓·贡佩生于圭塘，出生时现吉兆。后出家，法名夏加益西迥乃。度众生于苦海，成为一名殊胜成就者。

楚玛巴额头上的几行金色文字消隐，人们的目光全部转到夏加益西迥乃身上。

夏加益西迥乃有些慌乱，一脸惶恐地望向贡噶坚赞。

"大成就者楚玛巴，既然是这样，那我就把夏加益西迥乃和罗卓坚赞留在您这里，让他们跟您学习《根本续》的修炼方法。作为学费，您在经学方面有什么问题，我都给您做最清晰的解答。"贡噶坚赞说。

楚玛巴爽快地答应了。他向贡噶坚赞提出《五颂诗》中的几个疑难问题。

贡噶坚赞授予楚玛巴《五颂诗》得闻经教之权,并把经文逐一地进行解读。楚玛巴如醍醐灌顶,一切的疑难顷刻间释然。

楚玛巴甚是欢喜,央求现在就跟着贡噶坚赞走几天,这期间他会把密宗《根本续》的要义,传授给罗卓坚赞和夏加益西迥乃。贡噶坚赞听后也是非常地高兴。夕阳的余晖中,他们往回赶。

楚玛巴陪着他们走了二十多天,从贡噶坚赞那里得到了许多的法;他也给罗卓坚赞和夏加益西迥乃传授了《根本续》,为萨迦其他修行者,讲解了体内八大脉暗络如何与脏腑连接,体表明络肢节十六大脉的功能,在修炼中如何打通这些气脉、次第感受、观相等。

贡噶坚赞一行即将进入朵麦地界时,楚玛巴跟贡噶坚赞道别。他同夏加益西迥乃触碰额头,随后跪伏在地,头抵在夏加益西迥乃的脚上。楚玛巴垂落的长发散落一地,忽然这些发根动了起来,它们穿插、扭结,在他的后脑勺上织就出了一朵黑色的荷花。

楚玛巴起身往前走几十步,随后身子悬浮起来,似一朵红色的云块,从空际飘浮走了。

贡噶坚赞他们进入到朵麦地域,明显感到这里的草原更加地开阔,牛羊更加地壮硕,山更加地青绿。他们走在浩瀚的草原上,显得人儿是多么地渺小。时节因为临近秋季,草色再没有先前那么地青绿,也闻不到草的清香。衮邦确塞的脚踝淹没在草丛中,迈步时发不出任何的声响来。他们踩着这些青绿的草,继续向前赶去。

不远的天空中,几十只鹰形成一个圈,在不停地盘旋回转。他们一直盯着那些鹰,心想那里可能有被猎杀的动物。后来这些鹰越飞越低,落入草丛中不见踪影，但能听到它们发出的叫声。有时会有几只鹰扇动翅膀跃到草丛上，又马上隐入到草丛中。

"这地方叫什么名字？"贡噶坚赞问拉吉毕积。

"我也不知道！"拉吉毕积回答道。

满眼的绿，在前方荡起了绿色的波涛，它们一层层地拍到天的尽头。最边际上隐约能看到，一座座锯齿形的白色山峰，它们的山体被掩埋在这绿色之中。

察乃尔的先头部队一直在向前，贡噶坚赞一行紧随其后。

夕阳燃烧天边的云朵时，他们停下来准备宿营。

大伙又开始从骡背上卸下东西，着手搭建帐篷。这里一下变得热火朝天起来，叫喊声、嬉笑声从四处震响。在这种纷杂的声音中，一座座帐篷耸立在草原上。接着飘起一缕缕的烟子，牛粪的味道在天空中飘散。

等天色完全黑下来，他们听到帐篷上发出嗒的声音，接着又是嗒嗒的声音，竖起耳朵听时已经是激烈不绝的嗒嗒嗒嗒之声音。伴随它的是一道明亮的光，而后发出震天动地的咔嚓嚓的声音，仿佛能把这片草原撕成两半一般。

恰纳多吉恐惧地躲在东久的怀里。罗卓坚赞、夏加益西迥乃睁大眼，一脸担心地望着帐篷顶端。又是一道闪电和更加响亮的咔嚓嚓声，脚下的草原都在抖动。急促的雨水哗啦啦地从空际砸落下来，水漫到帐篷里来。

接着几次电闪雷鸣之后，雨势一下变小，但绵绵不断，帐篷里湿漉漉的，他们没法躺下睡觉，只能坐在牛皮袋子、马鞍上，打发这漫长的夜晚。

令他们没有想到的是，这雨没有要停的意思，第二天一直落到中午时刻。气温也急剧下降，只能靠添加衣服来御寒。

雨停了，但天色灰蒙蒙的。察乃尔派人过来，告诉贡噶坚赞等天完全晴了再出发。

衮邦确塞领着东久、拉吉毕积他们，顺着帐篷边沿挖个浅沟，免得再下雨时水漫进帐篷里。其他的人都从帐篷里出来，开始在帐篷边沿挖沟。

雨连着下了六天，队伍只能待在草原上休整。为了不让光阴无谓地流逝，贡噶坚赞给罗卓坚赞他们讲授《修身论智慧宝树》。

等贡噶坚赞一行再次出发的时候，天气已经变凉，早晨的草尖上结满一层霜，草色开始微黄起来。难得的太阳光像流泻的黄金，镀在他们的身上，暖暖的，大伙舒展着脸，嘴角攀爬上惬意的笑容。

他们行至中午时分，看到猎猎飘荡的五彩经幡，离它不远处是一座隆起的草坡。他们走过草坡的这一头，看到不远处五顶黑色的牛毛帐篷，帐篷后面的缓坡上黑色的牦牛遍布。他们向帐篷靠过去，远远地就听到了低沉的犬獒吠声。

贡噶坚赞一行望见几个人从各自的帐篷里出来，远远地望着他们。七八只獒把脖颈上的毛都竖立起来，拉着长长的绳子以扇形来回跑动。它们很威猛，个头比牛犊都要大，嘴角流着口水，尖利的牙齿露出来，身上结痂的毛随着跑动摇荡起来。这架势，让人不寒而栗。

一名留着长发的男人，迈着坚定的步子从这些獒中间向他们迎过来。他腰间佩着一把长刀，刀鞘的头擦着草地，藏袍的右边袖子已脱掉，古铜色的半截胸脯和手臂露在外面。

挨近贡噶坚赞一行时，长发男人的右手本能地搭到刀把上。长发男人看清这是个上了年纪的老人，但他身高体壮，看不出一点衰朽的样子。他问:"你们是干吗的?"

"大叔,我们来自萨迦,是要去凉州的。请问这地方叫什么,附近有没有寺院?"拉吉毕积用杂麦方言问道。

"你们走偏了,往我右手边走,就能走到多桑,那里是个集镇,还有寺庙。喔,你们就顺着路边堆积的玛尼石走,就不会迷路了。"披散头发的老人说。

獒的狂吠声,把他们的交谈声给淹没,它们的愤怒已经达到了顶点,獒们一次次试图挣脱锁住脖子的绳子。看到这般情景,察乃尔他们马上往右继续前进。后面的獒吠声渐渐平息下去,前方能看到人们堆起的玛尼石。

这样他们走了两天才赶到多桑。察乃尔跟贡噶坚赞商量后,决定在这里休整一段时间。

贡噶坚赞到多桑的寺院里去朝拜,还同寺院的堪布商量归顺事宜,他们之间交谈得很投机。堪布甚至拿以前吐蕃征服吐谷浑来举例,说归顺的话可以避免战争,可以保全博巴人的生命财产。这样通透,这样看得远的人让贡噶坚赞很钦佩。

他们在多桑的寺院里,举行了一次盛大的祈祷法会,祈求霍尔与博巴人和平相处,归顺事宜顺利。周围的牧民骑着马来参加这个盛大的祈祷活动。寺院外的草滩上,落满了各种帐篷,五彩的经幡挂在寺院两旁,风飘过去时,经幡哗啦啦地诵读着经文。

察乃尔听到这件事后,主动要求来当施主。那天他脱下了身上的牛皮铠甲,卸下军刀,换上霍尔装,坐在离法座不远的垫子上。祈祷法会的间隙,察乃尔给参加法会的每一名僧人布施碎银。寺院的几百名僧人不知道察乃尔的名字，为了好记，他们给他起绰号叫霍尔果嘉（大头蒙古人）。这个绰号马上传开，一路上人们背地里都这样叫他，直到到达凉州。

在祈祷法会期间，多桑镇里的一户人家给贡噶坚赞敬献了一块锦缎，它上面镶嵌了许多的金片。贡噶坚赞向这户人家表示感谢，并摸顶进行赐福。三天的祈祷结束后，贡噶坚赞将这块锦缎送给拉吉毕积，告诉他这是个吉祥的征兆，预示萨迦教派如同锦缎上的片片金子，会在天底下四处开花，教派延展到大地的各处。拉吉毕积恭敬地接过去，怀揣进兜里，给贡噶坚赞顶礼。

贡噶坚赞一行离开多桑的时候，天空飘起了雪花，草原瞬间变成一片白色。他们冒着这纷飞的雪花，继续向前走去。到了临近中午的时刻，天空撕裂出一道口子，从那里滴落金色的太阳光来，所照之处的雪花消融，变成水分子。眼前的草原换上了黄色的衣裳，这金秋在贡噶坚赞一行人的眼睛里跳荡。他们经过这些地方时，看到了白唇鹿、野驴、猞猁、棕熊等动物，它们远远地目送队伍从自己的领地上穿过去。

不久，更大的雪落在了他们前进的道路上，季节也轮转到了寒冷的冬季。此时的风，喜欢干嚎着没头没脑地去冲撞，这世界白得令人眼晃。

也许是受寒，贡噶坚赞不仅发烧、干咳，全身的肌肉都酸痛。他吃着药坚持了十几天，病情却没有控制住，症状开始加重。察乃尔知道情况后，决定到就近的驿站去休息。他们在白净的雪地里，踩着小腿深的积雪艰难前行。突然听到有人说有头骡子倒下了！贡噶坚赞在马背上身子软绵绵的，却为那头可怜的骡子念诵超度经文。

他再次回头看时，霍尔兵正把卸下来的驮物，加到别的骡背上去。贡噶坚赞心想，这一年多的长途行走中，随行的人员里已经有六人去世了。

现在好像轮到了他，跟这个队伍告别。死亡越来越逼近他，有可能无法替博巴人跟阔端进行商议了。霍尔人今后会怎样对待他们，他现在已经无力揣测了。他担心罗卓坚赞和恰纳多吉，到了凉州后还能回到萨迦吗？贡噶坚赞的全身像被燃着了一般，骨头被烧得劈啪作响，皮肤下热气在鼓胀。贡噶坚赞尽力让身子坐直一点，不要让旁人看出自己病得这样重。他在心里鼓励自己不能松气，要坚持住！他运用心识调动体内的气脉，让它们沉潜到丹田上去。这样用意念引导几次气后，体内的那股火逐渐弱了下去。

到了下午，他们终于走到一个驿站。这是土坯搭起的一排平房，后面有一个偌大的院子。驿站里的人迎出来，看到察乃尔手上的金牌令，马上请他们进去。察乃尔命令霍尔兵士把帐篷搭建在驿站两旁，让贡噶坚赞和随行人员在院子里搭帐篷。

等到营地建起，衮邦确塞他们安顿好贡噶坚赞，请卓穆娘西给他把脉诊病，还拿来药让他服用。这夜，贡噶坚赞一直在发高烧，处在半睡半醒之间。罗卓坚赞守在一旁，担心地哭了好几次。贡噶坚赞模糊地看到了罗卓坚赞那张清秀的脸，可他无法开口安慰，迷离的眼神望着，又进入到浅睡的状态中。

等到第二天，贡噶坚赞的脸越发地苍白，人也突然间消瘦，脸上冒出许多的老年斑来。察乃尔看到这种状况，心里也是焦急万分，把部队里的霍尔大夫叫过来进行诊断。霍尔大夫脸上有些为难，他说这是伤寒，但他这里已经没有治疗这种病的药了。察乃尔急火攻心，焦急地手剪在背后来回走动。正当察乃尔一筹莫展之时，驿站的管事进来，告诉他离这里二十里外的村镇里，有个姓单的汉族大夫，他可以治疗这种病。

察乃尔听到这个消息，立马要求管事跟他骑马去请这位大夫。察乃尔不容分说推着管事往帐篷门外走。他们在纷飞的雪花中，骑着马往村庄方向疾驶而去。

灰蒙蒙的下午，察乃尔带着单大夫回到了驿站。

察乃尔领着单大夫进入到帐篷里时，胡须上结着冰，靴子上的雪都没有融化。他催促单大夫赶紧看病。单大夫嘴里呼着热气，不急不忙地把药箱搁在地上，使劲地揉搓着双手。单大夫把双手五指弯曲伸直几下，这才挽起袖子给贡噶坚赞把脉。单大夫的眼睛闭上，垂落到胸口的稀疏山羊胡须下，喉结蠕动了几下。他松开贡噶坚赞的手，手背贴到额头上，这才转身走到药箱前，拿出一包药来让他们煎。之后，他把贡噶坚赞的身子翻转过去，把脊背给裸露出来，用牛角在背部上刮了起来，直到整个脊背变成一片通红，渗出许多小血丝来。

察乃尔不让单大夫回去，要他等到明天贡噶坚赞的病情有所好转，才准许他离开驿站。高瘦的单大夫好像事先就知道会是这样一个结果，拿起药箱闷声地跟着驿站管事出去。等走到帐篷门口，单大夫身子回转，说："半夜时再熬一次药，让病人趁热喝下去。"冷风把单大夫的山羊胡须吹向一边。

衮邦确塞把药煎好，扶着贡噶坚赞将药灌进去，再让他躺进被窝里。

贡噶坚赞咳了几声，然后一动不动地躺在那里，眼角有颗泪水顺着脸颊滚落下来。

察乃尔这才拖着脚离开贡噶坚赞的帐篷。

第十二章

衮邦确塞走在这条路上,想起了他跟仲子白芸师父初到米酿国的情景。那是一次多么愉快的旅行啊,他看到了自己从未想象过的一个崭新世界,也得到了师父对他的关爱和谆谆教导。后来又因为霍尔人,他惊恐万分地从另一条道路,仓惶逃命到博巴地域去。如今,重新走在这条曾经走过的道路上,境遇和况味已不能跟往日相比。之前的仇人,正胁迫着他们去凉州,昔日的米酿朋友却如落花流水一般,从时间的长河中消隐,只剩下一个名字被人凄楚地忆起,掩藏其下的泪水、耻辱、凋敝的生命都已经被人忘却,好像这一切都理应如此一般。曾经走过的那条路现在还在,倒塌的房屋也重新修建起来,开垦的农田里庄稼依旧生长,麻雀还在农舍上像往昔一样啁啾,但米酿国已经不复存在了,师父的魂也已经归西。

衮邦确塞深切地体会到世间的无常,以及有情之人的善于遗忘、善于麻木。作为一名僧人,他经过这么多年的学习、修炼,本以为能超脱地面对这一切,可是不尽然,心头还是感到既愤怒又无奈,既仇视又无力。即将要去的那座寺庙他曾去过，是跟仲子白芸师父一同去拜佛的，一路上师父还给他传授因明学。他努力回忆师父的面容，能记起来的只有一些不太清晰的画面：方形脸、一对总是笑眯眯的眼睛、说话前先要把人盯上那么一会儿、走路老喜欢把手剪在背后……这些一旦在他头脑里显现，他就为这一生没能与师父重聚感到伤心。这次他们又要到嘉尔多部落的曲阔达吉林寺（极乐寺），衮邦确塞知道自己到了那里又会沉浸在回忆中。

他们从去年的冬天一直走到初夏，离凉州也已经很近了。在凉州等待他们的会是什么呢？衮邦确塞不敢想，一切都是自己前世造下的业力，今世一一给你的果报，好与坏都只能接受，并通过努力积极地去改变自己的命运。

就像去年冬天，他们经过长途跋涉到达驿站时，感觉贡噶坚赞再也无法支撑下去，当时都在担心他会在那里病逝。几天的昏睡，一口饭都未进嘴里，大夫们轮流医治，但都没有看到贡噶坚赞向好的迹象。罗卓坚赞和恰纳多吉整天蹲守在他的身旁，能看出他们之间深刻的感情。那时，所有人都后悔跑到凉州来，在这样一个陌生的地方陷入到孤立无援的境地。人们为他点燃一盏供灯，虔诚地为他祈祷。这时贡噶坚赞睁开眼睛，对一旁的罗卓坚赞说：“供香！"随后，他又闭上了眼睛。他们按照吩咐点燃了香，烟子如细线在帐篷里摇曳、蹿升。

那波巴大师说："与其这样等待，还不如我们来做法，看能不能改变这种状况。"

萨迦寺的大成就者们坐在隔壁帐篷里，他们击鼓敲铙诵读咒语。这些声音把后面院子充塞得满满的，雪花也烙上了咒语的印迹，它们在天空中不再飘摇，沉重地坠落下来。

单大夫披着雪花走进帐篷，双手夹住贡噶坚赞的手腕，他惊异地发现脉搏跳动开始趋于稳定，心律也正常起来。特别是贡噶坚赞每听到鼓声和铙钹声时，他的耳朵在轻微地动，极力捕捉这些声音。单大夫惊奇于这种现象，好像贡噶坚赞的生命正被这些声音，一点一点地往他身体里拉。急促的鼓声咚咚咚地敲响，贡噶坚赞的眼角滴落几颗泪水来。单大夫放下贡噶坚赞的手，告诉帐篷里的其他人："他的状况正在恢复中，药不能停下来。"

单大夫如释重负地捋了一下胡须，微微张嘴吐出一口长气来。

从这天晚上开始，贡噶坚赞的高烧慢慢退去，意识也逐渐清醒起来。他们都为贡噶坚赞从病危中挣脱出来感到由衷地喜悦，单大夫更为这么大岁数的人，能够挺过来感到惊讶。

等到贡噶坚赞能吃点粥时，单大夫留下好多包药，骑着自家的马儿离开了驿站。

那波巴大师告诉衮邦确塞他们，清晨他偷偷地给贡噶坚赞算过卦，结果显示这是贡噶坚赞的一个重要的"坎"，光靠药物是很难跨越过去的。在他听到贡噶坚赞说要供香时，就知道这是一个最好的时间窗口，于是提议大伙来做法。在做法过程中，那波巴大师感受到贡噶坚赞强烈的求生欲望，毕竟他还没有完成自己的使命，他要为博巴人的命运担责。那波巴大师通过击鼓、敲击铙钹来唤醒贡噶坚赞的意识，让他回到这红尘中来。那波巴大师熟悉贡噶坚赞倔强的性格，他为了实现目标可以隐忍十年或二十年，在锲而不舍中最终实现这些目标。他的平易近人、他的谦逊、他的慈悲下面，深藏着一颗坚毅的心。

确实如那波巴大师所言，贡噶坚赞在最后的关头用他修行多年的经验，把生命重新迎回到尘世中。这就是一次对命运的改变，对此衮邦确塞深信不疑，其他的人员也是抱着这样的观点。

这次的病使得他们在驿站待了二十多天，等贡噶坚赞身体恢复到差不多时，才重新开始踏上征途。从茫茫的白雪，走到冰雪融化；从枯草返青，走到山花烂漫。

嘉尔多部落的头人率领人员来迎驾，他在一片开阔地上铺上垫子，摆放最好的食物，熬出最浓的茶来款待贡噶坚赞一行。

头人是一名浓眉大眼、身体魁梧的汉子，他请求贡噶坚赞为部落的百姓传法摸顶。贡噶坚赞欣然接受，并赠送了他一幅观音菩萨的唐卡。嘉尔多部落的头人给贡噶坚赞送了许多汉地砖茶和一头纯白色的牦牛、一匹枣红色的良马。

贡噶坚赞非常喜欢那头纯白色的牦牛，从垫子上站起来，手里拿点酥油涂在牛的角上，用额头抵住牦牛头，絮絮地为它祈祷。牦牛好像心灵有感应似的，瞪大眼注视着他，眼神里满是柔和、温顺的光，纯白的尾巴轻轻地左右摇动。

嘉尔多部落的头人告诉贡噶坚赞，他们是吐蕃松赞干布时期，从卫藏一带派驻到这里进行守卫的屯边将士的后裔。当时下令没有赞普的召唤，就不能返回，所以被人称作噶玛洛[1]，也有人称为华锐[2]，他们曾经属于吐蕃三围四茹六岗中的叶摩岗。

听完头人的介绍，贡噶坚赞与他们的关系更加亲近，他在为世事的变幻和无常感叹。

---

[1] 噶玛洛，藏语意为没有赞普命令不能撤回。
[2] 华锐，藏语意为英雄的部落。

贡嘎坚赞告别嘉尔多部落头人，准备到曲阔达吉林寺去宿营。察乃尔的大部队暂时留在草原上，只派去两百人作为护卫队。

曲阔达吉林寺伫立在山坡的半山腰上，青青的草漫到山峰顶，连着天边的洁白云朵，仿佛这座山峰就是上天的绿梯一般。当他们从山脚向上攀爬之时，寺院的僧人已经站在院墙外，扎堆着往下窥视。几只野狗向下拼命地吠叫，这声音打碎了这里的宁静。

贡嘎坚赞一行到达寺院门口时，有僧人问他们来自哪里，当得知他们来自很远的乌思藏时，僧人一脸的惊诧。寺院住持也出来了，他知道事情的原委后，坚持要腾出一间房来让贡嘎坚赞住。贡嘎坚赞拒绝了住持的好意，他看到寺院本身就不大，加上这么多的僧人，一旦他住进去就会影响僧人们的正常生活。贡嘎坚赞告诉住持，他们可以在寺院周围搭建帐篷。住持面露难色，表现得忐忑不安，连连向他致歉。

贡嘎坚赞他们的帐篷在寺院周围被搭建起来，犹如一个个新冒出的大菌子，遍布在这片盎然的绿意上。寺院里的僧人全都跑出来，帮他们搬运东西，带他们去打水，表现得非常热情、真诚。

按照嘉尔多头人的请求，贡嘎坚赞择了个吉日在曲阔达吉林寺，为当地的僧俗百姓举行了五天的传法，周围的百姓全部聚集到这里来，整个山坡上建满了各种帐篷。有的甚至把几年都走不动的人，驮在牦牛背上带到这里，以便让他沐浴到佛法的甘露。一位老阿妈在赶来的路上，因年事太高，半路上突然去世，但家人一直把老阿妈带到了寺院的山脚下，请求贡嘎坚赞为死者超度。

一天的传法结束后，贡嘎坚赞带着几名老僧，随死者的家属到他们搭建的帐篷里。死者是一位白发苍苍的老阿妈，皱纹爬满脸，塌陷的双颊让人见后感到心痛。贡噶坚赞、那波巴、旦白旺布等人坐在老阿妈的身前，为她诵读起超度经文，还通过施咒把她的灵魂从肉体里放出来，并引导这亡魂踏上投胎的路。老阿妈的子女看到她天灵盖上灵魂出窍的孔时，每个人脸上的悲伤化成了喜悦，一名中年男子背着老阿妈的尸体到山岗上去弃尸。

贡噶坚赞在曲阔达吉林寺里不仅传法摸顶，还医治了许多人的疾病。这些消息越传越远，许多部落的人千里迢迢地跑到这儿来朝拜，还有其他部落的头人不断派人过来，邀请贡噶坚赞到他们那里去。贡噶坚赞的行程就这样不停地向后延宕，曲阔达吉林寺的住持更是要把寺院从噶举派改成萨迦派，挽留贡噶坚赞在寺院里多住些日子。此时，贡噶坚赞心里担心自己在路上已经走了近两年，要是让阔端王等久了，肯定会惹得他心里不悦，对商谈产生不好的影响，最好能早点赶到凉州去。跟他一同来的人都持这样的观点，他们想尽快到达凉州，商谈结束后尽早返回乌思藏。

察乃尔带着十几名兵士到曲阔达吉林寺来看望贡噶坚赞，他把自己的想法说给察乃尔听，希望他们能尽早动身前往凉州。

察乃尔告诉贡噶坚赞："前两天我遇到从凉州过来的部队，跟他们交谈时得知阔端王现在不在凉州，他去和林[①]参加忽里勒台大会了，那里正在选举新的汗王。"在他们的交谈中，贡噶坚赞才知道霍尔的汗位成吉思汗传给了窝阔台，窝阔台当了十二年的霍尔汗。多达那波将军第一次进藏的第二年，窝阔台汗王驾崩，汗位就一直空缺着。本来窝阔台汗有七个儿子，贵由、阔端、阔出、哈剌察尔、合失、合丹、灭里，其中阔出是窝阔台最喜欢的，也是他心里认定的霍尔汗位继承者。可惜的是，阔出在征伐南宋的战斗中壮烈牺牲，窝阔台只能把阔出的长子失列门确定为汗王的继

---

① 和林，即"喀拉和林"的简称，故址位于今蒙古国中部鄂尔浑河上游的哈拉和林。

承者。只是窝阔台汗的突然去世，使得霍尔的实权落到了乃马真皇后的手中。她不愿执行窝阔台汗的遗愿，更倾向于扶植自己的长子贵由来当汗王。这次阔端王过去就是参加这个汗位选举会。

听到这些信息后，贡噶坚赞的心踏实了许多，察乃尔也不清楚阔端具体什么时候能回来，只是告诉贡噶坚赞不会晚于今年年底。有了这个讯息，贡噶坚赞就不用这样急切切地赶赴凉州，他可以去各地部落头人那里，商量归顺事宜，同时传扬佛法。

这样贡噶坚赞在华锐大地上四处走动，不仅传法还收获了众多的信徒，萨迦的声誉在这里如日中天，被人们敬仰信崇。

拉吉毕积见萨迦教派在这里如此受欢迎，献言贡噶坚赞去趟凉州西北方的北五台山，之前听觉本喇嘛说那里是文殊菩萨的道场，还有很多信奉佛教的百姓。趁阔端王还没有回到凉州，贡噶坚赞一行可以在那里待上一阵。贡噶坚赞听到殊胜之地北五台山，心里非常高兴，吩咐在曲阔达吉林寺休整两天后，出发去北五台山，并把这一计划派人告诉了察乃尔将军。信教百姓送来的各种财宝和食物，都转交给了曲阔达吉林寺。

他们如约又出发了。

队伍从青绿的大山之间逶迤向前，大朵的白云从头顶飘过，黑白两色的牛羊点缀青绿的山坡，沟底潺潺的溪水在唱着歌。

恰纳多吉骑在白色的牦牛背上，眼睛向四处张望。贡噶坚赞看到这心里一阵温暖，再想到罗卓坚赞如今不仅个头长高了，学问也有长足的进步，这两年的长途跋涉，使他变得愈加地沉稳和坚强。贡噶坚赞想起之前衮邦确塞告诉自己的那个故事，说桑察·索南坚赞曾经修毗那夜迦神，后来毗那夜迦神用鼻子把桑察·索南坚赞托举到天上去，他惊恐地睁开眼睛，便看到了雪山尽头。这让毗那夜迦神很生气，说你所看到的这些疆域我只能让你的儿子来治理。想到这里，他会心地笑了，看看这两个小孩，一个静若处子，一个却动如脱兔，他们的命运会如这个故事一样吗？想到这里，贡噶坚赞突然发现，他们已经走在了雪山的尽头，难道这真是一句谶语吗？他的心微微惊了一下，目光不受控制地再次瞟向罗卓坚赞和恰纳多吉。他们像是未雕琢的玉石，看起来是那样地淳朴、自然，与这预言无法关联起来。

几天的行程后，他们发现离凉州越近，山就越少，草原、植被也没有之前的那么青绿、葱茏，但是眼前越发地坦荡、开阔，变得一马平川起来。

一队霍尔骑兵向他们迎面过来，领头的是个很健壮、蓄了一脸黑胡须的人，他的气势就能让人不寒而栗。他也斜了一眼贡噶坚赞的队伍，便扬起脖子继续向前。贡噶坚赞一行走了很长时间，才看到这个队伍的尾巴。同时，远远地望到了凉州城的城墙和城外建的一些村民的土坯房子。

这些房子掩藏在树木底下，它的前方是一畦畦的农田，上面有一些鸟儿拍打翅膀飞翔。

终于走到能比较清楚地看到凉州城墙的地方！贡噶坚赞如释重负，举起双手虔诚地向三宝感恩。其他僧人看到这一举动，都虔诚地祈祷。

察乃尔留下一百兵士随他一起护送贡噶坚赞到北五台山，其他兵士全部回凉州城里去。贡噶坚赞的队伍离开凉州城，继续向贺兰山方向行进。

一切如贡噶坚赞所愿，当他看到北山大清凉寺[①]时，心里一阵欢喜，

[①] 北山大清凉寺，《大乘要道密集》第六篇《解释道果语录金刚句记》西夏文译本题款内有"北山大清凉寺"，北山乃北五台山的省略称呼。

眼眶也湿润起来。贡噶坚赞让衮邦确塞停住马，急忙下到地上，对着北五台山虔敬地磕头。他被这里所具有的祥瑞所折服，确信这里就是文殊菩萨的道场。僧人们也是喜悦万分，低下头诵起文殊菩萨的祈祷词。

察乃尔让兵士停下来，看僧人们磕头祈祷，脸上洋溢出的那种兴奋和喜悦，跟霍尔人决战取胜时一个样，他的心里对这些博巴僧人的举动充满好奇。

"皈依文殊菩萨！我们千里迢迢来到这里，是为高原上生活的博巴人的安危，恳请您赐予我们足够的智慧和技巧，跟霍尔人把这件事处理得圆满顺利。好让高原上的众生不要有战火，不要有瘟疫，不要有饥荒！"贡噶坚赞祈祷。

在北五台山上，贡噶坚赞他们待了近一个月，曾经跟随觉本喇嘛的一些萨迦僧人，闻讯跑来拜谒贡噶坚赞。令他没有想到的是，这些人当中有的穿着俗人服装，打听后才知道他们已经还俗，同当地的女子结婚有了儿女。他们说这些时，表现得有些扭捏和不安。贡噶坚赞安慰他们说，在这样动荡的时代，能够保住命已经很不易，他们能活下来就是个奇迹。现在有了家庭，这是对他们最大的福报，要好好守住这份幸福。贡噶坚赞的话让他们落泪，他们按照教规把比丘戒还给了贡噶坚赞。贡噶坚赞让衮邦确塞拿来一些银子，交给还俗的僧人用来补贴家用。

贡噶坚赞在北五台山上的传法，吸引了许多当地的信徒，他用佛法抚慰了人们的内心，让经历战火纷飞的心灵有了安放的处所。同时，他的名字被这些信徒传扬，附近的人都蜂拥往北五台山来。这里的香火一时变得很旺盛。

在这殊胜的文殊菩萨道场，贡噶坚赞早晚给罗卓坚赞、夏加益西迥乃、恰纳多吉等人传授《现观庄严论》，还请那波巴给他们教授《释量论》。贡噶坚赞看到他们这两年里的这些长足进步，心里的喜悦无法掩饰。

他坐在一张木凳上，一身的金光更显出他的老相来。一名道士装扮的人迈着轻捷的步伐凑近贡噶坚赞，微微弓着身子说："您就是贡噶坚赞吧！贫道有礼了！"

贡噶坚赞看到站在眼前的是个举止洒脱、五官端正的道士。道士的眼睛里不仅有激动，更有一丝惶恐，头顶的发髻间穿着一根小木棍，褪色泛白的布衣布鞋，显得人非常地精干。

他俩交谈才得知，道士名叫多丹坚波，在此处修行了许多年，米酿国时期跟噶举派的僧人有过接触，得知贡噶坚赞在这里传法，于是心生仰慕之情，特意跑来向他讨教修行方面的知识。贡噶坚赞说自己从未遇到过道士来顶礼，在如此殊胜的地方能相遇，定是前缘注定的。没想到道士从身背的布包中取出一匹白丝绸，恭敬地呈给他。贡噶坚赞接住后传给身后的衮邦确塞。多丹坚波对大手印的理解和修行方面向贡噶坚赞提出了许多的问题，拉吉毕积给他俩当翻译。贡噶坚赞惊奇的是作为一名道士，怎么会对大手印的内容和修行次第方面了解这么多，于是两人一问一答，交流得非常愉快。

之后，多丹坚波道士经常来学习，也让贡噶坚赞对道教有了更多的了解。他觉察这名道士对利益他人也是个热心肠，于是向他传授了修习呼金刚密法之灌顶，还传授了大手印俱生修习法以及全部秘诀。多丹坚波得到传法，心情舒畅地回山林里继续修行。

北山大清凉寺的幽静和清香的空气，让贡噶坚赞有些不舍，但是肩负的责任使他一个月之后，选择了离开这里，带上众人向凉州城进发。

察乃尔带领他们进入城门，贡噶坚赞一行被眼前的街景和林立的房屋惊住，这哪里像不久前经历了一场战争？拥挤的人群，鳞次的商铺，琳琅的货物，饭馆、客栈、酒肆样样俱全。一个大鼻子、眼眶深陷、头发金黄的高个子男人，手握骆驼的缰绳，定定地站在路边目送穿着袈裟的贡噶坚赞一行。迎面有人推着一辆独轮木板车过来，上面垒了一堆的绸缎，他不停地向旁人大声叫喊，示意人们注意来车，旁边的人匆匆闪到一旁去。罗卓坚赞和夏加益西逈乃、恰纳多吉被眼前纷繁的街市吸引，脑袋不停地向四处转动，眼睛里闪现惊讶的目光来。

他们穿过街市，又转到一条比较僻静的巷道里，看到许多人家门口有人站立或低头做活，二楼的窗户里伸出的木杆上，各色衣服垂挂，巷道里飘着柴草燃烧时释放的气味。一名男子肩头扛着一根木棍过来，木棍头拴着几只野鸡，它们在枝头晃荡，油亮的毛色很吸引人。两个女人手臂上挂着篮子，里面盛满桃子，柔声地说着话，面露笑容。之后，几个小孩冲了过来，嘴里发出兴奋的叫喊声。贡噶坚赞一行从这里穿行过去，来到一条宽敞的道路上。路面是灰砖铺就的，两旁是一些很气派的建筑，它们显示了家族的殷实抑或权力。路上有人骑马穿行，后面跟着六七个仆从，也有坐轿子出行的，还有穿着考究的四五个女人结伴而过，这条路上显出的是庄重与富贵。再走过几条街道后，他们来到一座大院前，门檐是青灰色的瓦垒砌的，大门由两扇朱红色的木门组成，一扇洞开一扇紧闭，门两旁有两个石雕的狮子。察乃尔的马停在楼梯前，他纵身跃到地上，请贡噶坚赞下马。

他们踏上石阶走近大门旁时，有人立马出来迎请。

这是一座幽静的园林庭院，里面树木葱茏，还有一座水池，鸟鸣声从树叶后面奏响，平添一份寂寥。两层木砖结构的楼房坐北朝南，一排一层的青瓦房靠在西头，那座水池正对着楼房。贡噶坚赞一行暂时被安顿在这里。

察乃尔临走时告诉贡噶坚赞，这里有六名侍从，他们负责这里的日常工作，需要什么吩咐他们。明天会有人来这里接洽，他们会告知贡噶坚赞后面行程怎么安排的。察乃尔请贡噶坚赞再次给他摸顶赐福，随后下楼走出院门。

这期间，在凉州的蒙古王公贵族时常邀请贡噶坚赞到府邸去，在那里他认识了许多的王公贵族。贡噶坚赞的谦卑与睿智，赢得了他们的尊重与爱戴。他们对乌思藏知之甚少，对博巴人的生活习俗更是充满好奇，每次都会提出许多异想天开的想法来，贡噶坚赞委婉而幽默的回答，让他们啧啧称叹。其间也能看到穿着一袭黑色衣服的也里可温，他们胸前挂着一个十字架，表现得温文尔雅却又傲慢冷漠，挺直着腰穿梭于王公贵族间。萨满教的人就比较直截了当，对贡噶坚赞一行保持着不屑一顾的神态，还用言词揶揄佛教徒的无能。贡噶坚赞坦然接受这一切，要是真正从教理上跟他们争辩，他知道自己有很大的胜算，只因翻译者的水平有限，无法准确地传达自己的思想。贡噶坚赞同王公贵族谈论佛教的一些观点时，也里可温和萨满教的人皱起眉，嘴角上扬，表现出一副漠然与轻视的态度来。

季节一下进入到了冬季，西凉王阔端年底时还没有回到凉州，但贵由被推举为霍尔汗的消息却早已在这里传开。

新年刚一过，贡噶坚赞就得到消息说西凉王阔端已经回到凉州。萨迦过来的僧人听到这一消息，都表现得很兴奋，他们知道会谈一结束，就可以踏上返程的路途。等了几天后，有人过来通知贡噶坚赞，说明天上午阔端王在府邸接见他们。

贡噶坚赞决定带罗卓坚赞、夏加益西迥乃、恰纳多吉、那波巴等十多人去拜见阔端王，让衮邦确塞等人准备好贡物，明早驮在十几匹骡背上去敬献。安排停当后，贡噶坚赞留下那波巴大师在自己的房间里，两个人坐在凳子上进行商谈。

那波巴推测明天的接见时间不会太长，只是象征性地见个面，相互寒暄、认识而已。但在敬献带来的这些贵重贡物时，一定要对每一件都做清晰的介绍，这样阔端王才能知道他们的诚意，又能引起他的重视。贡噶坚赞接受了这个建议。

贡噶坚赞问那波巴："阔端王会是个性格暴烈的人呢，还是个比较知性的人？"

那波巴笑而不答，取下手腕上缠着的念珠，反问道："要我帮你算一下卦吗？"

贡噶坚赞听后粲然地笑，摇动他那发白的脑袋，眼角的道道皱纹拱起了脊背，一脸的老年斑。

"霍尔人聊到阔端王时，话语里充满敬仰，想必他是个比较知性的人。"那波巴这样来推断阔端。

贡噶坚赞满意地点头，心里在预想明天会面的情景。贡噶坚赞知道霍尔人都比较粗暴、豪爽、直接，要依着他们的习性顺势而为，只有这样才能使双方相处融洽。

"我们离开萨迦已经有两年多了，心里还是牵挂那个地方啊！"那波巴用右手挠赭色的左胳膊说，眼睛里泪花在闪烁。

"这次的会谈结束后，我们就可以回萨迦去，到时博巴的地域就会归属于霍尔，再不是四分五裂的诸侯国了。"贡噶坚赞充满期待地说。

"那么往后的博巴人会怎样议论我们呢？会说我们出卖了博巴？"那波巴的指头滑过左胳膊时刮出了几道白色的印痕，眼神里布满疑惑。

"我们没有力量与之对抗，归顺既保护了博巴人，同时保护了所有的教派，这就是天意。"

贡噶坚赞别过头去，望着窗外，午后的阳光栖息在干枯的枝头上，贡噶坚赞两片嘴唇吧嗒了一下，低头沉思片刻，说："几年以后，我们就不在这个尘世上了，想那么多有何益处！我们的两年艰苦跋涉，能换来博巴大地的安宁，让生灵免遭涂炭，何尝不是最好的结果。"贡噶坚赞神情凝重，眼睛又望向窗户外。木格子的小窗敞开着，阳光从那里斜射进来，照在窗户旁的木床上，一只猫在床上扭着身子享受日照。

"我扯远了，别再想这件事！能救度这么多的生命，本身就功德无量了。至于以后怎样，那都会随因果关系而发展下去的。"那波巴带些自责的口吻说。

"我们的选择没有错误，分封割据只会让博巴人更加羸弱，民不聊生。倚靠霍尔人，博巴才能摆脱这种困窘，在霍尔人的羽翼下实现统一，继续发展。"贡噶坚赞说着把目光从窗外收回，停落在那波巴的脸上。

那波巴轻轻点头，承认贡噶坚赞所说的是对的。

"业力催着我们投奔霍尔人！"那波巴带着调侃的腔调说。

"不对！是时势让我们做这样的选择。"贡噶坚赞斩钉截铁地回答。

他俩静静地相互对视，然后目光一同投向窗户外。枯干的枝头上顽强地依附着几片黑色叶子，这些叶子失去水分后内卷，样子不再让人赏心悦目。一只麻雀飞落到枝头上，它跳跃几下，再次扇翅飞离时，有片枯叶晃悠悠地从枝头上坠落下去。他俩都看到了这个画面。贡噶坚赞心想：我的生命也会像那片枯叶一样掉落，但我利益博巴人的心却自始至终不变。

那波巴轻轻叹口气，从凳子上站起来，说："你是被命运选中的那个人，一切都逃脱不了的，明天表现得好一点！我要去给罗卓坚赞他们授课，你自己待在这里诵诵经吧。"

那波巴没有等贡噶坚赞回答，就向着房门口走去。贡噶坚赞即使不转头过去，都能清晰地勾勒出那波巴衰朽的背影和花白的后脑勺，走路时还有点不利索的左腿。贡噶坚赞刚认识那波巴时，他可是个高大俊朗的青年人，如今他俩都被岁月揉成皱巴巴的人了。他这样想的时候，那波巴已打开关紧的房门，一股冷风冲进来，让贡噶坚赞感到一丝凉意。只听吱扭一声，身后的房门又被关严实。贡噶坚赞一动不动地坐在凳子上，想起了止贡尖安·扎巴迥乃、朗喀本、苏浦曲吉强秋等人，还想起了那个雄心勃勃的娘卓·韦登，也想起了焚毁殆尽的热振寺，甚至模糊地看到那些被杀的僧人。

次日，察乃尔带着一众兵士来接贡噶坚赞一行。

他们骑上马跟随察乃尔去谒见阔端王，身后的几十匹骡背上驮着牛皮袋子，鼓鼓囊囊的，这让贡噶坚赞心里踏实。

一路上只有恰纳多吉不停地说话，其他人都在想着这次召见，一路上每个人都在想着自己的心思，一路显得比较沉闷。

靠近王府时看到几十名佩着刀、手握长枪的卫士在把守大门，他们个个魁梧壮硕。

贡噶坚赞一行从马背上下来，跟随察乃尔向大门前的石阶走；骡队跟随兵士向另一侧的偏门走去。贡噶坚赞被拉吉毕积搀扶着上石阶，跨进大门内。他们走过树木掩映的院子,正前方立着一座巍峨的房子,琉璃瓦的屋顶。台阶很高,白石头的走廊边,站着全副武装的兵士。屋檐向上翘起,房梁、房柱、门楣上绘着颜色鲜艳的彩图。

察乃尔引贡噶坚赞一行到台阶下,请他们自己上去。

走到石台上有人迎上来,带他们从边门进入到房间里。正中间的座位上端坐着一位敦实的中年男人,他圆脸,目光犀利,下巴上有一撮黑色的长须,一袭白色的衣服,领口、袖口、衣服下摆缀着水绿色丝绸,头上围着一条黑色的头巾,身上透出一股威严来。离他几步远的右侧位置上,坐着十几个霍尔人。中年男人请贡噶坚赞一行坐在他的左侧座位上。贡噶坚赞一眼就猜到坐在正中间人就是阔端王,于是弓下身向他行礼,然后依次坐下。

"贡噶坚赞,这一路让你们受苦了。我是阔端,本想早点见到你,可是在和林把时间给耽误了。"阔端这样开场,他那张圆脸上现出轻松的笑容。他继续说:"我要感谢你接受了我的邀请,听说还带着两个年幼的小孩,这让我很感动。"阔端把两手放在盘着的大腿上,黑色靴子的尖头翘起。

他们之间的第一次见面,贡噶坚赞就有一见如故的感觉。他赶忙回答:"阔端王,我作为雪域高原上的一名僧人,被您召唤到凉州,这是我的荣耀,也是义不容辞的事,更牵涉雪域大地众生的福祉。"

阔端听后再次展开笑容,把一排整齐的牙齿露了出来。他带着好奇跟贡噶坚赞打听博巴人的日常生活和宗教信仰。贡噶坚赞身子前倾,双手握在胸前,一一回答他的提问。拉吉毕积站在一旁进行翻译。阔端听得兴趣盎然。贡噶坚赞看到对面的人里有几个之前见过,他向他们颔首致意,对方也给他回礼。

间隙，贡噶坚赞从怀兜里取出一张折叠的纸，禀告阔端这是从博巴地区给他带来的贡物清单，让拉吉毕积向他汇报。阔端王马上制止住，说："世间的财物我应有尽有，但这世上贡噶坚赞却只有一个，你能来到凉州跟我商议乌思藏归顺事宜，这就是给我的最大财富。"阔端脸上是灿烂的笑容，手不停地捋着唇须，那口珍珠似的白牙闪出光来。

贡噶坚赞听到这话心里也是很受用，双手合掌，放在胸口，说："您的话让我受宠若惊，一个年老的僧人响应您的号召到凉州，只为雪域大地众生的平安。"

阔端听完右手轻轻拍在大腿上，很欢喜的样子。贡噶坚赞望着阔端，知道他曾经身经百战，嗜血如命，但此刻他的表现是多么讨人喜爱呀，没有任何的造作，有时一个小举动，都能令人心里温暖、踏实。贡噶坚赞确信之后跟阔端的会谈，会有一个不错的结果。

阔端又说："归顺事宜的商谈不宜久拖，等我处理完要紧的事，我们马上就可以进行商谈。"阔端说完，朗朗地笑起来，一下把气氛调解到很舒服的那种境地。

对面的人也被这种气氛所带动，不时给贡噶坚赞提出一些问题来。其中有个叫叶仙萧的将军就问："释迦牟尼的教义，传到博巴地域为什么会出现那么多不同的教派呢？"

贡噶坚赞望向对方，发现这是个高个子、黄头发的畏兀儿人，深陷的眼窝里闪着灼灼的光，蓝色的绸缎衣服下显出雄健的胸脯。

"佛祖在世时就曾说过，我的教义就如一块方形木头，不同的人看到不同的截面，但都殊途同归，最终目标都是为了寻得解脱。博巴地域内的诸多教派,各有各的侧重点,但终极目标却是一致的。"

阔端的兴致也上来了,他问贡噶坚赞对也里可温教有多少了解,萨满教又知道多少。贡噶坚赞如实回答说也里可温教略知一二,萨满教与博巴地域的苯教有许多相似处。然后贡噶坚赞讲了很多苯教的仪轨,以及苯教的历史渊源。这让阔端很是兴奋,他说改天请贡噶坚赞与萨满教的人进行交流。

阔端的第一次接见时间没有拖很久,贡噶坚赞他们骑着马被察乃尔送回到驻地。经过这次接触,贡噶坚赞和那波巴他们心里踏实了许多,从阔端王的表现来看,他不仅大度,还很知性,没有一点居高临下的姿态,说话嗓音浑圆且高亢,不乏热情与关怀。在回去的路上,每个人的脸上洋溢着笑容,让贡噶坚赞感到由衷高兴的是,阔端对罗卓坚赞的喜爱从他的眼神中流露了出来,他要求恰纳多吉学习霍尔语言,平日里也要穿霍尔人的服装。恰纳多吉用霍尔话向阔端表示感谢时,阔端异常地兴奋,说以后一定要把一位霍尔公主嫁给恰纳多吉。

傍晚,贡噶坚赞他们走在水池旁边,旦白旺布戏谑地说:"今天阔端王答应给恰纳多吉许配一位公主,后面肯定会再给贡噶坚赞赏一个霍尔婆!"

人们停住脚步,目光聚焦在贡噶坚赞脸上,都在惊恐地等待贡噶坚赞发怒。贡噶坚赞皱着眉头,白了一眼旦白旺布,深深叹口气,说:"唉!我跟你这个满嘴胡话的人一同生活了三十多年,如果没有你的陪伴,这么多年我会多么地寂寞。以为你修行得不错,可惜你的慧眼看到的全是屎坨坨。"

周围的人都被这句话逗笑了,目光从贡噶坚赞身上转移到旦白旺布的身上。且白旺布还想争辩什么，最终还是忍住，同大伙一起笑了起来，脸上的皱纹瞬间欢快地游动。

他们都知道贡噶坚赞跟阔端王会谈一结束，就可以启程回到乌思藏去，回到自己心心念念的萨迦寺，使命也就结束了。此时，他们心情愉悦而舒畅。

只隔了几天，贡噶坚赞他们被邀请去参加祈祷法会，在偌大的一顶帐篷里，阔端王坐在最里面的正中央，右侧是也里可温的布道者，左侧是萨满教的人，在他们的后面排着佛教僧人。阔端为了求得这一年的战争胜利、王室的兴盛，特意举办了这次祈祷法会。

首先阔端请也里可温的人祈祷，一名穿着黑色长袍的教士，手里攥着一肘长的十字架开始祈祷。一排的也里可温布道者双手握在一块，置于胸前，微垂脑袋，一同喃喃地祈祷。

之后是萨满教的祈祷，一名头发披散，满脸褶皱，身披鹿皮的老者用低沉的声音，把整个帐篷灌满，那尾音刺破人心，颤颤栗栗地攫住人心。与也里可温不同，萨满教的老者还走到帐篷中央舞动起来，那轻捷的身子转动时，一阵风微微吹荡。接着有几个人下场，一同举起双臂，念诵祈祷长生天的颂辞。

萨满教的祈祷结束后，帐篷里鸦雀无声，人们被这奇异的祈祷形式和声律所吸引住。过了许久，才从刚才的状态里走出来，阔端王下令最后由佛教僧人来祈祷。

贡噶坚赞让魁梧的领诵师从座位上站起来，他整了整僧袍的下摆，昂头，嘴撮成一个圆圈，从那里面诵出一种贴着地面的雄壮低吼声，声音飘荡在帐篷里，无数个狮子吼从四处轰鸣，这些声音汇聚在一起，形成一股无法逆转的强大力量，荡涤周围可见的一切事物，人人仿若置身在浩茫的宇宙空际。随后祈福吉祥的经文，犹如雪山融化的溪流，清冽而潺潺地流经每个人的心头，间歇摇铃的声音嘀玲玲地震响，脑细胞都无法自制地颤动起来。

阔端被这奇异的体验所震撼，脸上现出不可名状的神情来。

最后，僧人又是在狮子吼般的长长尾音中结束祈祷，那悠长的声音久久萦绕在人们的耳朵里。也里可温和萨满都有些惊讶，目光一直落在萨迦僧人的身上。

片刻的寂静后，阔端在两名服侍人员的搀扶下，从坐垫上站立起来，过程中他的面部五官都有些变形，双唇紧紧抿着。稍顷，他才稳稳地站直，宣布祈祷法会结束。

贡噶坚赞注意到了阔端的腿，在服侍人的搀扶下艰难地迈动步子。上次阔端接见他们时，没有从座位上站起，贡噶坚赞也就没有注意到他有腿病。阔端慢慢走过来，跟每个宗教的负责人打招呼。当来到贡噶坚赞跟前时，他问起了阔端的腿病。阔端摇着头很无奈地告诉他，每年开春不久，这个腿病就会犯，折磨他好长时间。之前也找过很多的医生，但谁都没有治好过，忍过这个季节就会好受一些。

"能否让我给您看看这个腿？"贡噶坚赞自告奋勇地问。

"你还会治病？"阔端带着些许的疑问，马上又改口道，"要是能治好那真是一种解脱。"阔端俯下身子挽起裤腿，把小腿暴露在外面。这腿从脚踝到膝盖处肿胀得像个树桩，贡噶坚赞蹲下身子，伸手用指头往里戳，一个个圆点在腿上显现，最深处还能看到青色。贡噶坚赞把卷起的裤子放下来，起身握住阔端的右胳膊把脉。阔端不敢呼大气，只是带着些许的疑虑端详贡噶坚赞的脸。贡噶坚赞放下阔端的右胳膊，告诉阔端派个仆人跟他一起去取药，并叮嘱一定要按时吃药，这段时间最好忌酒忌羊肉忌蒜。

五天后阔端派人来，请贡噶坚赞到他的府邸去。贡噶坚赞看到阔端穿着一袭白色的霍尔服，坐在虎皮垫子上，从气色看，精神了许多，眼神里也有了光彩。

等贡噶坚赞落座后，阔端说腿病已经好了很多，请他再次把个脉，看能否把这个病彻底医治好。贡噶坚赞喝了一口仆人刚端上来的奶茶，再从手腕上取下念珠，自顾自地拨动起来。随后把念珠在两手掌心里刺啦啦地揉搓，撑开，从左右往中间拨动，直到中间剩下三颗圆润的珠子，这才停了下来。

贡噶坚赞张口说："阔端王，您除了继续吃我给您开的药，还需要由我给您做狮子吼菩萨仪轨，只有这样才能彻底根治这个病。"

阔端听到能根治这个腿病，立马请求贡噶坚赞做狮子吼菩萨仪轨。贡噶坚赞告诉阔端先要准备许多做仪轨的东西，最快也得到明天。阔端急切地要求第二日做仪轨，所需东西他会让人备齐。贡噶坚赞听后让衮邦确塞先回去准备所需的东西，告诉僧人们明天要举行仪轨。

阔端对贡噶坚赞开始充满信任，这腿疾一旦治好，那他就真的从病痛的深渊里被解救了出来。阔端与贡噶坚赞的关系此刻正在发生微妙的变化，他对这位萨迦来的老者除了信任，好感度也在增加。阔端向贡噶坚赞询问了许多佛教教义，两人相谈甚欢。直到贡噶坚赞提出告辞的请求时，阔端还沉浸在谈话的愉悦中。

第二天，贡噶坚赞端坐在法座上，僧人们迎面依次坐在水池旁的空地上，开始了狮子吼菩萨仪轨。一缕桑烟迅捷地往天上蹿升，他们的诵经声随后响起，扎玛如间歇地嘀铃当啷响。随着诵经时间的流逝，矗立在桌子上的各种糌粑做的朵儿玛，从先前的笔直，慢慢弯下身去，供水的碗里水波轻扬，芥子从陶盆里发出翻转的沙沙声。

阔端坐在离他们相距很远的府邸，却感受到腿骨里有风在跑动，水分在蒸发，裤腿开始潮湿。阔端相信贡噶坚赞正在给他做仪轨，他深信这人是个了不得的人，对他的崇信陡然增加。

仪轨结束后，贡噶坚赞派几名僧人把多尔玛、芥子、供水都倒在一个陶罐里，要他们倾倒入西南方向的湖水里。贡噶坚赞从法座上下来时，脊背被汗水湿透，人也显出疲态。

阔端的腿病一日比一日轻，他择了个吉日要跟贡噶坚赞商谈归顺事宜。

这天贡噶坚赞穿上许久未穿的新僧服，戴上僧帽不停地问衮邦确塞这样得体吗。一旁服侍他的人，心里既渴盼这次和谈又担心霍尔人提出苛刻的要求，这样和谈就会无法进行下去。

萨迦来的大成就者们代表博巴人，向着阔端指定的地方走去。贡噶坚赞骑在马背上，对会谈充满希望，他能预见博巴人归顺强大的霍尔后，雪域高原上的纷争就会戛然而止，社会变得稳定，人民安居乐业。作为一名僧人，这就是教义对他的要求，也是宗教本质让他去倡导的。

霍尔将领、官员早已在大门口等候，在他们的引领下，贡噶坚赞等人走到宫殿门口，这时阔端亲自出来迎迓，气氛显得特别地融洽与和谐。

等他们进入房间里，看到里面还有许多霍尔王公贵族，以及书记人员，阔端坐到正中央的垫子上。所有人落座后，贡噶坚赞代表博巴人表示愿意归顺霍尔人，这是一路走来，跟博巴社会各界商量后取得的共识，从此博巴疆域就是霍尔的一部分。之后，陈述了博巴人的一些具体请求。

阔端接受博巴人的归顺，也对未来的管理提出了自己的构想。

归顺事宜谈得极其顺利，相互之间充满了信任和包容。

贡噶坚赞完成这一历史使命后，回到住处夜不能寐，唤来衮邦确塞要他点几盏油灯，再拿来纸张和笔墨，他要给全体博巴人写一封信。衮邦确塞知道贡噶坚赞的秉性，劝他这样是不会起作用的，只是淡淡地说明天天亮了再写也不迟。

贡噶坚赞回道："这种心境，这种感受，睡了一夜可能会冲淡很多，还是趁着兴奋劲写了才好。"

衮邦确塞不再言语，默默地站在一旁，把油灯的灯芯挑得更亮一些。

贡噶坚赞把纸折叠好，夹在手指中间，提起竹笔开始写。

祈愿吉祥利乐！向上师及怙主文殊菩萨顶礼！

具吉祥萨迦班智达致书乌思、藏、阿里各地善知识大德及众施主：

我为利益佛法及众生，尤其为利益所有讲蕃语的众生，前来蒙古之地。招请我前来的大施主（指阔端）甚喜，（对我）说："你领如此年幼的八思巴兄弟与侍从等一起前来，是眷顾于我。你是用头来归顺，他人是用脚来归顺，你是受我的招请而来，他人是因为恐惧而来，此情我岂能不知！八思巴兄弟先前已习知吐蕃的教法，可以让八思巴依旧学习，让恰那多吉学习蒙古的语言。只要我以世间法扶持，你以出世间法扶持，释迦牟尼的教法岂能不在四海之内普遍宏传！"

这位菩萨汗王对于佛教教法，尤其是对三宝十分崇敬，能以善巧的法度很好地护持所有臣下，而对我的关怀又胜于对其他人，他曾对我说："你可以安心地讲经说法，你所需要的，我都可以供给，你作善行我知道，我的作为是不是善行有上天知道。"他对八思巴兄弟尤其喜爱。他怀有"（为政者）自知法度并懂得执法，定会有益于所有国土"的良善心愿，曾对我说：

"你可教导你们吐蕃的部众习知法度，我可以使他们安乐。"所以你们众人都应当努力为汗王及各位王子的长寿做祈祷法事！

当今的情势，此蒙古的军队多至无法计数，恐怕整个赡部洲都已归入他们的统治之下。与他们同心者，就应当与他们同甘共苦。他们性情果决，所以不准许有口称归顺而不遵从他们的命令的人，如果有，就必定要加以殄灭。（由此缘故）畏兀儿（回纥）的境土未遭涂炭而且比以前昌盛，人民和财富都归他们自己所有，必者赤、财税官都由他们（畏兀儿人）自己担任。而汉地、西夏、阻卜等地，在未被攻灭之时，（蒙古）将他们与蒙古一样看待，但是他们不遵从（蒙古的）命令，在攻灭之后，他们无处逃遁，只得归顺蒙古，不过在那以后，由于他们听从（蒙古的）命令，现今在各处地方也有任命他们中的贵族担任守城官、财税官、军官、必者赤的，我等吐蕃的部民愚钝顽固，或者希望以种种方法逃脱，或者希望蒙古人因路程遥远不来，或者希望（与蒙古军作战）能够获胜。凡是（对蒙古）施行欺骗的，最终必遭毁灭。各处归顺蒙古的人甚多，因吐蕃的人众愚顽之故，恐怕（被攻灭之后）只堪被驱为奴仆贱役，能够被委派担任官吏的，恐怕百人之中仅数人而已。吐蕃现在宣称归顺（蒙古）的人很多，但是所献的贡赋不多，这里的贵族们心中颇不高兴这很关紧要。

从去年上推的几年中,西面各地没有(蒙古)军队前来。我带领白利(bi-ri)的人来归顺,因看到归顺后很好,上部阿里、乌思藏的人众也归顺了,白利的各部也归顺了,因此至今蒙古没有派兵来,这就是归顺已经受益。不过这一道理上部的人们还有一些不知道。当时,在东部这里有一些口称归顺但不愿很好缴纳贡品的,未能取信于蒙古人,他们都遭到攻打,人民财富俱被摧毁,此等事情你们大概也都听说过。这些被攻打的往往是自认为自己地势险要、部众勇悍、兵卒众多、盔甲坚厚、善射能战,认为自己能够抵御蒙古的军队,但是最终都被攻破。

众人通常认为,蒙古本部的乌拉及兵差较轻,其他人的乌拉和兵差较重,其实,与他部相比校,反而是他部的乌拉和兵差较轻。

(汗王)又(对我)说:"若能遵从命令,则你们地方各处民众部落原有的官员都可以委任官职,由萨迦的金字、银字使者①把他们召来,可以任命为我的达鲁花赤等官员。"为举荐官员,你等可选派能充当来往信使的人,然后把本处官员的名字、民户数目、贡品数量等缮写三份,一份送到我这里,一份存放在萨迦,一份由本处官员自己保存。另外还需要绘制一幅标明哪些地方已经归顺、哪些地方还没有归顺的地图。若不区分清楚,恐怕已归顺的会受未归顺者的牵连,也遭到毁灭。萨迦的金字使者应当与各地的官员首领商议行事,除利益众生之外,不可擅作威福,各地首领也不可未与萨迦的金字使者商议就自作主张。若不经商议就擅自妄为,即是目无法度,目无法度者遭到罪责,我在这里也难于为其求情。我只希望你们众人齐心协力,遵

---

① 金字使者,指持皇帝诏令的钦差。银字使者,指持皇后、皇太子和诸王的令旨的使者。

行蒙古法度,这必定会有好处。

对金字使者的接送侍奉应该力求周到,因为金字使者返回时,汗王必先问他:"有无逃跑或拒战的?对金字使者是否很好接待?有无乌拉供应?归顺者是否坚定?"若是有人对金字使者不恭敬,他必然会(向汗王)进危害的言语;若对金字使者恭敬,他也能(在汗王处)护佑他们;若不听从金字使者之言,则后果难以补救。

此间对各地贵族及携带贡品前来的人都给以礼遇,若是我等也想受到很好待遇,我等的官员们都要准备上好的贡品,派人与萨迦的人同来,商议进献何种贡品为好,我也可以在这里计议。进献贡品后再返回各自地方,对自己对他人都有好处。总之,从去年起我就派人建议你们这样做最好,但是你们并没有这样做,难道你们是想在被攻灭之后再各自俯首听命吗?你们对我说的话只当做没听见,就请不要在将来说;"萨迦人去紫古后对我没有帮助,"我是怀着舍弃自身而利益他人之心,为利益所有讲蕃语的众人而来到蒙古的,你们听从我所说的,必得利益。你们未曾目睹这里的情形。对耳闻又难以相信,因此仍然企望能够(抵抗住蒙古),我只怕会有谚语"安乐闲静梦魇来"所说的灾祸突然降临,会使得乌思藏地方的子弟生民被驱赶来蒙古。我对本人的祸福怎样,都没有可后悔的,有上师、三宝的护持和恩德,我可能还会得到福运,你们众人也应该向三宝祈祷。

汗王对我的关怀超过对其他任何人,所以汉地、吐蕃、畏兀儿、西夏的善知识大德和各地的人众都感到惊异,他们前来听法,十分恭敬,你们不必顾虑蒙古对我们来这里的人们会如何对待,(他们)对我们全都关心和照应。听从我的人全都可以在此放心安住。贡品以金、银、象牙、大粒珍珠、银朱、藏红花、木香、牛黄、虎（皮）、豹（皮）、草豹（皮）、水獭（皮）、蕃呢、乌思地方的氆氇等物品为佳品，这里对这些物品都喜爱。此间对一般的物品不那么看重，不过各地还是可以用自己最好的物品进献。

"有黄金即能如其所愿"，请你们深思！

愿佛法宏传于各方！祝愿吉祥！

第十三章

不多日,阔端派遣的达鲁花赤金字使者和十多名萨迦僧人,在一队霍尔兵士的护送下,怀揣贡噶坚赞致全体博巴人的信,以及阔端赠送的礼物离开凉州向乌思藏进发。

贡噶坚赞望着他们的背影,心里不免一阵悲伤,他知道自己今生再也不能回到生养他的萨迦去,年迈加之遥远的路途,让他断了这个念想。此刻,脑海里蹦出萨迦寺的样貌和山脚流淌的仲曲河,硕大的泪珠从他的眼眶里掉落,眼前一片朦胧。

有人从渐远的队伍里停下脚步,转身面向贡噶坚赞磕起长头来。

"那是衮邦确塞!"有人不禁喊出声来。

那人从远处磕完三个长头,把掉落的披肩往肩头上一甩,决绝地再次转身跟上远去的队伍。他们的背影越来越小,最终从道路的尽头消失。

东久轻声啜泣,罗卓坚赞回头望了他一眼,目光又转向道路的尽头。

"多希望衮邦确塞能留下来!"东久情绪有些失控地说,眼圈发红。恰纳多吉着一身霍尔装，把手伸进东久的掌心里，仿佛要告诉他我会陪伴你。东久握着这双娇嫩的小手不再吭声，眼眶里浸满泪水。

"这是他的选择，就随他去吧。"贡噶坚赞望着前方，带着些许伤感地说。

当得知贡噶坚赞决定不回萨迦，要待在凉州为信徒传释迦牟尼的法，而他们当中有人需要陪阔端的达鲁花赤回乌思藏时，衮邦确塞向贡噶坚赞提出要回去的意愿。贡噶坚赞万万没有料到衮邦确塞会离他而去，那一刻他怔怔地望着衮邦确塞，眼神里充满疑惑。看到衮邦确塞一脸的决绝，贡噶坚赞知道已无法挽留，在场的所有人也被他的这个决定给惊骇住，一切出乎他们的预料。

"我知道你想念亲人，想念萨迦，但我希望你能收回刚才所说的话。我俩情同父子，如果你离开的话，我会伤心的。"贡噶坚赞压低声音试图劝阻他。

这句话确实戳疼了衮邦确塞，他脸颊微微发红，嘴唇抖动，嗫嚅道："我本想和谈结束后，我们就能回到乌思藏，可以离开这些霍尔人。可是，现在您决定不回去了，这样的话不知道我们什么时候才能回到萨迦。我曾目睹过霍尔人的杀戮，仲子白芸师父也因霍尔人死去，跟霍尔人相处让我心里很难受，有时候恨，有时候怨，更多的时候是恐惧。这样的心态我知道是不对的，可是我无法改变这种心境，待在这里跟霍尔人打交道，我就像在炼狱里煎熬一般……"

衮邦确塞开始啜泣，说到动情处时泪水一颗颗地掉落。为了避开贡噶坚赞的目光，他使劲别过头去，身子不住地颤抖。

"衮邦确塞，这么多年的修炼，我想你已经把心治得超脱一切了，没想到你还纠结于过往的事情,都怪我引导得不够。这样吧,"贡噶坚赞停顿片刻,叹出一口长气,继续说,"你就跟随霍尔达鲁花赤一同回乌思藏,到了萨迦跟乌尤巴·日贝僧格一起修炼,或许他能开悟你。"贡噶坚赞脸上现出惆怅和失望来。

衮邦确塞的头依旧扭着,绛红色袈裟里裹着的身子散发出执拗、任性、又茫然无措的气息来。这一刻,他内心肯定也是很纠结的。

贡噶坚赞努力堆起笑容说:"你陪伴我二十多年了,这次又不顾路途遥远、未来不可测,跟随我来到凉州,你对我的忠诚,对我的照顾,我心里明镜似的,我会时刻念着你的好,也会为你祈祷的。"

衮邦确塞这才缓缓转过头来,脸被泪水溅湿,他抿紧嘴,低头不再言语。

贡噶坚赞看到他的两鬓已经有了几根白发,眼角也飞扬起了岁月的一道道刻痕。贡噶坚赞突然省悟过来,知道自己跟衮邦确塞此生的缘分已经耗尽。他取下手腕上的念珠,走到衮邦确塞跟前,塞进他的手心里。衮邦确塞看到念珠有些慌乱,赶忙用双手试图推开,但看到贡噶坚赞浑浊的眼里涌动的爱与慈悲,他再没有勇气推脱。衮邦确塞心里也清楚,这次的离别就是他俩的永别,他双膝跪地,紧紧抱住贡噶坚赞的双腿,脑海里迅速回想跟这位老人相处的那些日子,悔恨、自责、歉疚在他心头荡漾,甚至要击溃他的理智。但仲子白芸师父虚幻的面容刹那间在他脑海里闪现,他又重新回到理性中,一再告诫自己一定要离开凉州。他经历过恐怖的肃州城围困,目睹过被霍尔人屠杀的村镇惨状,再想到热振寺的残垣断壁,衮邦确塞心里对霍尔人又生出强烈的恨意来。

外面的鸟鸣声脆脆地响起来,此时听着这些叫声却没有了先前的悦耳，更像是刺针让人心痛。一屋子的人静静地望着贡噶坚赞和衮邦确塞。

贡噶坚赞右手搭在衮邦确塞的脑门上，为他摸顶赐福，发出的声音因伤心有些颤抖。

想到这里，贡噶坚赞心里再次悲伤起来，前方的道路上衮邦确塞他们已经不见踪影，只有几个过来的路人。他眨巴一下眼睛，悻悻地掉转身子，往石阶上走去，即将跨过大门的门槛时，回头说："罗卓坚赞和恰纳多吉，你们跟我到寝室里去。"

罗卓坚赞提着僧裙的下摆，跨过木门槛，从门里把手伸给贡噶坚赞。贡噶坚赞握住他的手，双脚艰难地迈过门槛，恰纳多吉拽着东久的手紧随其后。他们跟在贡噶坚赞的身后，向他的房间走去，其他僧人进入院子后各自散去。院子的水池里睡莲叶欢喜地铺展，上面飞翔着几只蝴蝶，池水呈现墨绿的色调来。

"刚才看他们回乌思藏，你们的心里肯定不好受吧，这都是人之常情！"贡噶坚赞脱下鞋子盘腿坐到床上说。

罗卓坚赞发现贡噶坚赞脸上的老年斑愈加地深刻，两个脸颊松弛、垂落，显出他的老态相来。这让罗卓坚赞有些心痛，想到面前的这个伯父跟他俩的父亲无二，从小照顾他们兄弟俩的生活和学习，不知他还能照顾他们多少年。

贡噶坚赞却不知少年的心思，又这样嘱咐他俩："我们代表博巴人归顺了霍尔，阔端王代表霍尔汗接受了我们，这表示从此我们就是霍尔的一部分。你俩现在年纪都很轻，许多事情暂时还无法理解清楚，可归顺是历史的潮流，它是不可逆转的。我要告诉你们的是，萨迦人听从阔端王的诏令，让博巴人和平地归顺，免除了战争与杀戮，拯救了无数条生命，这是一件功德无量的事。如今，我们住在凉州城就是代表乌思藏，表明我们是霍尔的一份子。我死后，你们也要抱定这样一种信念，就是要跟随霍尔人同心向前！"

"您的教诲我们会谨记在心！"罗卓坚赞仰头回答，可他的心里莫名地伤感起来，这种情绪源自贡噶坚赞的衰老。

贡噶坚赞看到了一张俊秀又稚气未脱的脸，仔细看时罗卓坚赞嘴唇上有了浅灰色的茸毛，这标志着罗卓坚赞已经长大成人；先前调皮的恰纳多吉，此时也是恭敬地站在一旁，这身霍尔人的装扮使他显得既成熟又懂事。

"要是在萨迦，罗卓坚赞这个年龄也该娶媳妇了，可是你已经接受了沙弥戒，成了一名僧人，不会再有这样的事情发生。我这样说，只是提醒你年纪不轻了，该学的教义也学得差不多了，应该明白很多道理。哪天我突然死去的话，萨迦教派就要靠你来掌舵。"贡噶坚赞说这话时，眼神里多了坚定与期许。

"那我要娶霍尔女子吗？"恰纳多吉一脸认真地问。贡噶坚赞还没有来得及回复，接着又听他再问："罗卓坚赞怎么不能娶霍尔人做老婆？"

罗卓坚赞的脸一阵发烫，贡噶坚赞却被他的这句话给逗笑，露出那牙齿不全的牙龈来，呵呵地笑起来。恰纳多吉望着他俩有些不解，随后也跟着笑，咯咯咯的声音飘荡在房子里。

"罗卓坚赞是一名僧人，所以这辈子他不会娶任何女子，他将来要当萨迦寺的寺主。可是你是俗人，所以必须娶妻生子，发展萨迦的势力。"贡噶坚赞弯下腰，将身子往前探，伸手揽住恰纳多吉的脖子，脸颊贴在他的脸上。许久，贡噶坚赞松开手，挺直身体，用长辈的口吻说："你们回去吧！"

罗卓坚赞和恰纳多吉向房门口走去，望着着一身僧服和一身霍尔服的两个少年，贡噶坚赞的内心百感交集，也知道自己岁数很大，剩余的日子不多。他们从门帘后消隐，贡噶坚赞依旧目不转睛地盯着门口。

贡噶坚赞的脑海里翻涌从乌思藏出发，到凉州他们所经历的一切，让他欣慰的是与阔端王的和谈竟如此地顺利，相互之间的分歧不是很多，都通过商谈和相互退让得到圆满的解决，博巴人的疆域也从这一刻起，被纳入到霍尔人的疆域里，成为它的一部分。罗卓坚赞和恰纳多吉经过这一路的历练，身心被锻造得更加坚实、有力，为日后成为大器打下了基础，在他俩的带领下萨迦家族与教派一定会发展壮大的。贡噶坚赞想到这两年多的长途跋涉中，刚开始恰纳多吉每天清晨赖在被窝里不起床，东久逼他穿衣服时常常号啕大哭，脸上被他的小手涂满泪水和鼻涕，想到走在一望无际的草地上，突然电闪雷鸣，暴雨狂泻，恰纳多吉湿漉漉地躲在东久的怀里瑟瑟发抖，想到罗卓坚赞在雪地里行走时雪盲，眼睛红肿的可怜相，想到夏加益西迥乃每天上午向着故乡方向磕头的情景。他们还没有走出博巴地域，博学的顿·赤列巴在翻越高山时，突然气绝身亡，想到贡坚诺布、加拉西热、罗追扎巴、娘尼白等大成就者在路途中相继得病圆寂，为这次和谈萨迦教派付出了巨大的牺牲。而今，博巴人平安归顺，可以告慰他们的在天之灵了。

这次达鲁花赤带着我写的书信，向博巴各地各部众宣读，博巴人会认清自己所处的境地，听从我的规劝和倡议，遵守霍尔人的法度，成为忠实于霍尔人的百姓。这次归顺终于可以让分裂割据的博巴人统一在霍尔政权下，百姓得以喘息。想到这儿贡噶坚赞感到很欣慰，六十多岁后自己竟然完成了这么一件伟大的事情。

贡噶坚赞也深知凉州的外部环境正悄然发生变化,不像他们初来乍到时,那些王公贵族和不同教派,对萨迦人怀着轻蔑和好奇,近半年多的接触后,这些人对他们开始产生戒备与防范,特别是医治好阔端的腿疾后,许多贵族对他们表现出极大的热情来,但也有一些贵族与其他教派站在一起对萨迦人表现出憎恨来。阔端对他们越是倚重,这种矛盾就愈发地凸显出来,只是碍于阔端的面不敢太明目张胆。贡噶坚赞能容忍这一切,唯一担心的是自己死后,罗卓坚赞能否承受住这种角力?一旦被打败,那就会功亏一篑。霍尔的汗位现在由窝阔台的子嗣承续,将来换了其他人的后代,萨迦又会面临怎样的困窘?贡噶坚赞不敢再往细里去想,既然现在已经完成了归顺事宜,那就要待在凉州与霍尔人建立更紧密的关系,同时传扬佛法,让更多的人得到佛法的甘露,也扩大萨迦教派在这里的影响。

在这期间,阔端时常会召贡噶坚赞到王宫去,跟萨满教和也里可温教的人讨论各种问题,不同教派的人员发表各自的观点,阐述各自的理论,有时因意见相左,会发生激烈的争论。阔端也会单独召见贡噶坚赞,请教许多佛教教义和修行方法,每次贡噶坚赞的回答和指点都能让阔端信服和满意。阔端对贡噶坚赞表现得十分敬信,下令每次王室举行重大祈祷仪式时,萨迦派的人必须要坐在首席,祈祷也要由他们最先开始。

这年的初夏时节,阔端派来人员,邀请贡噶坚赞到郊外去。贡噶坚赞一行骑马赶过去,出了城便追上阔端的队伍。

阔端骑在马背上,一头的黑发在脑后梳了两根辫子。他掉转那张富态的圆脸,下巴上的黑色长须首先飘入贡噶坚赞的眼帘。接着,他看到阔端布满光彩的眼睛和安详的脸。阔端用手中的鞭子一指,旁边的人员和卫士向两旁散开，腾出一条道路来，让贡噶坚赞的坐骑直抵阔端跟前。

"贡噶坚赞，你是被我召请来的一位贤者，看到你的功德，我非常高兴。"阔端说到这儿时，贡噶坚赞的坐骑已经抵到他的跟前。他一脸神采奕奕地继续说："今天我邀请你过来，是要带你去东边的一个幽静地方，那里刚建了一座绝妙的寺院，如果称你心的话，我想把它赠送给你。"

贡噶坚赞骑在马背上，弓下身子，双手合掌表示谢意。但他心里又马上猜疑，之前阔端可从来没有向他提过建寺的事情，再说这么短的时间里怎么能建成一座寺院？

"我告诉你这个消息，却不见你显出高兴的样子来！"阔端的声调里充满失望，眼睛从贡噶坚赞的脸上移开，望向前方目所能及的地方。

"您赐给我一座寺院，那是对我的恩宠，我怎么会不高兴呢！"贡噶坚赞观察到阔端的情绪变化，为了讨他欢心故意装出一副高兴的样子来。

"我想你见了那座寺院，肯定不会再想回到凉州城里的。"阔端的脸又别过来，现出欢喜的神情来，握鞭的手高举起，再向前一指，最前面的骑兵队伍开拔了。

阔端和贡噶坚赞两人夹在队伍中间，缓缓向前移动。

前方一条灰色的土路一直向前伸展，路两边是被人开垦出的庄稼地，青绿的麦子正在孕穗中，一片绿涌满双眼。零零散散的土黄色房子，从绿色里偶尔冒出来，间或能看到拿着锄头的农人，他们在田间劳作。

"以前，成吉思汗爷爷在位的时候，我们打下一座城池，就把人给杀光，让耕地慢慢变成草地，以便我们的铁骑能够纵横驰骋。直到攻下燕京（北京），有个叫耶律楚材的契丹人归顺了我们，成吉思汗爷爷特别喜欢听他的建议。耶律楚材劝成吉思汗爷爷不要任意杀戮百姓，让这些农桑之人，继续耕作养蚕，这样我们的军队既有粮食吃又有衣服穿，还可以向他们征收税。结果如耶律楚材所说，从那开始成吉思汗爷爷就很少下令屠城了。"阔端说话时身子随着马蹄的节奏，有规律地摇动着。

贡噶坚赞望着左侧的阔端，心里在想这个叫耶律楚材的人，真是个心怀慈悲又很仗义的人，如果没有他，那会有多少生命被屠杀，会有多少家庭被灭亡？

"这位叫耶律楚材的人，现在在哪里？"贡噶坚赞充满期待地打探。

"父王被推举为汗王时，耶律楚材出了很大的力。可是父王死后，乃马真皇后撤销了他的一切职务，也许他心里不畅快，几个月之后就死掉了。他真是个了不得的人物，以前成吉思汗爷爷每次出征，事先都会请他烘烧羊胛骨，察看出现的纹路来确定吉凶，每次他的预言都很准。"阔端说着把右手握住的鞭子轻轻击打在大腿上，脸上现出惋惜和一丝伤感来。

"是个了不得的人物！"贡噶坚赞由衷地赞叹。

前方队伍的马蹄扬起尘土来，想想这段时间只飘落了几次短暂的雨，大地正急切地盼望一场轰轰烈烈的大雨降临。

"阔端王，您要送给我的寺院叫什么名字？"贡噶坚赞问。

"刚建完，还没有起名字呢。"阔端说完自己都有些发蒙。确实，之前他无法看到这座寺院，只是今天请了一些幻术师让他们先赶过去，在那里变出一个寺院来，以便测试一下贡噶坚赞的法力如何。

"原来是这样啊。"贡噶坚赞轻声应道，脸上的表情没有任何的变化。

阔端用余光瞄了一眼贡噶坚赞，看到这个老僧一脸平静，看不出任何情绪变化。阔端想这个老僧对佛教的教义教规非常精通，其他的知识也很渊博，就是不知道他的法力有多大，到了那里马上就能看出。想到这儿阔端的嘴角向上扬了起来，他也在猜想那些幻术师变出的寺院会是个什么样子。

"贡噶坚赞，你可能不知道。以前我的成吉思汗爷爷身边也有许多的能人，有丘长春、海云、耶律楚材、镇海、塔塔统阿等人。有个非常奇怪的事就是，很多年前成吉思汗爷爷去猎熊，那头受伤的狗熊咆哮着向狩猎者冲撞过来，结果成吉思汗爷爷的坐骑受惊吓，把他从马背上摔了下来。成吉思汗爷爷在养伤的时候，正好丘长春也在草原上，他来到成吉思汗爷爷的帐里，坐在他的面前说：'坠马，天戒也！'不想多年以后在攻打米酿国时，成吉思汗爷爷再次从战马背上摔落下来，不久就离开了我们。这个丘长春肯定是个了不起的告天之人。他知道坠马对于成吉思汗爷爷意味着什么！"阔端说到这儿满腔的失落。

贡噶坚赞没有接话，他想这次一同前行的除了护卫的兵士，还有许多之前认识的将军和霍尔王公贵族。他们骑在马上低声交谈，目光不时地聚焦在贡噶坚赞的脊背上，他的心里有些隐隐的担心。阔端左手握缰绳不再说话，王者的风范又跃然在他的脸上。

队伍走到一个岔路口，他们从这里离开大路踏上一条小路，路面一下收窄了，只能鱼贯而行。小路的前方有许多的树木，一条小溪在淙淙地流淌，溪水清澈且纯净，马蹄的声响不时淹没这溪流声。

贡噶坚赞看到这样幽静的地方，心里也是不能自禁地喜欢起这个地方来，特别是这溪水让他一下想到了乌思藏的水，他的心里有了归属感。在凉州城里住在一座宽敞的大院里，但是没有佛堂没有大殿，总让人感觉心无定所，要是真能住在这里，那可是一件殊胜的事了。

"贡噶坚赞，我们霍尔人三岁多时，就会用绳子绑在马鞍上，自己手执缰绳，跟大队人马一同在草原上迁徙。长到四五岁时要在马背上使用小型的弓箭和短刀，等长大成人马与我们合成一体了，很少出现人从马背上摔下来的事。"阔端说。

"阔端王，每个人的命里都有劫数，有时我们就是迈不过那道坎。"贡嘎坚赞小心地解释。

阔端没有接茬，眼睛盯着前方。队伍最前面的骑士往右拐了，等贡嘎坚赞他们也走到拐口处，看见前方耸立着一座规模很大的寺院，让人一见心生喜悦。阔端也被眼前的寺院所震惊，望过去在柳树的合围中有一个建筑群，低矮的围墙，林立的高耸建筑头显露，这是他之前所没有想象到的，暗暗钦佩幻术师们的能耐。跟在后面的将军和王公贵族也被眼前的寺院所震撼，不由得发出啧啧的赞叹声。

贡嘎坚赞望着眼前屹立的寺院，马上看出其中的破绽来，在这个拔地而起的建筑院墙外，看不见一个劳动的人，闻不到泥土的腥味和木材的清香，空气里飘散的只有溪流的水分和柳树枝叶的甜香。贡嘎坚赞调动心识仔细观察时，慧眼里眼前的景物都遁散开，能见的是坑洼不平的地面和上面生长的野草。贡嘎坚赞知道这寺院是被人幻化出来的，猜想可能是阔端王为了测试他的能力而为之的。

"阔端王，这是一座非常美妙的寺院，在未踏进院门前，可否让我站在大门口，给这座寺院念经开光。"贡嘎坚赞请求道。

"我把这座寺院都送给你了，这点要求为什么不能答应呢！"阔端爽快地应诺，心想这个老僧还没有看穿这是幻变出来的，可见他的法力还是不够强。

队伍走到寺院门口，大伙都下了马，站在那里交头接耳地议论了起来。

贡噶坚赞唤来罗卓坚赞和夏加益西迥乃，三人面对着寺院大门诵读开光的经文，并从拉吉毕积拿来的一个小羊皮袋里，抓起一点青稞抛撒向寺院的大门。

阔端望着贡噶坚赞他们，想着待会儿所有幻象消失后，人们脸上现出那种惊讶与失望的表情，到那时他再答应贡噶坚赞，帮他们在这里建一座跟幻象一模一样的寺院。

"阔端王，我们已经给寺院开完光，现在我们跟着您进入院内吧！"贡噶坚赞凑到阔端跟前说。

"那我们进去。"阔端和贡噶坚赞一行人，从木制瓦顶的大门里拥进去。大殿、庙宇、僧房错落有致，一切都设计得极其用心，唯独令人感到不足的是这里的阴冷和死寂。

等他们把寺院全部转完一圈，所有建筑物依然存在，阔端纳闷过了这么久这些幻象为什么还依然在。莫非是贡噶坚赞之前已经看穿，并借用他的法力让其凝固？阔端的心里开始产生怀疑，再望一眼贡噶坚赞时，他是一副气定神闲、成竹在胸的神情。

"这寺院合你的心意吗？"阔端试探性地问，心里却急切地盼望它马上消失掉。

"不承想阔端王会选这么一个美妙的地方，盖一座这么华丽的寺院，再把它赠送给一名来自乌思藏的老僧，这是您对我的最大恩赐。阔端王像幻变了一般，为我瞬间建出这样一座寺院，我感到受宠若惊！"贡噶坚赞不卑不亢地说。

阔端听到这句话，就知道贡噶坚赞已经看穿了一切，之前自己对他的法力所持的怀疑，这一刻觉得有些愧疚和不敬，心里掠过一丝忏悔。

"贡噶坚赞，之前我说过，你看到这座寺院就不会想着回凉州城，看来确实如我所料。"阔端说这话时声音软了下来，语气里带着些许歉疚。

"阔端王，路上我问您这座寺院叫什么名字，您说还没有起名字，那么给这座寺院起名叫幻化寺吧！"贡噶坚赞提议道。

"幻化寺！"阔端咀嚼一番，然后哈哈大笑道，"就叫幻化寺！这名字多好听！"

将军和王公贵族们也在一旁赞叹，都说这个名字好。

阔端和贡噶坚赞相互凝视片刻，彼此的心中一切都清清楚楚，都不愿再捅破先前的机关了。

萨迦来的僧人最兴奋，他们之前从未想过阔端王会赐给他们这么一座寺院，这里远离喧嚣，远离人群，萨迦僧人可以心净地为众生祈福。

阔端深信贡噶坚赞是个大成就者，对他的态度变得比以往更加恭敬起来，还恳请他当自己的上师。

贡噶坚赞取下头上的红布帽子，露出花白的脑袋，以极其谦卑的神情答应了阔端王的请求。

他们离开幻化寺，向着凉州城进发。路上阔端王答应派许多的人和骡子，帮贡噶坚赞把东西全部搬到幻化寺来，还承诺提供钱财迎请各种佛像。

择了个吉日，贡噶坚赞离开之前住的那座府邸，搬迁到城东的幻化寺。关于寺院建造的传说在凉州城里被传开，许多人为了一睹其风采，蜂拥向这幽静的地方，看到独具特色的藏式建筑和一排排的白塔，于是称幻化寺为白塔寺。特别是阔端王拜贡噶坚赞为自己的上师后，许多王公贵族和将军们也效仿起来，拜贡噶坚赞为自己的上师，这使得贡噶坚赞的名气在阔端统辖的疆域里盛传，幻化寺的香火很是旺盛。

为了霍尔汗国的兴盛与执政的持久，贡噶坚赞以佛教教义中天地生成的理论，提出以凉州城来象征须弥山，将它作为中央，在城的东西南北建造寺院的建议，得到了阔端的认可。阔端和许多王公贵族出资，贡噶坚赞开始在凉州城的西南北不同方向进行选址，开始建造寺院。

这年刚入秋，来自乌思藏各教派各地方的代表陆续赶到凉州城。他们带来了本地最好的贡品，在幻化寺休整几天后，在贡噶坚赞的引领下去谒见阔端。阔端对来自乌思藏的这些代表也是热情接待，倾听他们表达的忠心，赐予这些人达鲁花赤的名号，允许他们继续管理所辖地域。得到霍尔人授予行使权力的这些教派领袖和各地酋长，心满意足地离开凉州回乌思藏去。

贡噶坚赞通过这些来使，清晰地了解到乌思藏归顺霍尔后，各地酋长把所有的木门人家数和人口数都呈交给了霍尔派去的达鲁花赤手中。如果博巴各地发生地界和权力之争，就需要报请霍尔派来的达鲁花赤和萨迦人去仲裁，萨迦俨然成为连接乌思藏与霍尔汗国的纽带，博巴人已经依附在强大的霍尔汗治理下。

刚把西边的莲花寺建完，时间已到了深秋，贡噶坚赞的妹妹索巴让莫跟随乌思藏的一个代表团来到凉州，她要追随贡噶坚赞待在这里。贡噶坚赞了知这位性格执拗的修行妹妹的脾气，便答应让其留在莲花寺里。索巴让莫想着贡噶坚赞已很苍老，能时时守在他的附近，此生也就无憾了。索巴让莫把萨迦寺院和家族的情况，详详细细地报告给了贡噶坚赞。听到这些消息，他对自己当初离开萨迦时所进行的安排感到欣慰，也觉得带着两个幼小的侄子到凉州来,是个明智的决定。贡噶坚赞告诉索巴让莫,他搬到幻化寺后完成了《贤者入门》和《三律议论》两部著作,金塔寺和海藏寺也接近完工。索巴让莫为萨迦教在这里得到传播感到由衷的高兴。

几天后,在罗卓坚赞的陪同下,索巴让莫去了莲花寺。

柳树的叶子在不停地掉落,季风吹着枯叶发出沙沙的声响。此刻,贡噶坚赞正为那波巴大师的病情忧心,想着初秋时那个口无遮拦的老僧旦白旺布已经离开了他,一同来的那些个成就者正一个一个地离去,一种愁绪涌上心头,他为时间的匆忙消失而喟叹。这时拉吉毕积跑进屋子里,向贡噶坚赞报告说阔端已到寺院里。

贡噶坚赞赶紧披上披风,跟着拉吉毕积去迎接。他们刚走到护法神殿,迎面就撞见了阔端和叶仙鼐将军,后面还跟着一众卫兵。贡噶坚赞请他们到会客室去,迅猛的风吹得他们的衣服都鼓胀起来,呜呜的风声中,大伙只能半眯着眼睛,吃力地往前迈步。

他们坐在会客室里刚斟好茶,阔端就告诉贡噶坚赞,他这次是顺道来送唆鲁禾帖尼(拖雷之妻)送给贡噶坚赞的大氅,还转告她对贡噶坚赞怀有的深深敬意。贡噶坚赞心里一阵忐忑,接过卫兵抱过来的羊毛编织大氅,心里被感动和温暖。他曾听阔端谈起过唆鲁禾帖尼,说她是个有文化的睿智之人,生有蒙哥、忽必烈、旭烈兀、阿里不哥四子,信奉景教,但她对所有宗教持包容的态度。后来拖雷在征伐金国时得病,回来不久便去世,唆鲁禾帖尼掌管了拖雷从成吉思汗那里继承的全部财产与军队,她的实力在各宗王中是最雄厚的。不承想这样一位权重位高的人,还会记得来自偏僻高寒地方的一个老僧。从未谋面,但恩情似海,贡噶坚赞请阔端王替他感谢唆鲁禾帖尼,并向她回赠一尊银制的观音菩萨像。

由于秋风不停，阔端和叶仙鼐留下来，向贡噶坚赞问了一些博巴人的现状。贡噶坚赞把了解到的情况详细说给阔端听，并把自己的一些建议毫无保留地讲给了阔端。阔端把对于博巴地方管理中存在的问题，以及今后计划设立驿站、清查户口和设立宣慰司的构想说给贡噶坚赞听，他们之间交谈得很投机。

相关问题聊完，阔端坐在床沿捋着下巴上的长须，陷入到沉思中。叶仙鼐将军看到阔端的样子，伸出那只毛茸茸的右手，贴在自己的胸口一言不发。房间里一时很安静，外面的风声虽然弱了下来，但能听得很清楚。

贡噶坚赞从他俩的神色预感到有些不太对劲，但他不能直接去问阔端，只能待在一旁安静地等待。

直到拉吉毕积抱着茶壶从外面走进来，这才打破了这种安静的气氛。

阔端把手从长须上移开，目光望向贡噶坚赞，说："我们遇到了一件很棘手的事情，希望你能帮我们祈祷，化解这种危机。"阔端停顿一下，闭紧嘴，鼻孔里吸了口气，再把气给呼出来，才缓缓地说，"贵由汗要组织大军去攻打拔都，要我准备几万人的部队，等待他的最后命令。这可把我为难得，劝他别去征讨拔都，他理都不理会，真是固执己见。"

"钦察汗国的实力很强大，拔都又是个能征尚武的人，这场战争最好不要发生。"叶仙鼐将军说。他的长鼻子和塌陷的眼窝，此时看着显出无比的焦虑来。

"劝说都不起作用，那就只能看事态的发展，再做打算吧。"阔端说完把脸转向贡噶坚赞，有些无奈地说，"你是我的祭天长老，替我们祈求不要发生战争！"

贡噶坚赞答应会组织僧人祈祷和平，心里却对即将到来的战争感到一阵担心。

"还有来年开春时，我就把女儿墨卡顿公主和恰纳多吉的婚姻给定下来。"阔端说。

"一切听从阔端王的安排！"贡噶坚赞回答。

黄昏时乘着风势减弱，阔端和叶仙鼐要回凉州城里去。贡噶坚赞一直送到幻化寺大门口，看着他们骑上马背，渐渐走远，直至从前方的柳树边消失掉。贡噶坚赞才转头进入寺院的大门里。

冬天悄然而至，凉州城四周的寺院全部建造完毕，贡噶坚赞带领僧人举行了盛大的开光仪式，阔端和霍尔的王公贵族穿着盛装，参加了这次庆典活动，也有当地人请求加入到僧人队伍里。贡噶坚赞把一同从萨迦来的僧人分别选派到这些寺院里去，管理和举办各寺的佛事活动。开光结束不久，阔端带着大队人马去狩猎了。

那波巴大师也在这个时候，在幻化寺里圆寂，这让贡噶坚赞感到从未有过的孤独和伤心。跟他同龄的那些成就者都离开了他，只能靠回忆留存，他了然自己的时代即将结束。

贡噶坚赞长时间沉湎在这种痛苦里的时候，多达那波将军和察乃尔骑马来幻化寺看他，故人相见，他百感交集，泪水溅湿充满褶皱的脸庞，赶忙从胸兜里拿出帕子擦拭。

多达那波坐在他的一旁，看贡噶坚赞如此地激动，心里也是倍觉温暖。察乃尔把毛皮帽子摘下来，坐在他们对面的一张软垫上。

"看到你在这边一切都好，我心里很高兴！"多达那波望着贡噶坚赞说。

"我们有两三年没有见面，今天相见我的心里甭提有多高兴！"贡噶坚赞停顿片刻，唤来拉吉毕积，说，"快去把罗卓坚赞和夏加益西迥乃叫过来，让他们拜见多达那波将军。"

拉吉毕积听到命令立马往外走。

多达那波告诉贡噶坚赞，关于后来他们是如何走到凉州的，察乃尔已经跟他说了。他和杰曼将军带着军队与阔端派来的军队会师，然后开拔去了巩（关中一带）。这次被阔端召回来，可能是要跟随贵由汗出征去打钦察汗国。贡噶坚赞看到梳着辫子的多达那波，觉得他比先前憔悴了很多，曾经眼神里的那种坚毅和果敢不见了，还时时会闪过一丝忧愁来，于是为他即将远行的出征隐隐担心起来。

"杰曼将军一切都好吧？"贡噶坚赞问多达那波。

"他一切都好，现在还在边地驻守。"

这时罗卓坚赞和夏加益西迥乃来到房子里，向多达那波恭敬地低头致敬，同时说："将军辛苦了！"

多达那波惊讶的是这两个小僧，转眼之间已长大成人，眉宇间多了一份沉稳与持重，他们现在的样子更让他喜欢。他在守边时也常听到贡噶坚赞和罗卓坚赞的一些消息，那时他心里会感到很亲切，脑海中会浮现一同走的那些时光。

"想不到八思巴他俩已经长大成人了！"多达那波说这话时眼里涌满泪水。

看到罗卓坚赞那张俊秀的脸，多达那波就想起去年战死的二儿子来，他是多达那波最喜欢的儿子，生命就在这样一个最灿烂的时刻凋谢，如今他俩却是阴阳相隔。

多达那波很快从忧伤中平复情绪，让两个年轻的僧人坐下来。

贡噶坚赞问:"察乃尔将军也跟您一起出征吗?"

"我们一同出征。"察乃尔很兴奋地回答。

贡噶坚赞不知道贵由汗为什么要发动这场战争,于是向多达那波打听其中的缘故。多达那波告诉他,窝阔台被选为霍尔大汗的时候,那次的忽里勒台大会上决定再来一次西征,由四个宗王的王子们去征服库蛮人和罗斯人、阿苏惕人等,窝阔台任命术赤的儿子拔都为军队统帅,老将速布台任参谋长和军事总指挥。窝阔台的长子贵由和哈丹、察合台的儿子拜答和孙子布里、拖雷的长子蒙哥等人率军参战。几年战斗下来,他们占领了大片的土地,同时王子们之间也产生嫌隙,形成了两派。有次宴会时贵由和拔都发生争执,贵由仗着自己父亲是霍尔大汗,同另外几个王子用话羞辱拔都,还从战场上撤军回去。拔都把状告到了窝阔台汗那里,两人之间的积怨更加深了。窝阔台汗不想见到贵由,甚至有了把贵由当作逃兵,遣送到边地去的想法。谁都没有想到窝阔台汗竟然这么快就去世,贵由却最终当上了霍尔汗王,现在出兵征讨就是要复仇。

贡噶坚赞听完不再言语,心里只想着人世间的恩恩怨怨,由于一个人刹那间的想法,会殃及多少无辜人的性命,真是令人无奈和嗟叹。他也担心今后罗卓坚赞,如何面对这种残酷且血腥的政治斗争。想到这里贡噶坚赞的脊背上一阵冷风疾驶过去,全身打了个寒颤。

多达那波也不愿就着这个话题继续谈,他跟贡噶坚赞问幻化寺和以前一同从萨迦来的那些个僧人。房子里的气氛一下轻松了起来。察乃尔说他现在成了一名佛教信徒,都是受了贡噶坚赞的影响。

傍晚时刻,多达那波和察乃尔离开贡噶坚赞,骑上马没走几步,他们就融进了浓浓的夜色中。只听到马蹄的声响从前方传过来,声音逐渐弱下去，最后只有风掠过的声响。

贡噶坚赞那夜失眠了，他切身感受到了霍尔王族之间的残酷斗争，这种复杂的利益与权力之争，对他一个老僧来说倒是能坦然接受，只是他死后，罗卓坚赞和恰纳多吉该怎么去应对，怎样才能不被打败，不被殃及，这使他心里很纠结和担心。

出乎他们所有人意料的是，反转来得竟如此之快，又一个春天来临不久，传来了贵由汗统兵去征伐的路上，突然暴病身亡的消息，一场战争就此化为了乌有。

贡噶坚赞为贵由汗的去世举办了各种祈祷法会，还在莲花寺给信徒讲经说法，在海藏寺举行各种法事活动，这让阔端很受感动。

等这些追荐活动一结束，阔端就离开凉州去了和林。

贡噶坚赞在幻化寺继续讲经授徒，声名在霍尔地区不断扩大，很多霍尔人从漠北赶到凉州来，只为听他传法。贡噶坚赞也清楚，在阔端的支持和倡导下，萨迦教派在凉州已经成为了最大的教派，拥有了各阶层的信徒。为了日后能够继续发展壮大，贡噶坚赞有意地让罗卓坚赞给信徒讲经，举办法事活动，霍尔人习惯称罗卓坚赞为八思巴。罗卓坚赞的声名如贡噶坚赞所希望的，在霍尔人中日渐兴隆起来。

这年的初夏时节，阔端还没有回来，贡噶坚赞把幻化寺托付给罗卓坚赞，自己带着一些随行人员去曲阔达吉林寺避暑。

贡噶坚赞与阔端再次相见时已是金秋十月。阔端的情绪有些沮丧，交谈过程中时时表露出对未来的担忧。贡噶坚赞猜到各宗王一直觊觎着霍尔大汗的位置，各种力量明里暗里进行角逐，阔端担心的是窝阔台系在这场竞争中不能取胜，从而失去之前拥有的一切。为了抚慰阔端的心，贡噶坚赞答应给他喜金刚的灌顶。他们择了个吉日，在莲花寺为阔端进行了喜金刚的灌顶。经过这次的灌顶，阔端逐渐从忧郁中走了出来，他更加地倚重贡噶坚赞了。

和林那边一直没有任何的消息，从阔端那里听到的消息是，贵由的王妃斡兀立·海米失暂时执掌霍尔汗国，她的两个王子忽察和脑忽都想继为大汗。在等待消息的过程中时间跨入到又一个新年，这年的春季听说贵由的儿子忽察和脑忽要分别建立自己的宫殿，两人准备争抢霍尔大汗之位。这让阔端很是气愤，他已经看出了内部的裂痕，最后的结果心里也已明晰。

失望的阔端经常大摆宴席，自己常常喝得是酩酊大醉，这对他的身体伤害极大。贡噶坚赞几个月都见不到阔端的身影，他对阔端的日渐颓废暗自伤心，有几次专程去凉州城里看望阔端，但每次都碰上阔端去赴宴，或带着人马去狩猎。贡噶坚赞只能悻悻地回到幻化寺来。

入冬时节，萨迦寺来的一队人马到了幻化寺，他们给贡噶坚赞带来了一只狮子狗，金色的卷毛一直拖到地上，塌陷的鼻子油亮亮，一对眼睛像颗明亮的星星。贡噶坚赞将它抱在怀里的时候，手触摸到了狗的心脏，它在扑腾扑腾地跳动。他的心里无缘由地升起一阵悲凉来，想到自己要客死他乡，此生再也无缘见到萨迦，那里可是他的故乡，那里有他许多的记忆。他从狮子狗的身上，闻到了故乡的气味。寺院、庄园、农舍、河流、雪山等不停地闪现在他的脑海里。

从那天开始，只要天气放晴，他会抱着狮子狗在屋门口晒太阳，用掌心摩挲着卷曲的狗毛，眼睛却遥望向西南方向发愣。拉吉毕积知道他此刻的思乡情绪，就站在一旁不去打扰他，任他在思绪里回到遥远的故乡去。

贡噶坚赞从这年的夏季开始健康状况出现问题，各种疾病时不时地缠绕着他，索巴让莫也搬到幻化寺来照顾他的日常生活。幻化寺的日常事务全部落在罗卓坚赞的肩头。

到了霍尔大汗位置虚悬的第三年，这年对窝阔台系的阔端来说，是个不太顺心的年。听说钦察汗国的拔都与蒙哥母亲唆鲁禾帖尼要联手在阿剌霍马黑举行忽里勒台大会，要求窝阔台系和察合台系的人参加，但这两个宗王的人拒绝参加。在那次会上拔都的将领忙哥萨尔提议拥戴拖雷的长子蒙哥为大汗。但窝阔台系和察合台系以忽里勒大台会没有在霍尔本部召开为由，拒绝承认这一结果。贡噶坚赞听到这个消息，就知道窝阔台系会从权力的中心走向边缘，为阔端的未来担心，也为萨迦人的将来忧虑。

第四年时唆鲁禾帖尼和拔都又在斡难的怯绿连河再次举行忽里勒台大会，会上终于将蒙哥推举为第四任霍尔大汗。

这年的夏季，贡噶坚赞突然收到蒙哥汗的弟弟忽必烈的令旨，说："有名萨迦喇嘛之殊胜尊者抵达凉州，应作我之上师。"

贡噶坚赞与阔端商量，考虑到自己的健康状况和岁数，决定派罗卓坚赞、恰纳多吉、夏加益西迥乃等人到六盘山去拜见忽必烈。阔端答应派自己的二儿子蒙哥都去护送他们。

这天早上蒙哥都带着一百号的骑士来到幻化寺，贡噶坚赞在拉吉毕积的搀扶下，拄着拐杖送罗卓坚赞一行到大门口。看着他们骑上马，跟随蒙哥都远去，贡噶坚赞的心里空落落的，他无法猜想这是一次希望之旅还是一次布满荆棘的坎坷之旅。

第十四章

　　蒙哥都和罗卓坚赞一行向漠北的和林进发，一路上他们风餐露宿，经过二十多天的日夜兼程，终于赶到了忽必烈在和林的藩府。

　　忽必烈有令，让他们到草原上的营帐里去见他。

　　第二天，蒙哥都和罗卓坚赞一行又跟随忽必烈的人员，向一片开阔的草原进发。夏季的青草没过马蹄子，紫色的龙胆花在草丛间摇曳，山的轮廓在天际边连绵起伏，它的上面细残的云丝飘动。抬头仰望，炽热的太阳在空际缓步漫游，碧蓝的天空犹如穹窿，他们顶着正午的阳光向前。一些牧人的帐篷和牛羊，不断映入他们的眼睛里，望过去一派悠闲自得的样子。也有膘肥的马儿成群结队，它们抬头望着从身边走过去的罗卓坚赞一行。

　　骑行一段后，终于看见偌大的草原中央矗立的硕大白色毡房，它的四周坐落着一顶顶的小毡房。一条溪流在营帐的后面流淌，远远望去犹如一条银蛇在游动。

他们一行越凑近,营帐里的状况就看得越清楚,除了很多霍尔兵外,还有木车、马匹、骆驼、牛羊等,甚至能闻到煮熟的肉香味,给人一种宁静与安详的生活气息。

"薛禅汗①的营帐到了!"带他们来的人说。

之后,他继续骑马从毡房的空隙间往里走,跟遇见的熟人打着招呼。终于他的马停在一顶毡房前,迅捷地从马背上跳下来,说:"这里是你们住的帐篷,可以到里面休息一会。蒙哥都的帐篷就是旁边的那一顶。我先过去给薛禅汗报告。"

那人走后,他们从马背上下来,立即有人过来接住缰绳,把马匹给牵走。

罗卓坚赞和夏加益西迥乃、恰纳多吉进入到毡房里,地面上铺了垫子,垫子前还摆放着简易的木桌子。几名霍尔人送来了炒麦、奶茶、奶制品和煮熟的肉。

下午蒙哥都来叫他们,让他们去拜见忽必烈。罗卓坚赞和夏加益西迥乃整理了一下僧衣,恰纳多吉把腰间佩带的小刀摆放好,跟随蒙哥都向着那顶白色的大毡房走去。

他们穿过草地上的许多个毡房,迎着霍尔人的好奇目光,终于来到那顶立在中央的巨大毡房前。

毡房的四周留有开阔的草地,周围站立手握长枪、佩带长刀的卫兵,罗卓坚赞一行紧跟在蒙哥都的后面,向这顶大毡房走去。守卫把毡房的门帘掀开,让他们直接进入到里面。在铺设的圆形垫子中央坐着的正是忽必烈,他的右手边是一名年轻的女子,离他俩相隔好几个座位,两旁各坐着

---

① 薛禅汗,即忽必烈。

五六个人。

"奉薛禅汗的诏令，蒙哥都从凉州护送萨迦人到和林，现八思巴等人已安全送达。"蒙哥都走到离忽必烈十步之距便停下来，恭敬地向他汇报。

"我以为来人会是一名老者，一个祭天长老，现在见到的却是几个小孩子。"忽必烈的语气里含着失望与嗔怪。

"薛禅汗，祭天长老贡噶坚赞已是六十七岁的老人，身体又被病痛侵扰，他与家父商量后，派来日后萨迦教派的法主八思巴和他的弟弟恰纳多吉前来觐见。"蒙哥都赶紧解释。

"'八思巴'这名字我曾经倒是听说过，但不承想还是个……"忽必烈把后面的话咽了下去，目光停留在蒙哥都后面站着的几个人，又问："八思巴，我请萨迦人过来，是想要一个引导我精神世界的上师，你能胜任？"

"薛禅汗，我三四岁就开始学习佛法，九岁时能在萨迦法会上给众僧讲法，如今已十七岁，从伯父那里把该学的教法都已学完。"罗卓坚赞往前走上几步，身体笔直地站定，不露一点怯色地回答。

"我看你年纪轻轻的却有些自傲，你有什么能这样的本事？"忽必烈半是认真半是玩笑地问。

"作为一名僧人，我的确没有什么可以自傲的，但是我的先辈中有人当过吐蕃赞普、米酿国王、汉地皇帝的供奉上师，我的伯父贡噶坚赞也被阔端王召来，成为了他的上师，所以我们家族在博巴地区威望甚高。"罗卓坚赞回答完，开观察忽必烈脸上的表情。他看到那张圆脸上的眉头紧皱，嘴唇噘了起来。

"吐蕃何时有过赞普？他的疆域有多大？"忽必烈有些不屑地又问道。

"吐蕃赞普松赞干布统一了整个雪域高原，边界线与当时的唐朝接壤，还迎娶了唐朝的文成公主。之后的两百多年里，吐蕃统治了很辽阔的疆域，甚至派兵攻占过唐朝的长安。"罗卓坚赞望着忽必烈说。

"有这回事吗？"忽必烈疑惑不解地问两旁坐着的人。

"薛禅汗，八思巴所说的确有其事，这些在唐书里都有记载。"一个穿着蓝布长衫，身材瘦削，但仪表堂堂的人站起来回答。

"幕僚官许衡，你能确定无误吗？"忽必烈还是存有疑虑，他以为罗卓坚赞是在说诳语。

"我敢保证历史上确有其事。"许衡再次证明罗卓坚赞所说的是事实。

"那么，你们那里有真正的英雄吗？"忽必烈对这个眼前的年轻人不敢再轻视，带着试探去打听。

"我们那里曾经出现过一位真正的无畏者，他的名字叫米拉日巴。"罗卓坚赞坚定地回答。他的身体依然笔直，清澈的双眼望着忽必烈。

"他有什么英雄事迹？或是他攻略了多少个城池？统治了多少人口？"忽必烈极有兴致地发问。

罗卓坚赞脸上现出一丝笑意，告诉忽必烈说："这个人从没有占领过一座城池，也没有指挥过任何军队。只因这个人出生在一个富裕的家庭里，后来父亲病死，家产被伯父和姑母剥夺而去，他们母子坠入贫穷之境，还时常受伯父、姑母的欺凌。他母亲为了复仇，让米拉日巴去学习咒术，最终他引发地震杀死了伯父的家人。从那时起，他产生了深深的忏悔之心，于是放下所有仇恨与偏见，去寻求一生能解脱的道路。他像野人一样在深山里修行悟道，降服、驯化自己的内心，最终成为一名大成就者，也成为所有博巴人心中的圣人。我伯父曾经写过这样一段格言：国君威名盛在国域，贤者盛名不分国界；花朵灿烂装扮一天，顶髻宝石时刻耀眼。

所以，伟大的人，或真正的英雄不是去征服别人，而是征服自己内心的人，这样的人才会被众人膜拜和顶礼。"

忽必烈听着罗卓坚赞有些稚嫩的声音，心里却对眼前这个年轻僧人生出几分好感来，通过交谈感觉八思巴的世界与他们的世界完全不同，他们心里的信仰是如此的坚贞又奇特，一种想继续了解的渴望驱使着他。他心里之前生出的那点不满已经消散，只想打探更多关于他们的有趣事情来。

"您可否先让他们坐下来。"旁边的年轻女人提醒道。

"察必，你提醒得好，应该要给他们让座。"忽必烈应和着，把眼睛从王妃察必的脸上移开，望向站在毡房中的他们说："八思巴，你们先请坐，我有许多问题要向你讨教。蒙哥都，你的使命已经完成，让萨迦人留在我的营帐中，休息几天后你就可以返回凉州去。为表示我对你的感谢之情，我要给你赠送一百名骑兵。"

蒙哥都弓下身向忽必烈表示感谢。

他们坐在毡房里聊了很久，直到察必提醒他们说太阳快要落山，谈话就此结束。

忽必烈与罗卓坚赞第一次相见，彼此心里都留下了深刻的印象。罗卓坚赞觉得忽必烈是个既豪爽又刚毅的人，他不像阔端那样沉稳，而是喜欢表现出王者的风范，他的身上时刻都迸发出一股激情，对所有的问题充满好奇，想探知一切的答案。这种激情也感染着罗卓坚赞，感觉彼此间没有隔阂。特别是他的王妃察必，是一名睿智又不失优雅的女性，每次在紧要关头她都会适时地出现，可见她对于忽必烈是个多么重要的人。更让罗卓坚赞惊讶的是，这次在毡房里怎么会有这么多来自中原汉地的幕僚，他记住的有姚枢、窦默、刘秉忠、许衡等人，他们都是博览群书之人，罗卓坚赞所说的许多事他们都知晓。

那夜罗卓坚赞他们躺在毡房里,听着外面微风吹过的声音,偶尔夹杂几声犬吠。恰纳多吉的鼻孔里发出轻微的鼾声,身子还往一侧翻转,弄出一点声响来。

"夏加益西迥乃,你睡着了吗?"罗卓坚赞轻声问。

"还没有入睡,我在回想今天的谈话。"夏加益西迥乃把声音压低着说。

"忽必烈身边怎么会有那么多的幕僚,而且很多都是汉地的人。"罗卓坚赞在黑夜里望向夏加益西迥乃的方向说道。

"幕僚就是给忽必烈出谋划策的人,这些人都是了不得的智者或学者。你看今天这些人,他们说的每一句话都令人信服。我喜欢那个叫姚枢的人,他说'治国平天下'最重要的是修身、力学、尊贤、亲亲、畏天、爱民、好善、远佞。[①]听完觉得就是这么个理,他概括得多么精准啊!"夏加益西迥乃说。

"他们说的确实有道理,很多观念跟我们教义提倡的是一致的。"罗卓坚赞说。

"有机会的话,我很想跟那个叫许衡的学习儒术思想。"夏加益西迥乃用期待的口气说。

"一定会有机会交流的,也不知道忽必烈会让我们在这里留多久?"罗卓坚赞突然话锋一转,不无伤感地说道,"我很担心伯父的健康,怕他突然离世,无缘见上最后一面。那样的话我会很伤心的。"

"法主贡噶坚赞是个大成就者,他一定会等我们回凉州的。"夏加益西

---

① 此句内容引自《元史·姚枢传》。

迥乃安慰道。

他俩再没有继续交谈的兴致了,各躺在垫子上,睁大眼睛想着自己的心事。

那夜夏加益西迥乃特别地想念他的爷爷娘卓·韦登,他无法想象爷爷怎么会有那种胆量,一个人去奇袭霍尔人的队伍,最后英勇就义。那张刻有刀痕的脸,时刻绷紧的脸,此刻对于他来讲是多么的亲切,爷爷对于他来讲比父亲还要重要。接着他又想到了母亲白廓宁珠,虽然从凉州寄去了几封书信,但他一直都没有收到回信。他想念白廓宁珠盘腿端坐念经时的模样,想念她从木梯轻盈飘落下来的样子,想念她在圭塘的草坪上光脚踱步的身影……

忽必烈由于各种事情,常常策马在营地和林间往返奔波。但王妃察必时常邀请罗卓坚赞到她的毡房里去,跟她讲解教义。罗卓坚赞向王妃察必讲述佛陀的故事,还讲述因果报应、十二因缘等。王妃察必学到了许多的佛教知识,开始信奉起佛教来,对罗卓坚赞更是满怀敬意。忽必烈回到营地,也会召罗卓坚赞到他的营帐里去,向他询问博巴人的地域、习俗、文化、信仰等,有时也会让罗卓坚赞跟他讲讲佛教的教义。

这期间,夏加益西迥乃只要看到中原来的幕僚们,便会到他们那里去了解和学习儒术。在两个多月的时间里,夏加益西迥乃学会了很多汉话,也认识了不少的汉字,他跟姚枢之间建立起了深厚的友谊。夏加益西迥乃又把这些思想讲给罗卓坚赞和恰纳多吉听,他们对儒术有了进一步的了解。

入秋不久,从凉州传来噩耗说阔端王已病逝,之后又有快马到来,说贡噶坚赞的健康状况极差,让罗卓坚赞一行赶紧回凉州去。忽必烈和王妃察必虽有不舍，却同意他们返回凉州，还派遣了护卫队员。

这一路罗卓坚赞他们归心似箭，日夜兼程地往回赶，回到幻化寺时已是半夜时分。当从守门僧人的口里得知贡噶坚赞还健在时，罗卓坚赞的泪水哗哗地流落下来，嘴里不禁喊出："仰仗怙主的恩赐！"

夜太深，他们没有去打扰贡噶坚赞，各自回自己的僧舍去休息。

清晨，罗卓坚赞往贡噶坚赞房间走去，看到拉吉毕积手提一只木制尿桶从房门里出来。拉吉毕积也看到了他，那忧郁的表情瞬间舒展开来，加快脚步向他走来。

拉吉毕积显得特别激动，说贡噶坚赞一直担心忽必烈不让你们回来，没有想到这么快就回到幻化寺来了。拉吉毕积还告诉罗卓坚赞，由于年岁太大，医生对贡噶坚赞的病也是无能为力，只能顺其自然。罗卓坚赞应诺着，心里却在想，也许贡噶坚赞见到他和恰纳多吉的话，这病就会好起来的。罗卓坚赞先让拉吉毕积去倒尿桶，自己径直向贡噶坚赞的房门口走去。

罗卓坚赞撩开门帘看到坐在床上的贡噶坚赞，他的腿上盖着唆鲁禾帖尼送的羊毛大氅，身后垒了一堆被子，消瘦的上半身倚靠在其上。

"三宝啊，罗卓坚赞回来了！"索巴让莫的这一声惊叫，将浅睡中的贡噶坚赞给吵醒。

他睁开迷蒙的眼睛，缓缓地把雪白的脑袋转过来。睡在他一旁的狮子狗也被吵醒，站起来不停地冲罗卓坚赞吠，还从床上跳下来，急速跑到罗卓坚赞跟前嗅气味，认出是罗卓坚赞后使劲摇晃尾巴，不时往腿上跳，表示它的爱意。

仅过了几个月，贡噶坚赞的脸上已爬满褐色的老年斑，皮肤松松垮垮地垂落，眼神里也失去了光泽。罗卓坚赞看到衰朽的贡噶坚赞心里正忧心的时刻，索巴让莫从一旁跑过来将他抱住，带着哭腔说："我担心你们叔侄见不上面呢！啊，三宝，您的仁慈，您的护佑，让我永远铭记您的恩德！"

罗卓坚赞被索巴让莫抱得有点透不过气，只听贡噶坚赞从床上说："索巴让莫，你松手，让罗卓坚赞到我跟前来！"

索巴让莫松开了臂膀，用手背擦拭因激动掉下的泪水。

罗卓坚赞微笑着望了一眼索巴让莫，走近贡噶坚赞的床前，弯下身子与他触碰额头。一双干瘦的手捧住罗卓坚赞的脸，欣喜地问："你们都回来了吗？"

"都回来了！忽必烈得知您的病情，就准许我们返回凉州。"罗卓坚赞说。

"阔端王已经走了，今后你只能依靠忽必烈，只有这样才能保住萨迦的一切。"贡噶坚赞说完把手缩了回去。狮子狗从地面又跳到床上，挨在贡噶坚赞的身边，极尽讨好地翻身仰面躺着。

"忽必烈待我们很好，临别时他和王妃察必都有些不舍，我想以后他还会召我们过去的。"罗卓坚赞板直身子说。

"那就好！"贡噶坚赞说着把手搭到狮子狗的头上，它欢喜地翻转身子趴在一边。

跟之前罗卓坚赞猜想的一致：从见到他的那一刻起，贡噶坚赞的精神一下好了很多，眼里也泛着柔光。

"哥哥呀，这下您可以放下心了！"索巴让莫从一旁说。

"择个吉日，我要把萨迦法主的位置传给你。"贡噶坚赞脸上漾起发自内心的微笑，又说："我得从床上下来，到外面走走！"

拉吉毕积恰好回到房间，看到贡噶坚赞正从床上爬下来，罗卓坚赞蹲在床铺下手里拿着鞋子，准备往贡噶坚赞的脚上穿。拉吉毕积急忙跑过去抢鞋子，但被罗卓坚赞给制止住。

贡噶坚赞穿戴整齐后，在罗卓坚赞和拉吉毕积的搀扶下慢慢踱出房门。

他看到幻化寺里的每一座白塔都披上了晨光，庙宇的金顶闪耀光芒，开始发黄的柳树枝叶里滴落脆脆的鸟鸣声，着绛红色袈裟的僧人从眼前快步而过……

贡噶坚赞想到那些柳树叶不久就会凋谢，自己的生命也将结束，瞬间心里释然了。从乌思藏到凉州，那是多么漫长的路程啊！正因他们一行人的坚持不懈，才有了凉州的会谈，博巴人躲避掉了一场血腥的屠戮，有了自己的归依之处与倚靠之主。他站在晨光中，半眯着眼睛，感受到支撑身子的骨头在微微战栗，接着听到血管里流动的血液声，"呼——呼——"地奔流，这音律是如此的绝妙，他由衷地感谢这肉体陪伴他的魂灵这么久。贡噶坚赞用手摸索着，拽到了罗卓坚赞柔滑的手。此刻，贡噶坚赞放下了一切，闭上双眼贪婪地享受世间的阳光和清晨的空气。

第九天，在幻化寺的大殿里举行了盛大仪式，当着众僧和广大信徒的面，贡噶坚赞将自己的海螺和化缘钵传给罗卓坚赞，并正式任命他为萨迦教派的法主。同时，将众僧和自己的信徒全部托付给罗卓坚赞。在桑烟袅袅、法器齐鸣、祈祷声声中，罗卓坚赞坐到了法座上。

僧人和信徒排着长队，请罗卓坚赞给他们摸顶赐福。

幻化寺里的第一片柳树叶子枯黄，从枝头上晃晃悠悠地坠落时，房间床铺上打坐的贡噶坚赞突然睁大眼睛,问道:"明天的日子好吗?"

服侍他的拉吉毕积和索巴让莫心里一紧,但看到贡噶坚赞一脸的慈祥,手里的念珠还啪嗒啪嗒地发出声响时,悬紧的心放了下来。

拉吉毕积抢先回答说:"明天是个吉日!"

贡噶坚赞说:"哦!你们赶紧在佛祖前点盏酥油灯,再燃一炷香!"

他们做完这些事,贡噶坚赞又继续打坐。

黄昏时刻,罗卓坚赞和夏加益西迥乃来看他。贡噶坚赞再次睁开眼,跟他们聊了一阵子。等屋里的光线暗下来时,跟他俩触碰额头,劝他们回僧舍去。索巴让莫点上一盏油灯,在油灯的光照下他俩徐徐出了房门。

"今晚点一盏最大的酥油灯,将房间用香草熏一遍。"贡噶坚赞这样吩咐道。

拉吉毕积照吩咐去做,索巴让莫帮他整理床铺。

贡噶坚赞又让索巴让莫把他的铃杵和帽子拿来,放在他的枕头边。

翌日,破晓时分拉吉毕积发现贡噶坚赞头戴帽子,手执铃杵,双臂交叉在胸前,端正地坐在那里。他觉得有些不可思议,轻轻叫唤贡噶坚赞,可是不见回答。他急忙唤醒索巴让莫,再去叫醒贡噶坚赞时,发现他一动不动。

"唵嘛呢叭咪吽!他圆寂了!你赶紧去叫罗卓坚赞过来。"索巴让莫带着哭腔命令道。

拉吉毕积迅速往门口冲去,在微微泛白的道路上瞬间消失掉。

罗卓坚赞他俩赶回房间里时,索巴让莫站在床头背对着他俩。罗卓坚赞凑近看到贡噶坚赞圆寂了,急忙合掌念起祈祷经文。等他转过身来看索巴让莫时,她双眼微闭,嘴角微微上扬,一脸的幸福安详,双手合在胸前，极其虔诚的样子。

"姑姑，伯父已经圆寂，我们赶紧请格西扎巴洛桑过来，商议后事吧！"罗卓坚赞说。

索巴让莫站在那里没有应答。

"姑姑，赶紧啊！"罗卓坚赞伸手摇动索巴让莫时，感觉她像一块木头般沉重，怎么都推不动。

拉吉毕积凑近也想把她从痛苦中唤醒，却发现了不对劲，赶紧伸手摸她的脉，已经不再跳动。他伤悲地说："索巴让莫也走了，我赶紧去请格西扎巴洛桑。"

罗卓坚赞被这突如其来的变故弄得有些手足无措，拉吉毕积却不管这些，径直夺门而去。

格西扎巴洛桑确认贡噶坚赞和索巴让莫都已圆寂，开始安排僧人准备后事和相关的祈祷活动。

贡噶坚赞去世的消息在凉州城里传开，甚至传到了漠北，许多信徒不远万里跑到幻化寺来，拜谒他的法体。半个月来他都以这个坐姿，与信徒们进行道别。最后，在几名年长僧人的安排下，将法体放进焚烧炉里火化，罗卓坚赞和众僧在一旁念经祈祷。很多信徒围在周围悲痛不已。

法体整整烧了两天两夜。

第三天，天微微发白时，罗卓坚赞和几名老僧来到焚烧炉前，打开封闭的炉门，在灰烬里扒拉寻找。他们寻到了贡噶坚赞遗留给世间的许多舍利子和一截指骨，把这些装进宝瓶里小心地珍藏。

索巴让莫的遗体在这之前已经处理完毕，所有人惊讶的是她对贡噶坚赞的感情是这样的强烈，更感佩的是她在这么短的时间里关闭自己的气脉，跟随哥哥而去。印证了她生前曾对人说的那句话："世间众生都会躺着死，唯有索巴让莫立着死。"

罗卓坚赞和恰纳多吉，在极短的时间里接连失去了两个至亲，这让他们有些茫然。好在阔端的儿子蒙哥都和凉州的贵族们陆续过来安抚他们，还承诺出资在幻化寺修建一座灵塔，里面存放贡噶坚赞的舍利子、指骨、佛经等。罗卓坚赞接受了他们的布施。

来年的春天，罗卓坚赞一直忙着建造灵塔的事情，前期的准备就绪，就等待民工入场施工了。罗卓坚赞一旦闲下来，那种刻骨的思念就会占据他的脑海，真切地感到贡噶坚赞对于他犹如一棵如意树，为他遮蔽风雨冷寒，而今独自面对一切时，深感贡噶坚赞的恩情。罗卓坚赞满含泪花，用手摩挲贡噶坚赞曾经用过的念珠和木碗，心里一遍遍呼唤贡噶坚赞的名字。

正当他沉湎在悲痛、忧伤中时，蒙哥汗的使者却来到了幻化寺，他们给罗卓坚赞颁布一封诏书。告诉他为了更好地管理博巴地区，蒙哥汗将要派遣金字使者到博巴地区，对那里进行一次全面的户口清查，以便摸清户籍档案和人口数，以此确定赋役数额。要求罗卓坚赞配合这项工作，派遣萨迦僧人一同前往，顺利完成这次括户事情。

罗卓坚赞等蒙哥汗的使者走后，望着桌上的诏书陷入沉思。

之后，罗卓坚赞派人到各寺院请堪布和格西[①]到幻化寺来开会。

第二日，幻化寺的格西扎巴洛桑、格西多吉卓、格西松巴、夏加益西迥乃，以及莲花寺、海藏寺的重要僧人都聚到了幻化寺的会客室里，罗卓坚赞同他们商议派人去清查户口的事情。

---

① 格西，意为"善知识"，为藏传佛教中的一种学位。此处代指有学问的僧人。

参会的人一致认为，这是蒙哥汗对博巴地区施行的进一步的管理，萨迦人作为博巴的代表，要全力以赴地完成好这项任务，要派最得力的人去完成这项工作。

等议事的人走完，罗卓坚赞回到房间，拿来纸和笔，脱下鞋子爬到床铺上，盘腿跏趺，在折叠的纸上用竹笔写道：萨迦班智达圆寂时八思巴致乌思藏地区高僧大德的信。

罗卓坚赞手中的竹笔边醮墨边写，要表达的一切，像融化的雪水从他脑海里自然地流淌出来。

皇子蒙哥已经即位，对我等甚为关切。蒙哥汗即位诏书已向各方宣布，境内各处平安，尤其是向各地方宣告了"对僧人免除兵差、劳役、贡赋，使臣们不得在僧舍住宿，不得向僧人们摊派乌拉，使僧人们依照教法为朕告天祝祷，所有僧人之事俱由萨迦派掌管"之良善诏书。皇帝并宣示于我："已派金字使者去吐蕃各处清查户口、划定地界，汝可遣僧人同往。"为此，我已派遣格西多吉卓与格西松巴等率领随从前来，详细情形可询问彼等……

罗卓坚赞写完信，脑海里突然闪现贡噶坚赞曾经对他和恰纳多吉所说的那句话——"我们代表博巴人归顺了霍尔，阔端王代表霍尔汗接受了我们，这表示从此我们就是霍尔的一部分"。如今蒙哥汗要加强对博巴人的治理，其间会对各方势力产生影响，人心肯定会有浮动，为了博巴地区的稳定，萨迦人必须要澄清事实，坚定地站在霍尔人的一边。为了顺利完成清查户口的事情，他把身边最德高望重的几位格西和熟悉霍尔人的拉吉毕积都派了出去，加上萨迦寺里的人全力协助配合，相信这项括户的工作一定会顺利完成。

使者到来后的第三天，罗卓坚赞将去往乌思藏的萨迦人送到在凉州的金字使者那里，再次叮嘱萨迦人全力配合好此次清查括户工作。

罗卓坚赞顺带去看望住在阔端王府里的恰纳多吉，他着一身浅蓝色的蒙古服，脚蹬翘鼻尖的霍尔靴，留一头长发来相迎。他们在一间会客室里喝茶聊天，罗卓坚赞见到了莫顿卡公主。她那张稍圆的脸，浓密的黑发，修长的身子，说话时羞答答的样子，令罗卓坚赞记忆深刻。他为恰纳多吉与阔端女儿的婚姻，感到由衷的高兴，也看出恰纳多吉的成熟与稳重，他已经不是那个爱唧唧喳喳的人了。莫顿卡公主的母亲也来看望罗卓坚赞，还挽留他在王府多住几日。罗卓坚赞心里惦记建灵塔的事，就向莫顿卡公主的母亲说明情况，下午便离开了王府。

罗卓坚赞的心思全放在为贡噶坚赞建造灵塔的准备工作和开展各种佛事活动上。天气逐渐暖和时，陆陆续续地来了很多的施工人员，其中也有来自博巴地区的人，他们开始准备建贡噶坚赞的灵塔。为了使这个灵塔能够永世长存，罗卓坚赞组织众多僧人在幻化寺举行盛大祈祷法会。施工人员挖地基、埋基石，当塔的底座刚露出锥形时，罗卓坚赞感到无比欣慰。

第十五章

　　自蒙哥继承汗位后，来凉州的乌思藏人越来越少，想必他们都是直接去漠北的和林朝觐蒙哥汗了，这样罗卓坚赞便得不到关于博巴地区的任何消息。之前，贵由当霍尔汗时，博巴地区的人都要到凉州来，由贡噶坚赞安排他们与阔端王的会面。而今这种风光不再了，博巴人都避开凉州，直奔和林而去。好在这年年底灵塔建设完成，里面放着贡噶坚赞的舍利子、指骨和许多经书，施工人员给灵塔塔身涂上牛奶和白石灰、砂糖等混合的液体，使灵塔变得白净净。罗卓坚赞望着这五人多高的灵塔，先前攒积在心头的压力和担心终于全部释然了，灵塔在满含泪花的眼中开始变模糊，只剩白灿灿的东西在他眼前闪动。

　　不久，从萨迦来了十几个僧人，罗卓坚赞才得知蒙哥汗的括户清查工作推进得比较顺利，博巴地区的社会整体上稳定，其他教派和各地头领都相继派人去和林觐见了蒙哥汗。最令罗卓坚赞担心的则是，听说萨迦派与止贡派发生了争执，萨迦内务官仲巴·释迦桑布无法忍受止贡派的做法，亲自跑到止贡宫殿去理论，倚仗蒙哥汗的止贡派对萨迦派表现得很不服气。罗卓坚赞切身感受到王权变更给萨迦和他个人带来的冲击，他们逐渐被边缘化，无人问津，让人深感无奈，只能等待一个好的时机的到来，以图改变。

过新年时，他从蒙哥都那里得知，忽必烈要奉蒙哥汗的命令去征伐大理国。可是，年都过了许久，却没有任何关于忽必烈出征的消息。好在蒙哥都之前继承了"西凉王"的称号，他像已故的阔端王一样对罗卓坚赞和恰纳多吉，一如既往地给予最多的关照，使得萨迦人在凉州过得也算称心顺意。

当罗卓坚赞正筹备给贡噶坚赞的灵塔开光时，一队霍尔兵突然来到幻化寺，说是奉忽必烈的命令来迎请罗卓坚赞。他这才知道忽必烈已率领大军抵达六盘山，想到马上能见到忽必烈，罗卓坚赞心里有些激动，更对忽必烈还能够想起自己而感到高兴。罗卓坚赞告诉幻化寺的僧人，灵塔开光事宜向后推迟，他要带着夏加益西迥乃和几个随从赶往六盘山。

行进途中，罗卓坚赞想到这可能是一次重大的命运转机，如果他能抓住机会的话，那么萨迦教派的地位会得到巩固。带着这样的信念，他向着六盘山方向走去，决心以贡噶坚赞为榜样，牢牢把握住机遇。与罗卓坚赞的沉默寡言不同，夏加益西迥乃却显得特别兴奋，一路上唠叨不停，祈祷能够再次见到姚枢、许衡、刘秉忠等人，他还告诉罗卓坚赞，自己在凉州时偷偷学了很多的汉字，能读简单的汉字书信。

经过七天的艰难行进，他们与六盘山很近了，一路上眼睛应接不暇的是霍尔军队搭建的各种帐篷，其间穿行的是马、骆驼、骡子、牛、藏獒等，霍尔兵粗野的笑声、呵斥声、谩骂声跟牲畜的声音从四处翻涌而来。

走过这些营地的罗卓坚赞望着这些强壮、清瘦、彪悍、凶猛的众多士兵，心里暗暗惊叹，原来驻守在这里的霍尔兵规模竟如此庞大，从他们的身上能感受到即将到来的战争的恐怖。厮杀声、兵器的触碰声、受伤后倒在地上的哀嚎声，在他的脑海里回响。他想到要承受这场战争劫难的众生，想到城墙破碎后的残垣断壁，想到遍地尸骸的凄惨景象，无法抑制地心生悲悯，眼眶里的泪水顺着脸颊滚落下来。他为自己无力阻止战争与杀戮感到悲伤，心情沮丧地向前继续行进。

罗卓坚赞一行被安排在忽必烈营帐右侧的一间帐篷里，到了傍晚也没有被忽必烈召见。

天刚亮一会，有个男仆给罗卓坚赞一行端来了一锅茶和炒麦、奶酪等食物，告诉他们是察必送的。罗卓坚赞一听到忽必烈王妃察必的名字，心里倍感温暖。他让男仆替他给察必道声感谢。

营帐里到处都是兵士和战马、骆驼的声音，一切都显得吵吵闹闹。

太阳升得老高时，察必带着几名随从走到罗卓坚赞的帐篷里，相互寒暄几句后，察必问："您在六盘山能跟我们待多久？"

"这得听命于薛禅汗的安排，我是被他召唤过来的。"罗卓坚赞恭敬地回答。

"八思巴，你知道吧，现在忽必烈的身边来了几个你们那里蔡巴教派的僧人，他们是些既老又昏聩的人，我一点都不喜欢。"察必说着嘴角轻微上扬，显现出不屑来。她的耳垂上挂着的珍珠耳环轻微晃荡起来，那张饱满的脸被映衬得线条清晰，五官端正。

"蔡巴在博巴地区还是个影响比较大的教派。"罗卓坚赞解释道。

"影响大又能怎样？我是希望您在六盘山多住些时日，忽必烈需要得到您的建议和帮助。"察必说。

"我会听从薛禅汗的诏令，尽心尽力服务的。"罗卓坚赞应诺道。

察必向罗卓坚赞问上次和林道别后的情况，他说贡噶坚赞临终之前也非常感谢忽必烈和她对萨迦人的关照。再告诉她说，贡噶坚赞圆寂后，蒙哥都资助他们建造灵塔，以及蒙哥汗下诏，让萨迦人跟随霍尔人去博巴地区清查户口和地界。

察必准备离开帐篷时，夏加益西迥乃终于找到机会，向她打听姚枢、许衡、刘秉忠等人是否也到了六盘山。察必说金莲川幕府的人绝大部分都跟随忽必烈到了这里。听到这个消息，夏加益西迥乃非常兴奋，想着要不了多久就能见到这些来自中原的人。

没过几天，忽必烈召见罗卓坚赞到他的营帐里去，在那里他又见到了许多熟悉的面孔。忽必烈向他询问霍尔大军这次远征大理国时，途经博巴地区的地理、气候、资源等情况。罗卓坚赞告诉忽必烈说，这些地方高山峡谷，雪山连绵，资源贫瘠，人口稀少，交通闭塞，给大军行军和供给会带来很多的不便，需要提前筹划好。忽必烈得到许多可靠的信息后，又问："八思巴，那里有哪些实力强悍的部落？"

"薛禅汗，之前经过阔端王多年的经营，您要通过的这些博巴地区，早已归顺霍尔汗王，因而他们对您不会造成任何的威胁。再说了，这一带都是诸小部落聚居，没有一股力量能够成气候。"

"我们要通过的许多地方沟深地狭，江水湍急，部落盘山聚住，到时可以考虑摊派兵差，征集财物，以备进军之需。"忽必烈说道。

"薛禅汗，这事我们需要筹划一下，这样沿途供给就会有保障。"有个叫也只列律的将军说。这是个个子魁梧，满脸胡子的人。

罗卓坚赞听后，心里忧虑。他想到那些生活在高山峡谷里的人，他们有时连自己的温饱都难以解决，还怎么能拿出粮食支援霍尔大军，他需要把真实情况向忽必烈禀报。

"薛禅汗，那里地瘠人贫，无法提供霍尔兵所需的粮食与物资。"罗卓坚赞解释道。

"八思巴，我知道了，后面会考虑的。"忽必烈说。

罗卓坚赞只能忍住，不再进行说明。

这次在忽必烈的营帐里，他没有见到蔡巴教派的僧人，除了金莲川幕府里的幕僚外，有许多不曾见过的霍尔将军。他了解到为了攻打大理国，蒙哥汗让忽必烈率领十万大军去征伐，为的是日后对南宋形成战略包围圈，最终为消灭南宋做准备。罗卓坚赞认为如此庞大的军队出征，应是无人能抵挡得住的。

这次罗卓坚赞与忽必烈的见面，时间不是很长，相互间谈的都是博巴地区的情况。了解情况之后，忽必烈请罗卓坚赞回帐篷去休息。

又过了几天，忽必烈派人来请罗卓坚赞过去。他的营帐里不像先前那样坐满了人，他和察必居中盘坐，其他几个人分散着坐开。

忽必烈一脸笑容地问："这次让你从凉州赶过来，是想询问博巴地区的许多情况，特别是这次我们远征要经过的那些地方的实情。上次你介绍得很详细，我们心里已经有底了，这是你对我们的最大帮助。八思巴，我还有个请求，就是想请你派人到这些地方去支兵差和征集粮食、物资，以便霍尔兵出征顺利。"

听完忽必烈的这席话，罗卓坚赞的心一下沉入谷底，他清楚地知道生活在怒江、金沙江边人的生活状况，这些百姓无力拿出粮食和物资来支援霍尔军队，他们平日的生活都是饥寒交迫，如果自己答应忽必烈，无异于把这些人逼上绝路，好不容易得来的地域稳定，也会随之消失。为了不产生新的矛盾和分裂，罗卓坚赞恳请忽必烈收回刚才所做的决定，他无法完成这件事。

"萨迦僧人八思巴，你要听好我说的话，这是命令，下达后我无法再更改。"忽必烈没有料到一个年轻的僧人，会对他的命令提出异议。他怒气跃于脸上，眼睛瞪得极圆，呼吸也开始急促起来。

"薛禅汗，之前我都说了博巴是个边远的小地方，物产不丰，地广人稀，无法承担粮食、物资的筹备，他们自给自足都达不到，如何提供霍尔大军所需的物资！"罗卓坚赞弓下身子祈求道。

忽必烈的脸变成了紫色，怒目圆睁，大声喊道："连这点事都做不了，我留你在身边有什么用？"

察必看到忽必烈已经被气成这样，她也不敢在这关头参与进来，只是用眼神告诉罗卓坚赞，暂时回避锋芒，含糊答应即可。

"来自博巴地区的萨迦人，无法完成薛禅汗的命令，那我确实没有必要待在这个地方，请薛禅汉允许我们离开这里。"罗卓坚赞把身板挺直，望着忽必烈这样说道。

"你们可以回去，我准许了。"忽必烈说完扭过头去，不再看罗卓坚赞。

罗卓坚赞也知道这样做的结果，他跟忽必烈的关系会就此中断，之前所抱有的那些希望此刻全部破碎，他后悔自己刚才为什么不退一步。现在这个结果，已让他退无可退，只能硬着头皮离开忽必烈的营帐，离开六盘山。罗卓坚赞的眼圈里泪水在打转，但他不能当着忽必烈和察必的面流下来，他要坚定地离开这里。罗卓坚赞把绛红色的坎肩往肩头一提，侧过身来向帐篷门口走去，他觉得这一走便会与霍尔人越来越远。

罗卓坚赞回到自己住的帐篷里时，心情很糟，想起贡噶坚赞之前的嘱咐，感觉自己背弃了这位可敬的伯父。几个服侍他的僧人，也看到了他那张忧伤的脸。本想跟夏加益西迥乃谈谈这件事，他却不在帐篷里，罗卓坚赞猜到他肯定到姚枢他们那边去了。为了平复心绪，罗卓坚赞盘腿坐在垫子上，让自己尽快冷静下来。

到了黄昏时刻，察必的仆人再次来到帐篷里，告诉罗卓坚赞明早忽必烈要召见他。这让他有点不敢相信，自己刚刚还得罪了忽必烈，甚至决绝地说要离开六盘山，忽必烈怎么还会召见自己呢？他这样想着，有些不知所措，只能等到第二天见了忽必烈后再做打算。

出乎罗卓坚赞意料的是，这次召见营帐里的人更少了，忽必烈直接告诉罗卓坚赞，是因为察必求情他才能继续留在六盘山，忽必烈也不再坚持给博巴地区沿途的百姓支派差役。罗卓坚赞听到这个消息心里很是激动，代替这些百姓向忽必烈表达感谢。两人之间的疙瘩解开了，忽必烈跟他询问一些佛教教义，他通过浅显的故事进行解惑排难。忽必烈也清楚地看到，罗卓坚赞与蔡巴教派的那些老僧相比，不仅有渊博的佛教知识，还对世间之事有深刻的洞察力，加上年轻和刚烈的性格，他觉得罗卓坚赞是个值得信任的人。

察必对罗卓坚赞也是很崇敬，跟他一起学习佛教知识后，突然萌生了请他授喜金刚灌顶的愿望。她把自己的想法告诉忽必烈，希望他也一起接受喜金刚灌顶。

忽必烈告诉察必说："你可以先接受灌顶，如果真有那种功效，我以后再接受。"

"当时如果让八思巴离开六盘山的话,这灌顶我是无法接受到了。再说,八思巴也是从社稷考虑,才让我们不要支派差役。"许多天过去后,察必这样跟忽必烈说。

忽必烈也通过其他途径了解,情况确如八思巴所说,博巴地区的人生活在高寒奇冷的地方,生存都极其艰难,深觉没有支差确实是个明智之举。

越来越多的军队集结到了六盘山脚下,罗卓坚赞在这里又见到了多达那波和杰曼将军,这么多年过去,他们已经不再年轻,脸上多了一丝稳重。特别是多达那波将军没有了之前的那种锐利目光,说话的语气也平缓了许多。他们的碰面时间很短促,只有一炷香的工夫。多达那波将军说他的另一个儿子战死了,去年他的夫人也病死了,现在他最信奉的就是萨迦教,希望通过祈祷让亲人们有个好的归处。罗卓坚赞望着多达那波曾经一头飘逸的黑发,已经被银丝取代,他做动作时总慢个半拍,明显地变迟钝了。罗卓坚赞只能祈祷,希望他们都能平安回来。

仲夏时节,察必接受了喜金刚灌顶,作为灌顶的资费,她向罗卓坚赞敬献了自己结婚时父母送给她的陪嫁之一——一粒大珍珠耳环。如此一来,罗卓坚赞和王妃察必具有了师徒关系。

不久,在察必的极力推动下,忽必烈也接受了罗卓坚赞给他的喜金刚灌顶,成为罗卓坚赞的弟子。忽必烈在六盘山下授予十九岁的八思巴以"上师"称号,赐给他羊脂玉印,以及黄金和珍珠镶嵌的袈裟、衣衫、金座、伞盖等。

这年刚入秋时,忽必烈率领军队去了临洮,为大军南下做最后的准备。罗卓坚赞告别忽必烈和察必,返回凉州为贡噶坚赞的灵塔去开光。

夏加益西迥乃却不愿跟随罗卓坚赞回凉州,他执意要与姚枢、许衡一同随军去攻打大理,罗卓坚赞只能同意他的选择,并嘱咐夏加益西迥乃经过博巴地区时,由他代表萨迦向沿途的博巴人发布命令,或颁布忽必烈下达的指令。

罗卓坚赞带着随从回到凉州,筹备在幻化寺举行隆重的灵塔开光仪式。

那一天,罗卓坚赞站在巍峨的白色灵塔前,默默向心中的贡噶坚赞倾诉道:"我与薛禅汗的关系更加紧密了,我会顺应时势变化,做到审时度势。另外,现在我虽然成为了萨迦教派的法主,但我还不是一名真正的比丘,需要请其他大师给我授予比丘戒律,这样我的身份才更加合法。今天,您的灵塔开光已经完成,按照之前您的嘱咐,我想趁这段时间回乌思藏一趟,请乌尤巴·日贝僧格给我授予比丘戒。"

罗卓坚赞的倾诉仿佛被灵塔里的贡噶坚赞听到,挂在寺院屋檐下的垂铃,莫名地发出叮叮咣咣的声音,这些声音柔和又悠长,仿佛会在人的心间划上一道印迹。

听到从幻化寺四处发出的悠长铃声,罗卓坚赞确信贡噶坚赞对他的决定感到了欣慰。

罗卓坚赞把幻化寺的日常工作安排妥善,就到凉州的王府跟蒙哥都和恰纳多吉告别,带上八名僧人和几匹骆驼一路向西南方而走。

当他们行至朵甘思(甘孜州和昌都之间)一带时,这里已经是深冬时节,山上到处是皑皑白雪,如刀片般的寒风,刮得人脸颊生疼,河流边沿结着厚厚的冰,沿途的草地枯黄一片。他们每天等到太阳出来,才继续赶路，太阳落山前便赶紧宿营。

这天，太阳还没有走到西边的山头时，他们正好赶到一家驿站，看到有许多马帮的人在此住宿，罗卓坚赞一行便也选择借宿在此。驿站里的管事之人，指挥他们先把行李卸下，再把马牵到马厩里去，然后带他们进入一间土房里休息。他们一举一动都在马帮之人好奇注视中。

驿站的老妪送来一些干柴，让他们自己烧茶喝，还用手指了去打水的地方。

"这些马帮是从哪里过来的？"罗卓坚赞问道。

"他们是从乌思藏那边来的，要去雅安。"老妪回答。

罗卓坚赞应了一声，没有再继续问。老妪也没有再说什么，转身出了房门。

等到他们煮茶喝上几碗时，房门口有人突然问："几位僧人，你们是哪里来的？要去往哪里？"

他们抬头望门口，只见一个魁梧的男人把门给堵死了，那人头上盘着黑色的发穗，腰间插着一把长刀，皮袄的右袖子耷拉着。见到这副架势，随行的几个僧人被吓到，赶紧把目光从那人身上收回，转移到罗卓坚赞的脸上。罗卓坚赞也是有些吃惊，把碗放在面前的小木桌上，再次望向那硕人的身躯，回答道："我们来自凉州，要去乌思藏。如果你方便的话，请进屋跟我们聊聊。"

"聊天是个多么惬意的事情啊！"那人说着一只脚已经迈过门槛，背微微弓着，找个空地坐了下来。他接着又说："我们马帮要去雅安驮茶。你们去乌思藏干吗？"

"我们原本是萨迦寺的僧人，这次是回寺院去。"罗卓坚赞回答。

"原来是萨迦的呀！这次我们从乌思藏过来，听说霍尔人清查户口的事情已经差不多结束了，蒙哥汗把博巴地区重新划分，噶玛噶举派的地域属于蒙哥汗了，蔡巴噶举的地域分封给了忽必烈，旭烈兀得到了帕竹噶举派。蒙哥汗还在博巴地区任命了许多万户长，听说蒙哥汗召请帕竹噶举的多吉贝和噶玛噶举的噶玛拔希到他的宫廷去。"

罗卓坚赞听到这消息，震惊不已，乌思藏的政治格局也许从此改变，萨迦人正被边缘化。罗卓坚赞作为萨迦派的法主岂能坐视不管，怎能让贡噶坚赞之前付出的努力付之东流？深陷危机之中，他感到无助。

那夜罗卓坚赞打坐到了黎明，最后拿定主意不再向乌思藏前进，而是折返回凉州等待忽必烈班师的消息。此时，在罗卓坚赞的心里，忽必烈就成为了萨迦派的未来与希望。昨夜那个马帮头人明确地告诉他说，乌尤巴·日贝僧格已经圆寂，如果他还回萨迦去完成比丘戒的传授，那萨迦的颓势就再也无力扭转了。罗卓坚赞深知，不能把这些变故告诉随从，免得他们焦虑不安。他要把一切藏在心底，一切由他来扛着。如果夏加益西迥乃在身边的话，罗卓坚赞就可以跟他谈论这些事情，并从他那里得到许多有益的建议。如今，夏加益西迥乃却丢下他，跟随忽必烈的队伍去征伐大理国了，这让罗卓坚赞感到无所依靠。

罗卓坚赞从纷乱的思想斗争中下定决心，睁眼看到外面天色微亮，马帮的人已经起来，在外面走动。他决定盘腿打坐，念诵早祷告的经文。

躺在房间里的随从被这诵经声吵醒，他们急忙起来，开始准备煮茶。

"你们听好了，经过慎重考虑，我决定不再继续前往萨迦。乌尤巴·日贝僧格大师已经圆寂，我们已没有必要再往前赶路。"罗卓坚赞说道。

随从们听到这句话后呆立在原地，一脸茫然地望着他，但谁都不敢吱声。

罗卓坚赞解除跏趺状,把腿抻直,又补充道:"我们今天跟着马帮一起返回凉州。"

他们听明白了,这次的行程到此就结束,马上又要回到凉州的幻化寺去了。随从们把埋怨和无奈藏进心里,默默地垂头去忙自己的事情。

罗卓坚赞一行跟着马帮走了十多天,然后分别奔向各自的目的地。沿途他们偶尔也能听到关于忽必烈的一些消息,说他们兵分三路向雄踞西南三百多年的段氏大理国进发,一路走得很艰辛,但没有遇到什么像样的抵抗,霍尔人就这样兵临大理国城下。一路上罗卓坚赞一直在为忽必烈祈祷,希望他能凯旋。

初春时节,他们回到了凉州幻化寺。得知消息的蒙哥都带着恰纳多吉和一队兵士来看望罗卓坚赞。在聊天中,罗卓坚赞得知忽必烈已经攻下了大理国,他留下大将兀良合台戍守在那里,任命刘时中为宣抚使管理大理国。还听说,忽必烈抵达大理国时,曾派遣玉律术、王君候、王鉴为使者,入城劝降大理国国王段兴智,不承想却被段兴智和他的权臣高祥所杀害,霍尔兵攻入城后发现了三位使者的遗体,忽必烈得知这个消息愤怒至极,准备下令屠城。好在刘秉忠和姚枢等幕僚们极力劝谏,最终没有下达屠戮百姓的命令。如今忽必烈正在班师的路上。

等蒙哥都他们回凉州城后,罗卓坚赞心头产生了一个大胆的计划,他要离开凉州去投奔忽必烈,跟随其左右。为此,罗卓坚赞开始认真地给幻化寺、金塔寺、莲花寺、海藏寺配备了管理的僧人,并给自己挑选了十几名随从。一切准备停当后,他在幻化寺举办了一场重大的法事活动,为战争中逝去的所有生命祈祷。

柳树枝的颜色开始发红，枝条上结出一个个小鼓包时，罗卓坚赞带领十多个随从离开凉州，一路向南边的博巴地区进发。当他们走到满陀城（今四川丹巴县境内）时，遇到了忽必烈。忽必烈对罗卓坚赞不远千里赶到这里，感到特别的欣慰，便命人一定好生伺候。罗卓坚赞发现忽必烈此时已是踌躇满志，显得神采奕奕，每晚都会跟将军们畅饮一番。

　　霍尔军驻扎在满陀城外的一条宽阔山谷里，这里的山顶皑皑白雪，山腰到山脚则树木葱郁，山谷中江水碧绿流淌，朵朵白云倒映在江水里，两边的缓坡地上绿意盎然，一座座霍尔人的军帐就建在这里，马、骆驼、骡子被放养在山脚下。

　　这天清晨，罗卓坚赞带着几名随从在山脚下煨桑、祈祷，袅袅升腾的白烟里夹杂一股草香，它们把谷地里的空气熏染，到处充溢着这种刺激感官的香甜气。等他们回去时，迎面遇到了忽必烈和他的随从。

　　"八思巴，我是被您熏的这股草香所吸引，才走出了我的营帐。"忽必烈一脸兴奋地说。

　　一股隔夜的酒酸味从对面飘来，涌入罗卓坚赞的鼻腔里。他看到忽必烈肿胀的眼袋和带着血丝的眼球，那张圆脸虽然显现出高兴的神情，却由于昨晚的畅饮显现出疲惫与倦意来。

　　"我这是在给山神煨桑，祈求您和霍尔军队在这里平安！"罗卓坚赞说道。

　　"由上师向神祷告，神一定会护佑我的。"忽必烈回复道。

　　说着，两人便开始在江岸边漫步。忽必烈谈到了之前跟随他的蔡巴教派的僧人，也谈到了这次远征时偶遇的噶玛噶举派的噶玛拔希，但总觉得萨迦教派最合他的意。他问罗卓坚赞要不要颁布一道令旨，让博巴地区只准修习萨迦派教法，不允许修习其他教法。罗卓坚赞听后非常感动，但他作为一名僧人，决不能做出这样的事情。他略作沉思，说："薛禅汗，佛祖曾说其教法犹如一个四方形，仁者见仁，智者见智，但殊途同归，最终都是为了普度众生。所以，请您无论如何也不要下达这样的令旨，还是让各派修习自己的教法吧。"

"想不到上师年纪轻轻，却有这样的胸襟，我就遂了你的心愿，不下这个令旨。"忽必烈带着欣赏的口吻说。

没有过几天，忽必烈请罗卓坚赞到他的营帐里去，当着所有文武官员的面下了一道诏书。

依上师三宝之护佑、天命之主成吉思汗及大汗蒙哥之福德，为利益佛法，忽必烈诏曰：

善逝佛陀释迦牟尼具有不可夺移之智慧及无边慈悲，其福德与智慧犹如满月，又如日光破除无明黑暗，又如兽王狮子战胜邪魔外道。对其功德、圣业、教法，吾与察必可敦已生起信仰，此前已任教法及僧伽之施主。现今，复由法主萨迦巴及上师八思巴处获得信仰，归依佛法，于阴水牛年接受灌顶，听受甚多教法，更以为当任教法及僧伽之施主。故此，特赐给上师八思巴此项褒护藏地方三宝之所依处及僧伽不受侵害之诏书，作为对教法之奉献。此外，先前已赐给上师黄金及珍珠镶嵌之袈裟、诸宝装饰之佛塔、衣衫、僧帽、靴子、坐垫等，器具有黄金伞盖、金座、金杵、银爵、珍宝镶嵌刀柄之宝刀等，还有黄金一大锭、银四大锭、乘驼、骡子等，俱带黄金鞍鞯缰绳等。在此虎年（1254年）又赐给白银五十六大锭、茶叶二百包、锦缎一百一十匹。总之，诏书及器物俱已作为对教法的供养而奉献。汝藏地方之僧众当知此情，不然如何遵奉圣旨。

汝等僧人不可争夺官位，官多并非善事，亦不可依仗圣旨欺凌他人。汝等僧人已免兵差征伐，当依释迦牟尼之法规，懂得经典的讲，不懂的听，于问法、学经、修行等勤奋着，敬奉上天，为我祈祷。或有人谓：不必学经，修行即可。如不学经，如何修行？懂得教法方可修行也。诸老僧当以言语为青年僧人讲经，青年僧人当听老僧之言语。汝僧人们已免兵差税役，岂有不知此乃上师三宝之恩德者乎？若汝等不照释迦牟尼之法规行事，蒙古诸人岂不怀疑释迦牟尼之教法、治罪于汝等乎？汝等不可以为蒙古之人不察此情，一次两次或有不察，久后必知之。汝僧人们不可行恶行，不可使我在众人面前丢脸。汝等当依教法而行，为我告天祝祷，汝等之施主由我任之。

这封诏书对于罗卓坚赞和萨迦派来讲是极其重要的，它让逐渐被边缘化的萨迦在乌思藏又能重新树立威望，使其他教派不敢明目张胆地与之挑战。

罗卓坚赞接到诏书，心情久久不能平息，回到自己的帐篷里后，在诏书的上面写了两段赞颂词，前段赞颂佛祖释迦牟尼和师尊萨迦班智达贡噶坚赞，后段赞颂成吉思汗、窝阔台、拖雷、蒙哥汗，在诏书的下方他又补写了赞扬忽必烈和察必的颂词："因福德业力家族尊贵，又具信仰智慧之慈悲，以淳厚治国教法兴盛，大皇帝的贵子忽必烈，及其福德成就之夫人，相貌美丽笑容多慈祥，又有慈悲之心作装饰，察必可敦及其诸贵子，实为富贵佛意之化现……"罗卓坚赞继续写道，"为使佛教教法得弘扬，为使执教僧众无惊惧，颁布恩德至大之诏书，似此福德世上无匹敌。祈愿蒙哥汗和忽必烈，以及皇子后妃享长寿。祝国土安泰僧众和睦，佛陀教法遍弘于十方……于阳木虎年（1254年）仲夏月九日，写于东方汉藏交界之处。"随后，罗卓坚赞赶紧让人将这封诏书送往萨迦寺，还嘱咐让拉吉毕积回到他的身边来。

在罗卓坚赞一行离开这里去往恒州（内蒙古正蓝旗境内）的路上，夏加益西迥乃和一队霍尔兵追赶上了他们。夏加益西迥乃告诉罗卓坚赞说，此次攻打大理国时，他为霍尔兵诵读了《佛说无能胜幡王如来庄严陀罗尼经》，激发起了兵士们的战斗意志和无畏精神。他的这一行为，深得霍尔将士们的欢迎，战斗也异常地顺利。他说道："我之前一直怀疑，我爷爷怎么那样地不惧死亡，经过这一场战争，我身上的某些潜能被唤醒了，我跟这些勇士一同奔赴沙场，手持战旗冲锋在前，那种体验让我有了别样的感受。"

"我们都是受戒律约束的人，怎么能冲锋杀敌呢？"罗卓坚赞望着眼神坚毅的夏加益西迥乃问道。

"分久必合，四分五裂只能引来战乱纷纷，只有一统，才能给百姓带来永久的安定。作为一名僧人，为天下一统，我愿冲锋陷阵。"夏加益西迥乃毫不回避地说。

"破了戒，我们还能称为僧人吗？"罗卓坚赞有些惋惜地问。

"我冲锋时手里拿的不是武器，只有《佛说无能胜幡王如来庄严陀罗尼经》和一面战旗，我也绝不会手持兵刃，砍向对面的敌人。"夏加益西迥乃回答。

罗卓坚赞没有再向他提问，从他结实的身板，锐利的目光中，就能感受到娘卓·韦登身上所具有的那种无畏的能量。本来罗卓坚赞还想向他诉说萨迦人的现状，但看到沉浸在亢奋中的夏加益西迥乃，他把话都压在了自己的心底。

他们跟着忽必烈待在爪忽都。这年的冬天来得特别早，还下了几场雪。跟着冬雪而来的还有从萨迦赶来的拉吉毕积，他的到来让罗卓坚赞十分高兴。拉吉毕积把萨迦的情况详细地告诉了他，还把乌思藏被蒙哥汗划成十三个万户、各万户的万户长的任命情况也告述了他。特别是忽必烈的那封诏书送到萨迦后，萨迦人的地位得到了巩固，博巴人都知道罗卓坚赞已成为忽必烈的上师。听到这些讯息，罗卓坚赞对自己在朵甘思所做的决定感到了欣慰。

1260年3月，忽必烈在开平府举行了忽里勒台贵族会议，参加会议的霍尔贵族一致推举忽必烈为霍尔大汗。

罗卓坚赞组织众僧举行了规模巨大的祈愿法会，他在法会上宣布忽必烈为转轮法王的转世，号召天下人拥戴这个汗王。

两个月后，忽必烈建元"中统"，下诏曰："稽列圣之洪规，讲前代之定制。建元表岁，示人君万世之传。纪时书王，见天下一家之义。法《春秋》之正始，体大《易》之乾元……"

远在漠北的忽必烈之弟阿里不哥则在怯绿连河地区举行忽里勒台大会，在一众霍尔贵族的推举下宣布自己为霍尔大汗。

盛夏时节，忽必烈组织大军去攻打和林的阿里不哥。

在这场战斗中夏加益西迥乃念诵着《佛说无能胜幡王如来庄严陀罗尼经》，与将士们冲锋在前，经历了多次的战斗，却毫发无损，这对提高军心，振奋斗志起到了很大的帮助。夏加益西迥乃被霍尔将帅认定是战神的转世。

阿里不哥不敌忽必烈军队的进攻，弃城出逃，并托人带信过来，承认自己所犯的错误，恳请忽必烈原谅。

忽必烈留下十万大军于和林，班师回朝。

岁末，忽必烈授予罗卓坚赞以"国师"的称号，颁发玉印，管理天下释教。